Sac d'embrouilles

Du même auteur
aux Éditions J'ai lu

MALENTENDUS

N° 3685

HOMME PARFAIT, BONHEUR IMPARFAIT

N° 8609

AMOURS, MENSONGES ET ILLUSIONS

N° 8869

En grand format

TROUBLANTE DIFFÉRENCE

Jill

MANSELL

Sac d'embrouilles

ROMAN

Traduit de l'anglais
par Marie-Claude Elsen

J'AI LU

Titre original
TWO'S COMPANY

A Bantam Book

1

Cass Mandeville émergeait peu à peu du sommeil. Elle étendit un bras et rencontra de la chair, chaude et nue, qu'elle tapota légèrement. A son tour, la chair chaude et nue remua et son propriétaire marmonna : « Oui, oui. » Alors Cass se redressa sur un coude pour déposer un baiser taquin, sur la nuque de son mari.

– Quarante et un ans aujourd'hui, chantonna-t-elle d'une voix douce, quarante et un ans...

Jack roula sur le dos, et lui donna une petite tape sur le flanc.

– Quarante ans.

– Je sais, mais ça sonne moins bien, répondit Cass en lui souriant. Et puis quarante ans, c'est déjà une honte ! Que fiche donc un vieux type comme toi, tout nu dans mon lit ? Ne serais-tu pas plus à l'aise en pyjama à rayures et tricot de corps ?

Jack pinça la chair tendre, en haut de la cuisse de Cass.

– Quelle idée formidable ! Et toi, tu pourrais t'empaqueter dans une de ces chemises de nuit de flanelle à fanfreluches, fermée par un cordon qui sert à empêcher les vieux salauds dans mon genre d'abuser des tendrons comme toi. Cass, c'est mon anniversaire, se plaignit-il d'un ton cajoleur. Je ne demande pas grand-chose, juste un baiser de mon adorable femme et une tasse de thé au lit.

Cass pouffa de rire, car il avait entrepris de tracer une ligne de baisers en remontant le long de son bras.

– C'est tout ?

– Je n'ai rien contre des toasts et de la marmelade. (Les baisers atteignirent son coude.) Et peut-être un ou deux sandwiches au bacon et aux champignons, avec quelques journaux pour me tenir compagnie.

– Je pourrais moi te tenir compagnie !

Les baisers, qui avaient atteint l'épaule de Cass, s'arrêtèrent brusquement. Jack adressa un regard désolé à sa femme.

– Tu seras trop occupée à préparer les sandwiches. D'ailleurs, que puis-je demander à une femme de trente-neuf ans ? Un vieux dans mon genre préfère que ce soient des beautés nubiles, de vingt-trois ans au grand maximum, qui chantent ses louanges.

– Ses cheveux gris, tu veux dire.

Cass glissa joyeusement ses doigts le long des tempes de Jack, là où les premières pointes argentées se mêlaient aux cheveux noirs indisciplinés, qui paraissaient toujours avoir besoin d'une coupe.

– Cass, mon ange, fit Jack, qui en était réduit à la supplier. Je meurs de faim. C'est toujours mon anniversaire. Une tasse de thé, un sandwich au bacon...

– Aïe, aïe, aïe !

Pour toute réponse, elle tendit le bras au-dessus de lui pour saisir le réveille-matin et le secoua frénétiquement.

– Flûte ! Il s'est arrêté. Jack, quelle heure est-il ?

– Ne me dis pas que nous avons passé mon anniversaire à dormir, grommela-t-il, sans pour autant s'affoler.

Il consulta sa montre, une Sekonda ordinaire mais

à laquelle on pouvait complètement se fier, posée sur la table de chevet.

– 9 h 45. Est-ce si grave ?

En fait, cela l'était. Dans un éclair de culpabilité, Cass venait de se rappeler qu'elle n'avait pas encore trouvé le courage d'avertir Jack de l'interview que venait faire le magazine *Hello*. La semaine précédente, ayant oublié qu'elle devait remettre les prix de la compétition sportive au lycée de Sophie, elle avait été obligée de la décommander, comble de l'embarras, à la toute dernière minute. Et quand *Hello* avait suggéré de la reporter à ce matin, elle n'avait pas osé refuser.

Hello faisait partie de cette nouvelle race de magazines qui empochent des sommes mirobolantes en appliquant la formule lancée avec un succès phénoménal par *Ladies*. Dont beaucoup se moquaient, mais que des millions de lecteurs dévoraient. Elle-même lectrice de ces journaux prenait plaisir à y découvrir la manière de vivre des autres gens. Y figurer soi-même – *Ladies* l'avait « faite » deux ans plus tôt – était à la fois lucratif et indolore, étant donné qu'il était absolument impossible que le journaliste, à la plume dégoulinante de saccharine, fasse le moindre commentaire désobligeant sur vous, votre famille, ou le papier écossais vert et rose qui tapissait vos murs.

L'ennui, c'était Jack. A ses yeux, tous ces articles étaient répugnants. Ils constituaient une insulte au journalisme et par-dessus le marché, il les trouvait complètement stupides. Jack était en déplacement en Australie lorsque *Ladies* avait fait la première interview de Cass. Lorsqu'il était rentré, Cass s'était servie de la serre payée et installée, grâce au cachet ridiculement élevé de *Ladies*, pour faire passer la pilule.

Ils lui avaient fait une offre qu'elle n'avait pas pu refuser. L'ennui, comme Jack le faisait remarquer avec tellement d'aigreur, était que, de toute façon, Cass était incapable de dire non. Lui aurait-on offert cinquante pence pour traverser la Manche à la nage qu'elle aurait probablement accepté.

Oh ! la la ! songea Cass dont le cœur palpitait à la perspective d'avoir à annoncer la nouvelle à Jack. Et cette fois-ci, j'ai consenti pour encore moins que ça.

– Cass ? lança Jack en fronçant les sourcils. Pourquoi ce tic ? Tu as l'air coupable. Qu'y a-t-il ?

– Eh bien...

– Maman, papa, il y a quelqu'un en bas qui veut vous voir, brailla Sophie derrière la porte de leur chambre.

Elle hurlait la bouche pleine de corn flakes.

Jack haussa les sourcils, et regarda sa femme.

– Une strip-teaseuse pour mon anniversaire ? Je suis tellement vieux et j'ai tellement besoin d'être humilié que tu m'offres une strip-teaseuse à domicile ?

Cass hésita, se demandant quelle était la meilleure façon de lui annoncer la chose.

– Sophie ! hurla Jack. Ce quelqu'un ne porterait-il pas par hasard des bas et un porte-jarretelles ?

– Je sais pas. J'ai pas regardé.

En dépit de la porte fermée, le soupir prosaïque de leur fille de quatorze ans parvint jusqu'à eux.

– C'est possible, j'imagine. Vous voulez que je lui demande ?

C'était inutile. Cass, tout aussi incapable de faire attendre ses visiteurs qu'elle l'était de dire non, saisit un peignoir de satin à rayures roses et blanches, imprimé de papillons jaunes, et l'enfila à la hâte.

– Je vais faire le thé. C'est une journaliste venue pour nous interviewer. Je me suis laissé embobiner, se hâta-t-elle de poursuivre, tandis que Jack glissait sous la couette en poussant un énorme gémissement. Nous avons eu une ligne ouverte dans l'émission concernant la meilleure manière de réunir des fonds et une fille adorable a téléphoné pour dire qu'elle n'avait jamais lu d'interview de nous dans la presse. Elle a suggéré que nous devrions en donner une et offrir ensuite le cachet à une œuvre de bienfaisance.

– Seigneur !

Jack avait maintenant complètement disparu sous la couette.

– J'ai donc répondu que c'était une bonne idée. *En direct,* que pouvais-je faire d'autre ? protesta Cass. Quelques minutes plus tard, le rédacteur en chef de *Hello* téléphonait et m'offrait dix mille livres pour l'œuvre de mon choix si je suivais le conseil de cette fille.

Le volume des gémissements s'amplifia.

– Et qui était cette fille adorable ? Sa secrétaire ?

– Oh ! ne sois pas injuste...

Ne parvenant pas à croire à la crédulité de sa femme, Jack fronça les sourcils. Cass était à peu près aussi réaliste que Bambi.

– Bon, bon, mais je te parierais que j'ai raison.

– Tu es tellement cynique ! protesta Cass.

– C'est dû à mon grand âge.

Tout en se rehaussant en position assise, Jack esquissa un sourire.

– Vas-y, mon cœur. C'est ton problème. A toi de le régler. Raison de plus pour que je reste au lit.

– Oh ! bonjour, navrée de vous avoir fait attendre.

Survoltée et à bout de souffle, Cass trouva la journaliste dans la cuisine. Sophie leur avait fait une blague. Il ne s'agissait pas d'un visiteur doté d'un penchant pour le travestissement, mais d'une jeune femme sympathique d'environ vingt-cinq ans, vêtue d'une veste vert foncé ajustée et d'une jupe courte rouge qui juraient magnifiquement avec ses cheveux zébrés d'orange.

Pour aggraver les choses, elle était installée à la table de cuisine jonchée des débris du petit déjeuner éclectique de Sophie, mêlés à la vaisselle sale du dîner de la veille. Avec un temps de retard, Cass se souvint que Mme Bedford n'arriverait pas avant midi, car pour ne pas tomber dans les pommes, son mari avait besoin qu'elle lui tienne la main chez le dentiste.

La jeune femme se leva, sourit et secoua la main de Cass.

– Franchement, ce n'est pas grave. De toute façon, c'est ma faute. Je suis en avance. Un de mes défauts.

– Et moi, je suis une désordonnée congénitale, admit Cass dans un soupir. Hier soir, j'ai oublié de mettre le réveil et j'ai bien peur que nous ne nous soyons réveillés plus tard que prévu. Flûte, c'est terrible... Qu'allez-vous penser de nous ? Sophie ne vous a même pas offert une tasse de thé ?

Elle commençait à paniquer. En essayant frénétiquement de débarrasser la table du plus gros du fouillis, la manche ample de son peignoir se prit dans la poignée du pot de lait en forme de vache, épouvantable monstruosité que Mme Bedford leur avait offerte pour Noël. Et avant que Cass ne comprenne ce qui se passait, un raz de marée lacté remonta le long de sa manche et s'étala sur le devant du peignoir. Sabots en l'air, la vache traversa la table en glissade.

Vive comme l'éclair, la jeune femme tendit une main habile pour la rattraper avant qu'elle ne plonge pardessus bord.

– Oh, chapeau ! souffla Cass, en contemplant d'un air consterné, le lait qui dégoulinait sur sa poitrine. Beurk ! On dirait que je viens de donner le sein.

– Vous devriez vous asseoir.

Sidérée, Cass constata que la jeune femme prenait le contrôle de la situation : empilant les assiettes sales, elle les mit dans l'évier avec des gestes vifs. La bouilloire sur le feu, le pot de lait rempli. A ce rythme-là, Jack risquait d'avoir son petit déjeuner préparé par une personne beaucoup plus efficace que sa propre épouse.

– Désolée, on dirait que ça va être un jour sans.

Cass ne put rien faire d'autre que s'asseoir pour la regarder faire, en prenant l'air reconnaissant de mise. A vrai dire, cela lui paraissait moins risqué.

La jeune femme la rassura d'un sourire.

– Vous venez juste de vous réveiller. Je suis exactement comme vous.

– Mais vous êtes venue faire une interview et regardez-moi l'état de cette cuisine !

Sa remarque fit rire la journaliste.

– Si vous voulez savoir, je suis ravie de ce changement. D'habitude, on ne me montre que des maisons étincelantes dans lesquelles on a peur de poser les pieds sur la moquette. C'est beaucoup plus rassurant de savoir que les personnes qu'on rencontre sont des êtres humains. Bon, voulez-vous du lait et du sucre ? Est-il assez fort pour vous ?

Cass accepta la tasse de thé en faisant preuve d'une reconnaissance presque pathétique.

– Vous êtes si gentille ! Je n'arrive toujours pas à croire que Sophie ne vous en ait pas proposé, se tracassa-t-elle. En général, elle est plutôt accueillante.

La jeune femme s'installa en face d'elle.

– Oh ! elle s'est surtout inquiétée de savoir si je portais des bas et un porte-jarretelles.

Cass se prit la tête entre les mains et poussa un gémissement.

– Mon Dieu...

Au cours du quart d'heure suivant, la journaliste de *Hello,* qui s'appelait Imogen Trent, refit du thé, aida Cass à remplir le lave-vaisselle et la régala de potins qui égratignaient discrètement des gens célèbres qu'elle avait déjà interviewés. Cass, enchantée par son attitude amicale et sa simplicité, en oublia complètement Jack qui attendait en grand seigneur qu'on lui apporte son petit déjeuner au lit. Ce ne fut qu'après avoir englouti, à elles deux, cinq croissants – pour une raison qui échappait à Cass, les miettes floconneuses ne se collaient pas autour de la bouche d'Imogen Trent comme sur la sienne – que le bruit sourd du courrier, plus abondant qu'à l'ordinaire, jeté dans la boîte aux lettres, le lui rappela brutalement.

– Zut... divorce instantané.

A la hâte, elle vida sa tasse jusqu'à la dernière goutte, la remplit à ras bord et entassa du sucre. Jack buvait son thé noir et horriblement sucré.

Imogen eut un grand sourire.

– Puis-je vous citer ?

– C'est l'anniversaire de Jack. Ça fait vingt minutes que j'aurais dû lui monter son petit déjeuner.

Soudain, Cass entendit un bruit de pas furieux dans l'escalier.

– Ah ! fit Imogen quand la porte de la cuisine s'ouvrit, sans paraître le moins du monde intimidée par le regard irrité que Jack lui lança. Bon anniversaire, monsieur Mandeville.

Dans une main, Jack serrait une pile importante de courrier. Des cartes, et aussi des factures, de toute évidence. De sa main libre, il prit la tasse que lui tendait Cass et en avala d'un trait le contenu tiède.

– Pardon, chéri. Je te présente Imogen Trent.

Tout bas, Cass lui donna l'ordre de sourire.

– Elle s'est montrée merveilleusement compréhensive à propos de tout ce désordre. Bon, que voulais-tu, déjà ? Des champignons et du bacon ?

Jack, vêtu d'un sweat-shirt rose pâle et d'un survêtement gris, prit les clés de sa voiture suspendues à un crochet au-dessus du vaisselier.

– Je vais nager au club. Et faire une partie de squash peut-être.

Cela ne servait à rien de protester ; il y était manifestement décidé.

– Bon, je te verrai tout à l'heure, émit Cass en implorant son pardon du regard.

– Vous serez ici demain après-midi pour la séance de photos ?

Imogen avait pivoté sur son siège pour s'adresser à Jack, qui répondit par un coup d'œil à sa jupe. Il ne souriait pas.

– Non.

Après son départ, Cass se hâta de passer un T-shirt et un jean blanc. Imogen sortit un petit magnétophone de son sac et le plaça entre elles sur la table.

– Promettez-moi de ne pas souffler mot du caractère difficile de Jack, la supplia Cass. En règle générale, il n'est pas vraiment comme cela. Je ne veux pas que vous vous imaginiez que nous sommes un de ces couples de cauchemar qui font semblant d'être fous l'un de l'autre.

– Je vous en prie, protesta Imogen. N'oubliez pas qu'il s'agit de *Hello* ! A supposer que votre mari et vous vous jetiez des grenades à la tête, nous affirmerions encore que vous formez le couple le plus heureux de Londres. Toute chose mise à part, ajouta-t-elle avec un sourire qui s'élargissait, vous formez *effectivement* un des couples les plus heureux de Londres. On vous connaît pour ça... merveilleux mari, enfants extra, brillante carrière... Regardons les choses en face : bonheur parfait.

– C'est très gentil à vous, hésita Cass qu'un commentaire si laudatif embarrassait. J'imagine que j'ai beaucoup de chance.

– Voyons, ne soyez pas si modeste, la gronda Imogen. C'est un vrai conte de fées, non ? Combien de femmes en vivent-elles un pour de bon ? Et le plus formidable, à mon avis, c'est que les gens ne vous en veulent pas. Ils sont contents pour vous, parce que tout le monde vous aime.

Elle fit une pause, puis ajouta :

– Vous leur donnez de l'espoir.

– De l'espoir ? répéta Cass, abasourdie.

– Oui ! Pensez à tous vos fans : les femmes au foyer, coincées chez elles avec des gosses, qui écoutent votre émission, expliqua Imogen. En fait, vous étiez comme elles, autrefois. Et vous avez réussi, mais sans prendre la grosse tête, vous gardez un naturel merveilleux... Elles peuvent rêver qu'un jour elles vous ressembleront.

Elle haussa les épaules, et conclut gaiement :

– Enfin, c'est ma théorie.

– Est-ce cela que vous allez raconter dans votre magazine ? demanda Cass en riant.

– Ce genre de truc, sourit Imogen, rayonnante. Tout le tremblement, en fait. Bon, je suis au courant du principal, mais si vous pouviez juste me faire un résumé de vos débuts ? Tout d'abord, la manière dont vous vous êtes retrouvée à la radio et puis comment les événements ont pris de l'ampleur à partir de là. C'est ce que le public aime plus que tout, n'est-ce pas ? Les débuts modestes.

2

A dire vrai, les débuts de Cass n'avaient pas été si modestes que cela, mais cependant sa percée à la radio comportait un élément de conte de fées. Sa rencontre avec Jack Mandeville, des années auparavant, avait elle aussi été romantique. Enfin, autant que peut l'être une rencontre d'adolescents sur des autos tamponneuses...

A l'occasion du quinzième anniversaire de Cass, sa mère, une vraie mère poule, l'avait autorisée, bien à contrecœur, à se rendre à la foire sur le terrain communal de Wandsworth avec son amie Annie Murray, à la condition qu'elle n'adresse la parole à aucun garçon. Dès qu'elles avaient été hors de vue, les deux filles avaient raccourci leurs jupes d'environ trente centimètres en les repliant plusieurs fois à la taille comme un gâteau roulé et s'étaient tartinées d'une épaisse couche de maquillage, strictement interdit, chipé à la sœur aînée d'Annie. Il était donc parfaitement légitime qu'à leur arrivée à la fête qui battait déjà son plein, elles attirent toutes sortes d'attentions, et en particulier, l'intérêt pour le moins lourdingue des deux motocyclistes de Walthamstow en blouson de cuir. Boutonneux, crasseux et dénués de savoir-vivre. Ils ne correspondaient pas du tout à ce que Cass et Annie avaient en tête. Ni l'un ni l'autre ne prit bien de se voir rejeter.

– Petites garces bêcheuses, lança avec hargne le plus grand des deux, lequel avait jeté son dévolu sur Cass, dont les longs cheveux blonds, les yeux brillants et les jambes divines, étaient tout à fait son genre.

– Beurk ! contente-toi de les ignorer, cria Annie en poussant Cass en direction des autos tamponneuses. Oh, regarde-moi ce garçon qui ramasse l'argent ! On dirait Elvis... Dépêche-toi, saute dans la bleue, moi, je prends la rouge. Essaie de voir si tu peux entamer la conversation... Il est si mignon.

Les motocyclistes avaient d'autres projets en tête. Mécontents d'avoir été ignorés et décidés à remettre ces sales bêcheuses à leur place, ils sautèrent dans des véhicules et entreprirent de flanquer la frousse à Cass et à Annie en percutant violemment leurs voitures. A chaque collision, ils lançaient des quolibets et poussaient des hurlements. Cass, qui ne trouvait pas cela drôle du tout, commença à s'affoler. Le sosie d'Elvis continuait à bavarder comme si de rien n'était avec deux petites brunes, à moins de dix mètres. Elle se retrouva, lentement mais sûrement, acculée dans un angle. Les garçons, qui avaient décidé d'unir leurs forces contre elle, la menaçaient de façon de plus en plus hargneuse.

Dès que le tour fut terminé, alors même que Cass se demandait si ses jambes flageolantes allaient pouvoir la soutenir, elle se retrouva soulevée dans les airs. Une main solide ne lui laissa pas d'autre choix que de suivre celui qui la possédait en bas des marches et de s'éloigner du manège en zigzaguant rapidement au milieu de la foule jusqu'au moment où ils se retrouvèrent hors de vue et en sécurité.

– Oh, merci, haleta Cass, en s'appuyant contre un stand de hot dogs fumants pour reprendre son souffle. J'ai eu une sacrée frousse... Ils ne vont pas nous suivre, n'est-ce pas ?

– Je ne crois pas.

Le garçon, qu'elle voyait pour la première fois, jeta un coup d'œil par-dessus l'épaule de l'adolescente. Il battit des cils, qu'il avait noirs.

– Bon, pour être sûr d'être hors de danger...

Cass, le cœur battant la chamade, ne protesta pas quand il lui fit grimper rapidement l'escalier menant au train fantôme. Tandis que son sauveteur fouillait dans la poche de son jean afin de trouver de quoi payer les deux billets, elle l'étudia à la dérobée et conclut qu'il devait avoir un ou deux ans de plus qu'elle.

Ses cheveux, tellement bruns qu'ils frisaient le noir, étaient longs et rejetés en arrière. Il avait des yeux d'un brun très clair, un nez piqué de taches de rousseur éparses et une bouche pleine d'humour, le genre de bouche qui paraissait toujours sourire. Il était grand et mince, ce qui plaisait aussi à Cass. Son dernier petit ami mesurait trois centimètres de moins qu'elle, et les efforts continus qu'elle avait dû faire pour essayer d'avoir l'air plus petite que lui l'avaient épuisée.

Dans un sursaut, elle se rendit compte de l'étendue de sa présomption. Quand on parle de mettre la charrue avant les bœufs ! Son imagination se déchaînait alors qu'elle ne connaissait même pas le prénom de son sauveur.

Il s'appelait Jack, apprit-elle, lorsqu'ils furent installés bien à l'abri dans le train.

Cass se présenta et se demanda si elle allait réussir à connaître son nom de famille. Annie ne manquerait pas de le lui demander ; pour elle les patronymes étaient essentiels. Devait-on, après tout, se donner le mal d'apprendre à connaître quelqu'un du nom de Boudin ou de Rasemotte ? Trop gênant pour qu'on sorte avec, soutenait Annie, et encore plus pour qu'on l'épouse. Protégée par l'obscurité, Cass rougit, elle toussota et ajouta : « Cass Ashton. »

– Eh bien, s'il faut faire les choses en règle, reprit Jack d'un ton léger, John Marius Frederick Rothschild le troisième.

Trépidant le long de la voie branlante, le train négocia le premier virage en ahanant. Ils étaient plongés dans une obscurité totale et quelque chose ressemblant à une araignée géante glissa sur le visage de Cass.

– Rothschild ? s'étouffa-t-elle. Tu plaisantes ?

– Surtout, n'en fais pas tout un plat.

Soudain, l'écho d'un hurlement sinistre retentit au-dessus de leurs têtes.

– Si tu as peur, ajouta-t-il comme si cela allait de soi, tu peux t'accrocher à moi.

– Merci beaucoup ! lança Annie quand ils émergèrent à la lumière du soleil en clignant des yeux.

Elle était appuyée à la barrière d'osier blanc entourant le manège, et il ne faisait aucun doute qu'elle était très fâchée.

– Pardon, fit Cass, en proie à un accès de culpabilité à retardement, je croyais qu'ils n'en voulaient qu'à moi. Ça va ?

– Je suis toujours en vie.

Non seulement Annie était fâchée, mais de plus, elle était jalouse. On pouvait faire confiance à Cass pour se tirer d'une situation difficile, aidée sinon par un chevalier en armure blanche, du moins par un garçon d'une beauté pas possible en T-shirt Led Zeppelin.

– Rothschild ! hurla Annie quand Cass le lui eut fièrement présenté. Tu parles ! Toutes les filles ne sont pas aussi crédules que Cass...

– Ni aussi jolies non plus.

Jack souriait, mais dans ses prunelles sombres, une étincelle indiquait qu'il le pensait vraiment.

– A ton avis, pourquoi ai-je volé à son secours et pas au tien ?

Cela avait marqué la fin de l'amitié entre Annie et Cass.

– Ça vaut mieux, avait déclaré Jack avec désinvolture. Avec des amies comme ça, tu finirais seulement par te faire une réputation. En outre, tu n'as plus besoin d'elle. Maintenant, tu m'as.

Leur idylle avait eu l'intensité typique des histoires

d'amour adolescentes. Sa seule caractéristique résidant dans le fait qu'elle ne s'était pas terminée. Cass adorait Jack, même s'il ne s'appelait pas vraiment Rothschild, et ils passaient tout leur temps ensemble. Au début, sa mère s'était fait du mauvais sang, regrettant que sa fille ne prenne pas du bon temps au lieu de se lier à un âge si ridiculement précoce. Puis, apprenant que les camarades de lycée de Cass passaient leurs soirées à la discothèque locale, elle n'avait plus rien dit. Jack Mandeville était intelligent, charmant et bien élevé, très drôle à fréquenter et extrêmement motivé. Comment pouvait-elle se plaindre ? De plus il aidait Cass, d'un naturel paresseux, à obtenir des mentions très bien. En les observant étudier ensemble, sur la pelouse fraîchement tondue, réviser leurs derniers examens, Geraldine Ashton comprit qu'elle avait de quoi être reconnaissante. Il était simplement dommage que Jack n'eût que seize ans. En tant que beau-fils éventuel, il serait parfait d'ici dix ans.

Elle n'eut pas à attendre si longtemps. Continuant à défier toute probabilité, Cass et Jack restèrent ensemble les deux années suivantes. Les mentions très bien s'amoncelaient, Cass était de plus en plus blonde, de plus en plus belle et toujours plus amoureuse, et Jack – plus beau que jamais – obtint une place enviée d'étudiant en économie à Cambridge.

Cass, moins ambitieuse, n'avait pas la moindre idée de ce qu'elle voulait faire pour gagner sa vie. Elle se retrouva étudiante en anglais à l'institut de technologie de Bristol, légèrement moins prestigieux. Elle partageait une maison avec cinq autres jeunes filles, détestait ses cours et souffrait atrocement d'être loin de chez elle. Ou, pour être plus précis, d'être loin de Jack.

Tous les soirs, au lieu de travailler, Cass lui écrivait de longues lettres désolées. Chaque fois qu'il téléphonait, elle pleurait tellement qu'elle parvenait difficilement à parler. Dès que l'occasion se présentait, elle attrapait le car pour Cambridge, ou elle le rencontrait à mi-chemin, à Londres.

– C'est sans espoir, soupira Jack en la serrant contre lui, alors qu'elle passait la soirée de son dix-neuvième anniversaire en larmes, à l'idée qu'un mois allait s'écouler avant de le revoir.

Cass lui manquait tout autant. Les trois cents kilomètres qui les séparaient ne leur faisaient de bien ni à l'un ni à l'autre.

Elle essuya son visage sur la manche du pull bleu marine de Jack et renifla bruyamment.

– Je déteste Bristol. Je déteste tout le monde dans mon cours, hoqueta-t-elle misérablement. Jamais je ne réussirai mes examens, Jack. Je hais tellement tout, que je n'arrive plus à réfléchir.

D'un air plein de défi, elle ajouta :

– Et tu me manques tellement que je m'en fiche.

– Dans ce cas, dit-il, tu ferais mieux de tout plaquer.

– Vraiment ?

Cass avait les yeux qui brillaient. De soulagement, ses genoux se dérobèrent. Elle avait passé les six mois précédents à le supplier pour obtenir l'autorisation d'abandonner ses études, mais Jack avait toujours refusé, affirmant qu'avec le temps, les choses allaient s'arranger.

– Je sais bien ce que je disais, fit Jack avec un sourire de tristesse. Mais cela n'a pas marché, hein ? Je crois qu'on ferait mieux de se marier. Aïe, ça va faire grimper ta mère au mur.

Cass n'avait jamais été plus heureuse. A ce moment, tous les records du box-office étaient battus grâce à tous ceux qui, atteints de la fièvre de *Love Story*, se précipitaient pour regarder Ali MacGraw tomber amoureuse de Ryan O'Neal. Jack et elle vivaient pour de bon la même histoire. Ils étaient plus heureux que les deux héros du film, ils étaient encore plus amoureux, et le pompon, c'était que Cass n'avait aucune intention de briser les cœurs en mourant de leucémie à la fin de l'histoire.

3

– Et alors, qu'a-t-elle fait ? questionna Imogen qui adorait les histoires d'amour et attendait la suite avec impatience. Votre mère, je veux dire. Est-ce qu'elle a grimpé aux murs ?

Cass esquissa un sourire.

– Oh, oui ! même si c'était davantage pour la galerie que par contrariété. Elle se sentait obligée de nous jouer la scène du « Vous êtes trop jeunes ou trop inexpérimentés ». Pauvre maman, elle répétait sans cesse : « Et la révolution sexuelle ? Nous sommes dans les années 70, pour l'amour du ciel ! » Elle adorait Jack, mais jusqu'à la réception de notre mariage, elle n'a pas arrêté de me montrer du doigt les Apollons en me chuchotant à l'oreille : « Regarde ce que tu rates ! »

– Manifestement, vous ne regrettez rien.

– Absolument rien.

Cass hocha la tête, l'air rêveur. Puis elle sourit.

– Jack est le seul homme avec qui j'ai fait l'amour et en ai eu envie. J'imagine que nous faisons partie d'une espèce en voie de disparition aujourd'hui.

– Surtout quand on voit le milieu dans lequel vous évoluez, opina Imogen que cet aveu impressionnait. Mais je vous interromps. Continuez.

Cass haussa les épaules.

– Que puis-je dire ? Nous étions pauvres mais tellement heureux que c'en était écœurant. J'ai pris un emploi de serveuse pour aider à régler le loyer, et ça m'a plu bien davantage que mes études. Non que cela ait duré bien longtemps. Deux semaines après notre mariage, j'ai découvert que j'étais enceinte de Sean. Après sa naissance, nous étions plus que jamais dans la dèche, mais ça n'avait aucune importance à nos yeux. Cléo a fait son apparition juste derrière lui. Du coup, les dés furent jetés. A vingt et un ans, j'étais femme au foyer, mère de deux enfants... pas du tout le genre de carrière étincelante que ma mère avait projetée pour sa fille unique !

– Et pendant ce temps-là, Jack travaillait pour obtenir son diplôme et fonder les bases de sa propre carrière étincelante, enchaîna Imogen d'un ton pince-sans-rire.

Elle inclina la tête de côté.

– N'avez-vous jamais éprouvé le moindre ressentiment d'avoir été la seule à tout abandonner ?

– Non, répondit Cass le plus honnêtement du monde. C'était mon souhait. Jack et moi vivions ensemble. Et nous avions nos bébés. Il ne m'est même pas venu à l'esprit que j'avais *effectivement* abandonné quelque chose... tout au moins quelque chose que je risquais de regretter.

– Certaines personnes sont faites pour être femmes d'intérieur, acquiesça Imogen.

Souriant, elle éjecta la bande minuscule du magnétophone et la retourna.

– C'est sûrement agréable, mais je ne suis pas sûre que je pourrais l'être moi-même.

– Oh ! vous seriez surprise, fit Cass avec enthousiasme. Certains affirment qu'ils se sentent coincés à la maison avec des enfants, mais il y a tellement de choses que l'on peut faire, même sans argent... par exemple, réussir dans une radio locale une émission « ligne ouverte ».

Imogen, tout comme le reste du pays, était parfaitement au courant. C'était de cette façon que Cass s'était imposée sur les ondes. A l'époque, en qualité de jeune mère au foyer, elle avait participé à une émission. Son sens de l'humour, ses fous rires irrésistibles et sa faculté infaillible de dire exactement ce que tout le monde souhaitait entendre avaient capté l'attention de tous ceux qui l'avaient entendue à l'antenne. Cass avait les pieds sur terre. Elle bavardait avec aisance, drôlerie, et jamais, au grand jamais, ne disait : « Hum... j'veux dire... » Le présentateur de l'émission, qui en avait marre de la succession d'appels déprimants de cinglés, de raseurs et de quidams qui saupoudraient chacune de leurs phrases de « Hum... j'veux dire », avait été ravi par la manière délicieuse, spontanée et sans prétention qu'avait la jeune femme de s'exprimer. Prenant la décision, tout à fait inhabituelle, de la rappeler, Terry Brannigan l'avait pressée de participer de temps en temps à ses émissions. Il ne lui fallut pas longtemps pour prendre l'habitude de contacter Cass régulièrement et de lui demander son avis sur les thèmes qu'il projetait de développer. Lorsque Sean, qui allait avoir trois ans, fut hospitalisé pour une rougeole et que Cass s'absenta durant une semaine, la station fut inondée de plaintes. Terry, comprenant qu'il avait une star en puissance sous la main – et un propulseur d'audimat par-dessus le marché –, en parla à son producteur, puis persuada Jack. Et Cass devint sa coprésentatrice.

Leur duo à l'antenne fit merveille. Ils formaient un doublé gagnant. L'audimat s'envola. Terry, taquin invétéré, se moquait de Cass et la décrivait aux auditeurs comme une bonne femme mal fagotée, en bigoudis et tablier à fleurs, qui aurait fait passer leur concierge pour une femme élégante. Cass, que ses insultes épouvantables n'affectaient pas, pouffait de rire. Sa voix, rauque et joliment modulée, ne permettait à personne de croire, ne serait-ce qu'un instant, qu'elle était aussi fripée et affreuse que le laissait entendre Terry. En outre, le courant qui passait entre eux était révélateur. C'était ce genre de climat fascinant qui n'existe que quand un homme est en adoration devant une femme, alors qu'elle, à l'inverse, le traite comme son meilleur ami...

Quand vint le moment de quitter Cambridge – Jack avait obtenu son diplôme avec mention et s'était vu offrir un poste de journaliste politique dans un des meilleurs quotidiens nationaux – Cass remit sa démission. Terry prit une cuite mémorable et, une semaine plus tard, parvint à la conclusion qu'il devait lui aussi partir. Il était Laurel sans Hardy, Dean sans Torvill. Et aussi, sans que Cass s'en soit jamais aperçue, il était tombé désespérément et irrévocablement amoureux de la jeune femme.

Terry emporta son cœur brisé à New York où il atterrit dans une importante station de radio, comme présentateur de la tranche horaire minuit-5 heures du matin, mélancolique à souhait. Chaque mois de décembre, il retenait son souffle, priant pour que cette année-là, la carte de Noël de Cass n'arbore pas : « Avec notre affection à tous – Cass, Jack, Sean, Cléo et Sophie. » Et tous les ans, il était déçu. On aurait dit que tout le monde, sur cette fichue planète, divorçait, à l'exception de Cass et de Jack.

Cass, entre-temps, s'était de plus en plus imposée. Kidnappée par une station commerciale très écoutée de la capitale, on lui avait proposé sa propre tranche de la mi-matinée. Au fil du temps, elle était devenue une institution. Ses auditeurs la considéraient comme un membre de leur famille et l'écoutaient avec passion. Jack, se frayant un chemin plus calmement vers les sommets du journalisme politique et n'étant pas encore entré à la télévision, s'était habitué à ce qu'on le présente comme « Vous savez, le mari de Cass Mandeville ».

– Et il ne vous en a jamais voulu de votre succès ?

Imogen, admirative, hocha la tête. Cass possédait vraiment tout. Elle avait trente-neuf ans et pourtant, en T-shirt et Levi's, avec ses longs cheveux clairs que les rayons de soleil étincelants qui entraient à flots par la fenêtre nimbaient en blond platine, on lui en aurait plutôt donné vingt-cinq.

– Vous plaisantez ? rit Cass. Il était ravi ! Quand on a été aussi pauvres que nous l'étions, on se fiche de savoir qui gagne l'argent. Non, cela n'a jamais posé de problèmes à Jack.

Derrière Cass, appuyé contre le vaisselier de pin, il y avait un cliché aux bords racornis, représentant un déjeuner en plein air. Comme Sophie n'y figurait pas, elle était probablement l'auteur de la photo. Installés autour de la table en fer forgé, sur la terrasse inondée de soleil, les Mandeville trônaient dans toute leur splendeur. Le bras de Jack était posé sur le dossier de la chaise de sa femme. Ray-Bans sur le nez, Sean se prélassait sur leur gauche en lançant un baiser à l'appareil. A droite se trouvait Cléo, l'Anglaise qui montait le plus vite au firmament des top models du moment, son célèbre corps de rêve plié en deux d'hilarité à une remarque que venait de faire son père.

– Vous avez *tellement* de chance ! fit Imogen en englobant d'un geste vague la cuisine jaune et blanc ensoleillée et le jardin qui s'étendait en pente. Je sais que cela peut paraître un peu bête, mais il faut que je vous le dise : j'ai fait pas mal d'interviews de gens célèbres, et vous êtes de loin la plus gentille. J'imagine que ça ne vous intéresserait pas de marrainer une rousse de vingt-huit ans ? Assez docile... ajouta-t-elle avec un grand sourire.

Cass, de son côté, avait immédiatement éprouvé une grande sympathie pour la jeune journaliste. Touchée par son caractère ouvert, elle tendit impulsivement une main par-dessus la table de pin et proposa :

– Nous donnons une petite fête ce soir pour célébrer l'anniversaire de Jack. Rien de sophistiqué, juste quelques amis autour d'un verre, mais ce sera sympathique. Voulez-vous vous joindre à nous ?

– Vraiment ? Ça me plairait énormément.

Imogen était enchantée.

– Et venez accompagnée.

Jetant un coup d'œil à la main gauche d'Imogen, Cass marqua une hésitation.

– Petit ami, mari... peu importe.

– Je ne suis pas mariée, expliqua Imogen, qui avait surpris son regard, avec une grimace désabusée. Je n'ai pas encore eu la chance de trouver l'homme de ma vie. Tout au moins, ajouta-t-elle avec une pointe de malice, pas celui qui correspond à mon attente. Ce qu'il me faut, c'est quelqu'un comme votre Jack.

– Oh, pour l'amour du ciel ! grogna Jack quand Cass lui raconta qu'elle avait invité la jeune femme. *Pourquoi ?*

– Je la trouve sympathique.

Cass, allongée dans la baignoire, contemplait le reflet dans la glace de Jack en train de se raser.

– Tu as bien invité ce type que tu as rencontré au *Groucho* la semaine dernière, non ? Tu l'as trouvé toi aussi sympa et tu lui as proposé de se joindre à nous. Eh bien, j'ai fait exactement la même chose. Quand on rencontre de nouvelles têtes agréables, on reste en contact. On appelle ça se faire des amis, précisa-t-elle.

Par-dessus son épaule, Jack lui jeta un regard soupçonneux.

– Tu as répété ton discours ?

– Il a bien fallu, protesta Cass. Tu sais comment tu es quand tu commences à discuter. A côté de toi, Stallone a l'air d'une femmelette. En outre...

– En outre quoi ?

– Eh bien, je l'ai fait pour qu'elle puisse constater à quel point tu *peux* être gentil.

Cass se mordit la lèvre pour cacher son sourire.

– Tu t'es montré si odieux ce matin que j'ai voulu lui prouver que tu avais aussi de bons côtés.

4

La nuit était chaude et sereine. Au fur et à mesure que le ciel s'assombrissait, passant du violet à l'indigo, les étoiles s'y multipliaient. Imogen, pendant que le taxi faisait marche arrière et s'éloignait, fit une halte au bout de l'allée pour admirer le tableau qui s'offrait à ses yeux : une grande maison victorienne confortable, de caractère gothique, dont toutes les fenêtres étaient illuminées comme un calendrier de l'Avent. De l'arrière du bâtiment, où les invités s'étaient manifestement éparpillés dans le jardin, lui parvenaient de la musique et des rires.

Cass Mandeville avait dit 20 h 30. Il était presque 22 heures, mais Imogen considérait que, pour une femme arrivant seule à une réception, il était préférable de faire son apparition au moment où la glace était rompue et où les invités avaient déjà suffisamment entamé leur troisième ou quatrième cocktail pour ne pas se formaliser de se présenter à une totale inconnue.

Elle se passa brièvement en revue avant de s'engager dans l'allée. Tout allait apparemment bien du côté de ses cheveux, qu'elle avait tressés en une natte épaisse. Les bretelles de son soutien-gorge étaient invisibles. Sa robe d'été noire, au-dessus du genou, était bien ajustée. Et comme elle était jambes nues, elle n'avait pas à craindre d'avoir un bas filé. Tout semblait en ordre.

Pour s'en assurer doublement, et parce qu'elle accomplissait toujours ce rite avant de faire son entrée, Imogen fit glisser de son sac un flacon de ce qu'elle appelait son « propulseur d'assurance ». A peine en avait-elle dévissé le bouchon que des pneus crissèrent dans son dos. Une voiture bleu foncé remonta l'allée comme une fusée en klaxonnant et s'immobilisa en dérapant à moins de dix centimètres derrière elle.

– Mais que se passe...

Secouée, la jeune femme pivota sur place. Tout s'était déroulé si vite ! Elle aurait pu être fauchée.

– Navré, lança une voix mâle d'un ton chagrin par la vitre du conducteur qui s'abaissait silencieusement, mais vos réflexes sont-ils toujours aussi lents ? Ne m'avez-vous pas entendu arriver ?

Imogen fixait le jeune homme qui se moquait d'elle.

Il accompagnait ses paroles d'un langage gestuel, comme si elle était sourde. Et il souriait ; chose qu'il n'aurait sans doute pas faite si elle avait été une totale inconnue rencontrée dans la rue. Mais elle ne l'était pas. Elle faisait manifestement partie de la réception et il n'était pas convenable de se mettre en colère contre une invitée.

De la même manière, cela se serait passé ailleurs, Imogen l'aurait traité de tous les noms d'oiseaux. Mais elle retint sa langue. Devant elle se tenait Sean Mandeville, celui dont tous les journaux parlaient presque autant que de ses célèbres parents. Cela ne servirait à rien du tout d'arracher l'antenne de son idiote de voiture pour lui donner une leçon.

Les doigts toujours posés sur le capot bleu nuit poussiéreux de la BMW, Imogen respira profondément pour se calmer.

– Pardon, c'est ma faute, mentit-elle.

Sean n'était pas idiot.

– Et moi, j'étais pressé, rétorqua-t-il en souriant. Nous sommes tous les deux très en retard. Je ne crois pas que nous nous soyons déjà rencontrés.

– Si cela était le cas, répondit Imogen d'un ton mielleux, vous ne l'auriez pas oublié.

– Je me serais sans doute rappelé ce parfum. Excusez-moi, ajouta-t-il avec un air sombre, ne le prenez pas personnellement, mais émane-t-il vraiment de vous ?

Il parlait du propulseur d'assurance d'Imogen, de son flacon de *Trésor*, de Lancôme, presque plein et hors de prix. Au moment où elle avait failli être renversée par la voiture, il avait échappé de la main de la jeune femme et s'était fracassé contre une pierre bordant l'allée. De lourdes vapeurs s'élevaient dans la nuit tranquille et enveloppaient la voiture d'une odeur entêtante.

– Dépêchez-vous de monter.

En même temps que s'ouvrait la portière, la vitre se referma.

– Si nous faisons vite, elle ne pourra pas nous envahir. Mais, qui êtes-vous ? Comment vous appelez-vous ?

Imogen n'était pas du tout persuadée de le trouver à son goût, mais au moins, elle pouvait faire son entrée en sa compagnie. Sean Mandeville, yeux noirs étincelants et physique d'Adonis, était en train de se faire un nom bien à lui parmi les comiques. Et si son nom et son talent y contribuaient pour beaucoup, il en allait de même de ce physique superbe, pour la bonne raison que les acteurs vraiment séduisants capables de faire se pâmer et rire simultanément – étaient aussi rares que les poules avec des dents. Et si Sean n'était pas plus drôle qu'au moins une dizaine de ses collègues de *Comedy Inc.*, le club de Soho qui lui avait offert son premier emploi, il rapportait infiniment plus d'argent, grâce à toutes les filles et pas mal de gays qui s'étaient entichés de lui. Ses spectacles étaient toujours bondés.

– On s'est tamponnés dehors, expliqua Sean à sa mère quand Cass, enchantée, accueillit Imogen d'un baiser sur la joue.

– Je suis tellement contente que vous ayez pu venir ! Sean, mon chéri, va chercher un verre pour Imogen. Et Jack, où a-t-il disparu ? Ah... Jack, viens dire bonsoir et cette fois, essaie de le faire gentiment. Imogen, je vous présente mon vieux mari, Jack. Jack, voici Imogen Trent.

– Bonsoir.

Pas de baiser amical sur la joue de la part du vieux Jack, songea Imogen. Du fond de son sac, elle sortit une enveloppe vert foncé et un paquet plat enveloppé dans du papier cadeau, enrubanné de vert et d'or, qu'elle lui tendit.

– Bon anniversaire, dit-elle en se demandant s'il aurait la bonne grâce de se montrer gêné.

Néanmoins, dans les yeux sombres de Jack, ne se lisait aucune trace d'excuse.

Il lui jeta un coup d'œil.

– Qu'est-ce que c'est ? Une espèce de pot-de-vin ? Si vous vous attendez que je change d'avis et que je participe à la séance photo de demain, vous faites fausse route. Ma réponse est toujours non.

– Chéri !

Cass rentrait visiblement sous terre. Jack était censé compenser sa grossièreté du matin, non la confirmer.

Imogen haussa les épaules.

– Ce n'est pas grave, fit-elle avant d'ajouter calmement : et il ne s'agit pas d'un pot-de-vin. Ce n'est pas *Hello* qui a payé ce cadeau. Je l'ai acheté avec mes propres deniers.

Elle l'observa déballer le cadre en argent massif.

– Je me suis dit que la jolie photo, sur le vaisselier de la cuisine, le méritait bien.

– Oh, Imogen, vous n'auriez pas dû ! s'exclama Cass. Il est magnifique. Tu ne trouves pas, Jack ? Vraiment idéal pour cette photo.

– Idéal, acquiesça Jack.

Imogen bondit, car Sean venait de se matérialiser dans son dos.

– Mon père, chuchota-t-il en aparté, n'est jamais honteux de rien.

– Votre père est infréquentable.

Cass commençait à désespérer. Imogen sourit pour lui signifier qu'elle n'y était pour rien.

– Pas de panique, fit Jack en souriant aussi, mais du bout des lèvres. Tu t'imagines que je vais blesser notre invitée. Mais c'est une journaliste, Cass. Et les journalistes n'ont pas de sentiments.

– Ce qui est sûr, c'est que certains sont très mal élevés, répondit Cass d'un ton acerbe.

Elle se demanda pourquoi Jack ne voulait pas laisser tomber, au risque de gâcher la réception donnée en son honneur.

Sean effleura le bras de la jeune femme.

– Venez. Laissez-moi vous emmener loin de tout cela. Si vous avez faim, il y a un buffet dans la salle à manger.

Cass avait fait appel à un traiteur célèbre, mais seule

Sophie se préoccupait d'empiler la salade et le chili dans les assiettes.

– Il n'y a que des vieux ici, dit-elle en donnant à Sean une part supplémentaire de chili. Je m'ennuie. Et je viens d'entendre papa être désagréable avec vous.

Derrière les lunettes cerclées d'acier, les grands yeux gris s'intéressèrent à Imogen.

– Franchement, il peut être vraiment ronchon. Vous auriez dû l'entendre s'en prendre à maman cet après-midi, à propos de tous ces fouineurs d'inconnus envahissant sa réception d'anniversaire. Pour être honnête, je dois dire qu'en général, il se conduit mieux.

Imogen trouvait que Sophie était une petite chose bizarre. Le charme éclatant des Mandeville rendait son apparence anodine d'autant plus étonnante. Avec son mince visage pâle, ses cheveux châtains courts et ses yeux clairs qu'agrandissaient des lunettes peu flatteuses, elle ne ressemblait, au premier abord, à aucun d'entre eux. Le fait qu'elle s'était sans doute coupé les cheveux toute seule et qu'elle portait avec décontraction un sweat-shirt beige et un short kaki laissait entendre que son apparence ne la préoccupait absolument pas. Pourtant, son teint était sans défaut et, sous ses vêtements informes, sa silhouette parfaitement proportionnée. Il serait intéressant, songea Imogen, de la revoir, d'ici trois ou quatre ans. On voyait bien qu'elle promettait. Elle possédait le genre de physique qui pouvait se révéler d'un seul coup et exploser...

– Tant pis pour votre père, la taquina Imogen. Viendrez-vous à la séance photo demain après-midi, pour le reportage de *Hello* ?

Sophie continuait à servir généreusement la salade. Elle se rapetissa.

– Pas question. Ici, c'est Cléo qui se charge de se pavaner devant les objectifs. Pas moi.

– Notre petite Sophie...

Souriant à pleines dents, Sean pinça légèrement sa joue blanche.

– Se faire photographier est un peu trop frivole, un peu trop show-biz aux yeux de ma petite sœur, ajouta-t-il. Sauf, bien sûr, lorsque la police l'arrête lors d'une manifestation du style « Sauvons cet arbre ».

Une heure plus tard, Imogen pria les personnes avec qui elle conversait sur la terrasse de l'excuser. Un des désavantages inhérents au fait d'être rousse était l'obligation de porter une crème teintée pour empêcher la peau d'arborer un blanc fluorescent dans l'obscurité, comme ces squelettes de plastique, dans les boîtes de céréales. Par des nuits torrides comme celle-là, ce genre de crème avait l'affreuse habitude de se diluer en traînées. Mieux valait surveiller la chose. Toujours prête à un ravalement rapide, Imogen en gardait constamment un tube sur elle.

D'un coup d'œil à son image dans le miroir de plain-pied qui dominait la fastueuse salle de bains aux tons bleu et or, elle constata qu'elle avait eu raison de s'en préoccuper. Se tournant de-ci, de-là, elle utilisa un morceau de papier toilette blanc pour essuyer les légères traînées derrière ses genoux, dans le creux de ses coudes et – surtout – entre ses seins. Elle jura tout bas en entendant s'agiter la poignée de la porte. La hâte empirait toujours les choses et il était hors de question pour elle de ressortir si les taches blanches n'étaient pas complètement recouvertes.

La poignée recommença à cliqueter, à l'instant même où elle dévissait le bouchon. Imogen gémit, épouvantée, en voyant une grosse noisette luisante de crème marron jaillir du tube et, avec un splash presque audible, atterrir sur le splendide tapis lapis-lazuli de la salle de bains.

D'abord le parfum, et maintenant la crème teintée, songea-t-elle misérablement. Si Jack Mandeville s'en apercevait, il ne faisait aucun doute que ce serait son sang à elle qui coulerait.

Imogen passa les deux minutes suivantes à frotter frénétiquement la tache à l'aide de Kleenex et d'un gant de toilette jaune. Son cœur faillit s'arrêter de battre quand un grand coup sur la porte fut suivi de la voix, parfaitement reconnaissable, de Jack Mandeville.

– Bon, il est grand temps ! Si quelqu'un est tombé dans les pommes, il va falloir que j'entre là-dedans de force.

– J'arrive, couina Imogen, en bourrant les W.-C. des débris accusateurs avant de tirer la chasse d'eau.

Les mains tremblantes, elle s'enduisit le décolleté et l'arrière des genoux de juste assez de crème pour dissimuler les zones blanches. Maintenant, elle avait le visage rose, luisant de transpiration et accablé de culpabilité. Derrière chaque ambitieuse au chic décontracté, songea-t-elle amèrement, se dissimulait une souillon invétérée qui faisait des pieds et des mains pour se distinguer. En tout cas, elle l'espérait. Elle ne supporterait pas d'être la seule dans ce cas.

– Vous ! s'écria Jack Mandeville, en lui adressant un de ces regards à vous désespérer, du style « je vous l'avais bien dit », quand elle déverrouilla et ouvrit enfin la porte.

Mais Dieu du ciel, comme il était séduisant ! Accrochée à la poignée, Imogen soutint son regard.

– Ecoutez, je ne sais pas bien ce que j'ai fait pour mériter ce traitement, dit-elle à voix basse, bien qu'il n'y eût personne dans les parages. Vous me désapprouvez, c'est clair comme de l'eau de roche, mais... pardonnez-moi si je ne comprends toujours pas pourquoi.

– Peut-être que je n'approuve pas ce que vous faites, rétorqua Jack. Votre magazine, j'entends. Ce genre de soi-disant journalisme, ajouta-t-il d'une voix coupante, ne risque pas d'obtenir un prix Pulitzer. Cela ne vous ennuie donc pas de débiter des niaiseries à la chaîne ?

– Si.

Imogen rejeta brusquement ses cheveux en arrière et soutint son regard.

– J'aimerais évidemment faire un travail plus stimulant intellectuellement, mais c'est ce job qu'on m'a offert, et j'ai un loyer à payer. De plus, ce n'est pas si atroce, ajouta-t-elle avec une pointe de colère. Il ne s'agit quand même pas de porno. Notre magazine ne fait aucun mal.

– Pour ne pas dire qu'il ne rime à rien.

Tout cela était bizarre. Imogen respira à fond.

– Ecoutez, votre femme fait don de son cachet à une œuvre de bienfaisance. Elle nous a demandé de l'envoyer à l'Unicef. Cela rime-t-il toujours à rien que cet argent serve à sauver la vie d'un enfant ?

Employant une méthode chère aux politiciens, puisqu'il ne pouvait s'opposer à un tel argument, Jack la fusilla du regard et changea de sujet.

– Je me fiche pas mal de la façon dont vous vous êtes fait inviter ici. Ma femme se laisse peut-être prendre aux flatteries des journalistes, mademoiselle Trent, mais à moi elles ne me font ni chaud ni froid.

Il s'arrêta une seconde, bouche pincée.

– Et si vous envisagez de vendre, ne serait-ce qu'un tout petit morceau de cancan concernant cette soirée, à n'importe qui, je vous intente un procès.

Il parlait sérieusement, cela ne faisait pas le moindre doute. L'espace d'une seconde, face à tant de venin, Imogen sentit sa gorge se serrer. Elle n'était pas si abominable, elle plaisait en général autant aux gens que les gens lui plaisaient... et l'idée de rencontrer Jack Mandeville l'avait évidemment excitée. C'était un homme rayonnant de charme, il possédait intelligence et charisme, et de plus, il portait la plus délicieuse chemise à rayures couleur mûre et vert foncé qu'elle eût jamais vue. Qui ne serait pas attiré par un homme offrant une telle liste d'atouts ? Et pour quelle raison, alors qu'elle aussi possédait un nombre d'avantages non négligeable, n'était-il pas sensible à son charme ?

C'est alors que, subitement, le déclic se fit. Imogen manqua défaillir. Bien sûr... ce déluge d'insultes lui était tombé sur la tête pour la bonne raison qu'*en fait*, il la trouvait attirante !

J'ai raison, pensa Imogen, un sentiment de triomphe l'envahissant. *C'est bien ça !*

Elle le voyait maintenant, dans son regard noir et à la manière dont il s'appuyait à la porte de la salle de bains, en apparence décontracté, mais ne l'étant, en réalité, pas du tout.

Elle en éprouva une sensation de pouvoir exaltante.

Vous m'en direz tant ! songea-t-elle réjouie. C'était une révélation à marquer d'une pierre blanche. Jack Mandeville en personne, mari des plus célèbres pour sa fidélité, a donc ses moments de faiblesse.

Imogen se délectait de sa découverte.

Il était, pour de bon, aussi attiré par elle qu'elle l'était par lui.

Et cela ne lui plaisait pas du tout.

5

De l'extérieur, *Comedy Inc.*, situé au milieu de Jelahay Street à Soho, ne présentait rien de remarquable. Coincé entre une boîte de strip-tease et un fast food, avec sa vieille porte à la peinture bleue écaillée et sa plaque de cuivre terne au nom de *Comedy Inc.*, l'établissement arborait une façade de moins de trois mètres en stuc gris, éclaboussée de graffitis, qui ne payait pas de mine.

L'intérieur n'était pas beaucoup plus brillant. C'était pourtant le second foyer de Sean Mandeville, un lieu où il se sentait aimé et en sécurité et vers lequel il revenait à la moindre occasion. A quoi bon posséder une villa à la Barbade, songeait-il en son for intérieur, quand on a *Comedy Inc.* à deux pas de chez soi ? A ses yeux, le cabaret était parfait, de son plafond maculé de taches de tabac à sa moquette pisseuse – dans tous les sens du terme. Les trente-quatre tables rondes auxquelles s'asseyaient les clients pour boire, rire et chahuter, étaient tellement serrées les unes contre les autres qu'il fallait un bon moment pour traverser la salle en se frayant un chemin entre elles. La scène était peu éclairée, la sono pouvait se montrer capricieuse et les serveuses – qui avaient entendu toutes les blagues possibles et imaginables – ne souriaient jamais. Mais Sean les aimait quand même beaucoup. Il ne manquait que l'air conditionné, comme il le répétait à Barney, le directeur, au moins une fois par semaine, pour que l'endroit fût parfait.

Mais Barney était connu pour sa radinerie, d'où la moquette vert et rouge gondolée de vingt et un ans d'âge, si gluante de bière renversée qu'elle vous scotchait les pieds au sol. La scène n'était pas beaucoup mieux non plus, avec ses planches sans doute saturées de la sueur d'un millier de comiques traqueurs. Sean, en tout cas, espérait qu'il ne s'agissait que de transpiration...

Tandis qu'il bavardait avec son public, s'adressant à une bonne sœur imaginaire, assise à la table numéro treize, sur les périls inhérents à la consommation de rhum and black dans des chopes d'un demi-litre, une moitié de son cerveau commença à s'égarer sur cette voie et à envisager l'éventualité de l'inclure dans son numéro.

C'était ainsi que fonctionnait Sean ; ses monologues spontanés traitaient des gens et de la vie au quotidien. Les blagues ponctuées d'un trait d'esprit final n'étaient pas dans son style. Il préférait toucher les cordes sensibles, faire tordre de rire par la *justesse* de ses propos.

Son numéro n'était jamais identique deux soirs de suite.

Improvisateur invétéré, il s'aventurait sans cesse dans des directions nouvelles, au fur et à mesure que lui venaient des idées. La plupart du temps, cela marchait ; quelquefois pas. Sean ne s'en formalisait jamais. Du moment qu'il était sur scène, il était heureux. Et comme le rire est un aphrodisiaque, il était l'objet de davantage d'avances qu'il ne pouvait y répondre. Il y avait toujours des masses de filles prêtes à lui démontrer ce qu'elles entendaient par prendre du bon temps... comme cette blonde sensationnelle à la table sept, qui assistait au spectacle pour la troisième fois consécutive. Ni la jupe incroyablement moulante, ni la jolie dame elle-même n'avait échappé à l'attention du jeune homme. Il décida qu'il ferait peut-être les premiers pas ce soir. Après le spectacle.

– ... allons, je n'invente rien, protesta-t-il, devant les spectateurs pliés de rire sur leurs sièges.

Il en était à la dernière lubie californienne : la chirurgie esthétique pour chiens, dont le but consistait à faire ressembler les toutous à la star de cinéma préférée de leurs propriétaires.

– Nous avons l'opération Streisand, particulièrement efficace sur les Afghans...

Se détournant à moitié, il se couvrit la bouche, comme pour étouffer un toussotement. C'était une nouvelle idée de Donny, une tentative. Quand la capsule de sang fut bien logée entre ses dents du fond, il reporta son attention sur le public, avec un air d'innocence blessée.

– J'ai donc pensé faire opérer mon propre chien – une chienne, toujours en chaleur – mais le chirurgien avait déjà été poursuivi par Madonna. Non, je vous en prie, vous pensez que je vous mène en bateau, mais croyez-moi. Le dentiste de l'enfer m'arrachera toutes les dents si je vous mens...

En prononçant la phrase, il mordit dans la capsule. L'idée consistait à ce que le sang coule le long de sa bouche, pendant qu'il continuait à discourir.

Mais la capsule manqua à sa mission et le faux sang au goût bizarre se déversa au fond de sa gorge. Sean se sentit étouffer. Il essayait de replacer le micro sur sa fourche quand, en toussant, le liquide rouge gicla hors de sa bouche. Un groupe de filles occupaient la table la plus proche de la scène. Sean ne put que voir, épouvanté, une gerbe de sang éclabousser – comme dans un film au ralenti – la poitrine de celle qui était le plus près de lui.

Et pour couronner le désastre, elle portait bien entendu une robe blanche.

Le public, croyant que cela faisait partie du numéro, se tordait de rire. Si c'était un type qui avait reçu la chose, Sean aurait peut-être joué le jeu et prétendu l'avoir fait exprès. Mais il ne pouvait pas faire cela à une femme.

Elle ne riait pas du tout.

– Bon, bon, vous tous, ça suffit, souffla-t-il dans le micro avant de sauter en bas de la scène.

La voisine de la jeune fille tentait d'essuyer le devant de sa robe tachée avec une poignée de Kleenex.

La fille croisa le regard de Sean.

– Je suis absolument navré.

Mortifié par l'expression de ses yeux noirs, il prit sa main et la porta à ses lèvres pour y déposer un baiser.

– C'est un incident pénible et je vous supplie de me laisser le réparer. Venez me voir dans ma loge après le spectacle.

– Eh bien, c'était réussi ! gloussa Donny une demi-heure plus tard en passant une tête hilare à la porte de la loge.

L'incident l'avait beaucoup amusé. L'humiliation publique était son fonds de commerce.

– As-tu vu la tête de cette poule quand c'est arrivé ? Quelle mine ! Mais minute papillon, elle était pas moche... j'imagine que t'as pas son numéro de téléphone ?

Donny Mulligan trouvait cela normal, songea Sean, agacé. Il avait hérité du physique avenant de sa mère jamaïquaine et du charme de son père irlandais. Si la même mésaventure lui était arrivée, Donny ne serait probablement pas rongé par la culpabilité – il ne lui serait même pas venu à l'esprit de présenter ses excuses. Les mèches rastas qui pendaient sur ses épaules et son accent prononcé de Dublin permettaient à Donny de se sortir pratiquement de toutes les situations.

Sean avait enfilé une chemise propre – la robe blanche n'était pas la seule à avoir été éclaboussée – et s'était passé un coup de peigne dans ses cheveux bruns. Cela faisait maintenant un quart d'heure qu'il était sorti de scène, et elle n'avait toujours pas fait son apparition. Désorienté et légèrement vexé, il enfonça son portefeuille dans la poche arrière de son jean et suivit Donny dans le couloir. Il lui aurait offert un verre pour lui prouver qu'il était vraiment désolé. Peut-être s'était-elle sentie trop gênée pour garder la robe tachée sur elle. Peut-être était-elle sortie comme une furie pour téléphoner l'histoire aux journalistes. Sean voyait déjà le récit que donnerait l'incident, repris dans l'*Evening Standard* du lendemain.

Il fut soulagé en la repérant. Elle était installée au

bar avec ses amies. En dépit de la chaleur, elle avait choisi de cacher les dégâts sous un long trench-coat beige, serré à la taille.

– Salut, c'est moi.

– Salut, vous.

Elle inclina la tête de côté, l'accueillant d'un bref sourire. Donny avait raison. Elle était splendide, mais d'une façon discrète, sans tape-à-l'œil. Pas du tout le genre de Sean.

– Vous n'êtes pas venue dans ma loge.

Il la rabrouait gentiment. Il ne pouvait pas se permettre de l'offenser davantage.

– De quoi aurais-je eu l'air ? D'une groupie ?

C'était au tour de Sean d'être offensé.

– Bien sûr que non ! Merci beaucoup.

– Oh ! j'aurais pu avoir la sensation d'en être une. (La fille haussa les épaules, comme si elle s'en moquait.) De toute façon, cela n'a pas d'importance. Vous m'avez trouvée. Et maintenant, qu'allez-vous faire ? Me sourire, m'offrir un grand verre de gin tonic et me filer cinq livres pour rembourser le nettoyage de ma robe ?

C'était exactement ce que Sean avait l'intention de faire. Ulcéré qu'elle l'eût démasqué avec autant de justesse, il répliqua :

– Charmant. En fait, j'allais vous inviter à dîner. A moins que cela ne vous donne encore plus le sentiment de passer pour une groupie ?

L'espace d'une seconde, elle garda le silence. Génial ! Sans doute était-elle de ces féministes fanatiques, cracheuses de feu, en mission secrète pour démasquer les salauds de machos qui osaient leur proposer de sortir. Du coin de l'œil, Sean entrevit la blonde aux jambes sculpturales se diriger vers la sortie. Merci, Donny. Cette capsule de sang était vraiment une idée sublime ! Cette soirée, il n'allait pas l'oublier de sitôt.

– Bon, fit la fille en hochant la tête.

Subitement, alors qu'il ne s'y attendait pas du tout, elle lui adressa le plus délicieux des sourires, révélant des dents aussi parfaites que des perles.

– Bon ?

Sean, en s'entendant imiter bêtement sa réponse, aurait aimé se donner des coups de pied. Maintenant, il s'exprimait comme un écolier coincé aux entournures. Il était absolument persuadé qu'elle refuserait.

– J'ai faim.

Glissant à bas de son tabouret, elle vida son verre et le reposa sur le bar.

– Vous vouliez dire ce soir, n'est-ce pas ?

– Oui, oui.

Sean, qui n'avait jamais eu l'intention de sortir avec elle, se résigna. Maintenant, la blonde avait disparu ; il avait tout aussi bien intérêt à se débarrasser de ce pensum.

– J'ignore votre nom.

– Je m'appelle Pandora, répondit-elle gravement. Et à la première plaisanterie sur mon prénom, vous êtes un homme mort.

6

Pandora n'avait jamais mis les pieds au *Blue Goose*, qui avait manifestement l'air d'être un des repaires habituels de Sean Mandeville. Le serveur les accueillit chaleureusement et essaya de la convaincre de quitter son trench-coat.

– Ça ira, elle préfère le garder, l'arrêta Sean.

Quand on les eut installés à une table et qu'on leur eut remis le menu, il sortit son portefeuille et en extirpa discrètement un billet de vingt livres qu'il glissa dans la main de la jeune fille.

– Avant que j'oublie, murmura-t-il. Pour le nettoyage de votre robe. Je ne sais pas vraiment... hum, pensez-vous que cela suffira ?

– Suffira ? répéta Pandora que son expression inquiète fit sourire.

Loin du club et de ses copains blagueurs, il était nettement moins sûr de lui qu'il ne voulait le faire croire.

– Ça suffira pour acheter deux robes neuves !

Elle repoussa l'argent vers lui.

– Ne vous inquiétez pas. Je suis certaine que le faux sang ne laisse pas de trace.

Son honnêteté toucha Sean.

– Vous pourriez toujours en faire une tendance. Le look *Psychose*... Je sors de ma douche... ajouta-t-il avec un sourire spontané.

Au cours du dîner, Sean apprit qu'elle s'appelait en fait Pandora Jacintha Grant. Elle avait vingt-quatre ans, louait et partageait la dernière d'une lignée de minuscules maisons en mitoyenneté, à Kilburn, avec son frère aîné, Joël. Elle travaillait tard le soir comme serveuse dans un bistrot, le *Moon and Sixpence*, situé lui aussi à Kilburn. Son salaire était médiocre, mais c'était un endroit sympathique, à l'ambiance chaleureuse, et dès le dernier client parti, le personnel s'attablait autour d'un excellent dîner. L'établissement fermait le lundi, ce qui expliquait pourquoi elle et ses collègues étaient venues passer leur soirée au *Comedy Inc.*

Jusque-là, rien que de bien ordinaire. C'était loin d'être la vie la plus palpitante qu'on ait racontée à Sean et, cependant, la jeune fille avait quelque chose qui l'intriguait.

Pourtant, il n'arrivait pas à déterminer ce que c'était. Pandora Grant était exactement l'inverse du genre de filles qui l'attirait d'ordinaire. Il aimait les grandes blondes, minces, aux cheveux longs, aux yeux bleus, très maquillées. Sa femme idéale ressemblait à Kim Basinger, à Michele Pfeiffer ou à la blonde aux jambes sculpturales avec laquelle il avait eu l'intention de nouer connaissance, jusqu'à ce que le destin, sous la forme d'une capsule de sang réfractaire, vienne contrarier ses intentions.

Sa femme idéale n'était assurément pas café-au-lait, aux yeux marron perçants, aux cheveux noirs très courts, dénuée de maquillage et emballée de la tête aux pieds dans un trench-coat beige, à l'instar de l'inspecteur Clouseau...

Dans ce cas, que pouvait-elle bien posséder, se demandait Sean, pour éveiller autant son intérêt ?

Entre deux plats, Pandora le pria de l'excuser pour aller se laver les mains. Elle n'emporta pas son sac avec elle. Sean, pour se délasser, étendit les jambes et, ce faisant, accrocha le bout de sa chaussure dans la lanière de cuir qui traînait. Le sac s'écrasa par terre, s'ouvrit, et son contenu s'éparpilla sur le sol.

Sean fit la grimace à la vue du tube de Dermophile indien qui roula gaiement sur le plancher et s'immobilisa contre la chaussure impeccablement cirée du type assis à la table voisine. Un pot de crème glissa dans la direction opposée. Des clés, un journal, un agenda et un peigne afro – pour des cheveux si courts ? – furent plus faciles à récupérer.

C'est en enfournant le tout à l'intérieur du sac que Sean aperçut une chose restée au fond. Cette découverte eut pour effet simultané de lui donner un choc et de l'exciter ; son caractère inattendu eut le même résultat qu'une poussée d'adrénaline. Il comprenait pourquoi il éprouvait une attirance aussi forte pour cette fille. Pandora Grant avait bien plus à offrir que ce qu'elle montrait de l'extérieur.

Subitement, Sean se trouva en proie à un désir brûlant, aussi sûrement que si on lui avait versé un flacon entier d'aphrodisiaque dans son verre. Il réalisa qu'il n'avait jamais désiré une femme avec une telle intensité.

– Merci.

Ces grands yeux innocents tournés vers lui...

– C'était vraiment gentil de votre part. J'ai passé une très bonne soirée.

– Si vous m'invitiez à boire un café ? suggéra Sean d'un ton léger, en la déposant un peu plus tard devant chez elle.

A l'idée de ce que renfermait son sac, Sean était en ébullition d'autant que Pandora lui avait expliqué que son frère était en voyage.

Mais la jeune fille hocha la tête.

– Désolée, c'est impossible. Je dois me lever affreusement tôt demain matin. Encore merci pour ce dîner.

Sean n'en croyait pas ses oreilles. Il venait de passer deux heures et demie à déployer son charme, à défaut de se montrer tout à fait irrésistible, pour une fille qu'il n'aurait en temps normal pas même regardée, et voilà qu'elle avait le culot de le repousser ! Mais qu'avait-elle donc ? Et lui, se demanda-t-il frénétiquement, qu'avait-il donc ?

Personne ne lui avait dit non depuis sa douzième année.

Par orgueil, Sean ne lui demanda ni son numéro de téléphone ni s'il pourrait la revoir, mais toute la semaine, il fut incapable de chasser Pandora Grant de son esprit.

C'était carrément invraisemblable. Cette fille l'intéressait-elle à ce point parce qu'elle l'avait gentiment repoussé ? Quelle que fût la raison, Sean se mit – chose inouïe – à rêver d'elle. Il consulta sans succès l'annuaire du téléphone, et finit par appeler les renseignements pour apprendre que son numéro était sur liste rouge. Sur scène, il scrutait chaque soir la salle, espérant, contre tout espoir, l'apercevoir...

Le dimanche soir, Sean n'en pouvait plus. Pandora – ou plutôt, l'absence de Pandora – le rongeait sérieusement. Le public avait applaudi avec plus d'ardeur le numéro de Donny que le sien. Au bar, après le spectacle, Donny s'était inquiété :

– Mais que se passe-t-il, mon vieux ? Tu perds ton sens de l'humour. Allons, jette un œil, c'est la blonde que tu visais la semaine dernière.

Lorsque la fille les rejoignit d'un pas nonchalant, elle lui adressa un grand sourire entendu et se pencha si près que sa jupe de cuir rose pâle effleura sa cuisse. Sean n'eut même pas envie d'entamer la conversation.

Elle empestait Georgio. En gros plan, il voyait la base couleur miel de son maquillage s'accumuler le long de son nez. Son fard fondait sous la chaleur.

– Donny...

Ecœuré par le spectacle, il donna une tape sur le bras de son copain.

– Je m'en vais.

Tandis qu'il s'éloignait, il entendit la blonde pousser un ooooh de frustration.

Le *Moon and Sixpence* était situé dans une ruelle étroite qui donnait sur Kilburn High Road. Sean y arriva au moment où, semblait-il, les derniers clients en sortaient. N'ayant pas le courage d'y faire tout simplement une entrée en fanfare, pour saisir Pandora et l'emporter dans ses bras tel Richard Gere dans *Officier et Gentleman* – il gara sa BMW à dix mètres de l'établissement et s'installa pour attendre la jeune fille. Si elle devait l'humilier, au moins elle ne le ferait pas devant ses copines. Il était 23 h 15. Il n'aurait sûrement pas à attendre très longtemps.

Mais dans sa hâte de la revoir, Sean avait oublié le repas que le personnel partageait chaque soir après la fermeture. Les lumières du bistrot continuaient à briller de tous leurs feux. A travers la vitre ouverte de la voiture, lui parvenait le bourdonnement d'une conversation animée, entrecoupée de hurlements et de rires. Sean s'ennuyait et il avait faim. Il fouilla dans la boîte à gants et trouva un paquet de pastilles aux fruits. Les bonbons aussi le laissaient tomber : il n'en restait que deux verts et trois jaunes.

Sean termina la dernière friandise fadasse et soupira. Minuit. C'était ridicule. Mais que lui prenait-il donc ? Avait-il complètement perdu l'esprit ?

Comme en réponse à ses prières, la porte s'ouvrit et deux filles sortirent. Cela signifiait qu'il n'aurait plus longtemps à patienter. Sean se redressa, éteignit Dire Straits et découvrit qu'il avait le trac. Tout cela était tout à fait ridicule.

La porte se rouvrit. Cette fois c'était Pandora. L'espace d'une seconde, il ne put que rester assis à contempler l'objet de ses fantasmes. Que cette semaine avait été longue... Et maintenant, il voyait sa silhouette se détacher dans l'embrasure de la porte, son visage d'une finesse miraculeuse, son cou gracieux, son corps mince. Elle portait de grands anneaux d'or aux oreilles, un T-shirt noir noué à la taille et un caleçon blanc. Suspendu à son épaule, le sac de cuir noir, ridiculement trop grand, venait se poser sur sa hanche. Elle était encore plus désirable que dans ses souvenirs. Il inspira à fond et s'apprêta à ouvrir sa portière ; il suffisait de prendre une attitude décontractée...

Au moment où ses doigts atteignirent la poignée, dans la ruelle obscure, un sifflement aigu rompit le silence. Dans l'ombre, Sean aperçut, à deux cents mètres environ, une haute silhouette se mettre à courir.

L'espace d'un instant, il crut que Pandora allait se faire agresser, mais elle leva une main en signe de reconnaissance. Sans jeter un seul regard en direction des voitures en stationnement, elle se précipita sur la chaussée vide en agitant les deux bras. Sean, soudain nauséeux, glissa vers le bas de son siège pour se rendre invisible. Mais hors le grand type blond à la carrure d'athlète qui se rapprochait d'elle en courant, elle ne voyait rien ni personne.

On se serait vraiment cru dans une scène de film. Quand il arriva à la hauteur de Pandora, l'athlète, la soulevant comme une plume, la fit tournoyer en l'air. La jeune fille, les bras enlacés autour de son cou, poussa un petit cri de ravissement et enfouit son visage contre sa poitrine quand il la reposa doucement sur le sol.

Lacéré de jalousie, Sean attendit qu'ils disparaissent à l'angle de la rue. Il s'obligea à patienter trois minutes et remit le contact. Il passa devant la maison de Pandora à l'instant même où ils refermaient la porte d'entrée, fraîchement repeinte en bleu, derrière eux.

7

Depuis qu'elle était top model, Cléo Mandeville avait souvent envie de boxer tous ceux qui suggéraient qu'elle n'avait réussi que grâce à ces célèbres parents. Le nombre de fois qu'on le lui laissait entendre la sidérait. Cela ne venait pas des gens du métier – ils choisissaient de travailler avec elle parce qu'ils connaissaient son talent – mais du public, d'une ignorance crasse, qui pensait toujours tout savoir.

Par exemple, ce chauffeur de taxi d'une bêtise insondable, grande gueule et fouineur, qu'elle avait hélé sur cette fichue place de Piccadilly Circus.

– Tu parles d'une coïncidence, croassa-t-il en souriant de plaisir, j'étais justement en train d'écouter l'émission de votre chère maman. J'la rate jamais, vous savez. On peut dire qu'elle éclaire ma journée, surtout les appels en direct.

– Hum...

A l'arrière du véhicule, Cléo se regardait dans un miroir de poche pour raviver son rouge à lèvres.

– Ça doit être sympa, d'avoir une mère comme ça, poursuivit le chauffeur. Enfin, j'veux dire, c'est juste une question de relations, non ? Prenez ma Louise, mon aînée... moi, j'vous le dis, elle aurait pu faire mannequin. Bien plus belle fille que ces paquets d'os de super models qui se font entretenir. Mais elle a fait l'tour de toutes les agences et y en a pas une qui l'a pas envoyée aux pelotes.

Il marqua une pause pour klaxonner une Renault qui avait eu l'audace d'essayer de la dépasser.

– Et vous savez pourquoi ils voulaient pas d'elle ? Parce qu'elle, eh ben, elle connaissait pas les gens qu'y fallait ! Moi, j'vous le dis, si j'avais été célèbre, si j'avais eu mon émission à la radio, vl'à c'qu'y lui auraient dit :

« Alors, on est la fille de Tom 'arris, le grand Tom 'arris ? Bien sûr que vous pouvez être mannequin, ma belle. Z'avez qu'à signer là. »

Cause toujours, cause toujours. Il était plus que probable que sa Louise louchait, que ses dents se chevauchaient et que, par-dessus le marché, elle était bâtie comme un morse. En outre, si son parfum ressemblait, ne serait-ce que vaguement, à celui de son père, il n'était pas étonnant qu'on l'eût refoulée. Cléo adressa une grimace au dos humide et énorme du conducteur. Elle avait rendez-vous avec Linda pour déjeuner et Linda avait sacrément besoin qu'on lui remonte le moral. Mais bon, songea Cléo, si je devais épouser cette espèce de raseur qui lui sert de fiancé dans six semaines, j'aurais moi aussi besoin qu'on me remonte le moral.

Linda et Cléo travaillaient toutes deux pour la même agence. Elles étaient amies depuis des années. Comme pour Linda, le déjeuner consistait à avaler trois radis et une nectarine en guise de dessert, elles s'étaient donné rendez-vous au café du premier étage d'Emporio Armani. Linda était déjà installée devant un verre d'eau minérale glacée, quand Cléo, en retard comme à son habitude, grimpa l'escalier en courant.

– Regarde, j'ai acheté cinq chemisiers.

Linda ouvrit son sac pour les lui faire admirer, mais elle avait l'air désespéré. Tous les chemisiers étaient blancs. Et pour couronner le tout, Linda ne portait jamais ce genre de corsage. Une fois de plus, l'angoisse avait déclenché sa fringale d'achats.

– Je sais, je sais, soupira-t-elle sur la défensive. Colin dit qu'il va falloir que je me reprenne et que j'arrête de me conduire comme une gosse égoïste... et je sais qu'il a raison, ajouta-t-elle rapidement. Quand je pense à cette énorme hypothèque et à tout ce qu'il va falloir dépenser pour refaire la maison. Dès qu'il me fait un sermon parce que je gaspille mon argent, je suis au trente-sixième dessous... et maintenant, il veut que je lui remette tout ce que je vais gagner, pour m'empêcher de le dépenser bêtement. Oh ! Cléo, il veut me verser une allocation. Il affirme que cent livres par semaine pour les dépenses, c'est plus que suffisant pour n'importe qui.

Un des aspects de la vie que Cléo avait le plus de mal à supporter était le spectacle de ses amies qui vivaient ou se mariaient avec des hommes qui ne leur convenaient absolument en rien. Il était clair comme de l'eau de roche que leur couple ne fonctionnerait pas, que cela se terminerait par des larmes et que c'était la relation la plus désastreuse depuis Tom et Jerry... Mais pouvait-elle faire quelque chose pour l'empêcher ?

– Mais c'est ton argent, protesta-t-elle. Tu en gagnes dix fois plus que Colin. Il essaie de t'intimider, mais il n'a absolument pas le droit de se conduire comme ça ! Oh, Linda, poursuivit-elle d'une voix plus douce, es-tu sûre qu'il est fait pour toi ? Veux-tu vraiment épouser un type qui te pique tout ce que tu gagnes et qui t'accorde de l'argent de poche au compte-gouttes ?

Elle connaissait déjà la réponse à sa question. Les tics de Linda, qui tirait nerveusement sur la manche de son body de lycra bleu marine, se multipliaient de façon inquiétante. En dépit de toute sa beauté, la jeune fille était convaincue de posséder l'intelligence d'une souris. Et à cause de ce complexe d'infériorité chronique, elle restait collée comme une sangsue à Colin. Evidemment, la manière qu'il avait de la manager en matière d'argent était un inconvénient, mais elle lui faisait confiance. Elle le croyait quand il affirmait qu'il ne lui serait jamais infidèle. Elle l'aimait parce qu'il lui donnait l'impression d'être en sécurité avec lui.

Cette situation rendait Cléo malade.

Je peux faire quelque chose, décida subitement celle-ci. Il était tout simplement impossible de rester assise en laissant la situation en l'état. Et de plus, elle avait une petite idée sur la manière dont elle allait s'y prendre. Pendant son voyage, la semaine précédente aux Etats-Unis, elle avait participé à une vidéo pour le lancement de la nouvelle collection de Donna Karan, et avait eu vent d'une nouveauté intéressante. Un mannequin lui avait parlé d'une société appelée agence Fidelio. Un plan à la fois extravagant et parfait.

– Bon, tais-toi et écoute-moi.

Cléo parlait à toute vitesse. Avant que la raison ne la fasse revenir sur sa détermination, elle expliqua à son amie, abasourdie, comment le plan fonctionnait.

– Tu plaisantes !

Linda, l'air incrédule, était tellement fascinée par ses propos qu'elle attrapa un morceau de sucre et l'avala en marmonnant :

– Continue.

– Eh bien, prenons l'exemple d'une femme qui souhaite savoir si elle peut faire confiance à l'homme de sa vie. Elle contacte l'agence Fidelio et leur explique quelles sont ses habitudes. Une des filles de l'agence se pointe, par exemple, dans le bar où le type aime se détendre après sa journée de travail, elle engage la conversation avec lui et l'enregistre secrètement. Ils bavardent et prennent un verre. Si le type en reste là, très bien. Il a passé le test haut la main. Au-dessus de tout soupçon.

Les yeux de Cléo étincelaient. Elle trouvait son idée absolument géniale.

– S'il se met à flirter outrageusement et qu'il l'invite à dîner, c'est la preuve qu'il n'est qu'un salaud de faux cul. Et il ne peut même pas essayer de s'en sortir par des salamalecs quand sa petite amie le met face à sa duplicité puisque la preuve est enregistrée sur la bande.

Linda paraissait inquiète.

– Je trouve ça un peu mesquin.

– Mesquin ? *Mesquin ?* s'exclama Cléo. Tu devrais entendre certaines des excuses inventées par ces types ! Daisy, la fille qui m'a parlé de ce système, a travaillé à temps partiel pour cette agence. La première fois, elle avait rendez-vous avec un mec qui n'était marié que depuis six mois. Il lui a débité une histoire tragique, selon laquelle il était veuf et, pour terminer, il l'a invitée à passer le week-end à skier avec lui, à Aspen !

Linda fit la grimace.

– Pour moi, ça ressemble toujours à un piège.

Cléo, lancée dans sa croisade, répliqua avec insouciance :

– Seuls les hommes qui se font prendre appellent ça un piège. Ecoute, c'est rapide et pas cher – beaucoup moins que d'engager un détective privé – et ça dit aux femmes tout ce qu'elles ont besoin de savoir. Reconnais que c'est ingénieux.

– Et tu crois que je devrais faire contrôler Colin ?

Les immenses yeux violets de Linda se remplirent de larmes. Elle avala un autre morceau de sucre. Sa lèvre inférieure tremblait.

– Je t'en supplie, ne pleure pas, la supplia Cléo en pressant sa main menue. Il vaut mieux savoir maintenant que trop tard, non ? Et qui sait, d'ailleurs ? Il va peut-être passer le test sans problème ! Alors, tu pourras vraiment lui accorder toute ta confiance.

- Cléo Mandeville, je te déteste.

Essuyant ses larmes, Linda parvint à esquisser un sourire.

D'ailleurs, comment peux-tu être aussi cynique ? À en croire *Hello,* ta mère et ton père forment le plus heureux des couples de Londres.

– C'est cela qui est déprimant, soupira Cléo. Leur mariage est la seule union heureuse que je connaisse. Je ne vois que des divorces de tous côtés.

– Je bavardais avec Cherry Chandler hier. Je ne savais pas qu'elle en était à son quatrième mari. Ecoute, hésita Linda, je vais y réfléchir. Donne-moi quelques jours. T'occuperas-tu de tout si je me décide ?

– Tu peux compter sur moi, répondit Cléo en dissimulant son triomphe sous un sourire rassurant.

– Merci.

Linda se mordit la lèvre inférieure.

– Ça me panique un peu. Crois-tu qu'une heure supplémentaire de shopping m'aiderait ?

– Je ne connais pas de meilleure thérapie. Harvey Nicks ? suggéra Cléo.

– Oh, oui, *s'il te plaît* !

8

Le Cameron était un club de sport privé de Hampstead appartenant à Rory Cameron. Il se targuait de six courts de squash, quatre courts de tennis en plein air, une piscine couverte, une salle de gym, un studio d'aérobic et un solarium. Le bar, situé au premier étage, était séparé du studio d'aérobic par une paroi de verre, ce qui permettait aux membres du club en train de prendre un verre d'observer le parcours du combattant des forcenées de mise en forme, avec pour corollaire que ces dernières portaient immanquablement des collants griffés, avec vernis à ongles coordonné. Manifestement, il était mal vu de transpirer. Un maquillage parfait était de *rigueur*.

Jack Mandeville trouvait risible cette façon

qu'avaient de s'habiller pour la galerie la plupart des membres féminins du club, mais il était l'ami de Rory Cameron depuis des années et l'endroit présentait l'avantage d'être à la fois situé près de chez lui et bien équipé. C'était également un lieu où il pouvait se détendre, sans que les excités à l'affût des célébrités ne l'observent, d'un air transi. Les membres du Cameron n'étaient pas du genre à vous fixer la bouche ouverte, sauf si l'on incluait dans cette catégorie ceux qui contemplaient les femmes en train de se muscler de leur siège au bar.

Jack préférait s'installer sur la terrasse surplombant les courts de tennis au gazon impeccablement entretenu. Là, il pouvait soit bavarder avec Benny, son partenaire habituel au squash, soit s'attaquer avec nonchalance aux mots croisés du *Telegraph*, ou bien se contenter de se détendre en profitant du paysage.

Ce jour-là, il avait apporté des mots croisés, Benny ayant repris à contrecœur le chemin de la City pour un conseil d'administration. Jack, s'estimant heureux de ne pas avoir à retourner en ville par une journée si torride, se fraya un chemin jusqu'à sa table préférée, chaussa soigneusement ses lunettes de soleil et déplia son journal à la page adéquate.

– « Pleure dans la campagne », fit une voix dans son dos quelques minutes plus tard. Quinze vertical. C'est « saule ».

Effectivement, c'était le bon mot. Les doigts de Jack se resserrèrent autour du stylo suspendu au-dessus de la page. Quand il leva les yeux, ce fut pour découvrir Imogen Trent. Elle lui adressa un large sourire, comme s'ils ne s'étaient jamais accrochés.

Elle avait l'air d'avoir juste terminé son cours d'aérobic. Un ruban vert retenait ses longs cheveux roux en arrière, et quelques friselis humides restaient collés à son front. Les joues roses, encore légèrement haletante.

Sans maquillage elle paraissait plus jeune qu'à la réception. Elle avait noué une chemise de coton gris pâle autour de sa taille, par-dessus un collant à pois jaunes et blancs et un cycliste en lycra bleu marine. Qu'elle ne soit pas sur son trente et un, en tenue de sport ultra-mode marquait un point en sa faveur. Jack n'en souhaitait cependant pas moins ne pas l'avoir rencontrée.

Imogen souffla sur une mèche de cheveux qui retombait sur ses yeux et s'accouda au dossier du fauteuil vide en face du sien.

– Pendant que je m'escrimais à me faire des muscles d'acier dans la salle des tortures, de l'autre côté, j'ai pensé qu'il valait mieux que je vous avertisse de ma présence. Pour vous éviter un choc.

Elle n'avait pas l'air repentante le moins du monde. Elle observa l'expression de Jack et ajouta :

– Mon Dieu, ai-je gâché votre journée ?

La bouche de Jack se pinça.

– J'imagine qu'il s'agit d'une coïncidence ?

– Vous voulez savoir si je me suis introduite de nuit chez Rory Cameron pour consulter la liste des membres et qu'ayant repéré votre nom j'ai décidé *ensuite* de jeter aux orties un gros paquet de fric, pour m'inscrire précisément à ce club ?

En réalité, cela avait été bien plus simple. A la réception, elle avait entendu Benny raconter sa dernière partie de squash avec Jack. Mais bon, il n'était pas nécessaire d'évoquer cet épisode. Faisant mine d'être horrifiée, Imogen haussa les sourcils.

– Voyons, monsieur Mandeville ! Si je voulais vraiment vous agacer, je pourrais le faire à bien moindre prix. Qu'y a-t-il ? ajouta-t-elle, en suivant la direction qu'avait prise le regard de Jack. Que fixez-vous ? Mon Dieu ! Est-ce une guêpe ?

Jack contemplait ses jambes, brun clair et minces

sous le cycliste bleu marine. Il savait qu'il n'aurait pas dû faire cela, mais il ne put absolument pas s'en empêcher. Se penchant par-dessus la table, il tendit la main et fit glisser son pouce de quelques centimètres sur le mollet d'Imogen. Tellement sidérée qu'elle n'en recula même pas, la jeune femme regarda son bronzage s'effacer, laissant place à une traînée blanche.

– C'est marrant, observa Jack, la façon dont ça part sur la peau mais pas sur la moquette.

Imogen piqua un fard. Flûte ! D'un geste brusque, elle tira le fauteuil en arrière et s'y laissa tomber.

– Bon, je suis vraiment navrée de cet incident. Vous ne pouvez pas imaginer à quel point je me suis sentie mal. Je voulais vous en parler, mais vous étiez déjà tellement en colère contre moi...

Elle se tortillait sur son siège, l'air de plus en plus mal à l'aise.

– Pour tout dire, j'étais bien trop effrayée...

La tache, grâce à Mme Bedford, avait disparu après avoir été frénétiquement frottée avec du Vanish. Jack décida de laisser Imogen Trent se ronger les sangs quelques minutes supplémentaires. Otant ses lunettes noires, il se leva.

– On dirait qu'un verre vous ferait du bien. Que voulez-vous ?

– Savez-vous à qui vous ressemblez ? demanda Imogen, arborant une expression perplexe. A un de ces policiers inquisiteurs qui passent en l'espace d'une minute d'une attitude odieuse à la plus grande amabilité. Faites-vous cela exprès pour m'embarrasser ?

Jack sourit.

– En fait, j'ai peut-être envie de découvrir si vous avez, ou non, autre chose à avouer.

Sur scène, Sean en était à son numéro sur les préservatifs.

– Prenez mon vieux copain Rupert, par exemple, dit-il avec un hochement de tête admiratif. Rupert a vraiment du charme. Il peut se sortir de toutes les situations. La semaine dernière, à une soirée, il a réussi à persuader sa petite amie de lui prêter sa dernière capote...

Il faillit perdre le fil de son histoire quand une porte s'ouvrit au fond de la salle et qu'un groupe de retardataires entrèrent. Le cou tendu pour essayer de distinguer quelque chose à travers les volutes de fumée qui réduisaient la visibilité pratiquement à zéro, Sean sursauta brusquement. La silhouette, à l'extrême gauche du groupe, ne pouvait être que celle de Pandora. Et surtout, aucun de ceux qui l'accompagnaient – s'il s'agissait bien d'elle – n'était assez grand pour être le garçon blond de l'autre soir.

S'il s'agissait bien d'elle. A part hurler au régisseur de monter la lumière, Sean n'avait aucun moyen d'en avoir la certitude. Il ne lui restait plus qu'à aller jusqu'au bout de son fichu sketch. Dieu merci, il avait presque terminé.

Avec un frisson de soulagement, il se rassura à l'idée qu'elle ignorait qu'il l'avait attendue un bon moment la semaine précédente à la sortie du bistrot où elle travaillait. Si elle l'avait repéré, tapi comme un crétin, devant le *Moon and Sixpence,* son image de marque aurait immanquablement volé en éclats.

Mais rien de tout cela ne comptait désormais, puisque Pandora était là. C'était bien elle qui venait d'arriver avec quelques amies. Il ne lui restait qu'à se frayer un chemin vers elle, la saluer et reprendre les choses là où il les avait laissées.

Dernier point : cette fois, ne pas l'éclabousser de sang artificiel de la tête aux pieds.

Une horloge sonna les 3 heures du matin. Sean coinça une main sous sa tête et contempla la lune, presque pleine, à travers les voilages blancs à demi tirés. Le ciel noir était piqué d'étoiles. Quelque part, un chat miaula. Il se demanda s'il pouvait se glisser hors du lit sans réveiller Pandora.

La soirée s'était déroulée comme dans un rêve ; il avait encore du mal à croire que c'était arrivé. La jeune fille avait eu l'air extrêmement enchantée de le revoir. Il s'était senti si euphorique qu'après le spectacle, il l'avait emmenée chez *Caviar Kaspia* pour lui offrir un dîner à un prix si exorbitant qu'il en était ridicule. Le chemisier de soie vert jade et la jupe blanche aux genoux, merveilleusement sage, qu'elle portait avec classe, la rendaient infiniment désirable. Sean avait eu le plus grand mal à ne pas la toucher pendant le repas. Il n'avait pas été question de son ex ou actuel petit ami, mais Sean s'en fichait. Maintenant au moins, elle était avec lui.

– Vous êtes différent ce soir, commenta Pandora quand ils en arrivèrent au café. Je ne comprends pas. Comment pouvez-vous avoir tellement changé ?

Sean lui adressa un large sourire.

– Que puis-je répondre ? L'absence fait que le cœur s'attache.

Elle appuya brièvement le dos de sa cuiller à café brûlante contre le poignet du jeune homme.

– Allons, ça m'intéresse.

– Vous avez enlevé votre robe, répondit-il simplement. Vous étiez assise là, au *Blue Goose*, enveloppée dans ce fichu imperméable, et votre robe gisait au fond de votre sac.

Pandora eut l'air sidérée. Puis elle sourit.

– Et alors ?

– Vous étiez nue sous votre imper, expliqua Sean.

Il hocha la tête, submergé par une admiration sans bornes.

– J'ai trouvé cela tellement... *cool.*

– Pas complètement nue, répondit Pandora, l'air malicieux.

– Oh ! vous savez...

– Je portais un tricot de jersey enfoncé dans une grande culotte Petit Bateau.

– Prudente...

Sean s'aperçut qu'il souriait malgré lui. Il effleura ses doigts, qu'elle tenait écartés sur la nappe d'un blanc immaculé.

– J'ai l'impression que je pourrais tomber amoureux de vous. Croyez-vous au coup de foudre à retardement ?

– Mieux vaut attendre, l'avertit Pandora, que vous m'ayez vue en culotte Petit Bateau et tricot de jersey.

Rien n'y faisait ; il ne parviendrait pas à se rendormir, en tout cas pas avant d'avoir bu un verre d'eau. Repoussant la couette doucement, il sortit en se tortillant. Un peignoir de bain bleu appartenant à Pandora était pendu à un crochet sur la porte. Sean, qui n'avait pas envie de se balader nu dans une maison inconnue, l'enfila.

Il n'avait pas l'intention de mettre le nez là où cela ne le regardait pas. Ce n'était certainement pas pour fureter qu'il était descendu. Après avoir rempli un verre d'eau glacée, il trouva pourtant tout à fait naturel de faire le tour de la salle de séjour où il admira les goûts picturaux de Pandora, fit glisser les doigts nonchalamment sur sa collection de CD et parcourut les titres des livres de la bibliothèque, en se disant qu'il ne faisait pas preuve d'indiscrétion, simplement d'une saine curiosité. Quand on vient de coucher pour la première fois avec une fille qui vous plaît beaucoup, on a envie d'en connaître davantage sur elle. Il était tout bonnement en train de relever des indices, d'apprendre qu'elle était fan de Tom Sharpe, d'Aretha Franklin, de l'impressionnisme et du Scrabble.

Des photos étaient coincées derrière un bougeoir rose de porcelaine sur le manteau de cheminée, encombré de bibelots. Prenant soin de ne pas déplacer un vase à col étroit qui paraissait fragile et une soucoupe pleine de billes chatoyantes, Sean forma une tenaille avec deux doigts pour faire glisser les photos le long du mur.

Il n'y en avait que trois, accompagnées d'un petit mot griffonné à la hâte :

Pandora, voici les photos que tu attendais. Quelle journée géniale ! Il faudra qu'on recommence bientôt. Amitiés, Wendy.

Sean contempla deux clichés qui représentaient Pandora et le petit ami blond en train de chahuter au bord d'une piscine bleu azur. Sur la première, elle lui renversait un seau d'eau sur la tête. Sur la seconde, il était sur le point de la pousser tête la première dans la piscine.

La troisième photo, sans doute prise par Tarzan en personne, montrait Pandora assise, les jambes pendantes dans l'eau, flanquée d'un côté d'une fille criblée de taches de rousseur aux cheveux roux, et de l'autre d'un homme qui ressemblait à Eric Cantona. Tous regardaient l'objectif en riant et il était clair qu'ils étaient ravis de batifoler au soleil. Pandora, en particulier, arborant le plus minuscule bikini vert que Sean eût jamais vu, avait l'air de passer le meilleur moment de sa vie. Il étudia le beau visage bronzé du grand type blond, au physique américain et aux dents étincelantes.

La colère l'envahit ; la colère, et un sentiment de

rivalité. Choqué, le jeune homme comprit qu'il était jaloux. Quelques secondes plus tard, le craquement d'une latte du plancher à l'étage le fit bondir et il faillit laisser tomber les clichés dans l'âtre vide.

Il n'eut que le temps de les recoincer derrière le bougeoir de porcelaine avant que ne s'ouvre la porte de la salle de séjour.

– Ah, tu es là ! fit Pandora avec un petit sourire. J'ai cru que tu avais déménagé à la cloche de bois.

Elle paraissait soulagée de le voir, ce que Sean interpréta comme un bon signe. Lui qui mentait d'ordinaire sans vergogne resta le dos appuyé à la cheminée et s'aperçut que sa main tremblait quand il souleva son verre à demi vide.

– J'avais soif ; je ne pouvais pas dormir. Hum, je vois que tu aimes Tom Sharpe. Moi aussi, j'ai lu tous ses livres.

– Tom Sharpe me fait hurler de rire. Dans le métro, c'est assez gênant. Si tu ne peux pas dormir, que dirais-tu d'une tasse de thé ?

Sean n'était pas d'humeur à boire un thé. Une nouvelle vague de jalousie le balaya et il se demanda si le beau gars blond s'y prenait mieux au lit que lui. Reposant son verre, il traversa la pièce pour donner un long et profond baiser à la jeune fille. Quand elle enlaça son cou et qu'il sentit son corps chaud et parfumé commencer à réagir, il murmura :

– J'ai une bien meilleure idée.

Mais Pandora étouffait de petits rires contre son épaule. Tout son corps tremblait, elle était prise d'un fou rire tellement irrépressible qu'il devait pratiquement la soutenir.

– Quoi ? fit Sean, dont les soupçons s'étaient instantanément réveillés.

N'était-elle pas tout bonnement en train de se moquer de lui ?

Pandora essuya ses yeux larmoyants, hoqueta à une ou deux reprises et essaya vaillamment de se ressaisir.

– Pardon, pardon. Tu es tellement macho et charmeur.

Elle leva vers lui des yeux remplis d'excuse, mais ses lèvres frémissaient. Le rire menaçait une fois de plus de se déverser.

– Mais je ne sais pas comment réagir face à un homme qui essaie de me séduire en bandant dans un peignoir de bain parsemé de pâquerettes !

9

Dix jours après leur rencontre au Cameron Club, Jack revit Imogen. Il l'observa discrètement, alors qu'elle terminait pantelante un exercice d'aérobic épuisant. De l'autre côté de la paroi vitrée, la jeune femme faisait semblant de ne pas l'avoir repéré.

Lorsqu'elle sortit, toute rose et luisante, vêtue d'un collant noir et de jambières à rayures arc-en-ciel, une serviette rouille jetée sur ses épaules, Jack la salua d'un bref signe de tête et d'un sourire. Et une seconde plus tard, il s'entendit demander :

– Cette fois-ci, vous avez vraiment l'air d'avoir besoin de prendre un verre. Que boirez-vous ?

Oui, *oui*, songea Imogen qui triomphait intérieurement. Elle s'était demandé combien de temps il faudrait à Jack pour faire le premier pas. Ces types heureusement mariés, elle ne le savait que trop bien, étaient capables de vous rendre folle d'impatience. Parfois, il leur fallait plusieurs semaines pour trouver le courage d'avoir simplement des *pensées* adultères...

Quelle ridicule perte de temps !

Souriante, la jeune femme félicita mentalement Jack Mandeville. Dix jours, ce n'était ni trop rapide ni trop lent. En ce qui la concernait, c'était un délai pratiquement idéal.

Jack avait conscience des risques qu'il prenait, mais il était incapable de se retenir. L'attirance magnétique qui déclenchait des étincelles entre Imogen et lui était d'une telle intensité qu'il n'avait pas la force de s'y opposer. Son attitude était en totale contradiction avec les vieux principes qu'il respectait scrupuleusement. C'était la première fois qu'une telle aventure lui arrivait.

Il trouvait que, depuis dix jours, il était beaucoup plus facile à vivre. Etait-ce dû à un sentiment de culpabilité ou au fait qu'il se sentait particulièrement bien à l'idée de revoir Imogen Trent, il l'ignorait. C'était un fait, purement et simplement. Cass elle-même l'avait remarqué.

– Ça m'ennuie de vous le signaler, mais les gens commencent à hausser les sourcils dans notre direction.

Imogen vida son verre de jus d'orange et jeta un coup d'œil à l'horloge. Il était presque 13 heures et elle mourait de faim. Si elle ne se mettait pas bientôt quelque chose sous la dent, elle allait défaillir.

Jack lut dans ses pensées. Lui aussi avait une heure limite pour terminer la rédaction de la chronique hebdomadaire qu'il rendait au *Daily Herald*. Mais pour une raison inconnue, en retarder le moment lui paraissait moins grave que de ne pas passer cette heure en compagnie d'Imogen.

– Il y a un petit restaurant italien dans Cardan Street, se hâta-t-il de proposer. Très peu fréquenté. A l'heure du déjeuner, il n'y a pratiquement personne. Si je partais devant pour commander pendant que vous, vous prenez votre douche et que vous vous changez ?

Ainsi, ils n'auraient pas à quitter le club ensemble. Pour un néophyte en la matière, Jack avait la sensation de ne pas trop mal s'en sortir.

Imogen, plus expérimentée, n'eut pas le cœur de lui expliquer que le double bluff fonctionnait autrement mieux. Il était bien plus intelligent de déjeuner dans un restaurant bondé, où l'on avait toutes les chances d'entrer en collision avec toutes sortes de connaissances, que de courir le risque d'être surpris dans un établissement désert.

Néanmoins, découvrir son manque d'expérience en la matière la toucha. A son arrivée à *La Traviata*, vingt minutes plus tard, son amusement s'accentua quand elle constata qu'il avait délibérément ignoré la demi-douzaine de places libres devant le restaurant, et avait préféré se garer beaucoup plus loin, à côté d'une librairie à la devanture défraîchie.

Jack faisait semblant d'étudier le menu quand elle ouvrit la porte. A sa vue, le cœur d'Imogen se serra. A quarante ans, il était si ridiculement beau qu'elle en avait presque le souffle coupé. Sa chemise polo rose pâle et son jean délavé, ses bras bronzés et musclés posés sur la table rendaient tout bonnement inconcevable l'idée qu'il était père d'enfants adultes.

D'un commun accord, ils s'en tinrent à l'eau minérale. Imogen commanda des tagliatelles aux artichauts. Jack opta pour des *chiocciolina carbonara* et constata qu'il ne pouvait rien avaler. Il avait perdu l'appétit, pour toujours peut-être. En buvant la San Pelegrino glacée, il se contenta d'observer comment Imogen, qui avait enfilé un chemisier jaune et une jupe blanche au-dessus du genou, mangeait pour deux.

– Pardon, sourit Imogen, qui n'était pas du tout d'humeur à s'excuser. Je mange toujours quand je suis nerveuse.

– Moi, je ne peux pas.

Jack, le regard fiévreux, effleura sa main. Ils étaient les seuls clients de la jolie salle bleu et blanc. Cela ne servait plus à rien de maintenir les faux semblants.

– Mais il n'y a aucune raison de l'être, en fait. Seuls les événements que nous ne voulons pas voir se produire devraient nous rendre nerveux.

Imogen, follement excitée, essayait de garder un air modeste.

– Et ces événements qui ne devraient pas se produire ?

En ce qui concernait Jack, il était déjà trop tard. Le destin avait pris les choses en main. Il haussa les épaules.

– Parfois, ils arrivent, tout simplement.

Cela prenait un tour sérieusement érotique. Ils étaient en train d'admettre qu'ils allaient entamer une aventure, et pourtant, il ne s'était encore rien passé entre eux. Ils ne s'étaient même pas touchés.

– J'ai envie de vous embrasser.

Zut, elle devenait vraiment sentimentale. Sa gorge sa noua. Hochant la tête pour marquer qu'elle était vraiment sincère, Imogen essaya une nouvelle fois.

– Vraiment, j'en ai envie.

– Moi aussi.

Le visage de Jack s'éclaira d'un bref sourire. Son regard se porta rapidement sur le chef et sur le garçon penchés sur des espressos à l'autre bout du restaurant. Mais son visage était trop connu et il y avait certains risques que seul un fou prendrait. Il ne pouvait pas se permettre d'embrasser Imogen ici.

Il avait raison, elle le savait, mais la situation n'en était pas pour autant moins frustrante. Les couples qui autrefois se faisaient la cour passaient-ils vraiment des années à attendre avant de se marier ? Trop d'anticipation, songea Imogen, ne pouvait qu'être nocif. Elle savait à peine comment elle parviendrait à survivre à cet après-midi.

– Il est 14 h 30.

Jack consulta sa montre en essayant de se faire du souci à propos de l'heure à laquelle il devait donner son papier, qui se rapprochait à grands pas. En réalité, il n'avait qu'une envie : qu'Imogen suggérât d'aller chez elle.

Une déception de plus l'attendait.

– Nous ne nous sommes vraiment pas bien organisés, n'est-ce pas ? fit-elle avec un sourire chagrin. Je dois interviewer une princesse arabe à Belgravia à 15 heures. Si j'avais su, je me serais décommandée. Oh ! Jack...

Elle serra sa main en faisant un effort pour ne pas avoir l'air trop joyeux.

– Je n'arrive toujours pas à croire que c'est en train d'arriver. Je n'arrête pas de penser à Cass.

Il était toujours de bon ton de se montrer un peu inquiète pour l'épouse trompée. Personne n'aimait les salopes intégrales.

– Parce que vous croyez que moi, je n'y pense pas ? Ce que Cass ignore ne peut pas lui faire mal.

Jack secoua la tête. Peut-être pas original, mais c'était ce qu'il n'arrêtait pas de se répéter.

– Elle ne doit pas l'apprendre, c'est tout.

Beaucoup d'hommes menaient des vies heureuses et bien remplies, en parvenant à la fois à garder femme et maîtresse. Jack en connaissait plusieurs qui y réussissaient, et dont les épouses restaient heureusement inconscientes de la situation, des années durant. Pourquoi pas lui ?

D'autres, à l'opposé, étaient démasqués à la première occasion.

Jack ne put pas faire autrement, en quittant le restaurant, que glisser ses doigts sous la cascade d'or cuivré des cheveux d'Imogen pour caresser sa nuque. Le besoin de la toucher était irrésistible. Il était tellement plongé dans ses pensées, occupé à essayer de trouver le moment où ils pourraient se revoir, qu'il ne remarqua pas le troupeau d'écolières qui se déversaient de la librairie sur la chaussée poussiéreuse.

Ces petites jambes chétives avaient quelque chose d'étrangement familier, songea Imogen. De tels détails n'échappaient pas à son œil de journaliste. Mais parmi ses connaissances, qui avait donc des jambes chétives et des cheveux bizarrement coupés ?

10

– Hum... n'est-ce pas votre fille ?

Jack eut à peine le temps de pousser un grognement, que Sophie pivota sur place, comme mue par un *timing* quasi télépathique.

– Papa !

– Sophie...

Dieu du ciel ! Imogen réalisa que la situation n'avait rien de drôle. Mais comment, comment un homme si intelligent pouvait-il prendre un air si *incroyablement* coupable ?

Sophie, de son côté, s'efforçait de se rappeler de l'endroit où elle avait déjà vu la femme qui accompagnait son père.

– Imogen Trent, *Hello,* lui souffla Imogen. Vous vous souvenez de moi ? Je ne portais ni bas ni porte-jarretelles.

Le visage de Sophie s'éclaira.

– Bien sûr. Celle que papa a traitée avec une grossièreté inouïe.

– Pas si inouïe que ça.

Jack avait toujours l'air abasourdi.

– Mais si !

Imogen se retourna vers Sophie.

– Un vrai salaud, non ? J'ai encore du mal à croire qu'il veuille bien me parler maintenant.

– Ne me dites pas qu'il a accepté de vous donner une interview, demanda Sophie, franchement incrédule. Pas pour *Hello*.

– Il s'est peut-être montré grossier, répliqua gaiement Imogen, mais les ailes ne lui ont quand même pas poussé depuis. C'est moins grave, j'en ai peur. Nous sommes simplement entrés en collision au Cameron Club. Il s'est excusé de son odieuse attitude de l'autre jour, j'ai failli m'évanouir sous le choc... et nous avons décidé de sceller cette trêve autour d'un bref repas de spaghettis à *La Traviata*.

A côté d'elle, Jack se raidit. Il ne lui était manifestement pas venu à l'esprit qu'ils empestaient sans doute l'ail. Quel novice ! songea tendrement Imogen.

Mais Sophie avait trop hâte de rejoindre ses amies pour s'intéresser davantage à eux. Faisant passer le livre qu'elle venait d'acheter d'occasion – *Apprenez le swahili tout seul* – d'une main à l'autre, elle se contenta d'approuver son père d'un hochement de tête.

– Bon. En tout cas, ça va faire plaisir à maman.

Imogen se dit que si maman apprenait ce qui se passait vraiment, cela ne lui ferait pas plaisir du tout. Elle tenta de se sentir honteuse, mais sans succès.

Cass prenait un bain de soleil sur la terrasse quand Jack arriva à la maison. Il se tenait maintenant dans le frais sanctuaire qu'était leur salon, d'où il étudiait sa femme en s'interrogeant sur ce qui provoquait l'attirance sexuelle.

Il se demandait aussi pourquoi, après tant d'années d'un mariage heureux au point qu'il en était presque indécent, il s'était entiché, sans le moindre signe annonciateur, d'Imogen. Il ne s'agissait pas d'une situation qu'il avait recherchée. Il n'avait pas particulièrement désiré qu'elle arrive. Mais cela s'était produit. Il voulait la jeune femme frénétiquement, plus que n'importe quoi au monde.

Il n'était pourtant pas marié avec une de ces femmes qui se laissaient aller. Certains hommes – certaines femmes aussi, bien sûr – lorsqu'ils constatent l'état désastreux de leur conjoint, ont l'impression de mériter vraiment de prendre un peu de bon temps ailleurs pour se remonter le moral.

Mais Cass ne s'était jamais laissée aller. Qui, en toute honnêteté, pouvait exiger davantage ? A trente-neuf ans, elle possédait un corps que nombre de filles de vingt ans lui auraient envié. Pas l'ombre d'une vergeture, pas une once de cellulite et un ventre plat. Elle se faisait régulièrement épiler et sentait toujours délicieusement bon. Elle possédait également une classe innée ; sur elle, tous les vêtements avaient de l'allure. Et là, avec sa cascade de cheveux blonds brillant au soleil et ses seins dorés débordant de son bikini vert, elle était infiniment désirable.

Sur une échelle de un à dix, Cass méritait neuf, car Jack n'avait jamais accordé dix à une autre femme qu'à la divine Audrey Hepburn. Et tout en étant complètement sous l'emprise de cette tocade qui balayait tout sur son passage, il lui fallait admettre qu'Imogen Trent ne valait pas autant. Ses cheveux roux étaient splendides, son faux bronzage beaucoup moins. Elle possédait, cela ne faisait aucun doute, un beau visage et une jolie silhouette, mais si on l'avait placée à côté de Cass en demandant à un public impartial de dire laquelle des deux était la plus séduisante, Cass – cela ne faisait aucun doute non plus – aurait gagné haut la main.

Jack se haïssait, ne serait-ce que de nourrir des pensées aussi laides. Il pensa à la déclaration de l'acteur, Paul Newman, célèbre pour sa fidélité : pourquoi aller chercher un hamburger dehors quand on a un steak à la maison ? Le problème était le suivant : quel homme, après vingt-trois ans de steak non-stop, n'aurait-il pas envie, juste pour voir, de goûter à un hamburger ?

Beurk... cela aussi, c'était moche. Il observa Cass qui se redressait en se tortillant, ajustait ses lunettes et prenait un gros dossier de notes et de lettres qu'elle devait lire avant son émission du lendemain matin. Cela lui rappela – comme s'il en avait besoin – l'imminence de sa propre heure limite, et il passa de la salle de séjour plongée dans l'ombre à la terrasse éclaboussée de soleil.

– Chéri.

Cass leva son visage pour recevoir un baiser.

– J'ai cru entendre une voiture à l'instant. Il fait si chaud ici... ça t'ennuierait de me mettre de l'huile sur les épaules et dans le dos ?

Heureux de cette excuse qui lui permettait de ne pas la regarder en face, Jack se mit à enduire lentement d'Ambre solaire la peau lisse et gorgée de soleil de son épouse.

– Tu ne devineras jamais qui j'ai invité à déjeuner aujourd'hui.

– Tom Cruise, Paddington Bear, Madonna, Bill Clinton... ?

– Ton amie, Imogen Trent.

Stupéfaite, Cass en resta bouche bée. Comme elle s'attendait plus ou moins qu'il ajoute « je plaisantais », elle se tourna à moitié sur le transat.

– Vraiment ?

– Vraiment, vraiment, répondit-il, tout en continuant à faire pénétrer l'huile par un massage lent et méthodique.

– Mon Dieu, je crois que je vais m'évanouir.

– Imogen a dit exactement la même chose. Au fait, elle t'envoie ses amitiés.

– Mais comment...

– Elle s'est inscrite au Cameron Club. Nous nous sommes tamponnés au bar. Je me suis rappelé à quel point tu m'en avais voulu après la réception et je me suis dit qu'il valait mieux que je lui présente mes excuses. Elle a failli en tomber dans les pommes. A cause du choc, poursuivit Jack, d'un ton pince-sans-rire. Bref, on a un peu bavardé. Elle mourait de faim et je me suis conduit en gentleman : je l'ai invitée à aller croquer une pizza. Donc c'est réglé, nous sommes réconciliés.

Revissant le bouchon du tube d'ambre solaire, il s'essuya sur une serviette qui se trouvait à portée de sa main.

– C'est sans doute une brave fille. On s'est plutôt bien entendus. Au fait, elle te fait dire que si tu souhaites te faire torturer, elle serait ravie de ta compagnie. Elle prend le cours d'aérobic avancé que donne Susie la Sadique. Je lui ai répondu que, pour rien au monde, tu ne ferais ça.

– Et pourquoi pas ?

Absolument sidérée par la nouvelle de la réconciliation de Jack et d'Imogen, Cass ôta ses lunettes de soleil pour s'assurer qu'il ne la menait pas en bateau.

– Mais tu détestes l'aérobic !

C'était au tour de Jack de ne pas en revenir.

– Je sais, mais ce genre d'exercice est toujours plus amusant quand on s'y adonne avec une amie. Avec Imogen, ça ne m'embêterait plus. En outre, ajouta Cass en se tâtant la taille, il va falloir que je fasse quelque chose avant qu'il ne soit trop tard. Toutes les femmes, au bureau, prennent des cours de remise en forme, et Cléo n'arrête pas de me tanner pour que je fasse comme elles. J'ai intérêt à ne pas oublier que je vais avoir quarante ans. Cela dit, ajouta-t-elle en fronçant les sourcils, je ne suis pas certaine d'être capable de suivre le cours avancé. Imogen est-elle en super forme ? Je n'ai pas envie de me donner en spectacle.

– Tu ne te donnerais pas en spectacle, répliqua Jack d'un ton coupant.

Une fois de plus, son imagination coupable, qui s'emballait, fit surgir l'image de Cass et d'Imogen, debout côte à côte, face aux membres du club, lesquels les comparaient, à travers la vitre séparant le bar du studio d'aérobic.

– Vraiment ? fit Cass. Dans ce cas. Je vais peut-être faire un essai.

11

Coincer Colin Matheson et lui faire passer le test de fidélité se révéla d'une simplicité enfantine. Cléo n'eut qu'à recourir aux services d'une de ses amies, Miranda. A peine cette dernière était-elle entrée dans le bar où Colin prenait un verre, qu'elle se retrouva en butte à ses avances.

Il ne s'était pas contenté de mordre à l'hameçon ; il l'avait gobé tout entier. Et manifestement, d'après ce que Miranda avait raconté, il était un as en la matière. Dans sa journée, il incluait visiblement le fait de tromper Linda. Sans doute ne considérait-il la chose que comme un passe-temps anodin, tel le cricket. Miranda s'était fait un malin plaisir à repousser ses assiduités.

Enchantée du succès remporté par son plan, Cléo

sentait néanmoins son courage s'évanouir à la perspective d'avoir à annoncer la nouvelle à la pauvre Linda. Colin était peut-être un saligaud de premier ordre, mais cela n'empêchait pas que la vie de son amie tournait autour de lui depuis trois ans et demi.

En l'occurrence, ce fut Linda qui fit le sale boulot à sa place, quand elles se retrouvèrent dans un petit bar à vins tout près de Berkeley Square.

– Il s'est laissé prendre, hein ?

Elle tira longuement et désespérément sur sa cigarette. Les coins de ses immenses yeux violets retombèrent.

– Vas-y, tu peux tout dire. Je ne me cisaillerai pas les poignets.

Cléo dut s'obliger à se rappeler qu'elle était en train de rendre à Linda le plus grand service de sa vie.

– Je suis vraiment navrée...

Les mots s'enchaînèrent en cascade.

– Tu m'avais prévenue qu'il s'arrêtait souvent pour prendre un ou deux verres au *Vampire* après son travail. J'ai choisi Miranda, parce que tu m'as dit qu'il aimait les filles aux cheveux châtains ; elle n'a eu qu'à se planter à côté de lui au bar et à laisser tomber son sac. Colin l'a aidée à ramasser son argent, a entamé la conversation, lui a offert un verre... et c'était parti. Deux verres plus tard, il l'invitait à dîner au *San Lorenzo*. Quand Miranda lui a demandé s'il avait une copine, il a affirmé qu'il venait de rompre et qu'il était ravi d'être à nouveau célibataire.

Cléo hocha la tête, dégoûtée.

– Merde, pourquoi les hommes sont-ils si salauds ?

Les célèbres yeux violets scintillaient de larmes retenues.

– Je vais annuler ce mariage, décida Linda. C'est atroce. Et si je ne rencontrais plus jamais de mec vraiment gentil ? Je finirai vieille fille, desséchée et malheureuse comme les pierres.

– Ecoute, s'il a fallu trois secondes pile à Colin pour entamer la conversation avec Miranda, ça veut dire qu'il n'en était pas à son premier essai et qu'il recommencera. Jusqu'à la fin des temps, amen. Mais ça ne dépend que de toi, poursuivit plus doucement Cléo. Si tu veux vraiment l'épouser, vas-y.

– Non, je sais que tu as raison. Mieux vaut que j'arrête les frais maintenant.

Les larmes coulaient maintenant régulièrement sur le beau visage de Linda. Le jeune barman australien accomplissait de gros efforts pour faire comme s'il ne s'apercevait de rien.

– Et de toute façon, tu ne finiras pas célibataire, la rassura Cléo. Tu vas te trouver un type cent fois mieux en un temps trois mouvements. Regarde-toi : qui pourrait ne pas avoir envie de te kidnapper pour t'offrir le genre de vie que tu mérites ?

Linda renifla et fouilla dans son sac pour y pêcher des Kleenex.

– J'ai vu ton frère dans une émission de Channel 4 l'autre soir.

Elle renifla encore une fois, se tamponna les yeux et se redressa sur sa chaise.

– Un véritable Adonis, non ?

– Il ressemble à sa beauté de sœur, répondit Cléo, rayonnante.

– Et il a aussi l'air gentil, assura Linda, dont les yeux, cerclés de rouge mais toujours superbes, s'éclairèrent d'une étincelle d'espoir. J'aimerais... enfin je ne veux pas dire tout de suite, bien sûr, précisa-t-elle timidement, mais j'aimerais bien que tu me le présentes d'ici quelque temps.

Pauvre Linda, il ne lui manquait plus que cela ! Alarmée, Cléo décida qu'il lui fallait réagir rapidement.

– Non, tu es mon amie, et je ne pourrais jamais te faire ça, répondit-elle du ton le plus ferme dont elle était capable. Sean est peut-être sympa comme frère, mais il se tape davantage de femmes que tu ne manges de salades. Il est vaniteux, ma chérie. Et c'est le plus beau salaud que j'aie jamais rencontré.

Sean ne passait pas le meilleur moment de sa vie. Il ignorait ce qui clochait, et comme il avait attendu cette soirée avec impatience depuis une quinzaine de jours, sa déception était accablante. Et il n'y comprenait goutte.

Il venait de vivre deux semaines éprouvantes. A peine avait-il entamé sa liaison avec Pandora que son agent lui avait proposé une tournée de cinq jours en Ecosse, où il était passé dans trois émissions télévisées différentes. Immédiatement après, il s'était envolé pour les îles Anglo-Normandes pour y donner deux one-man-show. De retour à Londres, entre ses spectacles à *Comedy Inc.* et des interviews à la presse nationale, il avait enfin réussi à se débrouiller pour s'aménager trente-six heures de liberté, au cours desquelles il n'avait cessé de composer le numéro de téléphone de Pandora, sans autre réponse que le grelottement interminable et exaspérant de la sonnerie qui résonnait dans le vide.

– J'ai interverti mon roulement avec une de mes collègues pour prendre deux jours de congé, lui expliqua Pandora quand enfin elle lui répondit. Je suis partie chez des amis à Bath.

– Génial !

– Pardon ? Est-ce interdit ?

– J'avais envie de te voir.

Sean poussa un soupir, essayant sans y parvenir de cacher son agacement.

– Tu ne peux pas imaginer combien j'ai dû ramer pour me ménager un peu de temps libre.

– Comment aurais-je pu savoir que tu serais disponible ? Ça ne sert à rien de monter sur tes grands chevaux, répondit Pandora.

Elle s'exprimait d'un ton légèrement – mais définitivement – acerbe. En dépit de son agacement, Sean était impressionné de constater qu'elle n'était pas une minaudeuse de plus qui acceptait tout ce qu'il disait. Pandora le changeait de façon rafraîchissante du troupeau de groupies qui envahissaient *Comedy Inc.* Un sourire éclaira son visage.

– O.K. ! Tu m'as manqué, c'est tout. Et ce soir ?

– Je travaille.

– Après ton boulot. Je passerai te prendre. (Il décida de se montrer magnanime.) Que préfères-tu ? Restaurant ou club ?

Pandora marqua un temps d'hésitation. Puis elle lança :

– Et si on se contentait de rentrer chez moi ? Je ferai la cuisine.

C'était indubitable, il se passait quelque chose d'étrange. Dès l'instant où il l'avait retrouvée à la sortie du *Moon and Sixpence,* Sean avait senti un changement chez son amie, bien qu'il fût incapable de mettre le doigt dessus. Il ne s'agissait pas véritablement de nervosité, même si elle était beaucoup moins détendue qu'à l'ordinaire. Arrivés chez elle, elle lui avait tendu une bouteille de cabernet et un verre de la taille d'un pamplemousse.

– On pourra se mettre à table dans dix minutes. Si tu attendais dans la salle de séjour pendant que je mets le couvert ?

Les photographies avaient disparu du manteau de la cheminée. Sean se demanda si cela signifiait qu'elle voulait les lui cacher, ou que l'aventure était terminée.

Il aurait aimé comprendre pourquoi Pandora semblait tellement à cran. Elle n'allait quand même pas lui annoncer que leur liaison était terminée, alors qu'elle venait à peine de commencer ?

Mais cette hypothèse ne tenait pas debout non plus ; elle aurait pu tout aussi bien le lui dire par téléphone. Et d'ailleurs, pour quelle raison ne voudrait-elle plus le voir ?

– C'est idiot, lança-t-il tout à trac en poussant la porte de la cuisine.

La jeune fille, occupée à remuer des crevettes et des morceaux d'ananas dans une poêle remplie de sauce créole bouillante, lui tournait le dos.

– Si tu éteignais le gaz ? proposa-t-il. Laissons tomber le dîner et montons nous coucher.

Pandora portait une robe moulante, en coton léger écarlate, qui la mincissait, avec des sandales en cuir à talons plats rouge et or et un vernis à ongles assorti. Sean, trouvant qu'elle avait décidément les plus ravissantes épaules qu'il ait jamais vues, s'approcha, et l'enlaça par la taille.

– Nous avons peut-être besoin de ça pour nous détendre. Nous réhabituer l'un à l'autre. Veux-tu que je te dise ? Tu sens merveilleusement bon...

– Ça me plairait...

Pandora éteignit les brûleurs et posa un couvercle sur la casserole dans laquelle le riz était presque cuit. Elle pivota vers lui, ses grands yeux soudain sérieux.

– Mais d'abord, il faut qu'on parle. Je suis vraiment navrée, dit-elle poussant un profond soupir, mais je crains fort d'être enceinte.

Seigneur ! Instinctivement, le regard de Sean glissa sur son ventre. C'était donc cela ! La fête était terminée. Formidable.

– Oh ! je vois.

Pas étonnant qu'elle n'ait pas l'air très détendue ! Il

lui adressa un léger sourire pour bien lui montrer qu'il compatissait à son problème.

– Dommage, remarqua-t-il simplement.

Pandora, la bouche légèrement entrouverte, le regarda fixement quelques instants et s'exclama :

– Quoi ?

– L'erreur classique, j'imagine. Tu as mal calculé. Au moment où on s'entendait si bien, ajouta-t-il en haussant les épaules.

– *Quoi ?*

Déconcerté par sa réaction, Sean recula d'un pas.

– Ecoute, tu vois bien que je suis déçu, poursuivit-il d'un ton plus que raisonnable. Mais que veux-tu que je te dise ? Comment peux-tu t'attendre sérieusement que je me réjouisse d'apprendre que tu attends le bébé d'un autre type ?

Le silence se prolongea d'une manière menaçante. Pandora laissa tomber :

– Ce n'est pas le bébé d'un autre type.

Puis, jetant un coup d'œil à l'horloge de la cuisine, comme si le tic-tac, de façon inexpliquée, résonnait beaucoup plus fort, elle ajouta :

– C'est le tien.

– Voyons...

Bizarrement, Sean eut d'abord envie d'éclater de rire. C'était dingue, plus que dingue...

– Je suis désolée. Mais c'est vrai.

– Mais nous ne l'avons... fait que... il y a quinze jours ! Tu ne peux absolument pas m'attribuer ça...

– Je ne te l'attribue pas, répondit-elle sans s'énerver. Je t'apprends un fait. Il y a deux jours, je n'ai pas eu mes règles, alors qu'habituellement je suis réglée comme du papier à musique. J'ai fait un test ce matin et il est positif. Figure-toi que moi aussi, j'ai eu un choc. Je suis désolée, mais c'est toi, sans le moindre doute.

Maintenant, Sean avait la nausée. Il ne la croyait pas

une minute et à la pensée qu'elle déployait le grand jeu pour le faire mordre à l'hameçon ne faisait qu'attiser sa colère. Le prenait-elle pour un crétin ? Avait-elle inventé cette histoire parce qu'il était en train de devenir célèbre et gagnait par la même occasion pas mal d'argent, que l'on pouvait donc compter sur lui pour allonger la monnaie, voire même pour subvenir aux besoins d'un enfant ?

Que Dieu le préserve, mais avait-il une tête de demeuré ?

– Mon Dieu ! soupira Pandora voyant qu'il gardait le silence. Nous voilà bien.

– Quel tour de cochon nul ! lança Sean dont les yeux s'étaient étrécis.

Pandora pouvait très bien n'être qu'un maître chanteur professionnel, il mit les choses au point.

– J'ai utilisé des préservatifs, au cas où tu l'aurais oublié.

– Je sais. L'un d'eux était manifestement déficient.

L'air scandalisé de Pandora semblait parfaitement naturel. Au moins, songea Sean, elle n'avait pas essayé de lui faire le numéro du torrent de larmes. S'il y avait une chose qu'il ne pouvait pas supporter, c'était bien celle-là.

– Comment peux-tu être aussi sûre que je sois le père ?

– Tu es le seul homme avec qui j'ai couché depuis un an, répliqua-t-elle d'un ton qui commençait à laisser percer sa colère. Ecoute, je sais que tu n'avais pas projeté de passer ce genre de soirée, mais quel intérêt aurais-je à prétendre que l'enfant est de toi si ce n'était pas le cas ? As-tu toujours autant confiance dans les gens ?

Sean ne parvenait pas à croire que c'était à lui qu'une pareille histoire arrivait. Il n'avait qu'une envie, se retrouver au club, boire un verre avec Donny et bavarder avec des blondes, de préférence inoffensives, qui pouffaient de rire, prenaient la pilule et n'attendaient rien d'autre de lui, que de leur fournir l'occasion de se vanter auprès de leurs copines d'avoir passé la soirée avec un homme célèbre.

– Pourquoi te ferais-je confiance ? Tout cela me paraît tellement commode pour toi.

Sean baissa la voix pour donner plus de poids à ses paroles.

– Une occasion superbe de te sortir d'une sale situation. Tu pourrais mentir, poursuivit-il, intimement convaincu que c'était le cas. Tu pourrais très bien avoir eu une aventure avec un mec dont tu te serais séparée récemment. Et puis tu découvres que tu es enceinte, et comme tu sais fichtrement qu'il ne voudra pas en entendre parler, tu décides de m'accorder cet honneur, parce que moi je suis en mesure d'assumer cette charge.

– Mais...

– Bon, laisse-moi parler, poursuivit Sean tranquillement. Je *sais* que tu sortais avec un autre homme. Je vous ai vus ensemble... J'ai vu aussi des photos de vous deux... un super gars blond, ça te rappelle quelque chose ? En ce qui me concerne, tu peux me laisser hors du coup. Cours vite rejoindre ton malabar et demande-lui s'il veut bien t'épouser ou...

Avec un bruit sec, la poêle à frire heurta un côté de la tête de Sean. Nom de Dieu, que cela faisait mal !

– Dehors ! hurla Pandora.

Il se cogna au Frigidaire et, après avoir fait un écart en trébuchant, il heurta du coude un filet d'oranges.

Un par un, les fruits dégringolèrent et roulèrent sur le sol pavé de carreaux noirs et blancs.

– Débarrasse-moi le plancher avant que je ne te frappe encore. Tu me dégoûtes et je te hais, siffla-t-elle, tremblant visiblement de rage. Tu prétendais que tu m'aimais, et maintenant, tu me traites de menteuse ! Comment *oses-tu* me dire une chose pareille ?

12

Cass trouvait sympathique de revoir Imogen, et encore plus sympathique que Jack soit parvenu à surmonter la méfiance que la journaliste lui inspirait. Il était évidemment peu probable qu'ils devinssent un jour intimes. Les deux ou trois fois où ils s'étaient rencontrés tous les trois au Cameron Club, Jack avait adopté le comportement distant qui caractérise en général les relations entre un médecin qui bute dans une de ses patientes hypocondriaques. Mais au moins, elle n'avait plus à rougir de son comportement grossier.

Cass aurait bien aimé qu'Imogen ait un petit ami, pour pouvoir les inviter à dîner.

– J'ai vécu avec quelqu'un, admit Imogen, alors qu'elles se détendaient sur la terrasse après un cours d'aérobic particulièrement épuisant.

Elle touilla son Pim's d'un index paresseux.

– On est restés ensemble presque deux ans, jusqu'à l'automne dernier. On lui a offert un job super à Los Angeles et comme je ne voulais pas quitter *Hello*, notre histoire en est restée là. Depuis, ajouta-t-elle en haussant les épaules, il n'y a eu véritablement personne.

– Vous faites passer votre carrière en premier.

Cass, pour qui cela n'avait jamais été le cas, trouvait qu'il s'agissait d'une qualité admirable chez une autre, la marque d'une véritable force intérieure.

Le visage d'Imogen s'adoucit.

– Ma carrière ne m'obnubile pas tant que ça. Si

j'avais vraiment aimé James, je serais partie avec lui. J'avais peur, j'imagine, de tout laisser ici, de partir vivre en Californie et de m'apercevoir trop tard qu'en fait, nous n'avions pas d'avenir commun.

La plus sophistiquée, en apparence, des femmes ambitieuses pouvait donc connaître un sentiment d'insécurité, songea Cass. De plus, Imogen était tellement gentille ! Et elle se trouvait là, à l'apogée de sa séduction et sans homme dans sa vie, alors qu'elle aurait manifestement aimé en avoir un. Quel affreux gâchis ! Cass, désireuse de lui venir en aide, se creusait la cervelle, passant en revue tous les célibataires qu'elle connaissait en se disant qu'elle pourrait essayer de jouer les marieuses.

Imogen s'étira.

– Où est Jack, aujourd'hui ? demanda-t-elle en bâillant.

– Figurez-vous que je n'arrive pas à m'en souvenir, répondit Cass en hochant la tête, après un moment de réflexion. Non, ça s'est envolé. Rien d'excitant, de toute façon. Soit au studio télé ; soit à Fleet Street. Je le saurai tout à l'heure à son retour. Je sais que je me répète, ajouta-t-elle avec un sourire à l'adresse d'Imogen, mais ça me fait tellement plaisir que vous soyez amis maintenant.

– Il aboie plus fort qu'il ne mord, remarqua tranquillement Imogen. Une fois qu'on apprend à le connaître, Jack est un type bien.

L'intérieur du petit appartement d'Imogen, à la façade rose percée de fenêtres en saillies blanches aux pittoresques volets de bois, était étrangement spartiate.

– Différent de ce dont vous avez l'habitude, jeta-t-elle, sur la défensive, alors que Jack n'avait pas encore ouvert la bouche.

Son appartement lui plaisait bien, mais il ne représentait ni le but, ni le summum de son existence. Des lignes simples, des meubles modernes et des reproductions de tableaux abstraits de bonne facture suffisaient à la jeune femme ; il était facile à vivre et pas difficile à entretenir. Mais comparé à la maison de famille de Jack à Hampstead, vaste, ensoleillée, encombrée et chaleureuse, qu'il partageait avec Cass, son appartement lui parut subitement froid, impersonnel et bizarrement masculin.

Imogen laissa tomber sa veste sur le dos d'une chaise en bois de hêtre.

– Il y a du vin dans le frigo, si cela vous tente.

Il y avait aussi une bouteille de Bollinger bien fraîche, mais elle se garda de le lui signaler. Dit à haute voix, cela aurait paru trop préparé.

Il était là et rien d'autre ne comptait. C'était arrivé. Enfin.

– Mieux vaut pas, répondit Jack. Si je bois un verre, je risque de ne plus pouvoir m'arrêter. Cass me croit au bureau, et je ne veux pas rentrer éméché.

Imogen, elle, ne voulait pas qu'il rentre du tout. Après des semaines d'attente qui lui avaient paru interminables, ils en étaient vraiment là. Ils disposaient de trois heures divines à passer ensemble et Jack parlait déjà de retourner auprès de Cass.

Imogen glissa ses bras minces et piqués de taches de rousseur autour de sa taille.

– Je trouve qu'on a perdu assez de temps à admirer mon appartement. Je préférerais de loin admirer votre corps.

Jusqu'à cet après-midi, leurs relations n'avaient pas dépassé le stade du flirt. La conscience qu'il était sur le point de franchir un pas définitif et irrévocable et que la force des sentiments qu'il éprouvait l'empêchait de *ne pas* le franchir, effrayait Jack. Il prit le visage pâle et frémissant d'Imogen entre ses mains et l'embrassa longuement. Presque instantanément, le désir le submergea. Quelle expérience étrange cela allait être, de faire pour la première fois en vingt ans l'amour à une femme dont les sensations, le parfum et les réactions étaient différents de ceux de Cass ! Il marmonna une prière pour ne pas se ridiculiser. Imogen poussa un petit gémissement. Puis elle murmura comme si elle lisait dans ses pensées :

– Moi aussi, j'ai peur, vous savez.

– Vous feriez mieux de m'emmener dans votre chambre, sourit Jack. Je suis trop vieux pour faire ce genre de choses par terre.

Il ne voulait pas non plus courir le risque de rentrer chez lui avec des marques de tapis.

– C'était bien, soupira Imogen beaucoup plus tard, sérieusement, sérieusement bien.

Peut-être allait-elle quand même déboucher le Bollinger pour fêter l'événement ! Elle ne pouvait s'empêcher de se demander si Jack se comportait avec autant de passion avec Cass, ou si toutes ces années de mariage avaient endormi ses sens. Peut-être que la longueur de l'acte d'amour était inversement proportionnelle à celle de la vie de couple. Jusqu'à ce que les deux partenaires cessent tout simplement de l'accomplir.

Jack, étendu à ses côtés, se risqua à jeter un coup d'œil rapide sur sa montre. Il avait encore du temps, il le savait ; mais il ne pouvait résister au besoin de le vérifier sans cesse. Comment, songeait-il, pouvait-on être en même temps si heureux et si rongé de culpabilité ?

– Ne bouge pas.

D'un bras, il retint Imogen qui voulait se lever.

– A propos de sérieux, ça l'est, n'est-ce pas ?

– J'espère bien ! s'exclama Imogen en haussant les sourcils, l'air faussement scandalisée. Ça ne me plairait vraiment pas de découvrir que c'est à la suite d'un pari avec tes amis que tu es ici.

Jack pinça son poignet.

– C'est toi qui aurais pu agir ainsi. Je ne suis pas complètement naïf, tu sais. Je n'y avais peut-être jamais cédé jusqu'à aujourd'hui, mais la brigade des « je couche avec une vedette » m'a déjà abordé.

– Je n'ai jamais autant désiré faire l'amour avec un homme, rétorqua Imogen. Mais j'aimerais tellement que tu ne sois qu'un simple inconnu. En ce qui me concerne, ta célébrité ne fait que compliquer un million de fois la situation.

Elle venait de répondre indirectement à sa question, bien qu'il en connaisse la réponse. Ce qui s'était passé entre eux ne consistait pas à satisfaire une curiosité mutuelle. Il ne s'agissait pas d'une petite aventure à court terme. La perspective d'être démasqué – de faire du mal, voire même de perdre Cass – était trop affreuse pour que Jack puisse l'envisager, mais en même temps, il se sentait impuissant à interrompre ce qui venait de commencer.

Il décida qu'il n'y avait qu'une solution : être extrêmement prudent. Le destin leur prêtait vraiment main-forte, sous la forme d'une porte qui menait directement de l'arrière du garage d'Imogen à son appartement situé au-dessus. Ainsi, il aurait la possibilité d'entrer et de sortir sans être épié par des voisins curieux. Ils ne pourraient pas se montrer ensemble, mais au moins, ils disposaient d'un endroit où ils seraient en sécurité. D'autres hommes, dans sa situation, arrivaient parfaitement à dissimuler leur double vie ; pour preuve, le nombre de fois où une personnalité respectable du monde de la presse ou de la politique annonçait subitement qu'il vivait une histoire illégitime depuis de longues années.

S'ils s'en tirent, décida Jack que cette idée réconfortait, il n'y a pas de raison que je n'y arrive pas.

Le mardi matin, l'émission ligne ouverte de Cass Mandeville était consacrée aux problèmes des auditeurs. Un des moments forts de la semaine, qui faisait régulièrement grimper l'audimat. Cass, propulsée bien des années plus tôt par Terry Brannigan, avait fait de son côté une belle découverte. En extirpant la grosse Jenny Duran, avec sa poitrine plantureuse, de la lugubre salle du courrier, elle avait accompli l'un des gestes les plus inspirés de sa vie.

Jenny était capable de régler n'importe quel problème, sans la moindre difficulté. Elle se comportait avec l'impertinence de celles qui ne s'en laissent pas conter, et formait un contraste parfait avec le style doux et plus réservé de Cass. Leur sens de l'humour se complétait à merveille. Juive, approchant la trentaine et collectionneuse invétérée de petits amis – dont la majorité ne lui convenait absolument pas – Jenny n'ignorait rien de ce qu'il y avait à connaître sur les célibataires. Les auditeurs qui appelaient pour des problèmes d'ordre plus familial, style beaux-parents inquisiteurs, maris rasoirs ou gosses exaspérants, se tournaient automatiquement vers Cass. A elles deux, elles formaient une splendide équipe gagnante.

– C'est ma meilleure amie, vous comprenez, expliquait Marianne de Coventry au bout du fil, l'air agitée. Elle croit être mariée à l'homme le plus merveilleux de la terre. En fait, j'ai découvert la semaine dernière qu'il fréquentait une autre femme, et je ne sais pas ce que je dois faire.

– Rien, répliqua Jenny du tac au tac. Vous vous

trompez peut-être. N'y pensez plus. Sortez ça de votre esprit.

– Voyons, comment peux-tu répondre une chose pareille ? protesta Cass. Je n'arrive pas à croire que tu aies dit ça ! Et si c'est vrai ?

Elles opéraient en duo, discutant du pour et du contre de chaque situation, au fur et à mesure qu'elle se présentait. Dans ce cas précis, Cass était interloquée de la réaction de Jenny qu'elle savait sans pitié pour les « salauds ».

– Ah ! mais je parle d'expérience, répondit Jenny avec un froncement de sourcils expressif en direction de Cass. D'une amère expérience de première main, pour tout dire ! Je me suis trouvée dans une situation absolument identique à celle de Marianne... ma meilleure amie disait toujours que si son mari la trompait, elle voulait être au courant. Je le lui ai dit. Et en réalité, elle ne voulait rien savoir du tout. Elle m'a traitée de tous les noms, ajoutant qu'elle ne m'adresserait plus jamais la parole. Résultat : point final d'une belle amitié. Elle est restée avec son mari, cette espèce de rat menteur, et ne m'a plus jamais parlé. Croyez-moi, Marianne, conclut Jenny d'un ton ferme, gardez ça pour vous. Comme vous venez de le dire, votre amie se figure qu'elle est mariée à M. Merveilleux. Si ses illusions sont un jour brisées... eh bien, vous la réconforterez. Mais pour l'instant, ne lui en soufflez pas un seul mot.

– Mais toutes les femmes ne sont pas ainsi ! intervint Cass, toujours éberluée. A mon avis, la plupart d'entre elles, si elles étaient trompées, préféreraient l'apprendre de la bouche d'une amie compatissante. Pour ma part, en tout cas, c'est ce que je voudrais !

– Ne sommes-nous pas là pour aider ? interrogea gaiement Jenny.

Il ne leur restait que quarante secondes avant les

infos de la mi-journée. Il était grand temps de rendre l'antenne.

– Certaines d'entre vous ont peut-être un autre point de vue. Appelez-nous pour nous donner votre sentiment sur ce que Marianne devrait faire. Nous nous retrouverons après les nouvelles et la météo... N'oubliez pas, nous avons besoin de votre opinion. Surtout si vous partagez la mienne, ajouta-t-elle avec un grand sourire à l'adresse de Jenny.

– Elle ne fait la bravache, la contra Jenny, que parce qu'elle sait que ce genre de bombe ne lui tombera jamais sur la tête. Votez pour moi, vous toutes à l'autre bout du fil, parce que cette fois, je suis certaine d'avoir raison !

13

Une quinzaine de jours s'étaient écoulés depuis que Sean avait reçu sa propre bombe sur la tête, au cours desquels, il n'avait ni vu Pandora ni eu de ses nouvelles. Le problème n'allait pourtant pas se volatiliser, même s'il le traitait comme l'enveloppe menaçante du Trésor public, que l'on refuse d'ouvrir parce qu'elle contient probablement un rappel d'impôts d'un montant exorbitant.

Une fois de plus, Pandora occupait chacune de ses pensées, mais cette fois-ci, cette obsession ne lui procurait aucun plaisir. Elle lui avait menti, niant l'existence d'un autre homme dans sa vie, mais cela n'empêchait pas Sean d'avoir conscience de s'être comporté avec une horrible grossièreté. Si ce qu'elle avait prétendu concernant le bébé se révélait exact, il se sentirait affreusement mal, probablement autant que Pandora en ce moment.

Et restait aussi la possibilité, bien entendu, qu'elle ait dit vrai. Sean, qui n'avait jamais beaucoup réfléchi à la question auparavant, s'était glissé dans une pharmacie, avait acheté un test de grossesse et découvert, en lisant le mode d'emploi, qu'il était effectivement possible d'obtenir un résultat positif aussi rapidement que Pandora le prétendait.

Chaque fois que Sean songeait qu'il était peut-être effectivement responsable de cette grossesse, la honte l'envahissait. Une nuit, il rêva même qu'il tenait son bébé dans les bras. Finalement, incapable de continuer à vivre dans ces conditions, il appela Pandora chez elle.

– Salut, c'est moi, annonça-t-il, le cœur battant, quand enfin elle décrocha. Hum... comment vas-tu ?

Pandora s'exprima avec une extrême prudence, comme elle en avait, se dit-il, pleinement le droit.

– Bien, merci.

– Toujours... ?

– Enceinte ? Oui, toujours.

Sean avait les paumes moites. Il essuya sa main libre sur son jean. Au moins, elle ne lui avait pas raccroché au nez.

– Ecoute, on devrait peut-être parler.

Il s'exprimait en hésitant. Le son de la voix posée de Pandora exerçait un effet déconcertant sur lui... il aurait tellement voulu que cette histoire dingue ne fût pas arrivée. En d'autres circonstances, ils auraient pu passer des moments tellement formidables, ensemble.

– Vas-y, dit Pandora, j'écoute.

– Pas au téléphone. Puis-je passer chez toi ? Je peux être là à 17 heures.

– D'accord, dit-elle d'un ton qui ne trahissait pas un grand enthousiasme. Ça ne prendra pas trop longtemps ? Je dois être à mon travail à 18 heures.

Sean voulait éclaircir la situation, autant pour la paix de son esprit que pour en avoir le cœur net. Quand il arriva chez Pandora, il ne s'attendait certainement pas à se voir ouvrir la porte par le grand boy-friend blond à l'origine de ses ennuis.

Ce type était costaud, plus grand et plus large que dans son souvenir. L'espace d'une épouvantable seconde, il se demanda si Pandora lui avait tendu un piège. Allait-il se faire réduire en chair à pâté ? Allait-il avaler toutes ses dents ? Serait-il capable de remonter sur une scène après cela ?

Mais son rival, à la grande confusion de Sean, souriait de toutes ses dents.

– Salut, vous êtes sûrement Sean. Pandora est en haut, elle descend dans une seconde. Je suis Joël, son frère.

Le grand blond jeta un coup d'œil à sa montre, puis saisit une raquette de tennis sur la table dans l'entrée, derrière Sean.

– Je suis en retard. Navré, je dois partir. Content en tout cas de vous avoir rencontré. A la prochaine, peut-être.

Un instant plus tard, la porte s'était refermée en claquant derrière lui. Il fallut plusieurs secondes à Sean, qui avait tressailli quand la raquette de tennis était passée à quelques centimètres de son oreille gauche, pour réaliser ce qu'il venait d'entendre.

Pandora, en T-shirt gris pâle et caleçon blanc, apparut en haut de l'escalier.

– Quelle tête ! observa-t-elle. Intéressant. J'imagine que tu viens de piger ?

Sean se sentait à moitié engourdi.

– C'est ton frère ! répondit-il bêtement. Vraiment ? Je veux dire, c'est ton *vrai* frère ?

– Demi-frère. Maman s'est mariée deux fois. Elle est blanche, expliqua Pandora. Comme le père de Joël. Le mien était noir.

– Super ! s'écria Sean qui la contemplait, furibond. Merci beaucoup. Tu aurais pu m'en parler quand j'ai raconté que je t'avais vue avec un grand type blond, tu aurais pu me dire...

Lentement, une marche à la fois, Pandora descendit l'escalier.

– Oh ? Ça aurait changé quelque chose ?

– Evidemment, nom de Dieu ! répliqua Sean en hurlant.

Qu'est-ce qui lui prenait ? Faisait-elle exprès d'être bouchée ?

– J'ai bien peur de ne pas voir les choses de cette façon. Prends-les de mon point de vue, reprit calmement Pandora. Tu m'as espionnée et tu as fouillé dans mes affaires personnelles. Tu as refusé de croire, ne serait-ce qu'une seconde, que tu pouvais effectivement être le père du bébé, tu m'as traitée de menteuse et de tricheuse et tu m'as fait clairement comprendre que pour toi, je n'avais été qu'une sorte de défi, une diversion amusante, une... une...

Soudain, le teint de Pandora vira à l'olive. Avec un gémissement, elle pivota sur place et remonta en flèche. Comme s'il craignait de la voir s'évanouir, Sean lui emboîta rapidement le pas.

– Va-t'en, chuchota Pandora entre deux haut-le-cœur.

La tête penchée au-dessus de la cuvette des W.-C., elle agitait aveuglément la main dans tous les sens pour attraper le rouleau de papier toilette.

– Ne me fixe pas comme ça. Si tu veux te rendre utile, descends me préparer une tasse de thé.

Emu par le spectacle de sa nuque vulnérable et de ses épaules qui tressautaient, Sean se pencha au-dessus d'elle, déroula le papier et lui en fourra un morceau dans la main.

– Qu'as-tu ?

– Ooooh, gémit Pandora, des nausées matinales, espèce d'abruti.

– Mais... il est 17 h 25 !

– Dis-le au bébé, Sean. Je parle sérieusement. Sors d'ici !

Il ne savait absolument plus où il en était. Sa vie était en train de basculer. Pandora était toujours furieuse contre lui alors qu'il n'avait qu'une envie, la prendre dans ses bras, même si elle était en proie à des nausées.

Mais comme cela gênait manifestement la jeune femme, il battit en retraite. Quand elle revint, sur des jambes flageolantes, dix minutes plus tard, pâle, calme et fleurant le dentifrice, Sean lui tendit une tasse de thé chaud et une pastille digestive.

Après avoir goûté le breuvage, Pandora sourit pour la première fois.

– Je le bois sans sucre.

Il savait si peu de chose sur elle.

– Tiens, prends le mien, proposa Sean en procédant à l'échange. Et mange ton biscuit.

– Qu'est-ce qui t'arrive ? Tu te prends pour le Dr Kildare ?

– Mange, c'est tout. Veux-tu que j'appelle à ton travail pour prévenir que tu ne pourras pas venir ?

– Si je ne travaille pas, je ne suis pas payée. Tout va bien, fit Pandora en secouant la tête, je n'ai plus mal au cœur.

– Ecoute, je suis ici parce qu'il y a des choses que nous devons éclaircir.

Les yeux de Sean s'adoucirent. L'envie de la toucher le démangeait, mais il n'osait pas faire ce geste.

– J'y vois un peu plus clair, mais j'ai encore une ou deux questions à te poser.

– Je ne vais pas m'en débarrasser, si c'est ce que tu meurs d'impatience de savoir. Désolée, mais je ne peux pas faire ça, ajouta-t-elle en croisant les doigts autour de sa tasse.

– Ne dis pas « désolée », répliqua Sean d'un ton coupant, pour cacher la culpabilité qu'il ressentait d'avoir envisagé cette possibilité.

Un détail lui vint à l'esprit.

– Tu n'en as pas parlé à ton frère ?

– Pour l'instant, j'essaie de me faire à cette idée, répondit-elle, l'air de s'excuser. Il croit que j'ai attrapé un virus intestinal. Mais je dois avouer qu'il ne va pas être enchanté par la nouvelle.

– Ne t'inquiète pas pour ça. On s'arrangera.

Pandora haussa les sourcils. Sean avait effectivement changé de ton.

– Tu me fais confiance, maintenant ? Tu ne penses plus que je mens ?

– J'ai confiance en toi.

Sean prit sa main et entreprit de masser doucement ses doigts effilés. Elle ne portait pas de bague. Il aurait voulu lui dire « je t'aime », mais il sentait qu'elle ne le prendrait pas très bien.

– Tu ne me connais pas, murmura tristement Pandora. Tu ne sais même pas si je mets ou non du sucre dans mon thé. Et on va avoir un bébé. Au fait, je ne mens jamais.

Ses immenses yeux bruns restaient rivés aux siens.

– Si tu apprends à me connaître un jour, tu t'en apercevras.

– Je crois que c'est déjà fait.

Sean sourit, se pencha au-dessus de la table de cuisine et embrassa sa bouche douce, parfumée au thé et au dentifrice.

– Tu ne mens jamais. Tu dis tout simplement ce que la plupart des gens n'oseraient pas dévoiler.

– Par exemple : du genre « Oh non, je vais encore vomir ! » ?

Soudain, Pandora vira une nouvelle fois au vert olive, se couvrant la bouche, elle refonça vers l'escalier.

– Eh bien voilà : c'est dit.

14

Le mardi suivant, un grondement de tonnerre mit fin à plusieurs semaines d'un temps splendide. Imogen, qui depuis deux heures s'évertuait à interviewer un acteur doté d'un cerveau de la taille d'un petit pois, traversait la ville au volant de sa voiture pour rejoindre son rendez-vous suivant. Elle alluma la radio et se brancha sur l'émission de Cass Mandeville à l'instant où les premières gouttes de pluie, lourdes comme du plomb, s'écrasèrent sur le pare-brise. Le ciel était d'un gris foncé absolument identique au chemisier de soie Agnès B qu'elle portait, un cadeau de Jack.

La station diffusait un extrait du dernier album de Dire Straits. Imogen s'amusa brièvement à harmoniser le battement des essuie-glaces au rythme de la musique, puis se mit à penser au dîner du lendemain soir. Une idée de Cass, bien sûr, à laquelle Jack n'avait pu trouvé d'objection. Deux des couples invités, chose parfaitement normale, étaient des amis du couple de longue date, quant au troisième il serait formé par Imogen et Roly Brent, le nouveau producteur de l'émission du petit déjeuner sur Kingdom Radio. Imogen le rencontrerait pour la première fois. Perspective qui amusait autant la jeune femme qu'elle dégoûtait Jack. Cass, la seule à le connaître, nourrissait de grands espoirs pour l'avenir. « Incroyablement beau garçon et un tout petit peu timide. A mon avis, il est tout à fait le genre d'Imogen. »

– N'essaie surtout pas de flirter avec lui, avait grogné Jack la veille, en retrouvant la jeune femme à son appartement pour déjeuner avec elle.

Il ne plaisantait qu'à moitié.

– Il faudra bien que je flirte un peu, protesta-t-elle en riant. Il faut sauvegarder les apparences. Et Cass en a désespérément envie. Le moins que je puisse faire, c'est d'avoir l'air reconnaissante.

Dire Straits s'arrêta. Imogen monta le son, parce que la pluie qui tambourinait sur le toit de sa voiture noyait la voix de Cass. Chic, c'était la ligne ouverte aux problèmes des auditeurs. Imogen augmenta encore le volume d'un cran. Les problèmes des autres la réjouissaient toujours.

– ... et maintenant, nous avons Beryl au bout du fil. Elle appelle d'Islington. Beryl, j'ai cru comprendre que vous aviez quelque chose à ajouter, au débat de la semaine dernière, sur la manière de réagir si vous découvriez que le mari de votre meilleure amie avait une aventure.

– Ou la femme, enchaîna Jenny, avant qu'un millier de maris scandalisés n'encombrent le standard pour se plaindre d'avoir eux aussi été trompés.

– Oui, allô. Oui, Cass, j'ai écouté ce que vous disiez – qu'une femme a le droit de savoir si son mari la trompe – et j'y ai beaucoup réfléchi pendant toute la semaine.

Beryl, d'Islington, donnait l'impression d'être une femme d'âge mûr, et elle avait le souffle court.

Un semi-remorque dépassa Imogen avec grand fracas, l'aspergeant d'une gerbe d'eau boueuse. D'en haut, le conducteur du camion la regarda d'un air concupiscent, comme s'il approuvait manifestement sa courte jupe rouge et ses cuisses galbées.

Crétin d'homme de Neandertal, songea Imogen.

– Oui, allez-y, l'intima Cass.

– Bon, alors je téléphone pour dire que votre propre mari ne se conduit pas bien du tout. Je ne suis pas votre meilleure amie, mais j'ai pensé que je devais quand même vous mettre au courant. Je l'ai vu se faufiler chez cette fille dans ma rue. Il met des lunettes noires et il se fait tout petit sur le siège passager de sa voiture – une Austin verte – mais c'est lui, ça ne fait aucun doute. Pourquoi éprouverait-il le besoin de se conduire de cette façon s'il n'avait rien à cacher ? Faites jamais confiance aux rousses, Cass. Ce ne sont que des petites rusées. Mon mari, il m'a quittée pour une rousse...

– Mon Dieu, on dirait que nous avons perdu Beryl.

Tendant le bras au-dessus d'une Cass pétrifiée, Jenny coupa l'appel et posa un disque sur la platine, puis ajouta rapidement :

– Après cette chanson de Phil Colin, nous prendrons un appel concernant les travestis. Espérons que ce n'est pas mon petit ami qui téléphone !

Tandis que la voix mélancolique de Phil Colin envahissait le studio, Cass s'aperçut qu'elle ne pouvait tout simplement plus bouger. Elle avait beau essayer, rien ne se produisait. Elle aperçut des visages intéressés qui la scrutaient à travers la paroi vitrée du studio. Voilà donc ce que devait ressentir un singe derrière les grilles d'un zoo.

– Voyons, Cass, tu aurais dû la couper tout de suite, gronda Jenny. C'est à ça que sert le bouton à cinglés ! Quelques secondes de plus et elle racontait que c'était elle la maîtresse de Jack !

– Mais non...

S'agrippant au rebord du bureau en se demandant

si elle n'allait pas s'évanouir, Cass se releva gauchement.

– Excuse-moi, il faut que je sorte d'ici.

– Mais, Cass...

Le travesti attendait toujours sur la ligne trois. Inquiète, Jenny fit des signes au producteur, derrière la vitre, pour obtenir de l'aide.

– Tu ne peux pas t'en aller ! Cette imbécile raconte des bobards. Enfin, dis-moi pourquoi Jack, entre tous les hommes, serait l'amant d'une rousse ?

– Je n'en sais rien, répondit Cass, sonnée. Mais apparemment, c'est le cas. Et je la connais.

– Merde, merde ! ragea Imogen, tellement abasourdie qu'elle faillit emboutir la voiture qui la précédait.

Qui pouvait bien être cette fichue Beryl et que lui avait-il pris de déblatérer en direct sur l'antenne ?

Et quelle façon d'être démasquée ! Quelques instants plus tard, à un passage clouté, Imogen s'aperçut, comble du ridicule, qu'elle se faisait toute petite. Une foule de piétons traversait dans les deux sens, devant sa voiture. Combien de rousses parcouraient Londres au volant d'une Austin vert émeraude ? Les gens allaient probablement commencer à la montrer du doigt. Merde, elle n'avait pas voulu cela. Quand il l'apprendrait, Jack serait fou.

Cass savait qu'en se précipitant hors du studio, elle n'allait pas arranger les choses. Si elle était parvenue à garder son calme, à se dire que Beryl d'Islington n'était qu'une simple correspondante anonyme, à faire une ou deux blagues à son propos, puis à poursuivre joyeusement l'émission, il y aurait eu de fortes chances pour qu'elles s'en soient sorties haut la main.

Mais en mettant les voiles comme une fusée, en laissant Jenny se débrouiller seule et en se faisant accompagner jusqu'à un taxi parce qu'il lui était tout bonnement impossible de conduire, elle avait confirmé la nouvelle. Laquelle s'était répandue comme une traînée de poudre. Quand Cass arriva chez elle, le téléphone sonnait sans interruption. Mme Bedford, en proie à une grande agitation, lui tendit une liste de messages en lui disant que des journalistes de *News of the World,* du *Sun,* du *Mail* et de *People* appelaient sans discontinuer en insistant énormément.

– Ils voulaient que je leur fasse un commentaire, gémit Mme Bedford, à qui ces événements frénétiques faisaient perdre le nord. Comme je ne savais pas quoi dire, je me suis contentée de raccrocher. Que se passe-t-il, Cass ? J'étais pas du tout au courant de votre divorce !

Cass, qui fonctionnait sur pilotage automatique, alluma le gaz et posa sur le feu la bouilloire vide.

– Tout va bien, il n'y a pas de divorce. La presse a mis la main sur une histoire idiote, surgie de Dieu sait où. Ecoutez, si vous preniez le reste de cette journée ? Rentrez chez vous. Je m'occupe de tout.

– Plutôt faire exploser la maison, une bonne fois pour toutes !

Attrapant la bouilloire, Mme Bedford entreprit de la remplir d'eau. Au fur et à mesure qu'elle réalisait le choc subi par Cass et sa vulnérabilité, sa panique se transforma en pitié.

– Tout va bien, mon canard, je vais rester avec vous.

Mais Cass secoua la tête.

– Je vais décrocher le téléphone. Jack va bientôt rentrer. Vraiment, ne vous inquiétez pas.

15

Jack se trouvait au siège de son journal quand les premières bribes du scandale commencèrent à filtrer. Il comprit qu'il devait immédiatement rentrer chez lui. Jurant tout bas, il franchit le portail en trombe, mitraillé par une flopée de photographes.

Au rez-de-chaussée, il n'y avait nulle âme en vue, et le téléphone était décroché. En haut, il trouva Cass au lit.

– C'est donc vrai, dit-elle tranquillement à la vue de la tête qu'il faisait, et qui le trahissait complètement. Espèce de salaud !

Elle frissonnait, malgré la température presque tropicale qui régnait dans la chambre. Elle avait enfilé un pull épais et s'était enveloppée dans la couette. Jack, dégoulinant de pluie, passa une main sur son visage en se demandant par où il allait bien pouvoir commencer. Comment diable pouvait-il expliquer à Cass quelque chose qu'il ne comprenait pas lui-même ? Et comment se faisait-il, songea-t-il avec lassitude, qu'il ne lui avait fallu que quelques semaines pour être démasqué, alors que la plupart des hommes parviennent à garder leur liaison secrète des années durant ?

– Au moins, lève-toi.

Il n'avait pas l'intention de paraître agacé, mais ce fut ainsi que la phrase fusa.

Cass, qui avait espéré contre toute évidence qu'il s'agissait d'une affreuse erreur, sentit doucement mourir quelque chose en elle.

– C'est le jour le plus moche de ma vie, fit-elle d'un ton coupant. Si j'ai envie de rester au lit, j'y resterai.

Jack n'avait pas eu le temps de préparer une explication. Tout en contemplant par la fenêtre l'orage qui se déchaînait, il réalisa qu'il ne savait absolument pas quoi dire.

– Ecoute, pardon.

Cass n'en croyait pas ses oreilles. Ce mot, on l'utilisait quand on avait oublié de mettre du sucre dans le café, quand on vous marchait accidentellement sur le pied, quand on téléphonait au beau milieu des *Feux de l'amour* ! Comme il lui fallait éclater d'une manière ou d'une autre, elle saisit le premier objet qu'elle trouva sous sa main et le jeta au visage de son mari. Malheureusement, il ne s'agissait que d'une boîte de Kleenex roses. Frustrant.

– Ça ne va pas nous aider, grommela Jack en rattrapant la boîte au vol pour la poser sur le bureau en bois de chêne derrière lui. Ecoute, si on essayait d'analyser la situation de manière rationnelle ?

– Rationnelle ! Rationnelle ! Je sais maintenant ce qu'on ressent quand on a envie de tuer quelqu'un ! hurla Cass à pleins poumons. Crois-moi, si j'avais un pistolet sous la main, c'est ce que je ferais ! Tu as une aventure avec Imogen Trent, Jack. T'attends-tu sérieusement à ce que je considère ça de façon *rationnelle* ?

Il hocha la tête d'un air las.

– Bon, mais pas d'hystérie, je t'en prie. Ce genre de choses n'est pas extraordinaire, Cass. Tu l'as dit toi-même, apparemment, à notre époque, ça arrive à tout le monde...

– Mais pas à nous.

Cass le regardait fixement. Il ne s'exprimait même plus comme le Jack qu'elle connaissait – ou croyait connaître. Et maintenant, il essayait de justifier sa conduite, à la manière d'un gosse de huit ans qui explique que tout le monde fait comme lui.

– Pas à nous, Jack. Pas à moi, en tout cas.

Cass avait de plus en plus froid, elle se demandait si

elle aurait jamais chaud à nouveau. Puis si elle se sentirait, un jour, redevenir normale.

– Alors, ça dure depuis combien de temps ? Est-ce toi qui as mis sur pied l'interview avec *Hello* ? Avez-vous monté toute cette histoire ensemble ?

Maintenant au moins, Jack pouvait se montrer honnête. Habitué à toujours dire la vérité, d'être obligé de mentir lui avait beaucoup pesé. Il se laissa tomber sur le bord du lit et tressaillit lorsqu'il vit Cass reculer.

– Bien sûr que non. Je n'aurais jamais fait ça.

Il paraissait même peiné qu'elle eût pu l'imaginer.

– Si tu n'avais pas commencé par l'inviter ici, rien de tout cela ne serait arrivé. Je ne voulais même pas que cela arrive...

– Mais pas assez fort, manifestement, répliqua Cass d'un ton qui recommençait à monter. Quand on ne veut pas quelque chose, Jack, on dit non. C'est aussi simple que ça.

Jack apercevait leur double reflet dans la glace de la coiffeuse : Cass, le visage blanc, enveloppée dans la couette, et lui, les mains jointes et les coudes posés sur les genoux. Cet effet de miroir ne faisait qu'accentuer la sensation qu'il éprouvait d'observer deux acteurs sur scène – dans une pièce qui n'avait d'ailleurs rien de particulièrement original. Les clichés qu'il débitait, il s'en apercevait, étaient choquants, mais il avait l'impression de ne pas avoir d'autre choix.

– J'ai essayé de résister. Crois-moi, Cass, j'ai vraiment essayé.

– Foutaises ! répliqua Cass amèrement.

Elle garda son visage caché entre ses mains plusieurs secondes.

– Bon, vas-y : dis-moi la vérité : lequel de vous deux a commencé ?

Jack fut incapable de lui avouer qu'Imogen était à

l'origine de leur liaison. Il aimait Imogen et voulait la protéger.

– Ni l'un ni l'autre, répondit-il calmement. Parfois, ces choses se contentent de survenir. La première fois que nous nous sommes regardés, je pense que nous... avons su. Tous les deux.

– Je crois que j'ai besoin d'un sac à vomir plus grand.

Mais les yeux de Cass, pour la première fois, s'étaient remplis de larmes. S'il y avait une chose contre laquelle elle ne pouvait pas lutter, elle le savait, c'était ce genre d'engouement obsessionnel. Qu'il s'agisse d'amour ou non, seul le temps le dirait vraiment. Néanmoins, comment aurait-elle pu, après vingt-quatre années de vie commune, parvenir à provoquer chez Jack des poussées d'adrénaline aussi violentes qu'une toute nouvelle jeune femme le pouvait ?

– On tambourine à la porte d'entrée, remarqua Jack.

– Des reporters. J'ai débranché la sonnette.

Comme c'est bizarre, songea Cass, que nous puissions encore discuter d'un truc aussi terre à terre que la sonnette de la porte d'entrée. Le flot de ses larmes s'étant heureusement ralenti, elle inspira à fond.

– Et la suite ? Tu vas déménager ? Allons-nous divorcer ? Je pense que j'ai le droit de savoir.

– Oh, mon chéri, je suis tellement heureuse de te voir !

Il n'avait pas fallu longtemps aux journalistes pour découvrir l'identité de la maîtresse mystérieuse de Jack Mandeville. Dès 21 heures le même soir, l'appartement d'Imogen était lui aussi assiégé. Tout comme Jack, elle avait dû conduire à une vitesse démentielle pour échapper aux photographes. Le neuvième étage d'un parking, par ailleurs désert, du quartier de South Kensington ne présentait peut-être pas le cadre luxueux de l'Orient-Express ou du Taj Mahal, mais à cet instant précis, il lui paraissait l'endroit le plus romantique du monde. Des doigts, Imogen caressa la nuque de Jack et se pressa contre lui.

Les expériences vécues par le passé lui avaient appris que les hommes mariés gardaient toujours leurs maîtresses fermement à l'écart, et ne se séparaient jamais de leurs épouses. Du coup, elle n'avait même pas osé imaginer que Jack pourrait un jour quitter Cass. Certaines perspectives étaient bien trop improbables pour qu'on mette des mots dessus.

Mais il se passait quelque chose de différent. Tout pouvait arriver. Désormais, leur liaison était de notoriété publique et les éventualités innombrables. Un peu plus tôt dans la soirée, elle s'était même surprise en train de gribouiller Imogen Mandeville – c'était juste pour essayer la largeur du nom – sur le bloc du téléphone. Il ne faisait aucun doute que Jack était le genre d'homme qui épouse.

– Seigneur, quelle journée !

Jack la serrait tellement fort que ses seins faillirent jaillir du décolleté de sa robe à pois bleus et verts. L'haleine chaude qui caressait son épaule nue hérissa le duvet en haut de sa colonne vertébrale.

– Mon pauvre chéri, souffla Imogen en s'enivrant de son odeur. Est-ce que ça a été difficile ? Et Cass, comment le prend-elle ?

– En gros, comme on pouvait s'y attendre. Elle m'a demandé si je voulais divorcer.

Les poils d'Imogen se hérissèrent davantage. Elle prit soin de mettre un bémol à son enthousiasme.

– Oh ? Et que lui as-tu répondu ?

– Il est trop tôt pour en parler, soupira Jack. Elle

est en état de choc. Et moi aussi, à dire vrai. Cass a à peine pleuré. Elle se contente de... trembler.

– Elle doit me haïr.

Imogen s'efforça de se sentir coupable. Cass lui avait vraiment plu. Le problème, c'était que Jack lui plaisait davantage.

– Tu ne figures pas vraiment en haut de sa liste de cadeaux de Noël, remarqua Jack avec un sourire d'excuse. Et il faut dire que tu ne figureras pas en haut de beaucoup de listes... Ça ne va pas être facile pour toi, mon cœur. Tout le monde adore Cass. Pour tous, elle est Blanche-Neige...

– Et ils vont m'attribuer le rôle de la vilaine sorcière.

Imogen le savait parfaitement. Elle avait lu suffisamment de fois ce genre d'histoire dans la presse pour savoir comment les choses se déroulent. Demain, elle serait obligée de donner des interviews aux journalistes et de poser pour les photographes. Ils la compareraient à Cass, leur chouchoute adorée. Tout le pays allait se demander ce qu'elle avait de plus que Cass. Elle allait devoir s'habiller avec discernement, et bien s'assurer de ne donner à personne l'occasion de ricaner en se demandant à quoi pouvait bien rimer l'attitude de ce salaud de Jack Mandeville. Elle ne devrait ressembler ni à une nana mal fagotée, ni à une potiche, ni à une pute, ni à une garce.

Jack l'embrassa doucement.

– Les semaines à venir vont être dures.

– Je m'en fiche, chuchota Imogen. Le jeu en vaut la chandelle.

Elle parcourut fiévreusement son visage du regard pendant quelques secondes.

– Tu es d'accord, n'est-ce pas ? Tu ne vas pas me laisser tomber et prétendre qu'il ne s'est jamais rien passé entre nous ?

– Ne sois pas bête !

Penchant la tête, Jack lui donna un autre baiser, plus fougueux.

– Comment peux-tu, ne serait-ce que poser la question ? Je t'aime bien trop.

Sophie, qui passait la semaine à Hemel Hempstead avec une camarade de classe, avait appris la nouvelle d'une amie, qui était restée suspendue toute la soirée au téléphone pour diffuser cette délicieuse information à toutes ses connaissances. Horrifiée, l'adolescente avait supplié le frère aîné de sa copine de la ramener chez elle. A 10 heures du soir, en arrivant, elle avait trouvé sa mère en train de déambuler dans la cuisine comme un zombie, emmaillotée dans trois pulls. Son père était absent.

Quand Jack revint, il était presque minuit. Son cœur se serra en voyant sa fille l'attendre, assise dans la position du lotus, sous le porche d'entrée.

– Oh, papa, mais qu'est-ce qui t'a pris ?

Sous la frange inégale, son minuscule visage de lutin avait un air égaré, et la lumière ambrée du porche ne faisait qu'augmenter sa pâleur.

– Comment as-tu pu faire une chose pareille ?

– Je suis tellement désolé, ma chérie.

Jack savait bien que sa réponse était inadéquate, mais que pouvait-il dire d'autre ?

– Je sais bien que pour toi, c'est moche...

– Pas pour moi. Je vais parfaitement bien.

Sophie désigna la maison d'un geste impatient.

– Ce que je veux dire, c'est comment as-tu pu faire ça à maman ?

– Tu as quatorze ans, fit-il en essayant d'enlacer ses épaules étroites, mais elle le repoussa. Il est impossible que tu puisses comprendre.

Elle le dépassa pour entrer dans la maison, d'un air dégoûté.

– Ecoute-toi. C'est toi qui es immature. Pour l'amour du ciel, papa, comment as-tu pu ne serait-ce qu'envisager d'avoir une aventure avec ce genre de femme ? Imogen Trent n'est qu'une garce hypocrite.

– C'est faux, répliqua Jack d'un ton glacial, et si jamais tu répètes cela, tu auras affaire à moi. Tu m'entends, Sophie ?

Comme Cass un peu plus tôt, Sophie prit conscience du ton protecteur qu'il employait et comprit que rien de ce qu'elle pourrait dire ne modifierait l'opinion que son père se faisait d'Imogen. Il était trop engagé, ne serait-ce que pour écouter.

– Bien sûr que je t'entends, marmonna Sophie, mais c'est toi qui as tort.

16

Pour Cass, le reste de la semaine fut un cauchemar pur et simple. La vague de chaleur étant définitivement terminée, le ciel d'un gris huileux déversait une pluie continue. L'unique bon côté de la chose, comme le fit remarquer Sophie, fut que les photographes qui se pressaient toujours devant le portail étaient trempés jusqu'aux os, ce qui était bien fait pour eux.

Mais il était clair qu'ils n'avaient nullement l'intention de partir. Du moins, tant que Cass ne leur aurait pas donné les photos qu'ils réclamaient. Elle ne pouvait pas se cacher éternellement, d'autant qu'Imogen s'était déjà prêtée à leurs exigences. Tout en se détestant de faire preuve d'une pareille faiblesse, Cass avait néanmoins passé des heures à contempler les clichés publiés par pratiquement l'ensemble de la presse nationale, demandant sans cesse comment cela avait pu arriver. Comment avait-elle pu faire preuve d'une telle naïveté ?

Pour poser, Imogen avait choisi un chemisier blanc discret mais seyant et une jupe droite jaune tournesol, juste au-dessus du genou. Ses cheveux roux étaient retenus lâchement par deux peignes et elle était légèrement maquillée.

– Tu pars travailler ? demanda Jack le mardi matin quand Cass eut fini de parler avec son producteur, au téléphone.

Pour lui insuffler du courage et en même temps tenter d'apaiser sa propre culpabilité, il effleura sa main par-dessus la table du petit déjeuner.

– Ne t'inquiète pas. On affrontera les journalistes ensemble. Deux ou trois minutes et le pire sera passé.

Sophie quitta un instant des yeux son Coco-pops, mais elle ne dit rien.

Cass regarda fixement Jack et rejeta brusquement sa main, comme s'il l'avait mordue.

– Pour leur dire quoi ? Que mon mari est un salaud mais que je l'aime tellement que je ne le quitterai pas ? Non merci.

Elle écarta son assiette d'une poussée. Elle n'avait même pas touché à son toast.

– S'ils me veulent, ils m'auront telle que je suis. Je ne fais semblant de rien. Je me fous d'avoir l'air courageuse.

Jack, ayant la sensation très nette d'avoir fait tout ce qu'on pouvait attendre de lui, haussa les épaules et disparut à l'étage.

– Je viens avec toi, lui lança Sophie. Si tu veux.

Cass parvint à esquisser un sourire.

– J'ai cru que tu ne me le proposerais jamais.

Cass avait eu du mal à supporter sa journée de travail, comme elle s'y était attendue, mais au moins, elle était occupée. Sophie, renonçant courageusement à une matinée au Musée d'histoire naturelle, l'avait accompagnée au studio et était entrée la première, pendant que sa mère cherchait une place pour se garer.

Cass la laissa faire. Elle savait que sa fille voulait demander à tous de ne pas mentionner le scandale. Cass était capable de soutenir une conversation animée sur des sujets quotidiens. Les mots compatissants et la sympathie la transformaient en marmelade. En résumé, il lui était beaucoup plus simple de prétendre qu'il ne s'était rien passé.

Mais la peur de perdre son calme à l'antenne la hantait comme un fantôme facétieux. Vingt minutes après le début de l'émission, Cass aperçut à travers la paroi de verre un livreur qui portait un énorme bouquet de roses blanches, enveloppé dans du papier cellophane. Il lui était offert par un charmant vieux monsieur, un veuf retraité à Rotherhithe, qui lui écrivait au moins une fois par semaine. *Redressez le menton, ma chère, nous sommes tous avec vous*, lui conseillait le petit mot accompagnant les fleurs, et Cass dut serrer les dents pour ne pas fondre en larmes. Mais le pire arriva une heure plus tard, quand une certaine Betty appela de l'Essex. Le dernier film de Kenneth Brannagh, sujet en apparence anodin, faisait l'objet de la conversation, mais Betty prit les choses en main.

– ... et je sais bien que la fille du standard m'a avertie que je ne devais pas en parler, mais je voulais juste vous dire, Cass, que nous trouvons que vous vous en sortez formidablement bien. Votre idiot de mari ne vous mérite pas. Il faut vraiment qu'il soit complètement cinglé s'il pense que...

– Mon Dieu, quel dommage, on dirait que nous avons perdu cet appel.

En appuyant sur l'interrupteur qui coupait la parole à sa correspondante, Cass vit sa main commencer à trembler. A travers la vitre, le producteur rentrait visiblement sous terre. Cass avec un sourire forcé se pencha sur le micro.

– Mais nous n'avons absolument pas besoin de potiner sur ma vie privée. Nous allons plutôt écouter un peu de musique pour notre plaisir, d'accord ? Que diriez-vous de *Never Never* d'Izzy Van Asch ?

Cass avait fait en sorte d'arriver au bout de sa première journée de travail, mais cela ne signifiait pas qu'elle y était parvenue facilement. Une des photos prises le matin même s'étalait dans la première édition de l'*Evening Standard.* De retour chez elle, Cass en scrutant le cliché constata que son image reflétait exactement l'égarement qu'elle ressentait, ce qui allait avoir pour résultat que tous la prendraient encore plus en pitié. L'article qui accompagnait la photo : « Si votre mari avait une liaison, voudriez-vous vraiment l'apprendre ? » était éloquent. Apparemment, un nombre inouï de femmes préféraient rester dans l'ignorance. Pour quelle raison semer la perturbation, déclaraient-elles, quand tant de liaisons extra-maritales s'épuisaient d'elles-mêmes ? Trop d'épouses, en découvrant ce qui s'était passé dans leur dos, réagissaient bien trop violemment. Divorce, coup de tête, repentir éternel, prévenait une espèce de vieille journaliste de la presse du cœur, toute fripée, qui avait manifestement vu des milliers de mariages s'écrouler et qui en attribuait clairement la responsabilité aux femmes trompées qui avaient décidé d'en faire toute une histoire.

– De toute façon, je me demande bien ce que cette vieille conne desséchée peut connaître sur la question, déclara Cléo quelques jours plus tard.

Cléo était coincée à Milan pour des prises de vues, quand le pot aux roses avait été révélé. Elle venait juste de rentrer à la maison, lestée de parfums *duty free* et d'une énorme bouteille de Cointreau destinée à Cass. Scandalisée par la conduite de son père, voulant à tout prix protéger sa mère, elle pataugeait dans la montagne d'articles de presse consacrés au scandale et parvint même à alarmer Cass avec son épouvantable franc-parler. Sa mère essaya de minimiser la situation.

– Ça ne sert à rien de faire grimper la tension. Chacun a son propre point de vue.

– Et moi, je pense que Nancy Wibberley est une vieille fille qui possède à peu près autant de sex-appeal qu'une guêpe.

Cléo était furieuse. Son père n'étant pas à la maison, elle n'avait personne sur qui faire retomber sa colère. Les hommes étaient des salauds, elle le savait déjà, mais la découverte brutale que son propre père en était un aussi l'avait achevée. C'était impensable ; c'était la pire des trahisons. Quant à Imogen Trent, cette poule faux jeton...

– Bon, on va ouvrir le Cointreau...

On était dimanche et, à 7 heures du soir, Cass était plus que prête à prendre un remontant. Quand elle revint au salon avec deux verres pleins de glaçons, Cléo était une fois de plus plongée dans la lecture de l'édition du *Mail* de la veille. L'intérêt des journalistes n'avait pas faibli. Tous voulaient savoir comment les choses allaient tourner. Ils sont bien les seuls, songea Cass. Jack avait disparu à l'heure du déjeuner et elle ne savait absolument pas, quand ou si, il rentrerait.

Pourtant, lorsque le matin même, elle lui avait demandé quand il pensait déménager, il avait paru interloqué.

Cléo ne portait qu'un T-shirt rose au ras du nombril et un short de même couleur. Elle frissonna.

– Je n'arrive toujours pas à croire à cette histoire. Comment peux-tu rester aussi calme ?

Cass tenta de sourire.

– Ai-je l'air calme ? Je ne me sens pas calme du tout.

– Dans ce cas, tu arrives très bien à cacher tes sentiments.

L'espace d'une seconde, sa mère parut vulnérable.

– Mais que puis-je faire ? Les bagarres publiques ne sont pas mon fort. Cette maison est autant celle de ton père que la mienne. Je n'arrive pas à lui demander de partir. Je pourrais m'installer ailleurs mais je ne vois pas pourquoi ce serait à moi de le faire alors que je n'ai rien à me reprocher.

– Oh ! maman...

Cléo, qui était vautrée sur le tapis, s'agenouilla pour serrer Cass dans ses bras. Les journaux craquèrent sous ses jambes, et elle constata avec une profonde satisfaction qu'un de ses genoux s'était enfoncé dans une photo d'Imogen Trent.

– On va arriver à éclaircir tout ça, dit-elle, en faisant un geste vers le sac débordant de courrier que Cass n'avait pas encore ouvert. Et tout le monde est avec toi. Ça doit t'aider.

Un déluge de cartes et de lettres s'était abattu sur la maison et sur la station. Cass avait l'impression d'être publiquement dépossédée. Le déferlement de sympathie, de soutien et de bonne volonté pure et simple que lui témoignaient de parfaits inconnus l'avait bouleversée. Bien sûr, cela l'aidait, ne cessait-elle de se convaincre, de se sentir tellement aimée par tous ces gens. Mais leur soutien, en même temps, était en passe de se transformer en fardeau. Tout cela prenait des allures de Disneyland, songeait-elle avec une poussée d'agacement, ignorant qu'elle se faisait l'écho de l'avertissement que Jack avait lancé à Imogen. Elle était Cendrillon, Jack et Imogen étaient les méchantes sœurs. Elle était Blanche-Neige ; Imogen l'affreuse sorcière. Elle était la maman de Bambi ; Jack le vilain chasseur...

– J'en ai ras le bol d'être la bonne petite ! s'exclama Cass.

Elle termina son Cointreau dans un entrechoquement de glaçons et désigna la bouteille d'un signe de tête, en tendant son verre.

– Je ne veux plus qu'on prenne ma défense. Pourquoi serais-je le paillasson, la pauvre petite épouse dont on a tellement pitié ? Pourquoi ne pourrais-je faire en sorte de concocter ma revanche ?

– Prends un amant ! s'écria Cléo.

Flûte, quel conseil étrange à donner à sa mère ! Mais Cass secoua la tête.

– Je ne pourrais pas. Pas ça.

– Bon. Prends un homme éblouissant et fais semblant.

– Ça ne marcherait pas, répondit Cass, l'air abattue. Jack me connaît trop bien. Il ne s'y laissera pas prendre une seconde.

– C'est papa ? demanda Cléo en tournant la tête, car elle venait d'entendre la porte d'entrée s'ouvrir.

Son pouls commença à s'emballer. Elle était prête à affronter son père.

– Je vais lui dire ce que je pense de lui, à ce salaud.

Mais ce n'était pas Jack ; c'était Sophie qui rentrait d'une sortie de découverte géologique dans la forêt de Epping. Au moment où la porte claqua dans son dos, le téléphone sonna.

– C'était papa, annonça Sophie en pénétrant dans le salon quelques instants plus tard, chaussée de bottes boueuses. Il ne rentrera pas ce soir. Il a besoin de réfléchir. Il te fait dire qu'il est désolé.

Sophie ôta ses lunettes, l'air inexpressif. Elle essuya les verres avec les pans de sa chemise froissée, regarda sa mère et ajouta :

– Je lui ai demandé s'il voulait te parler, mais il était pressé.

– Tu parles, il est bien trop lâche, lança Cléo d'un ton débordant de mépris. Du temps pour réfléchir, mon œil ! Le con !

– Cléo !

– Pas d'importance. J'ai déjà entendu ce mot.

Sophie s'effondra sur le canapé à côté de sa mère et entreprit d'enlever ses bottes sales.

– J'en ai un pour père, tu te souviens ? Et je suis désolée de le dire, mais j'en ai plus que marre d'en entendre parler. Pendant ma sortie, il n'y a pas une personne, profs inclus, qui ne se soit pas apitoyée sur les problèmes entre toi et papa... « Ta pauvre mère, ça doit être affreux pour elle. » Ce vieux croulant de Melrose en personne m'a coincée dans le bus pour me demander de te transmettre ses bons vœux. Beurrrrk !

A la pensée d'Edgar Melrose, affublé d'un problème de transpiration absolument répugnant et de dents recouvertes de mousse, Sophie frissonna.

– Libre à toi de les accepter. Mais ce type me donne envie de vomir.

Cass savait qu'elle allait devoir agir, mais la question était de savoir comment. Pendant que Sophie buvait un Coca et que Cléo engloutissait une plaque de chocolat, elle remplit un autre verre de Cointreau.

– Demain matin, je vais avoir une horrible gueule de bois.

– Au moins, tu pourras dormir.

Cléo savait que, sinon, sa mère passerait la nuit à se

tourner et à se retourner, dans son lit, en se torturant à l'idée de ce que pouvait faire Jack avec Imogen Trent.

Cass se redressa, tout excitée.

– Lady Graham Moon ! annonça-t-elle triomphalement. Vous vous souvenez d'elle ? Celle qui a découpé toutes les manches des costumes Savile Row de son mari ! Qu'est-ce qu'elle a fait d'autre déjà ?

Cléo se le rappelait vaguement. L'histoire datait de plusieurs années, mais à l'époque, la presse en avait fait des gorges chaudes. En découvrant l'infidélité de son époux, lady Moon avait lacéré ses costumes d'un prix exorbitant, jeté deux ou trois seaux de peinture blanche sur sa superbe voiture et...

– Ça me revient ! s'écria Cléo. Elle a fait une razzia dans sa cave à vins et déposé des centaines de grands crus sur les pas de porte, comme si elle était un croisement de laitier et de père Noël. Génial !

Cette idée parfaite la fit sourire de toutes ses dents.

– On va faire ça à papa.

– Sauf qu'on n'a pas de cave à vins et que découper les manches de costumes Marks & Spencer, ça n'est pas tout à fait aussi classe, lui fit remarquer Sophie. Et puis, continua-t-elle, avec son sens pratique, on ne peut pas copier la vengeance d'une autre personne. L'impact en est moindre.

Les cinq verres de Cointreau avalés par Cass commençaient à avoir leur propre impact sur elle. Elle prenait plaisir à cette éventualité : faire en sorte de ne plus être un objet de sympathie et concocter une vengeance aux petits oignons. Cette perspective la mettait dans un état de gaieté indescriptible, bien qu'elle se sentît vraiment vaseuse. Elle dut cligner des yeux et se concentrer sérieusement sur sa montre pour tirer la conclusion, stupéfiante, qu'il était plus de minuit.

– Je crois que je vais aller me coucher, annonça-t-elle lentement pour ne pas s'emmêler les pinceaux.

Comme c'est vilain, Cléo ! Tu n'aurais pas dû ouvrir cette bouteille. Je vous défends à toutes deux de raconter cela aux journalistes...

Sophie se pencha pour embrasser la joue écarlate de sa mère.

– Bonne nuit, maman. Dors bien.

– Demain, on réfléchira aux différentes manières d'infliger une leçon à ton père, promit tendrement Cass. Il est très vaniteux, tu sais. Et si on lui rasait un de ses sourcils pendant qu'il dort ?

L'horloge de l'entrée sonnait 3 heures du matin quand Cléo et Sophie passèrent devant à pas de loup, les bras pleins de sacs contenant des objets hétéroclites. Il leur était pourtant inutile de se faufiler ainsi, car en haut, aidée par le Cointreau, Cass était *knock-out*. Si elle n'avait pas entendu de bruit quand Sophie était tombée dans le grenier, en trébuchant sur un cageot, il était peu probable que le cliquetis de la serrure de la porte d'entrée ne la réveille.

La voiture chargée, Cléo prit le volant et Sophie la place du navigateur, consultant sa carte défraîchie à la lumière d'une torche, au fur et à mesure qu'elles traversaient les rues presque entièrement désertes de la ville.

17

Inspirée par la dernière réplique de Cass, Sophie avait eu l'idée de jouer avec la vanité de leur père.

– L'ennui, avec la solution de cette Graham Moon, déclara l'adolescente quand leur mère fut montée se coucher, c'est qu'elle a rendu son mari plutôt sympa. Même si c'est un croulant.

– Avec toi, dix-sept ans, c'est déjà vieux.

Sophie haussa les épaules.

– Tu sais très bien ce que je veux dire. Cela dit, il est peut-être vieux, mais il porte des costumes d'enfer, conduit une super voiture et boit du bordeaux sublime. Il ressemble plutôt à James Bond.

Cléo se tordait les pouces, incroyablement agacée qu'une fille de quatorze ans lui parle avec condescendance.

– Et alors ?

– Et alors, ce qui pourrait sérieusement retourner papa, ce serait de le faire passer pour un idiot – plus M. Bean que Bond – pour que les gens se moquent de lui.

Elles trouvèrent l'appartement d'Imogen facilement, car dans cette rue étroite, il était le seul à posséder des jardinières vides et des volets d'aspect chirurgical à la place de rideaux, comme l'avait remarqué Sophie sur une photo publiée dans *L'Express*. Elles garèrent la voiture au bout de la rue, déchargèrent entièrement la malle et s'avancèrent à pas feutrés vers leur objectif.

– Est-ce qu'il est là ? murmura Sophie.

– Bien sûr que oui.

Cléo laissa tomber les sacs sur la chaussée et appuya l'escabeau tout doucement contre la porte du garage. Puis elle retroussa les manches de son sweat-shirt noir. Au moins, il ne pleuvait pas.

– Et si on se fait arrêter ?

Cléo sourit jusqu'aux oreilles. Elle avait un talent particulier pour éblouir les agents de police. Ce qui était préférable, vu la manière dont elle conduisait. Un coup d'œil sur ses grandes prunelles marron foncé et sur son sourire contrit suffisait en général pour attendrir le cœur le plus dur du plus mesquin des agents de la circulation. Et puis, en quoi ce qu'elles étaient en train de faire était-il mal ?

– Ils ne peuvent pas nous arrêter.

Sûre d'elle, elle commença à grimper sur l'escabeau.

– On est en train de faire une blague innocente à notre père, tu parles d'une affaire !

Sophie leva les yeux vers les fenêtres de l'appartement d'Imogen plongé dans l'obscurité.

– Ça ne va pas lui plaire, à *elle*.

– Qu'elle nous fasse un procès, gloussa Cléo qui s'en moquait complètement. Et bonne chance ! Allons, ne reste pas plantée là comme un piquet... passe-moi le bout de cette corde.

Jack se réveilla en sursaut à 6 h 30 du matin. Imogen, rejetant la couette jaune, s'était glissée hors du lit et se dirigeait vers la fenêtre.

– Que se passe-t-il ?

– Du bruit, dehors.

Elle s'approcha prudemment et se baissa pour éviter d'être aperçue dans sa glorieuse nudité.

– J'entends des gens rire.

– Vu l'heure qu'il est, ça m'étonnerait.

Il avait parlé sur le ton de la plaisanterie, mais soudain, Jack réalisa avec un sentiment coupable, que si quelqu'un ne riait pas aujourd'hui, ce devait être Cass. La veille au soir, il n'avait même pas eu le cran de lui parler au téléphone. Mais il était désespéré. Une seule certitude l'habitait : il ne pourrait pas continuer longtemps ainsi. Il aimait Imogen. Il aimait Cass aussi, mais ces deux espèces d'amour se situaient à des années-lumière l'une de l'autre. C'était comme si on lui avait demandé de choisir entre deux menus exquis dans un grand restaurant. Jack voulait les deux, mais ce n'était pas possible. Et en l'occurrence, il ne s'agissait pas de nourriture. Il devait décider de la direction qu'allait prendre son avenir...

– Merde !

De sa position à moitié accroupie, Imogen tomba à genoux, et s'éloigna de la fenêtre à toute vitesse à la manière d'un crabe.

– Je n'ai pas la moindre idée de ce qui se passe, mais il doit bien y avoir cinquante photographes devant la maison. Je te parie que cette vache de Cass a claironné où tu passais la nuit.

Jack sentit son cœur se retourner.

– Pourquoi aurait-elle fait ça ? Qu'est-ce que ça lui apporterait ?

– De toute façon, quelqu'un les a prévenus.

Imogen savait que les femmes trompées n'avaient pas forcément besoin d'avoir de bonnes raisons. Elles se moquaient bien de se comporter de manière irrationnelle. Elle enfila un T-shirt orange trop ample, l'air préoccupée. A *Hello*, ses patrons guindés n'avaient pas été particulièrement ravis d'apprendre qu'elle avait une liaison avec l'époux d'une femme qu'elle venait d'interviewer. Ils avaient l'impression que son comportement donnait une mauvaise image de marque au magazine et risquait de faire reculer les candidats à l'interview. La perspective de perdre son job, très bien payé, ne la réjouissait pas vraiment, mais c'était une éventualité qui se précisait de minute en minute. Pourquoi, se demandait Imogen, y avait-il une telle meute de photographes sous ses fenêtres à une heure pareille ? Et surtout, pourquoi se gondolaient-ils comme cela ?

Moins de dix minutes plus tard, la sonnette de la porte d'entrée retentit désagréablement.

– Allons, Jack, on sait que vous êtes ici, hurla une voix râpeuse à travers la boîte aux lettres. On ne bougera pas, alors vous avez intérêt à vous montrer. Habillez-vous, continua à glousser la voix qui était en proie à un fou rire irrépressible, et venez voir ce qui est arrivé pendant que vous étiez occupé... à autre chose.

– Vas-y, chérie.

Jack regrettait amèrement d'être venu dormir chez Imogen. Il détestait plus que tout se faire ridiculiser.

Mais Imogen refusa d'obtempérer.

– Non. C'est toi qu'ils réclament.

Pour couper court, elle se mit à farfouiller dans sa garde-robe.

Dès que Jack ouvrit la porte, il fut ébloui par le feu roulant des flashes. Certains des photographes poussèrent même des hourras ; son air hautain et agacé était parfait. Il leur en donnait vraiment pour leur argent.

En se retournant, Jack comprit de quoi il retournait.

Immédiatement, il devina que Cléo devait être à l'origine de ce déballage ; ce n'était pas le style de Cass. Non, c'était forcément Cléo qui avait fait une razzia dans le grenier, y dénichant à peu près tout ce qu'un intellectuel de quarante ans, conscient de son image, aurait refusé de porter en public.

Deux cordes à linge étaient tendues avec des moyens de fortune devant la façade de l'appartement. Y avaient été accrochés tous ses trente-trois tours yé-yé et ringards, une paire de pantalons évasés rose framboise, plusieurs chemises à fleurs à col pointu de vingt-quatre centimètres de large, des souliers jaunes à talons compensés de neuf centimètres, un T-shirt vert pomme et orange vif et une écharpe à pois bariolés. Il y avait aussi une vieille photo froissée, datant de l'époque de la fac, sur laquelle, manifestement complètement bourré, il agitait une petite culotte rouge à fanfreluches, en faisant semblant d'embrasser un bouledogue.

Et sur une immense banderole accrochée contre le garage était griffonné à la main : *Qui a dit que j'avais du goût ?*

Tous ces objets, emballés et entassés dans le grenier, hélas, lui appartenaient. Cass ne supportait pas de jeter quoi que ce soit. Il découvrit que Cléo, faisant preuve d'une mauvaise foi absolue, avait également suspendu un tube de crème de faux bronzage, un énorme médaillon et une moumoute en nylon, vestige du réveillon du Noël précédent. Il n'avait utilisé aucun de ces objets. Mais les photographes l'ignoraient et s'affairaient à impressionner rouleau après rouleau de pellicule en lançant des plaisanteries sur les souliers à semelles compensées jaune banane. Jack se demanda s'il arriverait jamais à survivre à cette humiliation.

– Allons, Jack, une déclaration ! brailla un journaliste derrière les autres. Est-ce que ces trucs vous appartiennent ? Y compris le trente-trois tours de Danny Osmond ? précisa-t-il en regardant ses collègues d'un air hilare. Et si vous nous fredonniez quelques mesures de *Puppy Love* en vitesse ? Juste pour nous rafraîchir la mémoire.

Un peu plus tard dans l'après-midi, Cass avait conscience qu'elle aurait dû être en train de plancher sur le script de son émission du lendemain. Au lieu de quoi, elle se retrouva à quatre pattes dans la cuisine et entreprit de vider minutieusement tous les placards pour les nettoyer à fond. Rester à contempler le vide en passant et repassant dans sa tête les événements de la semaine écoulée ne lui faisait absolument aucun bien ; il valait bien mieux s'épuiser physiquement en accomplissant une tâche qui aboutirait à un résultat concret. Même s'il ne s'agissait que de placards à astiquer.

Le téléphone sonna à l'instant où elle finissait de vider le contenu du garde-manger sur le sol. Elle dut se frayer un chemin entre les paquets de sucre, de riz et de pâtes pour aller répondre.

– Allô, c'est moi, Imogen.

– Oh ! fit Cass qui regretta subitement d'avoir décroché.

– Vous êtes seule ?

– Pourquoi ?

Imogen poussa un soupir.

– Ecoutez, la situation devient intenable. Il faut qu'on parle.

Cass se demanda si la rupture après vingt ans d'un mariage parfait comptait parmi les choses qu'on ne parvenait plus à maîtriser. Au fil des jours précédents, elle avait tenu des conversations imaginaires avec Imogen, mais elle n'arrivait pas malgré tout à concevoir ce qu'elle pourrait ressentir en la revoyant. Imogen ne manquait pas de culot. Mais cela, Cass le savait déjà.

– D'accord.

Elle contempla les piles de provisions sur le sol. Comment diable avaient-ils pu accumuler dix-sept boîtes d'ananas en morceaux ?

– Si vous êtes seule, j'arrive tout de suite.

– D'accord.

– Je suis dans un taxi tout près, reprit Imogen. J'ai vérifié qu'il n'y avait personne en bas de chez vous. Le chemin est sûr.

Extraordinaire, songea Cass. Vingt-deux boîtes de tomates pelées. Elle acquiesça d'un signe de tête à l'adresse de l'appareil.

– D'accord.

Imogen arriva par la porte du fond moins d'une minute plus tard. En la faisant entrer dans la cuisine, Cass se demanda si la jeune femme avait fait exprès de ne pas lui laisser le temps de se passer une brosse dans les cheveux et de rincer ses mains poisseuses.

Tirant une chaise, Imogen s'y installa en lissant soigneusement sa jupe bleue sur ses cuisses gainées dans un collant noir.

– Autant que je vous le dise : je suis navrée que vous ayez tout découvert. Ce n'était pas prévu. Je me serais parfaitement contentée de garder notre relation secrète.

Elle marqua une pause, effleurant des doigts la mince chaîne d'or qu'elle portait autour du cou.

– Au cas où vous vous poseriez la question, je n'ai rien projeté de tout cela.

– Oh ! fit Cass avec la dose d'ironie adéquate. Dans ce cas, tout est pour le mieux.

– Je sais, je sais, répliqua Imogen avec impatience. Mais c'est effectivement arrivé, et il faut mettre de l'ordre dans tout ça. Pour votre bien, comme pour le nôtre.

– Le nôtre, répéta Cass qui s'émerveillait de l'entendre employer ce mot avec une telle aisance. Vous voulez dire Jack et vous ?

Imogen sourcilla.

– Pour le bien de nous tous. La mascarade de ce matin, par exemple. Votre fille a-t-elle mesuré une seconde la répercussion que cela pourrait avoir sur la carrière de Jack ?

– *Mes* filles. Elles l'ont fait ensemble. Et non, répondit Cass d'un ton coupant, probablement pas. Et baiser une minette de journaliste ? A votre avis, quel effet cela peut-il avoir sur sa carrière ?

Cette raillerie l'ayant prise au dépourvu, Imogen rougit.

– Je ne suis pas une minette. Et je ne suis pas venue pour me battre.

Non, juste pour jubiler, songea amèrement Cass en se rasseyant par terre au milieu des boîtes de framboises écossaises et du riz à la crème d'ambroisie que Sophie aimait tellement.

Elle jeta un coup d'œil à Imogen, qui paraissait trop

proprette et sérieuse avec ses cheveux ramassés dans une barrette couleur bronze.

– Dans ce cas, pourquoi êtes-vous ici ?

– Pour Jack. Ça n'est pas facile pour lui.

Cass cilla.

– Vous plaisantez ?

– Il est déchiré, répliqua Imogen d'un ton sec. Il a peur de vous quitter parce qu'il pense que vous ne pourrez pas le supporter, mais c'est avec moi qu'il veut vivre. Il ne s'agit pas d'une passade, Cass. Ni lui ni moi n'avons souhaité cette liaison. C'est tout simplement arrivé. Jack vous aimait. Mais aujourd'hui, c'est moi qu'il aime.

Elle se pencha en avant, le regard brillant de passion.

– Et si vous aimez Jack, vous le laisserez partir. Torturez-le en vous accrochant à lui, Cass, et vous ne ferez, au bout du compte, que le rendre malade.

Cette déclaration dépassait les bornes. Mais le plus humiliant, c'était qu'elle provenait d'une fille qui avait immédiatement plu à Cass. Elle avait même tanné Jack pour l'obliger à se montrer gentil avec Imogen...

Il avait peut-être raison d'ailleurs ; tout ce qui arrivait maintenant était vraisemblablement sa faute à elle.

Pop, pop, fit le sac de plastique de riz basmati en éclatant sous les ongles abîmés de Cass qui le malmenait. Une furieuse envie de jeter quelque chose à la tête d'Imogen la démangeait. Cette jolie boîte de tomates ?

– D'accord, vous avez dit ce que vous aviez à dire, répondit Cass en réprimant son instinct meurtrier. Maintenant, vous pouvez partir.

Imogen se leva.

– Je suis vraiment navrée, reprit-elle, mais si votre mariage avait été aussi formidable que vous l'imaginiez, cela ne serait pas arrivé. Vous ne pouvez pas m'en vouloir, Cass ; je n'ai pas kidnappé Jack. Il me voulait autant que je le voulais. Ça ne m'empêche pas d'être navrée. Je ne suis pas aussi moche que vous le pensez.

– Si, vous l'êtes, chuchota Cass.

18

Pour Jack, la journée avait été cauchemardesque, et la soirée s'annonçait encore pire. Les journalistes recommençaient à aboyer au portail, le téléphone n'arrêtait pas de sonner et sa photo trônait à la une du *Standard*. Et dès que le reste de la presse lui aurait emboîté le pas, tout le pays se gausserait de lui.

Pendant ce temps, on qualifiait Cléo et Sophie d'héroïnes et Sean n'arrivait pas à raconter l'histoire jusqu'au bout, tant il la trouvait désopilante.

– C'était une programmatrice de l'émission Anne et Nick qui voulait savoir si vous pouviez participer à celle de mercredi, annonça Sean en regagnant la table du dîner sans parvenir à réprimer un sourire. Je lui ai répondu que vous étiez déjà chez Richard et Judy.

Au passage, il ébouriffa les cheveux courts de sa sœur.

– Qui aurait pu imaginer ça ? Notre petite Sophie, qui devient elle aussi célèbre ! Elle aura bientôt besoin d'un garde du corps !

– Si tu me touches encore les cheveux, répondit tranquillement sa sœur, je te cogne.

– Qui que ce soit, envoyez-les promener, ordonna Jack, en entendant la sonnerie du téléphone recommencer sa sarabande. Et pour l'amour de Dieu, décroche. Mais que fais-tu ? ajouta-t-il à l'adresse de Cléo en la voyant se lever, son assiette dans les mains.

– Je vais répondre au téléphone, répliqua vertement

Cléo, qui n'adressait pratiquement plus la parole à son père. C'est ce que tu voulais, non ?

– Repose cette assiette.

– Si je la laisse ici, Sean va me piquer mes crevettes royales.

– Arrête de faire la gamine ! répliqua Jack, exaspéré.

– Excuse-moi, se moqua Cléo, mais tu crois vraiment que c'est moi qui me conduis de manière infantile ?

– Arrêtez, je vous en prie, les supplia Cass, à bout de forces.

Elle voulait éviter qu'une autre dispute ne s'envenime. Il ne leur était même plus possible de prendre normalement un repas en famille.

Sean, assis à côté d'elle, renversa du vin rouge sur la nappe. Pour l'absorber, il prit la première chose qui lui tomba sous la main, l'*Evening Standard*. Il en détacha les deux pages centrales et éclata de rire.

– Oh ! génial, cette caricature de papa en train d'interviewer ce hurleur de lord Sutch. Papa porte six médaillons et des bottes à énormes semelles compensées et il demande à lord Sutch : « Mais ne craignez-vous pas qu'on ne vous prenne plus au sérieux ? »

– Très drôle.

Jack foudroya Cléo du regard. Elle se tenait dans l'embrasure de la porte, un sourire ironique sur les lèvres.

– Tu as oublié ta précieuse assiette.

– Trop d'excitation.

Cléo jubilait.

– C'était une amie, elle travaille pour ITV et voulait me signaler que si nous avions envie de rire, il fallait surtout ne pas rater *Spitting Image* la semaine prochaine.

Au fil de la soirée, Cass fut prise d'une migraine lancinante. Incapable de supporter les frictions qui se multipliaient, elle se prépara une tasse de thé, se força à avaler deux aspirines et prit le chemin de sa chambre.

Jack lui emboîta le pas.

– Il n'est que 21 heures.

– Je suis fatiguée, expliqua Cass en hochant la tête, à peine capable de le regarder en face. Tellement fatiguée de tout ça.

– Quoi ?

Jack avait l'air inquiet.

Cass, qui avait commencé à se déshabiller, s'aperçut soudain qu'elle ne voulait pas qu'il la voie nue. Brusquement, elle avait presque honte de son corps. Elle se sentait vieille et haïssait Jack de lui inspirer ce genre de sentiment.

Elle se força à enlever son jean, mais se glissa dans le lit avec son T-shirt blanc.

– Je ne vais pas me tuer, ironisa-t-elle, si c'est ce que tu redoutes. Si tu veux partir, Jack, ça me va. Je ne te force pas à rester... nous sommes parfaitement capables de nous en tirer sans toi.

Dans les yeux sombres de Jack se lisait un profond chagrin.

– Mais je ne veux pas partir, Cass. Je t'aime toujours.

– Qu'entends-tu par là ? Que tu vas annoncer à Imogen que c'est terminé, qu'il s'agissait d'une lamentable erreur, que tu veux rester avec moi et ne plus jamais la revoir ?

Le visage de Jack s'assombrit.

– Je ne peux pas...

– Dans ce cas, dit calmement Cass, c'est facile. Tu dégages...

– Mais...

– Et n'oublie pas ta brosse à dents, ajouta-t-elle en se détournant pour cacher les larmes qui ruisselaient sur son visage.

Elle ne s'était même pas aperçue qu'elle pleurait ;

les larmes avaient tout simplement jailli. Et les idées les plus étranges lui traversèrent l'esprit : s'ils en étaient vraiment là, si c'était réellement la fin, elle ne verrait plus jamais Jack se brosser les dents. Elle ne l'entendrait plus jamais chanter sous la douche. Ils ne feraient plus *jamais* l'amour ensemble...

Ce fut cette dernière pensée, lorsqu'elle réalisa qu'ils s'étaient aimés pour la dernière fois sans qu'elle le sache, qui la bouleversa le plus. Si seulement elle avait su, elle aurait fait plus attention, elle se serait concentrée pour pouvoir se souvenir de chaque instant. Flûte ! songea-t-elle, tandis que les larmes continuaient à glisser le long de ses joues, c'est injuste, il aurait dû me prévenir...

Jack était incapable de le supporter. Cass n'était pas du genre à pleurer. C'était la première fois depuis les événements qu'il la voyait verser des larmes.

Quand il la prit dans ses bras, elle laissa échapper un gémissement de chagrin sourd et enfouit son visage dans le plastron de sa chemise.

Jack souleva son menton et la força à le regarder. Dans ses bras, il tenait la femme qu'il avait aimée sans la moindre défaillance pendant vingt-quatre années. Derrière elle, sur la table de nuit, étaient posées les photos de leurs trois enfants bébés, des enfants qu'ils avaient faits ensemble et qu'il aimait au-delà de l'imaginable.

Ces derniers jours, le fait d'avoir à supporter la colère de Cléo et le mépris tranquille de Sophie l'avait sérieusement atteint. Qu'ils aient toujours formé une famille tellement unie rendait la situation encore plus difficile à vivre. Il avait fait autant de mal à ses filles qu'à Cass et elles ne se gênaient pas pour le lui faire savoir. Si je pars, songea Jack, pourrai-je me le pardonner, sans parler d'espérer qu'elles me pardonnent ?

– Que fais-tu ? haleta Cass, bien que cela fût évident, puisqu'il faisait passer son T-shirt par-dessus sa tête.

– Je t'aime.

Avec douceur, Jack la poussa contre la pile d'oreillers. Il ôta sa chemise, la jeta derrière lui, et embrassa Cass comme il ne l'avait plus embrassée depuis des années.

La violence de leurs émotions ne fit qu'accroître celle de leur union. Cass ne pouvait s'empêcher de lui lacérer le dos avec ses ongles. Le plaisir de Jack approchant, elle enfouit son visage contre son épaule pour étouffer ses gémissements. La passion prenant le dessus, toute la souffrance et la colère de la semaine écoulée se diluèrent, annihilant cette douleur indescriptible.

– Ô mon Dieu ! soupira Cass, dont la poitrine continuait à haleter doucement. C'était... je ne sais pas comment dire... je ne trouve pas le mot juste... c'était incroyable.

Jack sourit.

– Maintenant, je comprends pourquoi les gens rompent pour ensuite se réconcilier. Cass, il faut vraiment qu'on parle.

De la langue, il humecta ses lèvres sèches.

– As-tu soif ? Moi, si je ne bois pas quelque chose...

Cass opina paresseusement de la tête.

– Un jus d'orange, une goutte de tonic, une tonne de glaçons, s'il te plaît.

– Deux minutes.

Se glissant hors du lit, Jack tendit la main vers son peignoir de bain bleu marine. Il ne put résister à l'envie de se pencher au-dessus de Cass pour embrasser sa joue chaude et rosie, et glissa vers sa bouche.

– Du jus d'orange, implora Cass. Avant que je ne me déshydrate.

En bas, comme un repas ne lui suffisait jamais, Sophie était en train de se confectionner un de ces sandwiches au beurre de cacahuète et au miel qu'elle adorait. Elle jeta un coup d'œil à son père qui pénétrait dans la cuisine. En voyant son expression, son peignoir de bain et ses cheveux ébouriffés, elle demanda, pleine d'espoir :

– Bonne nouvelle ?

Jack sourit. Les gosses, aujourd'hui...

– Ça se pourrait, mon cœur. Ta mère réclame un verre de jus d'orange.

Sophie grimaça.

– Je viens de le terminer.

Alors, son père ouvrit le réfrigérateur et en extirpa une bouteille de Bollinger. Attrapant deux coupes dans le placard, il ajouta :

– De toute façon, c'est plus approprié !

– Oh, papa, je suis tellement contente !

Ce fut au tour de Sophie de fondre en larmes. Abandonnant son sandwich, d'une épaisseur impressionnante, elle jeta ses bras autour du cou de Jack et l'enveloppa d'un redoutable fumet de beurre de cacahuète.

– C'est la meilleure nouvelle que j'aie jamais entendue !

Jack déposa un baiser sur le sommet de son crâne et tapota son dos osseux avant de se désenchevêtrer avec douceur.

– Je sais, je sais. Bon, je ne veux pas faire attendre ta maman. Et ça ne te fera probablement pas de mal de te coucher tôt, ajouta-t-il avec douceur.

– Du jus d'orange, protesta Cass en apercevant la bouteille vert foncé, emperlée de buée, qu'il tenait à la main. Jack, mais qu'est-ce qui te prend d'ouvrir ça ? J'ai dit que j'avais *soif* !

– On peut fêter ça, non ?

Il laissa tomber les coupes sur les genoux de sa femme avec la sensation que ses épaules venaient d'être délestées d'un pesant fardeau, et commença à desserrer le bouchon. Il n'arrivait pas à s'empêcher de sourire.

– Cass, c'est terminé. Derrière nous. Je ne reverrai plus Imogen. Tu es ma femme et je t'aime. Nous sommes faits l'un pour l'autre...

Cass le fixait, incrédule.

– Tu veux dire que j'ai gagné ?

Avec un sifflement, le bouchon fusa, ricocha sur deux murs et une fixation électrique et termina sa course dans une sandale du soir de Cass.

– Les coupes, les coupes, hurla Jack, en essayant de retenir la mousse qui débordait.

Mais quelle importance cela avait-il que le champagne se répande ? Il était chez lui et rien d'autre ne comptait. Dieu seul savait comment Imogen allait le prendre ; il était incapable d'y réfléchir pour l'instant. Il allait tout simplement le lui faire comprendre.

– Eh bien, dit Cass, non merci.

Le sourire de Jack s'effaça.

– Quoi ?

– Tu m'as bien entendue.

Cass s'exprimait d'une voix claire.

– Tu voulais partir, Jack. C'est évident. Seulement, tu étais incapable d'en prendre la décision. Par conséquent, je la prends à ta place. Voilà. Tu comprends ? Je te facilite les choses. Tu fais tes bagages et tu quittes la maison.

Quel délice c'était d'observer la tête qu'il faisait ! Un si beau visage, songea Cass, s'armant de courage pour ne pas se laisser attendrir. A quarante ans, il était toujours jeune et séduisant du bout des orteils à la racine des cheveux.

Jack la regardait fixement.

– Je viens de te dire que je veux rester avec toi.

– Trop tard.

Cass croisa les bras, comme pour se protéger et ajouta d'un ton ferme :

– Je veux que tu partes.

– Mais pourquoi ? fit Jack, abasourdi, incapable de comprendre ce qui lui arrivait. Je viens juste de dire à Sophie...

– Dans ce cas, mieux vaut que tu retournes la prévenir que tu ne lui as rien dit...

Furibonde à l'idée qu'il avait donné de l'espoir à leur fille, Cass sentit ses joues commencer à rougir de colère.

– Comment oses-tu, Jack ? Sans avoir la délicatesse de m'en parler d'abord ! Ce que tu peux être condescendant !

– Cass, je t'en prie...

– Non ! hurla-t-elle. Hors de question. N'y pense même plus. Comment pourrais-je te pardonner de baiser cette petite poule ? Pour quelle raison est-ce moi qui devrais passer les cinquante prochaines années à t'écouter me reprocher d'avoir gâché ta vie ? Tu as quarante ans. Divorce, épouse Imogen et quand tu auras quatre-vingt-dix ans, tu pourras célébrer tes foutues noces d'or avec elle... Tu ne comprends pas ? Tu peux recommencer ta vie ! Complètement ! De zéro...

– Arrête ! siffla Jack.

Ses prunelles sombres se détachaient dans son visage devenu subitement très pâle.

– Tu es hystérique.

– Du genre hystérico-ha-ha-ha ou hystérico-hurleuse ?

A son tour, Cass le foudroya d'un regard amer, le corps tout entier rigide de fureur.

– C'est toi, l'hystérico-ha-ha-ha, Jack. Tout le monde se moque de toi.

– Et ce qui vient de se passer ? hurla-t-il. On a fait l'amour... Ça ne voulait rien dire pour toi ?

– Bien sûr que si ! C'était exactement ce que je voulais : une sortie en fanfare. Je me suis dit que ce serait une fin en beauté.

19

Cléo était certaine d'avoir bien agi, en s'arrangeant pour que Linda découvre l'empressement que mettait Colin à la tromper, mais néanmoins cela l'avait déprimée. Les hommes étaient-ils tous aussi indignes de confiance ? Etaient-ils incapables de rester fidèles à une femme ?

Quand Maisie, sa bookeuse à l'agence, commença à tâter le terrain en posant des questions sur la manière dont elle s'y était prise pour démasquer Colin, Cléo eut un mouvement de recul.

– Oh, non, Maisie, pas Tom ! Cette idée m'est insoutenable, s'exclama-t-elle, désespérée.

Maisie étouffa un petit rire.

– Pas Tom, acquiesça-t-elle.

A quarante ans, Maisie ne pouvait avoir un physique plus différent, pour une femme du même âge, que de celui de la souple Cass. Mais Tom adorait chaque centimètre de sa rondelette femme bien-aimée.

– Non, il s'agit du nouveau petit ami de ma mère. Je suis sûre que c'est un bon à rien, mais elle est mordue. Pour moi, il court derrière son fric.

– C'est donc pour une bonne cause.

Cléo, perchée sur le bord du bureau de Maisie, se

mit à tambouriner pensivement avec ses talons sur la corbeille à papier. Elle se sentait mieux.

– Il est très vieux ?

Cléo avait rencontré à une ou deux reprises la mère de Maisie, une veuve pleine de vitalité, d'une soixantaine d'années qui lui avait beaucoup plu.

– Une espèce de goujat concupiscent à moustaches lustrées ?

– Je te le donne en mille, gloussa Maisie ironiquement. Il s'appelle Damien et il est plus jeune que moi.

Pour Cléo, Damien Maxwell-Horne, cheveux décolorés à grand prix, after-shave aux effluves envahissants et rides légères au coin de l'œil, fut déclaré coupable dès le départ. Des yeux, d'un bleu si invraisemblable, ne devaient leur teinte qu'à des lentilles colorées.

Et ce détail mis à part, un type arborant des socquettes rouge vif ne pouvait être qu'entièrement médiocre.

Coincer Damien s'avéra d'une lamentable facilité. Il était appuyé à un pilier de marbre du bar à vins *Kelleway* à Fulham, exactement comme Maisie le lui avait décrit. Elle n'eut qu'à gagner le bar nonchalamment, commander une limonade et choisir une table pour deux, près d'une fenêtre.

A peine était-elle assise qu'il était déjà à ses côtés.

– Vous êtes Cléo Mandeville.

Cléo lui adressa un large sourire. De toutes les entrées en matière débiles envisageables, il avait fallu qu'il sorte la plus éculée.

– Eh oui !

– Damien Maxwell-Horne. Je dois avouer que vous êtes encore plus belle qu'en photo.

Il avait pris la main de Cléo dans la sienne, et ne manifestait aucune intention de la lui rendre.

– Au fait, je suis un de vos fans les plus fervents. Et je suis allergique au spectacle des jolies filles qui boivent toutes seules, ajouta-t-il. De toute façon, ce truc est imbuvable. Permettez-moi de vous offrir quelque chose de plus convenable.

Cléo hésita.

– Eh bien...

Damien lui lança un clin d'œil complice.

– Allons ! Que diriez-vous d'un verre de chardonnay frais ?

– Ça m'irait tout à fait. Merci, monsieur Maxwell-Horne. C'est très aimable de votre part. J'avais rendez-vous avec une amie, mais je suis très en retard.

Elle jeta un coup d'œil à sa montre et exprima sa résignation d'un haussement d'épaules.

– Apparemment, elle ne m'a pas attendue.

– Tant pis pour elle, claironna Damien avec suffisance. Tout le bénéfice est pour moi. Il faut avoir perdu la tête pour vous poser un lapin. C'est parti pour le chardonnay. Et, ajouta-t-il d'un ton faussement sévère, appelez-moi Damien.

Le problème était que ledit Damien était bien trop occupé à saluer toutes les personnes de sa connaissance qui entraient dans le bar à vins, pour s'assurer qu'elles avaient bien remarqué en compagnie de qui il prenait un verre, pour lui faire prononcer des phrases qui l'auraient distinctement démasqué. Cléo faisait d'énormes efforts pour retenir ses bâillements. Il fallait vraiment qu'Harriett, la mère de Maisie, soit mordue, pour supporter d'écouter les mêmes blagues pratiquement toutes les quinze minutes. Bon, Damien était effectivement assez beau, dans le style *Malibu Beach*, mais si Harriett s'imaginait qu'un homme comme lui était capable de l'aimer pour sa maturité, elle se racontait des histoires. Pour Cléo, l'évidence crevait les yeux : le dernier lifting d'Harriett lui était monté à la tête.

Vaillamment, elle continua à jouer les petits soldats, une main sur son verre, que Damien essayait de recouvrir avec la sienne pour la énième fois.

– Vous êtes donc divorcé depuis deux ans ? Avez-vous l'intention de recommencer ou une tentative vous suffit-elle ?

– Deux, rectifia Damien avec un petit sourire vaniteux. Et c'est plus qu'assez. Je ne me laisserai plus prendre au piège. Joue sur tous les tableaux et prends du bon temps, telle est ma devise. A moins que vous ne vous portiez volontaire...

Cléo sourit et se retint de ne pas lui lancer un coup de pied dans les tibias. La semaine précédente, Damien avait proposé à Harriett de l'épouser. Bien évidemment, les difficultés qu'il rencontrait pour mettre sur pied le financement d'un nouveau projet industriel sur Baltic Wharf n'entraient absolument pas en ligne de compte dans cette demande en mariage. Pas davantage que les millions dont Harriett avait hérité après la mort de son cher époux.

Mais la porte venait de se rouvrir, apportant à Damien une nouvelle occasion de faire étalage de sa ravissante compagne.

– Hé, voilà les copains !

La main de Cléo serrée dans la sienne, il agita celle qui était libre pour attirer l'attention du groupe qui venait d'entrer et faillit renverser un cendrier sur les genoux de la jeune femme.

– Pardon, pardon. Une équipe sensationnelle, mes copains du club de rugby ! Hé, les gars, c'est ma tournée... Vous prendrez quoi ? Et vous, mon lapin, un autre verre de chardonnay ?

Cléo regrettait d'avoir mis les pieds dans ce bar. C'était une chose que de rendre un grand service à

Harriett, mais cette comédie, abominable, mettait en péril sa propre dignité. Et si les gens se moquaient d'elle sous cape ?

Mais l'image de Maisie l'empêcha de se défiler. C'était une femme adorable qui n'avait cessé de lui rendre de menus services depuis trois ans qu'elles se connaissaient. Et après s'être engagée si loin, Cléo réalisa qu'elle ne pouvait pas laisser tomber.

La jeune femme savourait un court moment de répit pendant que Damien agitait des billets de dix livres avec ostentation au-dessus du bar, quand elle s'aperçut qu'un des « copains de l'équipe de rugby » regardait dans sa direction. Ses cheveux blanchis par le soleil et son corps impressionnant étaient peut-être séduisants, mais Cléo ne se faisait aucune illusion. Tout ami de Damien ne pouvait être qu'aussi atroce que lui. Ce genre d'individus se déplaçant toujours en meute.

– Bonjour, Joël Grant.

Se présentant d'une voix basse, qui s'entendait à peine sous les cris et les hourras en provenance du bar, il sourit brièvement à Cléo et s'installa à la place de Damien.

– J'ai fait la connaissance de votre frère il y a quelques semaines. Il est sorti deux ou trois fois avec ma sœur.

Il comptait donc bâtir sa renommée sur cet exploit ! Comme Sean avait dû sortir avec la moitié des filles d'Angleterre, cette vantardise manquait de nouveauté. Cléo fit une prière pour qu'il ne se mette pas, en plus, à la régaler de plaisanteries dans le style de Sean.

Avec prudence, car c'était ainsi qu'avaient tendance, de façon fort ennuyeuse, à procéder les fans de son frère, elle dit :

– Je vois.

Mais Joël Grant se contenta de se rapprocher d'elle et reprit en baissant un peu plus le ton :

– Ecoutez, nous ne nous connaissons pas et je ne devrais probablement pas me mêler de ça, mais je ne suis pas persuadé qu'il soit avisé pour vous d'entamer une histoire avec Damien. Croyez-moi, poursuivit-il, vous pourriez trouver beaucoup mieux.

Comme toi, par exemple, songea Cléo. Elle voyait clairement son petit jeu. Et elle ne s'était pas trompée : les amis de Damien étaient tout autant dénués de charme que lui.

Dégoûtée par l'attitude du jeune homme à médire d'un ami qui était en train de lui offrir un verre, elle lui lança son regard le plus glacial.

– Vous faites toujours preuve d'autant de loyauté à l'égard de vos amis ?

Il poussa un soupir.

– Ecoutez, je ne...

– N'essayez pas, je vous en prie, fit Cléo d'une voix traînante en se levant. Vous avez commencé par dire vrai : ce que je fais avec Damien n'est absolument pas vos oignons. Et je préfère de loin prendre mes décisions toute seule que de me les voir suggérées par un type comme vous.

– Alors, qu'est-ce qui se passe ici ?

Sourire suffisant ostentatoire, traînant les joueurs de rugby dans son sillage, Damien regagna leur table.

– Bas les pattes, si ça ne t'ennuie pas ! Je l'ai vue le premier.

– Ne t'inquiète pas, elle est toute à toi.

Avec un sourire de dédain, le géant blond se leva.

– Et si tu veux mon opinion, vous êtes parfaitement assortis.

– C'est bien mon avis. Hein, mon lapin ? se pavana Damien.

Observant la tête que faisait Cléo, il ajouta :

– Ça va, ma poule ?

Ma poule !

– J'ai faim, c'est tout. Je n'ai pas déjeuné.

Cléo savait qu'elle était en train de rompre une de ses règles, mais elle allait exploser si elle ne sortait pas du bar au plus vite.

– Vous avez faim ? Pas de problème, on finit nos verres et on y va. Je connais un génial petit resto mexicain...

Cléo grinça des dents.

– C'est immédiatement que je veux manger.

Terrifié à l'idée de la perdre, Damien écarta son verre encore plein, d'une poussée.

– Bon, pas de problème, on y va tout de suite. Désolé, les gars, je vous aime bien mais faut que je vous laisse ! Venez, mon lapin, c'est parti.

C'était l'homme qui était censé inviter la femme. Là était le but de l'opération : il devait prendre toutes les initiatives. Cléo, incapable de faire ne serait-ce que semblant d'avoir un peu d'appétit, réalisa qu'elle avait fait dérailler toute l'entreprise. La hantait aussi le souvenir de l'expression qu'avait arborée le géant blond en la regardant partir : un implacable dédain. S'en voulant terriblement de ne pas parvenir à l'extirper de ses pensées, elle cessa d'essayer d'avaler un peu de nourriture et poussa un soupir.

– Je sais ce qu'il vous faut.

Sans s'apercevoir qu'il avait laissé tomber du guacamole sur sa cravate jaune et rose déjà passablement hideuse, Damien fronça les yeux à l'intention de Cléo et décida de la jouer en fanfare.

– Vous avez besoin de vacances. Un de mes super potes a une maison au Portugal. Il me la prête quand j'en ai envie. Que diriez-vous de quelques jours de détente ?

Le pouls de Cléo se mit à battre plus vite. Elle leva les yeux.

– Des vacances ? En compagnie de qui ?

– De moi, évidemment ! dit-il en rugissant joyeusement. Mon lapin, une pause vous ferait le plus grand bien, c'est clair. Que pensez-vous de la semaine prochaine ? Mon pote n'y verra aucun inconvénient. Je sais qu'il est à Londres toute la quinzaine qui vient. Juste vous et moi, ajouta Damien sur le ton de la confidence. Qu'en dites-vous ?

Presque trop beau pour être vrai, songea Cléo, ravie.

– Où, au Portugal ?

– L'Algarve. Un petit endroit charmant qui s'appelle Albufeira.

Damien se pencha vers elle avec empressement.

– Jardin et piscine privés... domestiques. Arrêtez ! Que faites-vous ?

– Ça s'appelle du fric, grommela Cléo en sortant des coupures de dix livres de son sac. Le mien.

– Vous n'avez pas à payer !

Souriant, mais gêné, Damien essaya de repousser les billets.

– Je vous ai dit que la villa appartient à un de mes potes. Ça ne nous coûtera pas un sou...

– C'est pour régler mon repas, expliqua Cléo, soulagée de pouvoir enfin rentrer chez elle. Et la villa n'appartient pas à un de vos potes, mais à une dame charmante, elle s'appelle Harriett Coburn et mérite bien mieux qu'un petit trou du cul hypocrite et menteur de votre acabit.

20

Seigneur, les hommes étaient vraiment des ordures ! Comme elle disposait de son après-midi du lendemain, Cléo projeta de se remonter le moral grâce à une séance de shopping dans South Molton Street. Mais Sean eut le culot de gâcher son plaisir, en l'appelant au milieu de la matinée, pour quasiment la supplier de déjeuner avec lui.

– Je donne un spectacle de charité à midi au club. Retrouve-moi là-bas, implora-t-il. S'il te plaît.

S'il disait « s'il te plaît », cela ne pouvait qu'être sérieux. Cléo se consola à l'idée qu'elle allait au moins économiser quelques milliers de livres. Elle arriva à *Comedy Inc.* au moment même où Sean terminait son numéro.

– ... et pour tous ceux qui songent à abandonner l'herbe, dit-il au public qui avait répondu présent afin de réunir la somme nécessaire à l'achat d'un nouveau scanner pour un hôpital, j'aimerais juste ajouter qu'avec Nicotiner, on vit un enfer. Mais essayez quand même, ça vaut le coup. Merci beaucoup, mesdames et messieurs. Vous avez été formidables.

– Mais qu'est-ce qui t'arrive ? s'inquiéta faussement Cléo en le rejoignant au bar cinq minutes plus tard. Sean Mandeville, le pécheur, se met à donner des leçons de morale ? Attends un peu, je viens de commander des cocktails.

– Tant pis pour eux, filons loin d'ici.

Sean, qui lui avait saisi le bras, la tirait vers la sortie.

– J'ai besoin d'en griller une.

Il l'emmena au *Blue Goose.* Cléo lui avait fait comprendre qu'il avait intérêt à lui prouver qu'en laissant tomber South Molton Street pour le bien de son vaurien de frère, elle avait bien fait. Quand arriva le premier plat, Sean tirait sur sa quatrième Marlboro.

– J'espère que tu as réussi à réunir les fonds pour acheter ce scanner, observa Cléo. Bon, ajouta-t-elle en constatant qu'il était troublé, tu as un problème. Que se passe-t-il ?

– Je suis sorti avec une fille... enfin pour ainsi dire.

Comme il ne parvenait pas à avaler le moindre morceau, il dissimula son blanc de caille sous une masse brillante de *lollo rosso*.

– En fait, j'étais vraiment dingue d'elle au début. Je la trouvais stupéfiante. Je ne pouvais pas arrêter de penser à elle. Bon sang, râla-t-il, je passais même devant son appartement au milieu de la nuit uniquement pour me sentir plus près d'elle.

– Ben dis donc, ça m'a tout l'air d'être de l'amour ! s'écria Cléo, sincèrement stupéfaite. En définitive, tu es humain. Pourquoi ne l'avons-nous pas rencontrée ? Oh... !

Elle haussa les sourcils à l'idée de l'impensable.

– Ne me dis pas qu'elle t'a laissé tomber !

Si c'était de la sympathie qu'il recherchait, il n'avait pas sonné à la bonne porte. Cléo se montrait à peu près aussi chaleureuse que le requin des *Dents de la mer*.

– Non, répliqua-t-il d'un ton sec, agacé de voir qu'elle s'amusait sans vergogne. C'est plutôt le contraire. C'est elle qui m'est tombée dessus.

– Elle, elle. A-t-elle un nom ou n'est-elle qu'une femme mystérieuse ?

Cléo, dont l'appétit n'avait pas été coupé, attaqua ses langoustines avec gourmandise.

– Et au fait, quel est le problème ? Elle est mariée ?

– Non. Enceinte.

Cléo cessa de sucer ses doigts pleins de mayonnaise.

– Ooooo...

– Et elle s'appelle Pandora, ajouta Sean. Pas de plaisanterie sur son prénom, pitié !

– Que va-t-il... se passer ?

Pour illustrer sa question, Cléo fit un signe de tête en direction du ventre de son frère.

– Un peu tard pour un avortement, si c'est à cela que tu penses. Elle veut ce bébé, ajouta-t-il en esquissant un pâle sourire.

Sean alluma une autre cigarette.

– Donc tu es complètement fou de cette fille stupéfiante, voire même amoureux, et elle est enceinte. Est-ce si affreux ? Si elle était laide comme un pou, tu aurais peut-être du souci à te faire, mais là...

– Mais là, elle ne l'est pas, alors pourquoi ne pas se conduire de façon radicale ? Comme l'épouser, par exemple. Cléo, j'ai vingt ans ! Je suis trop jeune pour me caser et jouer à la famille heureuse. D'accord, j'étais fou d'elle au début, mais tu me connais... D'ici la semaine prochaine, j'aurai peut-être rencontré quelqu'un d'autre. Franchement, me vois-tu sérieusement en train de faire guili-guili et de pousser un landau ?

Les yeux de Cléo étincelaient. Elle se retrouvait une fois de plus confrontée à un exemple lumineux de l'aspect franchement et complètement merdique du sexe masculin.

– Quel égoïste ! Et je n'ai pas fini de manger.

Tendant le bras par-dessus la table, elle arracha sa cigarette et l'écrasa dans le cendrier.

– As-tu seulement pensé que Pandora ne se voyait peut-être pas non plus en train de pouponner ? Le fait est, Sean, que, quand on couche avec quelqu'un, cela présente un risque, et que si on se fait prendre, on doit faire face aux conséquences. Et pourquoi inventes-tu qu'elle t'est tombée dessus ? poursuivit-elle amèrement. Comment se fait-il que les hommes nous accusent toujours quand les choses tournent mal ? Tu aurais dû utiliser un préservatif.

– Je l'ai fait, siffla Sean, en priant pour que le couple assis à la table voisine n'entende pas leur conversation.

– Je l'ai fait, bon sang de bon sang, O.K. ? Donc, ce n'est pas ma faute.

Cléo pêcha la dernière langoustine dans un océan de mayonnaise.

– T'aurais dû en mettre deux.

Il aurait été difficile de dire qui fut le plus surpris quand Pandora ouvrit sa porte. La dernière personne au monde qu'elle s'attendait à voir : Cléo Mandeville en personne, plus séduisante en réalité que sur les photos, d'une minceur écœurante dans un débardeur en lycra noir aux épaules dénudées et un caleçon rose.

De son côté, Cléo fixait avec stupéfaction la jeune fille rondelette, en ample T-shirt jaune, jambes nues et résolument enceinte, qui se tenait devant elle.

– Vous êtes Pandora ?

Dans le ventre de la jeune fille, le bébé s'agita.

– Oui. Et je sais qui vous êtes.

– Ça alors ! s'écria Cléo. Sean m'a parlé de vous, mais il ne m'a pas dit que vous étiez...

Pandora sourit.

– Noire ? Ça va, vous pouvez le dire. Je suis déjà au courant. Est-ce que... ajouta-t-elle avec circonspection, cela modifie beaucoup la situation ?

– Ne soyez pas idiote.

Cléo la suivit dans la salle de séjour, laissa tomber son énorme sac en bandoulière par terre et s'affala.

– C'est Sean tout craché, de ne pas me l'avoir dit. Comme il oubliera de signaler qu'un copain est chauve ou cul-de-jatte. Pour ce genre de choses, c'est un triple zéro. Il ignore que je suis ici. Nous avons déjeuné ensemble tout à l'heure et il m'a parlé du bébé. J'ai prétendu que je voulais vous envoyer une carte de félicitations, ajouta-t-elle, rayonnante.

Cléo s'était confortablement installée sur le canapé à rayures vertes et blanches. Pandora formula le vœu qu'elle ne dérange pas les coussins disposés à chaque extrémité, pour ne pas démasquer les bouts effilochés qu'ils cachaient.

– Je ne crois pas que pour Sean les félicitations soient de mise, répondit Pandora d'un ton qu'elle tenta de rendre impassible.

Il lui était difficile de dissimuler le chagrin qu'elle ressentait.

– Comme j'imagine qu'il vous l'a dit, poursuivit-elle tristement, un bébé ne correspond pas vraiment à son image. Moi non plus, d'ailleurs.

– Oh ! mais...

L'expression épouvantée, sur le délicieux visage de Cléo, arracha un sourire à Pandora.

– Non, non, ce n'est pas parce que je suis noire. Si j'étais Whitney Houston, ce serait même un atout, à mon avis. Mais j'ai quatre ans de plus que Sean et, pour couronner le tout, je travaille comme serveuse. Ça n'a rien de fascinant.

– Si j'étais amoureuse, déclara passionnément Cléo, je me ficherais bien de ce que fait l'homme que j'aime pour gagner sa vie. Ecoutez, quand il m'a parlé de vous, Sean a commencé par expliquer que vous étiez stupéfiante. Il était si épris qu'il passait devant votre maison la nuit, rien que pour se sentir plus près de vous.

– Et maintenant, il est mort de frousse.

Pandora hocha la tête, pour signifier qu'elle comprenait et acceptait la situation.

– Je ne faisais pas partie de ses projets. Petite amie et bébé braillard non inclus.

– Il a vraiment la trouille, admit Cléo avec un soupir bruyant. Au moins, vous êtes au courant. Je suis navrée, c'est mon frère, mais il peut être vraiment nul. D'où la raison de ma visite. Ne placez pas vos espoirs trop haut, c'est tout.

– Je ne le ferai pas.

– Honnêtement, les hommes sont de vraies planches pourries.

Hochant la tête d'un air désespéré, Cléo prit machinalement un abricot dans la coupe de fruits placée devant elle.

– Même ceux dont on a cru qu'ils étaient des types bien.

– En tout cas, vous avez l'air d'en connaître un bon bout sur la gent masculine.

Pandora souriait. L'espace d'une seconde, Cléo se demanda si elle n'avait pas eu vent de sa mésaventure avec Damien. Tout en se demandant comment elle aurait pu l'apprendre, elle garda un visage neutre.

– Votre père, souffla Pandora. Tous ces machins que vous avez suspendus devant l'appartement d'Imogen Trent. J'ai trouvé ça génial.

– Pourtant, ça n'a servi à rien.

L'air lugubre, Cléo avala les grains d'une grappe de raisin les uns derrière les autres.

– Ça ne l'a pas empêché d'emménager chez elle. Ma pauvre mère essaie courageusement de faire face, mais intérieurement, elle s'écroule.

Pandora opina de la tête.

– Sean m'en a parlé. C'est pour cette raison qu'il n'a pas encore évoqué le bébé. Il trouve qu'elle a déjà assez de problèmes en ce moment.

– Ça n'empêche qu'il ne peut pas vous garder éternellement dans l'ombre.

Cléo avait l'air fâchée. Elle était persuadée que les

motifs de Sean n'étaient pas si purs ; il n'avait tout simplement pas le cran d'annoncer la nouvelle.

– Oh, flûte ! j'ai mangé tous vos fruits. Ecoutez, vous êtes vraiment gentille. Je vous connais à peine mais je sais déjà que vous êtes charmante. Tout comme je suis certaine que vous méritez mieux que mon vaurien de frère.

Quel drôle d'effet cela faisait d'entendre traiter, de cette façon, un des hommes les plus convoités de toute l'Angleterre !

– Je l'aime vraiment, déclara Pandora simplement. Je me rends bien compte que tout cela ne va pas être facile. Mais je l'aime vraiment. Je ne le lui ai jamais dit.

Cléo sentit sa gorge se nouer ; elle voyait avec netteté la catastrophe inévitable à laquelle allait aboutir le couple formé par Sean et Pandora ! Et au bout du compte, seule Pandora souffrirait.

– C'est pour cette raison que je voulais absolument venir vous voir. Ecoutez, poursuivit Cléo en se penchant vers la jeune fille, bien décidée à l'aider. J'espère vraiment que ça marchera. Mais si ce n'était pas le cas... enfin, si Sean ne vous accordait pas toujours son soutien, moi, je serai toujours là.

21

Pandora craignait tellement d'annoncer sa situation fâcheuse à Joël qu'elle en repoussait l'échéance depuis des semaines. Il était très souvent absent de la maison et donc n'avait jamais été témoin de ses affreuses nausées matinales. Les deux premiers mois, elle avait en fait perdu du poids au lieu d'en prendre.

Mais ces nausées, grâce au ciel, appartenaient désormais au passé. A présent Pandora avalait des montagnes de purée très poivrée et dégoulinante de beurre et une moyenne de cinq paquets de chips par jour. Qu'elle dégustait trempées dans de la mayonnaise Hellmann dont elle transportait toujours un pot dans son sac. Elle en avait tellement envie que cela la réveillait même au milieu de la nuit. La balance de la salle de bains avait du mal à suivre ce rythme. Horrifiée, mais incapable de se retenir – elle mourait continuellement de faim – Pandora se voyait prendre des proportions impressionnantes et se demandait comment Joël faisait pour ne rien remarquer.

Mais les hommes sont ainsi faits. Et le moment, décida Pandora, était enfin arrivé. Si Sean pouvait se confier à sa sœur, elle pouvait parler à Joël. Elle n'avait qu'une alternative : lui annoncer la nouvelle ; ou acheter un berceau et le planter au beau milieu du salon.

Par cette fin d'après-midi, ils profitaient des derniers rayons du soleil dans le minuscule jardin du fond. Ou tout au moins, Pandora essayait d'en profiter. Cléo était partie deux heures plus tôt et Joël venait de rentrer de son travail. S'appuyant au dossier de sa chaise en fer forgé blanche, la jeune fille s'arma de courage, dans l'attente de l'inévitable déchaînement indigné que la nouvelle allait provoquer. Joël n'avait peut-être que trois années de plus qu'elle, mais il se montrait aussi protecteur à son égard qu'un père.

Ce qui lui arrivait n'était quand même pas la fin du monde. Elle n'avait assassiné personne ni écrasé le chat de la voisine avec sa voiture. Si elle dédramatisait la situation, Joël la prendrait peut-être à la légère lui aussi.

– Enceinte ?

Il fixait Pandora.

– Qu'entends-tu par enceinte ?

– Eh bien, tu sais, quand on attend un bébé.

Elle avait fait mijoter un ragoût de mouton, le plat préféré de son frère, pour s'aider à passer ce mauvais moment. Et une tonne de purée.

– Mais tu n'as...

– Si, en fait.

Il avait l'air tellement abasourdi qu'elle ne put retenir un sourire.

– En fait, si, de temps en temps.

– T'as pas de petit ami, bredouilla-t-il. T'as pas de *petit ami* ! Mais qu'est-ce que c'est que cette histoire ? Tu blagues ? Si c'est une plaisanterie, Pandora, je t'assure qu'elle n'est pas drôle.

– Ça n'en est pas une.

Bizarrement, à présent qu'elle avait lâché le morceau, elle se sentait calme.

– J'ai un homme dans ma vie. Mais je ne le vois pas très souvent. Il travaille énormément, tout comme toi. D'ailleurs, tu l'as rencontré, ajouta-t-elle avec une pointe de vantardise, car il n'était pas donné à tout le monde de sortir avec un des dix hommes les plus désirables d'Angleterre, si l'on en croyait un sondage paru dans *L'Express*. C'est...

– Nom de Dieu ! hurla Joël.

Il se redressa d'un bond sur sa chaise et son visage se congestionna dangereusement.

– Ne me dis pas que c'est Sean Mandeville ! Oh, Pandora, as-tu perdu l'esprit ? Tu ne peux pas sortir avec un type comme lui... et tu ne peux absolument pas être enceinte de lui !

– Mais si, le défia Pandora de ses yeux étincelants.

Joël ferma les yeux. Dans son esprit, Pandora n'avait pas été plus loin que partager un ou deux repas avec Sean Mandeville. Deux brèves sorties et leur relation s'était arrêtée là. Depuis, elle n'avait jamais ne serait-ce que mentionné son nom. Et maintenant, ça...

– Et *lui*, est-il au courant ?

– Bien sûr.

– Et ? insista lourdement Joël.

– Et il n'a pas pris ses jambes à son cou en poussant les hauts cris, répliqua sèchement sa sœur.

C'était la vérité. Pour le moment, en tout cas.

– Par conséquent, je suis invité à la noce ?

– Ne sois pas si condescendant, se fâcha la jeune fille. Qui te dit que j'ai envie de me marier ?

Lorsqu'il le voulait, Joël était d'un vieux jeu exaspérant.

– Cela signifie-t-il que s'il mettait un genou à terre pour demander ta main, tu refuserais ? Ne me fais pas rire, rétorqua Joël. La prochaine fois, tu vas me demander de croire aux fées. Pan, ne t'en fais pas, poursuivit-il plus gentiment. C'est à toi que je pense. Ces gens-là vivent une drôle d'existence... ils ne sont pas comme nous.

– Comment peux-tu le savoir ? Tu n'as vu Sean que quelques secondes, accusa Pandora. Tu ne peux pas te faire une idée des gens uniquement d'après ce que tu lis dans la presse. Sa sœur m'a rendu visite cet après-midi. Il n'y a pas plus adorable qu'elle.

Joël la fixait, en proie à l'incrédulité la plus absolue.

– Tu parles de Cléo Mandeville ? Tu me mènes vraiment en bateau ! Je l'ai rencontrée hier soir. Elle flirtait avec Damien Maxwell-Horne, tu te rends compte ! Question vie glauque, poursuivit-il amèrement, on ne fait guère mieux. Ce type est un gigolo. J'ai même eu la stupidité d'essayer de l'avertir, mais elle m'a remis à sa place.

– Tu plaisantes ! fit Pandora, interloquée.

– Cette crétine a cru que je faisais cela pour entamer une conversation avec elle !

Joël hocha la tête.

– Elle s'est collée indignée à Maxwell-Horne et ils

ont mis les voiles. Vraiment, s'il te plaît ! Elle a peut-être le physique, mais la vie, c'est autre chose que ça, espérons-le... Tu t'imagines en train d'essayer d'avoir une véritable conversation avec une nana comme elle ? poursuivit-il en haussant les épaules. C'est le genre de fille pour qui l'actualité se résume à chercher à savoir si *Vogue* est pour ou contre les cols en pointe !

Le grand Joël, si facile à vivre, se mettait rarement en colère. Mais là, aucun doute, il était fâché.

– Et c'est une raison supplémentaire, ajouta-t-il, pour que tu te sortes de la tête l'idée de te lier à Sean Mandeville. Tu es donc aveugle ? Les gens comme lui ne sont simplement pas...

– Ne sois pas idiot.

Il ne l'aidait pas et Pandora avait son compte.

– J'ai entendu parler des préjugés raciaux, mais les préjugés sur les gens célèbres ? Voyons, Joël ! De toute façon, ajouta-t-elle catégoriquement, je ne te demande pas si je dois ou non me lier avec Sean Mandeville. C'est *déjà* fait ! J'attends son enfant, pour l'amour du ciel ! Comment veux-tu que je me lie davantage à lui ?

22

De toutes les chansons stupides qui peuvent trotter dans la tête, songea Cass, il fallait qu'elle soit obsédée par *Sonnez matines*.

Mais le plus ennuyeux était que l'air n'allait pas la quitter de sitôt. Kingdom Radio en avait fait une adaptation qu'elle utilisait comme jingle de Noël. Cass, qui y avait eu droit un millier de fois au cours de la quinzaine précédente, se demandait si elle parviendrait jamais à s'en débarrasser. Sonnez matines, sonnez matines, sonnez foutues matines... Elle espérait que chaque auditeur du Royaume-Uni en avait également plein le dos. Pour quelle raison serait-elle la seule à supporter cela ?

Enfin, il ne restait plus que deux jours avant le réveillon, et ce serait terminé. En franchissant le portail au bout de l'allée qui menait à sa maison, Cass ne put s'empêcher de repenser à ces affreuses semaines où une horde de photographes se battant devant chez elle pour réaliser la photo la plus spectaculaire, dès que l'un d'entre eux entrait ou sortait. Jack déménageant ses affaires, Cléo s'énervant et leur hurlant d'aller se faire pendre ailleurs, le visage pâle et bouleversé de Sophie après le départ de son père... les journalistes en avaient saisi chaque moment.

Au moins, songea Cass, c'était terminé. La fin de l'été approchant, l'intérêt des lecteurs déclinant, les journalistes avaient mis les voiles et la vie avait repris son cours normal.

Sauf qu'il n'avait rien de normal, puisque Jack n'était plus là. Il était parti. En ménage avec sa poule aux cheveux carotte. Entre eux, ils l'appelaient la Pétasse. Cass prétendait que cela l'aidait, mais c'était complètement faux. Elle restait toujours incapable d'envisager un Noël sans lui.

Dès qu'elle eut poussé la porte d'entrée, elle sentit le parfum de son after-shave.

Elle respira la senteur douloureusement familière qui se mêlait à l'odeur du sapin haut de trois mètres aux lumières scintillantes, dressé dans l'entrée, en se demandant si elle était la proie d'une hallucination. Elle n'avait vu aucun signe de sa voiture à l'extérieur. Selon Sophie, il passait Noël à Paris avec sa Pétasse. Il était impossible que ce soit lui.

Mais Jack était bien là. Il n'avait pu résister à son envie de venir. Les quelques verres de chablis qu'il avait avalés à la fête de Noël du journal avaient réussi à exercer sur lui une attraction quasi magique vers Hampstead. Le chauffeur de taxi, en le reconnaissant, s'était montré d'une belle franchise.

– On fait du zèle, c'est la saison, hein, mon vieux ? On va se réconcilier avec sa p'tite dame ? Devriez faire gaffe ; les beautés comme Cass, ça reste pas longtemps libres. Moi, j'vous le dis : z'auriez intérêt à la rattraper au vol avant qu'un autre ne prenne votre place.

Il ne s'agissait pas de rattraper Cass au vol ; Jack avait simplement besoin de la revoir, elle et les enfants, de s'assurer que toutes les décorations étaient installées et que le sapin se dressait bien à sa place habituelle.

A son grand plaisir, tout était en ordre, de la collection éclectique des babioles qu'ils avaient rassemblées au fil des années, aux cloches en papier mâché confectionnées par Cléo en dernière année d'école primaire et suspendues, ainsi qu'un bouquet de gui gros comme un ballon de foot, au-dessus de la porte de la cuisine.

Sean était sorti, mais Jack avait été ému par l'accueil de Sophie qui semblait heureuse de le voir. Cléo elle-même, qui rentrait tout juste d'un tournage aux Seychelles, était davantage d'humeur à pardonner qu'à l'ordinaire, et l'avait taquiné parce qu'il n'était pas aussi bronzé qu'elle. Elle lui avait même offert une tartelette de Noël confectionnée de ses propres mains.

Sa famille manquait désespérément à Jack. Le simple fait de rester assis dans la cuisine, à s'informer sur les dernières activités de Cléo, à la regarder se peindre les ongles en rouge et signer une pile de cartes de vœux qu'elle n'enverrait jamais – il la connaissait bien – l'avait rempli de bonheur. Quant à Sophie, elle s'activait à emballer les cadeaux, en lui faisant découvrir les progrès qu'elle avait accomplis en swahili, tout en puisant avec entrain dans une boîte de Quality Street, format familial.

Il faisait bon dans cette cuisine. L'atmosphère y était chaleureuse, la conversation ne faiblissait pas. Une des spécialités de Mme Bedford, le ragoût de bœuf aux rognons, mijotait sur le feu. Et Cléo accompagnait en chantonnant la cassette de Noël de Phil Spector. En entendant la voiture de Cass se garer devant la maison, Jack sentit son pouls s'accélérer.

Quand sa femme apparut dans l'embrasure de la porte, ses cheveux blonds perlés de pluie, Jack se leva pour l'accueillir. Elle portait une robe en angora blanc qu'il ne lui avait jamais vue. Elle était belle, malgré la fatigue d'une journée au studio qui se lisait sur son visage.

– Pas la peine de te lever.

Cass laissa tomber son manteau sur le dossier d'une chaise et, d'un signe de tête, remercia Sophie qui venait de mettre la bouilloire sur le feu.

– Je croyais que tu étais en France.

– Je prends l'avion ce soir.

Jack regarda Cass se débarrasser de ses bottes en cuir et songea aux centaines de fois où il avait massé ses pieds fatigués.

– Mais pas avant 23 heures. J'ai eu envie de faire un saut pour voir comment vous alliez tous.

– A peu près comme il y a quatre jours.

Il leur avait alors rendu visite pour leur apporter ses cadeaux de Noël.

Cass se mit à se masser doucement les orteils.

– Et toi, comment vas-tu ?

La visite inattendue de son mari la déstabilisait. Elle avait passé bien plus de temps qu'elle ne l'aurait voulu à imaginer Jack fêter Noël avec Imogen dans un somptueux palace parisien. Ils allaient sûrement séjourner dans un établissement luxueux, genre *George V* ou *Ritz*.

Quand Cléo et Sean étaient minuscules et que Jack et elle n'avaient pas beaucoup d'argent, ils avaient confié les enfants à sa mère et étaient partis passer un week-end à Paris, escapade dont ils avaient grand besoin. Leur hôtel, situé dans une arrière-rue brumeuse de Montmartre, était un nid de puces, parfumé aux Gauloises, avec des murs suintant d'humidité et un directeur imbibé de Pernod. Mais cela ne les avait pas empêchés de passer un des week-ends les plus romantiques, magiques et idylliques de leur vie.

Et voilà ce qui restait de leur idylle, songea Cass en continuant son massage.

L'eau se mit à bouillir.

– Je m'en occupe, dit Jack en se levant. Thé ou café ?

– Café. Tu as intérêt à en prendre un aussi, bien serré.

Réalisant qu'il avait avalé un ou deux verres de trop, Cass ne put s'empêcher de lui donner ce coup de griffe.

– Tu ne voudrais pas rater ton avion...

– Le courrier, maman, l'interrompit Sophie en poussant une pile d'enveloppes devant elle, pour éviter que leur prise de bec ne s'envenime.

La troisième enveloppe que Cass ouvrit venait de Terry Brannigan de New York. *A Cass, Jack et les enfants,* avait-il griffonné de son écriture fiévreuse. *Passez le plus beau des Noëls et des Nouvel An. Avec toute mon affection à vous tous, Terry.*

– Nos cartes ont dû se croiser quelque part au-dessus de l'Atlantique.

La carte, une caricature représentant un présentateur de radio déprimé passant un « Noël solitaire », fit sourire Cass. Elle la montra à Jack.

– Je lui ai écrit la semaine dernière et je lui ai annoncé que tu avais déménagé.

Le téléphone sonna. Cléo répondit.

– Maman ? Le *Daily Mail* aimerait savoir ce que tu veux pour Noël.

Jack, occupé à examiner la caricature expédiée par Terry, jeta un coup d'œil à Cass. Leurs yeux se croisèrent et l'espoir se leva au fond de son cœur.

– Facile, répondit Cass sans un brin d'émotion. Le divorce.

A son retour, Imogen accueillit Jack en haut de l'escalier.

– Tu es en retard. J'ai appelé le bureau. Ils m'ont répondu que tu étais parti depuis une éternité. Pour l'amour du ciel, s'agaça-t-elle, on doit être à l'aéroport dans une heure.

– Je voulais voir mes enfants.

A côté de la maison étincelante d'Hampstead, l'appartement semblait d'une noirceur sinistre. Imogen n'appartenait pas à la race de ceux qui se mettent en quatre pour décorer leur foyer à Noël. Elle ne voyait d'ailleurs pas pourquoi elle l'aurait fait puisque, de toute façon, ils seraient à Paris. Pour seule concession, elle avait acheté chez Harrods un faux sapin d'une élégance austère, sur lequel pendaient sept glaçons de verre bleu marine et neuf vert olive, sans le moindre éclat.

– Pourquoi ? Tu les as déjà vus l'autre jour.

– C'est Noël, répondit Jack en passant une main dans ses cheveux d'un geste las. J'avais envie de les embrasser.

– Ce ne sont plus des enfants.

Imogen ne demanda pas si Cass était également là. Elle savait qu'être jalouse était futile, mais elle n'arrivait pas à s'en empêcher.

– Sophie n'a que quinze ans.

– Et elle est plus adulte que moi, rétorqua Imogen

du bout des lèvres, avant de jeter un coup d'œil à sa montre. Ecoute, ça m'ennuie de te harceler comme une épouse, mais as-tu ou non l'intention de faire ta valise ?

Comme Jack ne bougeait pas, la peur la saisit. En l'espace d'une seconde, elle perdit contenance.

– Qu'y a-t-il ?

Angoissée, elle scrutait son visage.

– Tu ne veux plus partir, c'est cela ? Tu préfères passer Noël avec eux.

Jack regardait les larmes couler silencieusement le long de ses joues. Il se sentait horriblement mal. Déchiré.

– Je suis navré... Ce sont mes enfants... Noël, pour moi, c'est eux.

– Et tu veux être avec ta famille.

D'un geste désespéré, Imogen extirpa un mouchoir de la poche de sa veste.

Evidemment, songea Jack. Mais ce n'était pas si simple. Il voulait passer Noël avec les siens. Et Cass souhaitait divorcer.

– Ne pleure pas. On va à Paris.

Il enlaça les épaules frémissantes d'Imogen et embrassa son visage humide.

– Je t'aime. On va passer un moment formidable. Viens.

Il la prit tendrement par la main.

– Viens m'aider à faire mes bagages.

23

Le soir de Noël, vers 23 h 30, on sonna à la porte d'entrée. Cléo et Sean étaient sortis et Sophie était déjà couchée. Cass, en chemise de nuit, les cheveux attachés et le visage luisant de crème hydratante, était plongée jusqu'au cou dans le Scotch et les rubans frisés dont elle se servait pour envelopper hermétiquement le dernier des cadeaux destinés à Sophie.

Elle regarda par l'œilleton et eut un tel choc en découvrant qui se tenait sur le pas de la porte qu'elle faillit s'évanouir de stupéfaction.

– Terry !

Laquelle stupéfaction transforma ses doigts en gélatine. Après s'être débattue avec la serrure, elle parvint enfin à ouvrir la porte.

– Je n'arrive pas à y croire...

– Le fantôme des Noëls du temps passé...

Terry Brannigan la prit spontanément dans ses bras et Cass se retrouva soulevée de terre et propulsée en l'air comme une toupie. Il ne la reposa, lui sembla-t-il, qu'après une éternité.

– Oh ! la la ! je perds ma chemise de nuit.

En riant, Cass la rajusta, avant d'étreindre à nouveau son ami. Puis elle glissa un bras sous le sien et l'entraîna dans le salon où le feu brûlait toujours dans la cheminée.

– Tu es complètement gelé. Pardonne-moi pour ce désordre, je suis en train de terminer les derniers paquets... Dieu du ciel, je n'arrive toujours pas à croire que tu es ici... ai-je l'air aussi ébahie que je le suis ?

– Tu as l'air d'une apparition divine, assura Terry.

Et il le pensait vraiment. Pour lui, Cass avait toujours été la plus belle fille du monde. Et aujourd'hui, à trente-neuf ans, elle était une femme encore plus éclatante. Sa chemise de nuit pouvait se défaire aussi largement que cela lui chantait, il n'y voyait aucun inconvénient.

– J'ai reçu ta carte il y a trois jours, expliqua-t-il à Cass, après que celle-ci lui eut versé une dose spectaculaire de Jack Daniel's et qu'elle se fut lovée à côté de lui sur le canapé. Je n'arrive pas pas à le croire. Toi et Jack, c'est invraisemblable... après tout ce temps. Tu l'as fichu dehors ?

Seize années s'étaient écoulées depuis leur dernière rencontre et malgré cela l'ancienne magie continuait à opérer entre eux.

Cass opina de la tête.

– Mais uniquement parce qu'il s'est trouvé une minette.

– Quoi !

Terry était sincèrement abasourdi.

– Il est devenu fou ! Une *vraie* minette ?

Ils s'étaient toujours tout raconté sans la moindre gêne.

– Non, pas vraiment, reconnut Cass à contrecœur avant de lui relater tout ce qui leur était arrivé.

» ... mais je suis toujours en vie, conclut-elle avec un haussement d'épaules et une ombre de sourire. J'ai cru que le monde s'était arrêté de tourner, mais je me trompais. Nous continuons à vivre. Les enfants ont été extraordinaires. Tout le monde a été extraordinaire. L'audimat de mon émission est monté en flèche et est resté bloqué en haut, Dieu seul sait pourquoi.

– Peut-être parce qu'il n'y a pas que « les enfants et tout le monde » d'extraordinaire, taquina Terry.

La modestie de Cass était un de ses traits de caractère les plus attachants.

Il ne lui venait tout simplement pas à l'esprit que le taux d'écoute grimpait parce qu'elle était une excellente animatrice.

– C'est Noël !

Cass, remarquant qu'il était minuit vingt, prit le menton barbu de Terry entre ses mains et planta un baiser sur sa joue.

– Joyeux Noël ! J'ignore ce que tu fais ici, mais peu importe. C'est tellement formidable de te retrouver. Tu m'as davantage remonté le moral que tu ne peux l'imaginer.

– C'est toi qui m'as remonté le moral, rétorqua Terry.

Il désigna la carte qu'il lui avait envoyée et qui trônait sur le manteau de la cheminée.

– Tu vois ce disc-jockey minable ? C'était moi. Depuis cinq ans. Alors mercredi dernier, j'ai décidé que ça suffisait, et je leur ai balancé qu'ils pouvaient se garder leur job de merde.

Il serra la main de Cass.

– Il était temps pour moi de rentrer à la maison, poursuivit-il, et de retrouver mes vieux amis.

– Joyeux Noël, maman.

Le lendemain matin à 8 heures, Sophie réveilla Cass d'un baiser, accompagné d'une tasse de thé.

– Au fait, est-ce qu'on a un cambrioleur dans la maison ou as-tu des renseignements sur l'inconnu dans lequel je viens de me tamponner devant la salle de bains ?

Cass s'étira, puis se frotta les yeux avant de se hisser en position assise.

– C'est Terry Brannigan, ma chérie. Tu étais déjà couchée quand il est arrivé hier soir. Il va peut-être rester quelques jours. Je crois que tu vas bien l'aimer.

– C'est vrai que je l'aime bien, chuchota Sophie à Cléo un peu plus tard dans la matinée, pendant qu'elles sabotaient, de leurs mains inexpertes, les pommes de terre prévues pour le déjeuner. Mais un million de fois moins que lui n'aime maman. Est-ce que tu crois qu'il lui plaît ? demanda-t-elle, l'air soucieuse. C'est un croulant.

– Et pas du genre à cacher ses sentiments...

Cléo jeta un coup d'œil par la fenêtre de la cuisine.

La température extérieure avait baissé de plusieurs degrés et une couche de gel épaisse s'était formée pendant la nuit. Cass se promenait bras dessus, bras dessous avec Terry au fond du jardin. Elle lui faisait faire le tour du propriétaire en bavardant sans interruption. Ils avaient seize années à rattraper.

– J'ai demandé à maman son âge, poursuivit Sophie. Cinquante-deux ans. Il a l'air mille fois plus vieux que ça. Et s'ils se marient ?

– Calme-toi. Il vient seulement d'arriver.

Cléo eut un grand sourire. Cela ne ressemblait pas à sa petite sœur de s'énerver ainsi.

– Il est tombé du ciel.

D'un air sinistre, Sophie glissa le plat à rôtir dans le four et essaya de piquer la dinde pour voir où en était la cuisson.

– J'ai l'impression que maman ne se rend pas compte de ce qui se passe. Ça faisait des années et des années qu'il vivait à New York. Il y a trois jours, il reçoit la carte par laquelle maman lui apprend que papa a mis les voiles, coïncidence inouïe, le lendemain, Terry démissionne de son super job, prend l'avion pour l'Angleterre et fait son apparition sur le pas de la porte de notre maison à minuit.

– Tu es en train de suggérer, observa malicieusement Cléo, qu'il faut qu'on discute toutes les trois. Il faut prévenir maman des dangers qu'il y a à se lier avec un type qui ne lui convient pas. C'est ça ?

– Ne te moque pas. Non... oui.

La chaleur du four ayant embué les verres de ses lunettes, l'adolescente les essuya sur la manche de son chemisier neuf, cadeau de Cléo.

– Tu sais parfaitement ce que je veux dire, insista-t-elle, têtue. Maman est si gentille qu'elle ne voudra pas blesser Terry Brannigan. Elle n'osera pas le décourager.

Sean, pendu au téléphone dans le bureau depuis vingt minutes, entra dans la cuisine, le visage illuminé par un grand sourire.

– Serais-tu en train d'insinuer que maman est une traînée ?

– Non, mais que toi tu es un fainéant, rétorqua Cléo. Nous avons toutes passé la matinée à bosser comme des esclaves et toi, tu n'as strictement rien fichu.

Sophie haussa les sourcils. Elle n'avait pas vu Cléo bosser comme une esclave, sauf si on prenait en compte le fait de couper le coin du carton de jus d'orange, pour le petit déjeuner.

– En fait, j'ai une nouvelle à vous annoncer, dit Sean, dont les yeux sombres étincelaient.

Il avait l'air très satisfait de lui.

– Vous feriez bien de prévoir une place de plus à table. J'ai invité Pandora.

– Eh bien, il était grand temps ! s'exclama Cléo.

Sophie regardait pensivement par la fenêtre. Terry avait les cheveux gris, des milliers de rides et quelque chose qui faisait penser qu'il buvait. Elle espérait qu'il n'avait pas en plus un truc bizarre dans sa poche, genre bague de fiançailles.

– Alors, tu vas prévenir maman, demanda Cléo, l'air intéressée, ou tu comptes lui faire une surprise ?

– C'est qui, cette Pandora ? demanda Sophie.

– Tu ne peux pas imaginer à quel point ça me flanque la trouille.

Pandora s'agrippa à son siège, pendant que Sean prenait un virage à la corde. Elle grelottait et pourtant, le chauffage dans la voiture était allumé.

– Je conduis très bien, protesta Sean.

– Il ne s'agit pas de cela. C'est de rencontrer ta mère qui m'angoisse. Es-tu sûr que c'est une bonne idée ?

s'inquiéta-t-elle pour la cinquième fois. Et le jour de Noël, pour couronner le tout !

Ils étaient presque arrivés. Sean lui lança un sourire éclatant.

– Pour moi, notre visite est on ne peut plus appropriée. Style arrivée de Joseph et de Marie à l'auberge.

– D'où ils se sont fait refouler, lui rappela Pandora d'un ton pitoyable.

Elle esquissa une grimace.

– Je ne suis enceinte que de cinq mois, et il n'est pas spécialement dans mes intentions d'accoucher pendant le discours de la reine.

A l'intérieur, Cléo brossait à sa mère un tableau de la situation. Elle trouvait affreusement injuste que Sean s'imagine pouvoir lui annoncer ce genre de nouvelle sans préparer le terrain. Pour Cass, il amenait simplement sa nouvelle petite amie à déjeuner.

– Bon, maman, cette copine de Sean... Je l'ai rencontrée et elle est charmante, mais il y a quelque chose que je dois te dire avant qu'elle n'arrive.

Cass jeta un coup d'œil inquiet en direction de la dinde à la peau dorée et croustillante, entourée de chipolatas enveloppées dans du bacon.

– Ne me dis pas qu'elle est végétarienne !

– Non. Elle est enceinte.

– Dieu du ciel !

Cléo réprima un sourire.

– Et noire.

24

Pandora aurait pu verser des larmes de soulagement lorsque Cass, émergeant de la maison, traversa en courant l'allée couverte de gravier pour l'accueillir en la prenant dans ses bras.

– Cafteuse ! grommela Sean à l'adresse de sa sœur.

– C'est le plus beau cadeau qu'on pouvait me faire, assura Cass à la jeune fille en l'étreignant un peu plus étroitement. Vous ne pouvez pas imaginer à quel point je redoutais cette journée, après tout ce qui s'est... vous savez, passé. Et en définitive, elle dépasse toutes mes espérances. Pour commencer, un de mes plus anciens et plus chers amis surgit brusquement... et maintenant, vous. Je vais être grand-mère ! Cette nouvelle est absolument stupéfiante !

– Viens, mamy, on rentre.

Cléo lança un clin d'œil à Pandora qui semblait complètement conquise par la mère de Sean.

Se retournant vers son fils, Cass lui tira brusquement l'oreille.

– Aïe !

– C'est pour te punir de ne pas m'avoir avertie plus tôt. Ça fait des mois qu'on aurait dû rencontrer Pandora, le gronda-t-elle.

– Tu avais déjà assez de problèmes comme ça.

Sean était l'image même de l'innocence blessée.

– Mais c'est une merveilleuse nouvelle !

Radieuse, Cass saisit le bras de Pandora.

– Ce sera un magnifique mariage, j'ai hâte qu'il ait lieu ! Avez-vous fixé la date ?

Pandora avait l'air gêné. Pour la tirer d'embarras, Cléo lança :

– Je meurs de faim. Si on allait déjeuner ?

Le seul hic, au cours de cette journée absolument parfaite, survint après le déjeuner, lorsque le téléphone sonna.

– Je vais répondre.

Sophie se leva d'un bond, renversant au passage le verre de Terry à moitié plein de whisky.

– Pardon. Papa a dit qu'il appellerait.

Cass sifflota, histoire de se donner l'air de celle qui s'en moque complètement. Mais ce n'était pas Jack.

– Pour toi.

Sophie, le visage totalement inexpressif, tendit le combiné à son frère.

– Oh ! bonjour, répondit Sean, quand une fille, qu'il avait rencontrée deux semaines plus tôt au club, se mit à lui chanter « Joyeux Noël » à l'autre bout du fil d'une voix rauque. Oui, très bien, merci. Toi aussi ? Comment vont Susie et les gosses ?

– Quand est-ce qu'on se voit ?

La fille, dont il était incapable de se rappeler le prénom, Emily ou Amy, avait l'air légèrement partie.

– Je t'ai attendu hier soir au club, pourquoi n'es-tu pas venu ?

– Occupé, j'en ai bien peur.

Sean gardait le combiné collé à son oreille. Surprenant au passage l'expression désapprobatrice de Sophie, il se détourna pour regarder par la fenêtre. Derrière lui, un silence de plomb régnait.

– C'est ton copain Donny qui m'a donné ton numéro, ronronna la fille. Pourquoi pas ce soir ? Tu ne seras pas déçu, Sean. Je te le promets.

– Impossible. Hors de question.

Sean maudissait Donny tout bas. Dans la vitre, il apercevait le reflet de sa mère et de Pandora ; elles faisaient toutes deux de gros efforts pour faire semblant de ne pas écouter.

– Bon, il va falloir que je raccroche. Transmets mon affection à Susie et aux enfants, s'il te plaît.

– Je préférerais vraiment que tu me la donnes à moi, gloussa Emily-Amy avec un petit rire de gorge. Ecoute, pourquoi ne te débarrasses-tu pas des gens avec qui tu es ? Je te rappelle dans une demi-heure.

– Salut, dit Sean.

En raccrochant prudemment il s'arrangea pour ne pas replacer le combiné complètement sur sa fourche.

– C'était Max, un copain du club, lança-t-il à la cantonade.

Mais il était affreusement évident que Pandora elle-même ne le croyait pas.

A 19 heures, Sophie était prête à fondre en larmes.

– Papa avait dit qu'il téléphonerait sans faute, chuchota-t-elle quand Cléo, s'aventurant dans la cuisine, la trouva accroupie et frissonnante sur le pas de la porte du fond, en train de donner des morceaux de saumon fumé au chat siamois des voisins.

Sophie cultivait une apparence dure et réaliste si bien qu'on oubliait facilement qu'elle n'avait que quinze ans. Pour elle la journée s'était révélée un supplice bien plus douloureux qu'elle ne l'avait laissé voir.

– Il avait promis d'appeler, répéta-t-elle, l'air malheureux. Comment a-t-il pu oublier ?

Cléo l'enlaça.

– Il n'a pas oublié, se hâta-t-elle d'improviser. Il n'a sans doute pas réussi à nous joindre. A Paris, le téléphone fonctionne épouvantablement mal. Quand je suis là-bas, il me faut six heures pour obtenir un numéro à l'étranger. Et le jour de Noël, c'est encore plus difficile...

Sophie esquissa un faible sourire.

– C'est gentil d'essayer. Si j'avais six ans, peut-être

même que je t'aurais cru. Mais bon, regardons les choses en face : désormais, papa vit avec Imogen. Il s'est fabriqué une vie entièrement nouvelle. On est tout simplement trop ennuyeux pour lui.

– Tu dis des bêtises. C'est toi qui maintenant parles comme une enfant de six ans.

Sophie ne répondit rien. Elle venait subitement de réaliser que si son père se construisait une vie nouvelle, il espérait peut-être fonder une famille nouvelle elle aussi.

– Alors, qu'en penses-tu véritablement ? demanda Terry après le départ de Sean et de Pandora.

Occupées à ranger la cuisine, Cléo et Sophie les avaient laissés seuls devant un feu de bois au salon.

Cass poussa un soupir.

– Oh ! la la !... C'est une fille vraiment charmante, mais on ne peut pas prétendre qu'il s'agit de l'histoire d'amour du siècle, hein ? Pauvre Pandora.

En se dirigeant vers le plateau à apéritifs derrière le canapé, Terry, remarquant au passage que le téléphone était décroché, le remit à sa place.

Tout en remplissant le verre de Cass, il contemplait amoureusement ses cheveux ébouriffés d'un blond lumineux, et l'échancrure du col de son chemisier de soie blanche qui révélait une nuque infiniment désirable. Lui aurait-on accordé, ne serait-ce qu'une petite chance, leur histoire d'amour à eux aurait pu être celle du siècle. Cass possédait tout ce qu'il recherchait chez une femme et, de plus, maintenant, c'était certain, elle avait eu assez de temps pour se remettre de la trahison de Jack. Il suffisait, pour lui, d'arriver à la persuader que leur amitié pouvait désormais se transformer en histoire d'amour.

Mais Cass était bien trop obnubilée par la légèreté de son fils pour se concentrer sur leur futur bonheur.

– Qui sait ? Sean va peut-être s'assagir.

Personnellement, Terry en doutait, mais si c'était ce que Cass voulait entendre ! En se rasseyant près d'elle, il prit sa main dans la sienne, et jeta un coup d'œil à la marque de l'alliance, encore visible, avant de laisser tomber :

– On ne peut jamais prédire l'avenir...

– C'est comme nous.

Cass pensait à Jack. Elle serra machinalement la main de Terry, geste qu'il prit pour un signe d'encouragement, et soupira.

– Tu ne peux imaginer les lettres que j'ai reçues. Une femme a prétendu qu'il m'avait quittée parce que je m'étais moquée de ses pieds sur l'antenne. Une autre, que c'était moi la coupable, je n'avais qu'à pas travailler. La semaine dernière, un type m'a envoyé la recette d'un philtre d'amour médiéval. Selon lui, si je parvenais à persuader Jack de l'avaler, il laisserait tomber Imogen et me reviendrait en un temps trois mouvements.

– Tu vas l'essayer ?

– Ça m'étonnerait qu'ils vendent des yeux de tritons chez Sainsbury.

Cass inclina sa tête contre le dossier du canapé.

– Non, Jack est parti, voilà tout, poursuivit-elle. J'ai décidé de faire face à la situation. La semaine prochaine, j'ai rendez-vous avec un avocat pour entamer la procédure de divorce.

De mieux en mieux, songea Terry, qui n'osait espérer que son arrivée ait quelque chose à voir avec cette décision. Il respirait voluptueusement le parfum de Cass, le même depuis plus de vingt ans. Et elle tenait toujours sa main.

– Je crois que tu as raison, dit-il, enhardi par une

douce euphorie. Divorce, raye le passé et repars de zéro. Tu n'as pas à avoir peur de te retrouver seule, Cass. Tu le sais, n'est-ce pas ?

Interprétant sa réflexion de travers, Cass lui adressa un large sourire.

– Avec mes trois lascars ? Je ne risque pas de m'ennuyer !

Le cœur de Terry se mit à battre la chamade.

– Non, je voulais dire...

La porte du salon s'ouvrit brusquement sur une Cléo visiblement excitée.

– Maman, vite ! Dépêche-toi d'allumer la télé ! On va rater *Un pied dans la tombe.*

Quelques secondes plus tard, elle était affalée devant le téléviseur, dont elle monta le son. En déchirant un énorme paquet de chips elle hurla à Sophie de se dépêcher, car l'émission venait de commencer.

– Tu vois ce que je veux dire ? fit Cass, ravie.

– Hum...

Maudissant tout bas Cléo, Terry se servit un autre verre.

25

Leur séjour à Paris avait été idyllique. La plus romantique des cités, enveloppée dans son manteau de brume et de gel, éclairée par un pâle soleil laiteux, n'avait jamais été aussi belle.

Et Imogen ne s'était jamais sentie aussi bien. Cette coupure était exactement ce dont Jack et elle avaient vraiment besoin. Elle leur avait donné l'occasion d'échapper au stress provoqué par le fait que Jack ne puisse aller nulle part sans être reconnu et de savourer quelques jours de détente. Leur suite au *Crillon*, tapissée de soie, était un petit chef-d'œuvre en matière de luxe ; les repas, autour desquels ils s'attardaient des heures durant, de véritables merveilles, et le soir, après le dîner, ils faisaient sublimement l'amour.

Jamais Imogen ne s'était sentie aussi détendue et aussi désirable. Oubliées, les piques échangées avant de partir et qui auraient pu si facilement dégénérer. Ils étaient ensemble et réaffirmaient leur amour. Et en dehors de quelques heures agaçantes, le jour de Noël, pendant lesquelles Jack avait essayé à de nombreuses reprises de joindre Sophie sans succès, pour finir par conclure que le téléphone avait été volontairement décroché, il n'avait fait aucune allusion à sa famille.

Très bien, se dit Imogen, satisfaite de constater qu'il parvenait à savourer ce voyage culpabilisant. Elle n'avait pas l'impression de s'être montrée déraisonnable. Si les enfants de Jack avaient été petits, la situation aurait été bien évidemment différente mais ce n'était pas le cas. Alors, pourquoi en faire une histoire ?

A leur retour, ils trouvèrent une ville grise et boueuse qui, comparée à Paris, paraissait fort terre à terre et dénuée de romantisme. Mais Imogen n'en avait cure ; elle avait en tête des choses bien plus importantes. En outre, Londres avait ses avantages, songeait-elle, souriant en son for intérieur. Ici, les modes d'emploi étaient en anglais.

– Devine ! Devine !

– Tu t'es mise à l'écriture automatique.

Sophie essayait de terminer son muesli tout en ingurgitant un verre de milk-shake au chocolat, avant de partir pour la bibliothèque. Le nouveau livre qu'elle avait commandé, *Vivre chez les Masai*, était arrivé, et les pépiements de Jennifer Smith-Elliott, à l'autre bout du fil, qui racontait avec un luxe de détails épouvantables, comment une espèce de pignouf lui avait donné un baiser avec la langue le jour de Noël, étaient vraiment la dernière chose dont elle avait besoin. Jennifer passait sa vie suspendue au téléphone et avait la réputation d'inoculer un ennui mortel à ses victimes. Le contraire des Samaritains, songea Sophie en rejetant la tête en arrière pour avaler les dernières miettes de chocolat restées collées au fond du verre.

– Jennifer, la bibliothèque ferme à midi. Je ne peux vraiment pas être en retard...

– Minute papillon, pouffa son amie. T'as pas entendu le plus beau. Ce matin, je suis allée faire des courses avec ma mère. Je devais passer prendre les médicaments de grand-maman Elliott, ses jambes l'ont affreusement fait souffrir pendant les fêtes. Elle a du mal à marcher.

Si seulement tu pouvais arrêter de parler, pensa Sophie. Coinçant le combiné entre son oreille et son cou, elle continua à avaler son muesli.

– Bref, on était là, à faire la queue dans cette petite pharmacie d'Islington et devine qui j'ai reconnu devant moi ?

– J'en sais rien, répondit Sophie qui commençait à perdre patience. Vas-y, dis-le !

– Rabat-joie... chantonna Jennifer. O.K., mais tu n'es pas drôle ! Cette dame avec qui vit ton père. Imogen Machin Truc, annonça-t-elle fièrement. Maman et moi, on l'a toutes les deux reconnue, malgré son grand manteau et un chapeau qui cachait ses cheveux.

Tu parles d'une affaire, pensa Sophie en sautillant d'un pied sur l'autre.

– Et alors ? s'enquit-elle en étouffant un soupir. Qu'est-ce qu'elle fichait ? Elle achetait des préservatifs ?

– Pas vraiment, ricana Jennifer à l'autre bout du fil.

Un tube de rouge à lèvres Max Factor rose, un tube de dentifrice Colgate et, ajouta-t-elle d'un ton suffisant, un test de grossesse.

– Pile à l'heure !

Au bruit de la clé de Jack dans la serrure, Imogen dégringola l'escalier quatre à quatre pour l'accueillir. Il y avait des secrets qui ne pouvaient tout simplement pas être gardés. Si elle ne lui annonçait pas tout de suite la nouvelle, elle allait éclater.

– Quoi ?

Jack se laissa complaisamment traîner en haut des marches. Par l'entrebâillement de la porte de la cuisine, il aperçut une bouteille de Bollinger et deux coupes alignées sur le Frigidaire.

– Quoi ? répéta-t-il, s'émerveillant de l'énergie d'Imogen quand elle le propulsa dans le salon.

L'air ridiculement jeune, avec ses cheveux dénoués, son pull angora pêche et son jean blanc, la jeune femme s'embrasait à l'idée de la surprise qu'elle lui réservait. L'enthousiasme avec lequel elle vérifia l'heure à la montre de Jack en en faisant des tonnes était communicatif.

– Ne me raconte pas que Michael Aspel vient dîner et que je vais être l'invité d'honneur de *C'est votre vie*, dit-il avec un grand sourire. Si c'est le cas, j'espère qu'ils n'oublieront pas de rechercher mon ancien prof de français, Mlle Dupont. Elle ressemblait à Bardot. Pour de bon. Cette femme a probablement été à l'origine de fantasmes de milliers d'écoliers...

– C'est encore mieux.

Les yeux d'Imogen brillaient. Pour la seconde fois, elle consulta la montre de Jack, puis la sienne.

– Oh, Jack, je n'en peux plus ! Encore une minute. Prépare-toi, mon chéri...

En un éclair, la lumière se fit dans l'esprit de Jack. Elle avait une expression qu'il avait déjà vue, et qu'il reconnaissait maintenant clairement. L'ennui, c'était que cette expression, il avait l'habitude de la voir dans les yeux de Cass, pas dans ceux d'Imogen.

– Tu es enceinte. Mon Dieu, tu es enceinte.

Avec un petit cri de ravissement, Imogen jeta ses bras autour de lui.

– Tu t'en es rendu compte ? Je veux dire, ça se voit ? s'écria-t-elle en couvrant son visage de baisers extatiques. Oh, Jack, je n'arrive pas à y croire ! J'ai toujours été si régulière que j'ai compris immédiatement qu'il y avait anguille sous roche. Alors j'ai acheté un test ; il est dans la salle de bains... Tu ne peux pas imaginer à quel point c'est compliqué. Il faut presque un diplôme de chimiste pour comprendre, et mes mains n'arrêtaient pas de trembler.

L'enthousiasme la faisait bafouiller. Jack avait du mal à reconnaître l'Imogen détachée et maîtresse d'elle dont il avait l'habitude. Incapable de réagir, il se laissa traîner vers la salle de bains où un tube d'essai trônait au milieu de l'étagère en marbre noir.

Jack n'avait aucune habitude des tests de grossesse. De leur temps, Cass laissait les ingrédients nécessaires chez le médecin, à qui elle téléphonait une semaine plus tard pour obtenir le résultat.

– Je l'ai su dès mon premier jour de retard, fit Imogen, rayonnante, mais cela en est la preuve ! Oh, Jack, je n'en reviens pas de voir à quel point je me sens déjà différente !

– Ça se lit comment ?

Il contemplait le bâton blanc à demi plongé dans l'éprouvette.

– Le bout devient rose. Attends une minute, maintenant on doit le passer sous le robinet.

– Il n'est pas rose.

– Mais si.

Sourcils froncés, Imogen promenait le test sous l'eau froide.

– Il a viré au rose dès que je l'ai mis dans le tube. Jack, récupère le mode d'emploi dans la poubelle, il doit y avoir une erreur. Il *doit* être rose...

Mais il restait obstinément blanc. Le résultat était négatif. Et Imogen, qui n'avait jamais ne serait-ce qu'imaginé désirer un bébé, devint inconsolable. Quand le soir même ses règles se déclenchèrent, Jack envisagea sérieusement d'appeler un médecin. Elle était consumée de chagrin. Son flot de larmes finit par se tarir, cédant la place à une détermination farouche.

– O.K., ce sera pour le mois prochain.

Pâle et les yeux rouges, Imogen entreprit d'examiner minutieusement son agenda.

– Ça ne va pas, le meilleur moment pour concevoir, c'est celui-là.

Comme elle avait déjà potassé les périodes de fertilité dans le livre de Miriam Stoppard acheté à l'heure du déjeuner, elle souligna cinq jours consécutifs au crayon rouge.

– Je suis à Budapest du mardi au jeudi, et toi, au sommet européen le vendredi. Je vais reporter Budapest. Peux-tu annuler ton voyage à Bruxelles ? s'enquit-elle en levant les yeux vers lui.

– Allons, du calme.

Jack avait fait de gros efforts pour la réconforter, mais il commençait à perdre patience. Il savait bien que les femmes pouvaient éprouver des envies désespérées, mais cette obsession était aussi soudaine qu'elle était bizarre. Il prit les mains d'Imogen entre les siennes pour la forcer à écouter.

– Ma douce, je sais que tu es bouleversée. Mais nous en avons déjà parlé. J'ai trois enfants. J'ai vécu tout cela. Et tu m'as affirmé que tu n'en voulais pas. Tu en étais tellement convaincue, lui rappela-t-il, que tu étais même prête à te faire stériliser.

De nouvelles larmes – mais d'où pouvaient-elles bien sortir ? – glissèrent le long du visage blême d'Imogen. Elle savait parfaitement qu'elle se montrait illogique, mais il y avait le passé et le présent. Jack avait raison ; jamais elle n'avait désiré un enfant. Mais d'avoir cru, pendant trois jours, qu'elle portait celui de Jack, avait tout chamboulé en elle. Il allait hériter des yeux noirs et du physique dévastateur de Jack, et serait intelligent, sportif, aimant et drôle. Garçon ou fille, cela n'avait aucune importance.

Sauf qu'elle n'était pas enceinte. Le bâtonnet n'avait pas viré au rose. Donc pas de bébé à qui vouer le reste de sa vie, pas d'adorable petit bout de chou sur lequel apposer le sceau de leur amour.

Imogen n'avait jamais éprouvé de déception aussi amère. Elle avait toujours obtenu ce qu'elle désirait. Qu'elle puisse se voir refuser une chose aussi simple et naturelle qu'un bébé, alors que de par le monde, naissaient des milliers d'enfants non désirés, lui paraissait d'une cruauté inouïe.

– J'ai changé d'avis.

Imogen s'agrippait à Jack, trempant de larmes le devant de sa chemise.

– Je veux un bébé... ton bébé ! C'est juste que... j'ai cru qu'on allait en avoir un. Mon Dieu, pourquoi la vie est-elle si injuste ?

26

Au *Moon and Sixpence,* comme dans tous les vrais bistrots, les tables étaient entassées les unes à côté des autres. Et de semaine en semaine, le mince passage entre elles se rétrécissait pour Pandora. Avec son ventre qui n'arrêtait pas de gonfler, cela devenait une aventure de plus en plus risquée de s'y frayer un chemin en tenant des assiettes de cassoulet en l'air. De plus elle souffrait du dos, davantage qu'elle ne l'aurait cru possible. Elle avait la sensation d'être coupée en deux.

– Je suis vraiment navré de vous perdre.

Maurice, son patron, le pensait sincèrement.

– Vous aussi vous allez me manquer, répondit Pandora en se massant les reins, avec un sourire chagrin. Mais dans mon état, je vous avoue que je suis contente de m'arrêter.

Ce mardi, heureusement pour elle, était exceptionnellement calme. Un temps épouvantable s'ajoutant au fait que le jeudi suivant était la Saint-Valentin et que les clients se réservaient pour cette occasion, la salle était presque vide. Pandora se reposait derrière le bar, les pieds surélevés sur un cageot de bouteilles vide, quand la porte s'ouvrit brutalement pour laisser entrer une Cléo chancelante.

– Quel foutu temps ! haleta la jeune fille en laissant glisser par terre une demi-douzaine de sacs de chez Harrods. Il faudrait fusiller celui qui a inventé l'hiver. Je me barre demain.

Son visage s'éclaira d'un grand sourire dénué du moindre embarras.

– Pour Hawaii.

Pandora, qui était enchantée de la voir, glissa avec précaution au bas de son tabouret.

– La vie est dure...

Du doigt, elle désigna les sacs vert et or.

– C'est quoi ? Des stocks de crème solaire ?

– J'ai reçu un énorme chèque de mon agent ce matin, expliqua Cléo, d'un air réjoui. Pour la campagne de yaourts que j'ai faite l'an dernier. Alors, j'ai décidé que si je voulais être une vraie tante gâteau, j'avais intérêt à commencer tout de suite. C'est pour toi. Enfin, rectifia-t-elle, pour le bébé.

Pandora contemplait les sacs d'un air abasourdi.

– Tu parles sérieusement ? Oh, merci !

Cléo prit le verre de chablis offert par Maurice que la présence d'une célébrité aussi prestigieuse dans son établissement faisait déborder de bonheur. Tout le monde était peut-être emmitouflé dans des lainages, mais pas Cléo. Veste rose fuchsia et caleçon violet lui donnaient une apparence aussi exotique que celle de la reine dont elle portait le nom. Quand elle le gratifia de son sourire éblouissant, il se sentit défaillir.

– C'était plutôt marrant. Toutes les vendeuses essayaient de ne pas regarder mon ventre. J'étais obligée de leur répéter sans arrêt : « Ce n'est pas pour moi, mais pour une amie », mais personne ne me croyait, c'était clair comme de l'eau de roche. Je te parie que les journaux en parleront avant la fin de la semaine. Allez, pressa-t-elle Pandora qui ne bougeait toujours pas, ouvre-les, regarde.

– C'est beaucoup trop... Oh, tu n'aurais pas dû !

Pandora n'arrivait pas à en croire ses yeux ; Cléo avait dû dépenser une fortune. Des petits chaussons brodés à la main, des cardigans de bébé en lainage aux points compliqués, tricotés main aussi, des couvertures de berceau bordées de satin et un moïse parfait, en osier, entrelacé de rubans de soie blanche surgirent des paquets tels des lapins du chapeau d'un prestidigitateur. Ainsi qu'un châle en cachemire ivoire, un ensemble d'estampes de Beatrix Potter encadrées et le plus adorable des mobiles musicaux que Pandora ait jamais vus.

– Sincèrement, c'est beaucoup trop. Ça a dû te coûter des... centaines de livres.

En fait, c'était à plusieurs milliers de livres que s'élevait la facture. Cléo, contente que Pandora n'en ait pas conscience, rectifia :

– Ce n'est pas pour toi. C'est pour le nouveau membre de ma famille. Et j'ai l'intention de le gâter au-delà du raisonnable. Alors voilà, conclut-elle avec un haussement d'épaules.

– Dans ce cas, merci.

Pandora sentait Maurice rôder derrière elle. Pourvu, songea-t-elle, qu'il n'ait pas la langue pendante !

– Au moins, laisse-moi t'offrir un autre verre, proposa-t-elle.

Cléo secoua la tête.

– Désolée, il faut que je file. C'est pour cette raison que j'ai dû tout déposer ici... je suis en route pour l'aéroport.

– Quelle beauté ! haleta Maurice après son départ. Si elle veut travailler...

Pandora éclata de rire.

– Cléo ne sort pas de son lit pour moins de dix mille dollars par jour.

Eperdu d'admiration, Maurice roula des yeux.

– Super, fit-il. Qui lui demanderait de le faire ?

Tous les clients étaient partis quand Joël vint chercher Pandora pour rentrer à la maison. L'air incroyablement content de lui, il fit son entrée en agitant trois sacs de chez Prénatal.

– Attends de voir ce que j'ai acheté aujourd'hui ?

Pandora n'eut pas à patienter ; Joël étalait déjà le

tout sur le bar, très fier de lui. Sans oser regarder Maurice, dont la bouche se contractait sous la moustache, Pandora sourit à son frère.

– Je n'arrive pas à croire que tu es entré chez Prénatal. Je n'arrive même pas à croire que tu connaissais ce genre de magasin !

Joël rayonnait, aussi satisfait qu'un futur père.

– J'ai tout choisi tout seul. Il ne te reste plus beaucoup de temps. On ne peut quand même pas laisser ce petit merdeux arriver sans avoir quelque chose à se mettre sur le dos, hein ?

Pandora était superstitieuse, elle n'avait rien voulu préparer trop tôt, mais son frère avait raison. Elle en était à son septième mois de grossesse ; le moment était effectivement arrivé de commencer à y songer sérieusement.

Et c'était exactement ce qu'avait fait Joël. Elle compta dix babygros, six draps de berceau blancs, dix brassières, trois couvertures jaunes en cellular et un pot de chambre en forme d'éléphant.

– Une musique se déclenche quand on fait pipi dedans, dit-il. Enfin, c'est ce qu'on m'a dit.

– Tu es génial.

Se penchant non sans mal par-dessus le bar, Pandora le serra dans ses bras.

– C'est formidable, exactement ce dont je vais avoir besoin.

– Allons, tous les deux, fit Maurice, qui avait compris ce que voulait faire Pandora, en leur ouvrant la porte. Filez, c'est moi qui vais fermer.

Ils étaient sur le point de franchir le seuil quand Molly, la plongeuse, surgit hors de la cuisine en clamant d'une voix aiguë :

– Hé, une seconde, mon canard ! Franchement, les jeunes, aujourd'hui... des cervelles comme des passoires.

Fourrant les sacs en papier glacé de chez Harrods dans les bras de Pandora, elle grommela :

– Vous alliez oublier ça !

– Eh bien, fit Joël d'un ton légèrement pincé, mes achats ont l'air plutôt minables.

En arrivant chez eux, il avait absolument tenu à étaler les cadeaux rivaux, les uns à côté des autres, sur le tapis. Que Pandora ait essayé de laisser ceux de Cléo au bistrot ne faisait que prouver, à ses yeux, à quel point ses propres acquisitions étaient minables.

Pandora n'arrivait pas à croire qu'il puisse prendre la chose tellement à cœur.

– C'est idiot, dit-elle en agitant une salopette en satin couleur abricot ornée de smocks. Et toi aussi, tu es idiot. D'accord, c'est sympa de la part de Cléo d'avoir acheté tous ces trucs, mais ils ne sont pas vraiment pratiques. Ce sont des brassières et des babygros que le bébé portera tous les jours.

– Elle l'a fait exprès.

Il n'y avait aucun moyen de calmer Joël.

– Juste pour étaler son fric et prouver qu'elle est bien mieux que nous tous. En tout cas, c'est ce qu'elle croit, ajouta-t-il sombrement.

– C'est faux ! Cléo n'est pas comme ça.

– Ha, ha !

Les yeux de Pandora s'écarquillèrent de désespoir.

– Ecoute : elle ne te connaît même pas, alors comment pourrait-elle le faire exprès ? J'aimerais bien que tu arrêtes ton cinéma et que tu la rencontres pour de bon.

– C'est déjà fait, merci. Je l'ai rencontrée pour de bon avant Noël.

Joël se mit à enfourner tous les babygros dans les sacs.

– Maxwell-Horne lui-même a eu la bonne idée de la laisser tomber. D'après lui, c'est une richarde pourrie. Une salope... Et frigide, ajouta-t-il, la bouche pincée.

– Sympa de sa part.

– Oui, oh...

Joël, qui ne pouvait souffrir Damien Maxwell-Horne, se concentrait pour remettre la dernière brassière sous cellophane.

– C'est un con, mais pour une fois, il dit vrai.

Pandora sourit.

– Ah ! Selon toi, c'est donc un vrai con.

27

Décidant que désormais il fallait agir de façon radicale, Sophie avait appelé son père pour prendre rendez-vous avec lui. Seule.

Jack, en l'entendant s'exprimer avec autant de retenue et l'appeler papa pour la première fois depuis des mois, fut pris d'une telle inquiétude que coupant court à une réunion éditoriale il s'arrangea pour aller l'attendre au lycée. Quand il aperçut sa fille cadette appuyée contre le mur mitoyen du portail, le visage pâle et noyée dans un sweat-shirt gris dix fois trop ample qui lui arrivait aux genoux, Jack sentit son cœur fondre. La pluie, dont Sophie ne paraissait pas avoir conscience, coulait le long de ses lunettes de hibou. Dès qu'elle fut montée dans la voiture de son père, leurs verres s'embuèrent.

– Mon petit poulet, tu m'as l'air bien démoralisé. Qu'y a-t-il ? Raconte-moi.

Jack la serrait contre lui, persuadé qu'elle avait un

grave problème. C'était la première fois qu'il voyait sa fille dans un tel état de prostration.

– Tout va mal, répondit-elle tranquillement. Je déteste la maison, c'est atroce. Oh, papa, est-ce que je peux venir vivre avec toi ?

Sophie aurait annoncé qu'elle entrait aux *Folies-Bergère* que Jack n'aurait pas été plus stupéfait.

– Atroce ? Comment est-ce que ça peut être atroce, Sophie ? dit-il en l'étreignant plus étroitement. C'est ta maison.

– Plus maintenant. Maman n'est plus comme avant.

Sophie marqua une pause et reprit son souffle en frémissant.

– Sean n'est jamais là, et ce Terry Brannigan ne décolle pas. Avec Cléo, ça va à peu près, mais elle est presque tout le temps en voyage. C'est tellement horrible, papa. Je ne peux pas le supporter.

D'immenses yeux gris scrutaient le visage de Jack.

– S'il te plaît, s'il te plaît, dis que je peux venir habiter avec toi.

En rentrant de son travail, Imogen eut l'impression d'avoir une hallucination quand elle aperçut cinq valises étalées dans sa salle de séjour d'où débordaient des tas de vêtements d'une mocheté inouïe et d'innombrables bouquins. Elle mourait d'envie de faire pipi, et fut encore plus outrée de trouver la porte de la salle de bains fermée à clé. A l'intérieur, une musique d'enfer marchait à pleins tubes.

– Mais que se passe-t-il ?

Dans la cuisine, Jack faisait griller des saucisses. Quand il se retourna pour lui dire bonsoir, Imogen, devant la tête qu'il faisait, eut la confirmation de ses pires soupçons.

– Ma chérie, je suis navré. J'ai essayé de te prévenir,

mais on m'a répondu que tu étais en rendez-vous à l'extérieur pour l'après-midi.

Il l'embrassa légèrement sur la bouche. Imogen ne lui rendit pas son baiser, comme si cela pouvait aider.

– C'est Sophie, précisa-t-il. Elle était dans un état épouvantable. Je sais qu'elle nous tombe un peu dessus comme une bombe, mais j'étais trop inquiet pour la laisser. Ma chérie, elle avait désespérément envie de venir s'installer ici. Que pouvais-je faire d'autre ? Ça ne te dérange pas, hein ? Enfin pas trop, disons ?

Cela dérangeait Imogen bien davantage que cela. C'était invraisemblable : comment Jack pouvait-il s'attendre qu'elle réagisse par un sourire et un hochement de tête ?

– C'est pour combien de temps ? demanda-t-elle quand elle fut enfin capable d'ouvrir la bouche.

– Pas longtemps.

La voix de Jack était apaisante, comme celle d'un hypnotiseur qui essaierait de persuader un fumeur qu'il n'a plus besoin de cigarettes.

– Tant que la situation ne sera pas éclaircie. Franchement, Sophie ne nous posera pas le moindre problème.

Les saucisses étaient sur le point d'exploser. Comme un automate, Imogen éteignit le gril et ouvrit la fenêtre de la cuisine pour dissiper le nuage de fumée noire qui flottait dans la pièce.

– Cet appartement n'a qu'une chambre.

– Ne t'inquiète pas, dit-il avec un sourire rassurant. Sophie sera plus qu'heureuse de dormir sur le canapé.

Réponse qui fit éclater Imogen.

– Mais voyons, à partir du moment où Sophie est heureuse, l'imita-t-elle, tout va bien. Quelle importance, si je suis sur le point de faire pipi par terre !

Sans oser la regarder, Jack se dirigea vers la salle de bains.

– Sors de ton bain, mon lapin. Maintenant, s'il te plaît.

Moins d'une minute après, la musique s'arrêta et la porte s'ouvrit. Des nuages de vapeur qui sentaient le parfum hors de prix en jaillirent. Sophie, sa mince silhouette enveloppée dans le drap de bain rose préféré d'Imogen, émergea, une esquisse de sourire aux lèvres.

– Pardon, vous avez frappé ?

La salle de bains ressemblait à un marécage. Le tapis ivoire était trempé et toutes les serviettes froissées et humides. Lèvres pincées, Imogen revissa le bouchon de son précieux flacon de bain Chanel, ce qui en fait ne servait plus à grand-chose, Sophie l'ayant pratiquement vidé. Le savon triple douceur assorti, à quinze livres le pain, était tranquillement en train de se dissoudre au fond de la baignoire. Le lavavo était jonché des cheveux raides couleur souris que Sophie avait taillés dans sa frange avec le rasoir de Jack, qui traînait aussi. Des traces de pieds sales maculaient le siège des toilettes, dans l'eau desquelles – Imogen frissonna – flottaient des rognures d'ongles.

Alors qu'Imogen était en train de vivre le plus horrible des cauchemars, Jack voyait se concrétiser un rêve.

Ses enfants étaient son tendon d'Achille et Sophie en particulier, le bébé adoré de la famille, ne pouvait, en ce qui le concernait, rien faire de mal. Le fait de sentir qu'un des siens avait besoin de lui, après tous ces mois où on l'avait battu froid, compensait largement les petits inconvénients que pouvait provoquer l'installation de sa fille avec eux. Jack était intraitable sur ce point. Et, sur sa vie, il ne parvenait pas à comprendre pour quelle raison Imogen n'était pas aussi ravie qu'il l'était, d'accueillir l'adolescente.

– Je ne fais pas la tête. Je dis simplement que cet appartement n'est pas fait pour trois personnes.

C'était ridicule ; ils étaient couchés et obligés de parler à voix basse, parce que Sophie, épuisée d'avoir tout mis sens dessus dessous, dormait sur le canapé du salon.

Et de plus, incrédule, Imogen le vérifia à sa montre, il n'était que 9 heures du soir.

– Allons, cesse de ronchonner.

Occupé à terminer sa chronique hebdomadaire, Jack ne l'écoutait qu'à moitié.

– Ça ne durera pas éternellement.

Pour Imogen, cette comédie avait déjà duré bien assez longtemps.

– Jamais je n'aurais pu imaginer qu'une fille puisse être aussi désordonnée, se rebiffa-t-elle.

– Sophie n'est pas désordonnée. Tu aurais dû voir Cléo en action à son âge. De toute façon, lui fit remarquer Jack, les enfants mettent la pagaille. Si tu tiens tellement à avoir un bébé, c'est un excellent entraînement pour toi.

Si j'ai un bébé, songea Imogen, j'aurai une nounou pour s'occuper de ce genre de problèmes.

– Les bébés ne vident pas la moitié de votre meilleure essence de bain en une seule fois, répondit-elle vertement.

– Non, ils versent le tout dans les toilettes. Ecoute, je suis désolé si c'est difficile pour toi, soupira Jack, mais Sophie était désespérée. Comment aurais-je pu lui refuser ?

Fastoche, songea Imogen, boudeuse. En disant non, tout simplement.

Jack surprit une lueur de rébellion dans ses prunelles.

– Si tu avais des enfants, tu comprendrais. Si je l'avais repoussée, qui sait où Sophie aurait atterri ? Pense au nombre d'adolescents dans la rue sûrement rejetés par leurs parents au moment où ils avaient le plus besoin d'aide...

A propos de bataille perdue d'avance.

– Bon, bon.

Soudain Imogen sourit. Puisqu'ils étaient au lit, autant utiliser la situation à son avantage. Et comme sa période de fertilité débutait... Elle entreprit de le caresser langoureusement.

– Que fais-tu ? demanda-t-il.

La main d'Imogen s'aventura plus bas. Elle lui adressa un large sourire.

– Oh, tu le sais bien, voyons !

– Vaut mieux pas.

D'un geste doux, mais ferme, Jack repoussa la main baladeuse.

– On risque de déranger Sophie.

– Maman, c'est moi !

– Sophie, ma chérie, tu vas bien ? Pourquoi chuchotes-tu ?

– Ici les murs sont en vrai carton-pâte. Eh oui, tout va bien, pouffa Sophie. Je m'amuse comme une petite fille. Imogen fait un tas d'efforts pour être gentille avec papa en grinçant des dents, mais elle est furieuse de ma présence chez elle. Faut dire que je la comprends, ajouta-t-elle joyeusement, vu le capharnaüm que j'ai laissé dans sa salle de bains.

– Oh ! la la ! fit Cass qui paraissait inquiète. J'espère que tu ne te conduis pas de manière trop odieuse.

Sophie leva les yeux au ciel. C'était vraiment sa mère tout craché ; encore un peu, et elle allait prendre Pétasse en pitié et se mettre de son côté.

– Dans le syle d'Imogen, tu veux dire ? Quand elle jouait à être ta meilleure amie alors qu'elle avait une aventure avec papa derrière ton dos ?

– Oui, mais...

– Maman, je t'interdis de me conseiller de bien me conduire !

Sophie fit remonter l'édredon sur sa tête. Flûte de zut, c'était pas facile de parler avec douceur.

– Dis-moi pourquoi cette sale traître aurait ce qu'elle veut ? s'exclama-t-elle. Je n'ai même pas encore commencé. Les hommes mariés, pères de famille, ont des responsabilités, et je vais faire comprendre à Imogen qu'elle doit les partager. Quand j'en aurai fini, elle regrettera d'avoir rencontré papa.

A l'autre bout du fil, Cass eut un mouvement de recul. Sophie s'exprimait avec une telle détermination, une telle amertume ! Plus de six mois s'étaient écoulés depuis le départ de Jack, mais il était clair que son chagrin ne s'était pas atténué.

Et Cass savait trop bien ce qu'elle ressentait. Elle commençait elle aussi à se demander si ses propres blessures se refermeraient un jour.

– Bon, je ne peux pas t'en empêcher, dit-elle calmement. Mais je t'en prie, ne reste pas là-bas trop longtemps. Pour moi, c'est très bizarre de ne plus t'avoir ici. Tu vas terriblement me manquer.

– Toi aussi, maman, mais je dois aller jusqu'au bout.

La gorge de Sophie se noua et elle comprit qu'il lui fallait vite raccrocher.

– Et ne t'inquiète pas. Ça ne prendra que deux semaines maximum.

28

Huit jours après avoir cessé de travailler, Pandora annonça à Sean son départ pour Bath. Elle voulait passer quelques jours chez ses amis.

– Pourquoi ? s'inquiéta-t-il, d'une voix soupçonneuse.

– Parce que ce sont mes amis et que j'aime bien les voir, répondit Pandora sans se démonter. Ils vont me faire de bons petits plats et me chouchouter. Quoi de plus agréable ?

Comme si elle ne s'était pas assez empiffrée comme ça ! Désormais, Sean pouvait à peine la prendre dans ses bras. En outre, le sous-entendu impliquant qu'elle n'était pas si chouchoutée que ça ne lui plaisait guère.

– Ecoute, tu sais que j'ai été très occupé. Une fois que ce tournage T.V. sera terminé...

– Je sais, l'arrêta doucement Pandora. Tu n'as pas besoin de me le rappeler, ça n'a pas d'importance.

– Mais...

– Je t'en prie, arrête de t'excuser, sinon je vais commencer à croire que tu n'as pas la conscience tranquille. Je vais voir Wendy et Bill, un point c'est tout.

Un éclair de jalousie, complètement irrationnel, transperça Sean.

– C'est qui, alors ?

La bouche de Pandora se contracta.

– Tu as déjà vu des photos d'eux, quand tu m'espionnais.

La jalousie céda la place au soulagement.

– Le type qui ressemble à Eric Cantona, c'est ça ? Et la fille aux cheveux roux ?

– J'imagine.

– Qu'est-ce qu'ils font ?

– Bill est directeur de banque. Wendy enseigne la chimie.

– Fascinant, ironisa Sean.

– Oui, bon.

Pandora détestait la facilité avec laquelle il se moquait des gens ordinaires.

– Le monde ne peut pas être constitué que de vedettes !

– Je reviens dimanche prochain, si ça t'intéresse.

Tout en tirant sur la fermeture Eclair de sa valise elle lui coula un regard.

– A moins que tu ne sois trop occupé à recevoir tes propres amis.

– Ça veut dire quoi ? s'étonna Sean.

– Tout simplement que j'ai vu une photo de toi et de cette actrice, hier dans le journal.

Pandora n'avait pas eu l'intention d'en parler. Elle ne se rendait aucun service en l'asticotant. Elle sentit ses joues rosir, mais ne put s'empêcher de poursuivre sur sa lancée :

– J'ai été surprise d'apprendre que c'était une actrice. Je croyais que Mindy Charleson n'avait rien fait d'autre qu'enlever le haut, pour avoir sa photo en page trois.

– C'était dans le journal d'hier ? Je voulais t'en parler avant...

Pour une fois, Sean était innocent. Mais le problème, c'était de convaincre Pandora de sa sincérité.

– Honnêtement, protesta-t-il, alors qu'elle essayait de faire glisser la lourde valise en bas du lit. Hé, laisse-moi faire ça. En vérité, ma douce... c'est son agent qui a arrangé cette séance photo pour donner un coup de pouce à sa carrière. Je ne m'intéresserais pas à Mindy Charleson, quand même ! Cette fille est une abrutie. S'il te plaît, j'ai un minimum de bon goût...

Sean avait un air si consterné que Pandora, pour

cette fois-ci, en tout cas, lui accorda le bénéfice du doute.

Et puis, était-il véritablement si étonnant qu'il montre de l'intérêt pour d'autres filles, quand elle-même avait beaucoup de mal à supporter l'image que lui renvoyait son miroir ? Cela faisait peut-être longtemps que l'actrice ne figurait plus en page trois des magazines, mais au moins, elle avait gardé une silhouette avec les pleins et les creux aux endroits adéquats.

La mienne, songea Pandora, n'a que des pleins.

Et Sean était un homme très viril. En toute honnêteté, se dit-elle en soupirant tristement, comment puis-je lui en vouloir de s'intéresser à tout ce qui a une taille ?

A son arrivée en gare de Paddington, le dimanche suivant, Pandora se sentit absurdement flattée de voir que Sean l'attendait sur le quai. Leur liaison n'étant pas de notoriété publique, elle se tint discrètement à distance, pendant qu'il signait des autographes à un groupe d'écolières qui pouffaient de rire. De toute façon, elle ne souhaitait pas vraiment être vue en sa compagnie ; avec son physique de star de cinéma et son corps élancé et parfait, il lui inspirait toujours une crainte mêlée d'admiration, même à une distance de dix mètres.

Pas étonnant que je sois incapable de rien lui refuser, songea Pandora en jetant un coup d'œil sur son propre sweat-shirt gris pâle et sur son jogging. Sean, avec son sweater rose pâle ras du cou sur une chemise émeraude et un pantalon bleu marine, était d'une élégance intimidante.

Elle continua à l'observer. Il échangeait des plaisanteries avec les adolescentes et se mit à parapher sur leurs avant-bras quand elles furent à court de papier.

Pandora admirait la façon dont ses cheveux noirs lustrés retombaient sur son front et le don qu'il avait, quand il décidait de s'en servir, de donner à chaque fille l'impression d'être unique et plus importante que toutes les autres.

Ce fut alors que Sean la repéra. Un sourire éclaira son visage, sa bouche forma « Salut » et il termina de dédicacer le bras d'une blonde sinueuse dont les fesses étaient à peine recouvertes par une minijupe de laine rouge.

– Eh bien, haleta Pandora quand elle eut réussi à reprendre son souffle.

Troublée, elle se rendit compte que de nombreuses personnes les dévisageaient. La fille en minijupe rouge, en particulier, semblait ne pas en croire ses yeux.

– Dois-tu faire cela ?

Les bras de Sean l'enveloppaient toujours. Il effleura le bout de son nez des lèvres.

– Absolument.

– En public, je veux dire.

– Et pourquoi pas ? fit-il en lui donnant un autre baiser. Tu m'as manqué. Davantage que tu ne le mérites, en plus. En fichant le camp au fin fond de nulle part, dans le simple but de me faire payer cette photo stupide.

– J'étais à Bath, lui fit remarquer Pandora, pas dans le désert du Kalahari. Et je n'essayais pas de te faire payer quoi que ce soit. Au secours, regarde tous ces gens. Pourquoi nous fixent-ils ainsi ?

Sean y était habitué.

– Viens, la voiture attend dehors. Si elle n'a pas été embarquée par la police.

C'est alors qu'ils entendirent la réflexion de la fille en rouge qui se détourna, déçue.

– C'est impossible que ce soit sa copine ; c'est une plaisanterie.

Sean, un bras protecteur toujours enroulé autour des épaules de Pandora, pivota sur place et fixa l'adolescente d'un regard glacial et sévère.

– Et pour quelle raison serait-ce une plaisanterie ? demanda-t-il. C'est la femme qui partage ma vie.

Pandora aurait aimé que la terre s'ouvre sous ses pieds pour l'avaler tout entière. Elle ne s'était jamais sentie aussi humiliée de sa vie.

– Où sommes-nous ? demanda Pandora alors que Sean se garait devant une maison victorienne un peu isolée, au milieu d'une avenue bordée d'arbres de Putney.

Il se tourna vers elle.

– Je pensais ce que je disais. Au sujet de la femme avec qui je vis.

– Pardon ? fit Pandora en contemplant les fenêtres encadrées de lierre et drapées de rideaux écarlates, comme si elle s'attendait à voir surgir une femme qui leur ferait un signe de la main. Qui ?

– Voyons, protesta Sean. J'ai dit la vérité. Tu m'as manqué, et j'ai pris une décision. Puisque nous allons avoir ce bébé, nous ferions aussi bien de faire les choses correctement, de A à Z.

Pandora se tourna vers lui, les yeux grands comme des soucoupes.

– Tu veux dire nous ma...

En voyant sa tête, le reste de la phrase mourut sur ses lèvres. Ce n'était manifestement pas du tout ce à quoi il pensait.

– Enfin, presque de A à Z.

En se tortillant sur son siège, Sean désigna la maison qu'il avait louée à un prix exorbitant. Il eut même la grâce de rosir un peu.

– Bon, excuse-moi, mais je suis plutôt allergique à

l'idée de mariage. Si tu préfères, dis-toi que c'est à cause de mes parents...

Il venait de se défiler honteusement et ils le savaient tous deux.

– Non, se hâta de rétorquer Pandora, pardon. Et puis de toute façon, je n'ai pas spécialement envie de me marier, mentit-elle effrontément.

La tête basse, mortifiée par l'erreur qu'elle avait failli commettre, elle se serait donné des coups de pied. A condition toutefois d'arriver à atteindre ses fesses.

Subitement, le geste glorieusement sentimental de Sean ne lui paraissait plus grandiose du tout.

– Bon, c'est à toi de décider, reprit-il, froissé malgré lui. La maison est là. Si tu veux t'y installer, tu peux le faire immédiatement.

Pandora, interprétant comme de l'ennui son ton boudeur, commença à paniquer. A dire vrai, il venait de faire un satané pas en avant ! Même si ce n'était pas le pas de géant que son rasoir de frère attendait de sa part... bon, de toute façon, pour quelle raison accorderait-elle de l'importance aux idées de Joël ? De nos jours, tout le monde vivait maritalement !

– Bien sûr que j'en ai envie, lança joyeusement Pandora de peur qu'il ne change d'avis.

Elle défit sa ceinture de sécurité en regrettant que son ventre énorme ne s'interpose entre eux, et se pencha maladroitement vers Sean pour l'étreindre.

– C'est ce que je désire par-dessus tout. Et cette maison est très belle.

– Je me demande ce que va dire ton frère.

Sean paraissait amusé. Il savait que Joël n'était pas particulièrement enchanté par leur histoire.

– Ça devrait lui faire plaisir qu'on officialise...

Pandora, qui n'en était pas si sûre, se sentait de toute façon trop heureuse pour s'en préoccuper.

– Ça n'a aucune importance.

– Il ne refusera quand même pas de t'aider à déménager tes affaires.

Sean lui tendit une clé.

– Je suis obligé de travailler ce soir, mais je suis certain qu'à vous deux, vous y arriverez. Qu'en dis-tu ? ajouta-t-il avec un grand sourire, en lui embrassant le bout du nez. Tu seras déjà installée lorsque je rentrerai du club.

Pandora avait deviné juste. Bien qu'il soit scandalisé par l'incapacité de Sean Mandeville à s'engager, Joël, quand elle lui annonça qu'elle allait vivre avec lui, ne le prit pas bien du tout. Inconsciemment, il se réjouissait de voir un bébé à la maison. Il avait déjà averti son associé, chez Henley-Grant Motors, qu'il allait prendre une ou deux semaines de congé pour la naissance de l'enfant, de façon à aider Pandora à organiser son nouveau mode de vie.

Et d'un seul coup, elle n'avait plus besoin de lui. Elle déménageait. En un clin d'œil !

En entassant dans le coffre de la voiture les affaires qu'elle avait rassemblées à la hâte, Pandora soupira. Jusqu'où, pour l'amour du ciel, était-elle censée supporter son attitude lugubre de grand frère qui a raison ?

– Qu'est-ce qui n'est pas mon genre ?

– De sauter, chaque fois que Sean Mandeville te le demande. Il a claqué des doigts en disant : « Bon, viens vivre avec moi », et toi, tu te précipites. Ça ne te ressemble absolument pas, c'est tout, râla Joël. Et ton orgueil ? Où est passée la fille indépendante que je connaissais ? Celle capable de penser toute seule ?

Elle est enceinte, songea Pandora. Par-dessus le toit bleu marine de la vieille Bentley, elle foudroya Joël du regard. Sans doute n'avait-il aucune idée de ce qu'elle ressentait. Sans doute avait-il *en partie* raison ; sans doute aurait-elle été entièrement d'accord avec lui sept mois plus tôt... mais la situation avait changé.

Pandora elle aussi avait conscience d'être différente, probablement pas en mieux, mais quand on est enceinte jusqu'aux yeux et que l'on doute de soi, comment est-on censé agir ?

Joël, pendant ce temps-là, enfournait les vêtements n'importe comment dans une valise dont la fermeture avait éclaté. Pandora comprenait ce qu'il ressentait.

– Des robes d'été ? lança-t-il, incapable de résister à la raillerie. Tu penses durer aussi longtemps ?

– Ferme-la, répliqua-t-elle, douloureusement consciente d'avoir pensé exactement la même chose en les emballant. Si ça ne marche pas, tu auras le droit de me claironner : « je te l'avais bien dit », aussi souvent que tu le voudras.

Elle lui lança un regard d'avertissement.

– Mais pas avant, d'accord ?

Feignant l'horreur, Joël haussa les sourcils.

– Tu sous-entends que tu vas me faire attendre ?

29

Joël se contenta de décharger les valises et de les entasser dans la vaste entrée lambrissée de la nouvelle maison de Pandora. Il montra un minimum d'enthousiasme quand elle lui fit faire un bref tour du propriétaire et fila rapidement, après avoir planté un baiser de pure forme sur la joue de sa sœur.

Cinq minutes plus tard, on sonna à la porte d'entrée. Persuadée que son frère revenait lui présenter des excuses, Pandora se hâta d'ouvrir.

Mais sur le seuil, se tenaient Cass et Cléo, rayonnantes. Elles brandissaient une bouteille pour fêter l'événement.

– Encore un de mes bébés qui quitte le nid, soupirait Cass une heure plus tard, le troisième verre de saint-émilion commençant à faire son effet. Je m'imaginais qu'ils seraient encore tous là quand j'aurais quatre-vingt-dix ans, et voilà ! Sophie, pour commencer, et maintenant Sean...

– Tu m'as encore, déclara affectueusement Cléo. Je ne suis pas près de te quitter.

– Tu peux rencontrer un homme formidable et tomber follement amoureuse de lui, rétorqua Cass. Le pendant de Sean, ajouta-t-elle en souriant à Pandora.

– Beurk ! fit Cléo en grimaçant. Je déteste tous les hommes, ne l'oublie pas. Je ne serai jamais amoureuse.

Elle avala la dernière goutte de son verre, et ajouta :

– Mais si ça m'arrivait, il ne ressemblerait certainement pas à Sean.

Cass et Cléo repartirent vers 10 heures du soir. Sean avait prévenu Pandora qu'il ne rentrerait pas avant minuit et demi au plus tôt. Tout en bâillant, elle se demanda comment elle allait faire pour rester éveillée jusqu'à son retour.

Dans la cuisine, en attendant que chauffe l'eau de la bouilloire, elle se remémora toutes les accusations lancées par Joël.

Si elles l'atteignaient autant, c'était bien parce qu'elles étaient fondées. Pandora le reconnaissait, mais elle n'avait aucune idée de la manière dont elle pouvait retrouver son habituelle confiance en elle, qui s'était radicalement évaporée. Les Mandeville étaient des célébrités, chacun dans son domaine, et tous dotés d'un charme à couper le souffle.

Et je ne suis même plus serveuse, songea Pandora, dont le moral ne cessait de dégringoler. Apercevant le reflet déformé que lui renvoyait la bouilloire en acier – à côté d'elle, le bonhomme Michelin paraissait anorexique – elle sentit des larmes monter à ses yeux. Elle était grotesque, elle n'avait plus d'emploi, et pas un seul moyen de rivaliser avec la famille étincelante de Sean...

A moins...

A moins qu'elle ne trouve une solution.

Le cœur de Pandora se mit à battre plus fort. Abandonnant la bouilloire, elle se rendit dans l'entrée, et se mit à farfouiller dans ses valises. Son idée était on ne peut plus farfelue, mais elle se sentait euphorique à la pensée qu'elle arriverait peut-être à la mettre en pratique.

Elle se cala sur les talons, souriant intérieurement au fur et à mesure que son projet prenait forme. Il lui restait deux mois avant l'arrivée du bébé, pendant lesquels elle n'allait pas pouvoir faire grand-chose – remporter Wimbledon était définitivement hors de question – mais si elle se concentrait de toutes ses forces, elle pouvait y arriver.

En tout cas, songea Pandora qu'une vague d'allégresse envahissait, je peux *essayer.*

Un rire sonore la sortit du sommeil profond dans lequel elle était plongée. Déconcertée, vaguement consciente de ne pas être dans son lit, ni même, à dire vrai, dans aucun lit du tout, Pandora garda les yeux fermés. Le rire ne lui était pas le moins du monde familier, ce qui était pour le moins déconcertant. Et un bras inconnu pesait sur son front.

Mais les cambrioleurs occupés à mettre une maison à sac hurlaient-ils en même temps de rire ? Et pour quelle raison poseraient-ils un bras de plomb sur sa tête ?

Pandora entrouvrit prudemment un œil. Un grand mec de type antillais, à la coiffure rasta, serrait une canette de Fosters dans une main et dans l'autre, d'une largeur incroyable, tenait une feuille de papier ministre. Sean apparut dans l'embrasure de la porte. Lui aussi brandissait une feuille identique en riant si fort qu'il était incapable de parler.

– C'est à moi, dit Pandora en faisant des efforts pour s'asseoir.

A sa grande humiliation, elle s'aperçut que le bras lourdement posé sur son visage était le sien, complètement engourdi. Elle le remit maladroitement le long de son corps avant de se hisser en position debout. L'homme à la coiffure rasta, Donny Mulligan était un des meilleurs copains de Sean au club.

– Vous ne devez pas lire ça, c'est personnel, protesta mollement Pandora.

Cependant, leur lecture semblait les amuser. C'était plutôt bon signe.

– Comment ce truc-là peut-il être personnel ?

Sean agita sa canette en direction des quelques pages éparpillées sur le sol près du canapé, abandonnées là où Pandora s'était endormie.

– Elles étaient là à nous narguer.

Donny Mulligan la fit profiter de son célèbre sourire blanc et or.

– Les feuilles piaillaient : « Lisez-moi, lisez-moi. » Qu'est-ce qu'on pouvait faire d'autre ?

– Hum...

Pandora massait son bras, tout en se rappelant les photos qui avaient choqué Sean. Qu'elles aient été coincées derrière un chandelier sur le manteau de la cheminée n'avait pas empêché Sean de les regarder. Si elle voulait qu'il arrête de mettre le nez dans ses affaires, elle allait probablement être obligée de se procurer un coffre-fort.

Mais pour le moment, elle ne parvenait à en vouloir ni à l'un ni à l'autre. Ils continuaient leur lecture en gloussant. Et Pandora se disait qu'ils étaient sans nul doute experts en la matière.

Un an plus tôt, un article sur l'écriture de scénarios pour la télévision avait inspiré Pandora. L'idée de concevoir un script pour une comédie télévisée lui avait immédiatement plu. Son imagination s'était déchaînée et elle avait noirci des feuilles avec un bel enthousiasme. Puis elle était allée le proposer à *Comedy Inc.*

Mais son expédition au club de Jelahay Street avait eu des conséquences inattendues et dans le chaos émotionnel qui s'était ensuivi, son élan s'était brisé. Elle n'avait touché mot à personne de cette tentative pour la raison essentielle qu'il n'y avait pas grand-chose à en dire. Mais ce soir, l'idée lui en était revenue, alimentée par le sentiment obsédant de ne pas être à la hauteur. Il lui était extrêmement facile d'écrire, enceinte ou pas. Et c'était ce qui l'avait incitée à déterrer son dossier bourré d'idées, de notes et d'essais de scénarios. Dans son esprit, l'un d'eux en particulier, celui sur lequel Donny et Sean avaient mis la main, était peut-être exploitable.

Pandora croisa les doigts en essayant de ne pas avoir l'air trop terrifiée. Il fallait qu'elle sache si les hommes *vraiment* drôles aimaient ses idées.

– Bon, allez-y, fit-elle bravement. Dites-moi ce que vous en pensez.

– Oh ! la la !...

Sean jeta un coup d'œil à Donny comme pour implorer son secours, lequel scrutait un trou effrangé sur son jean. Incapable de trouver ses mots, Sean jeta un regard sur la feuille qu'il tenait toujours à la main.

– Je vous écoute, insista Pandora.

– Bon, c'est de la merde.

De l'autre côté de la pièce, Donny grimaça.

– Je suis désolé.

Sur les joues de Sean apparurent deux taches de couleur. C'était la première fois que Pandora le voyait rougir.

– Mais c'est la vérité, poursuivit-il, sur la défensive. D'ailleurs, qu'est-ce que tu veux faire ? De la concurrence ?

– *Non, non...*

Horrifiée à l'idée qu'il puisse imaginer qu'elle essayait de se lancer dans la comédie pour la seule raison qu'elle était liée à lui, et faisant en même temps des efforts désespérés pour ne pas montrer à quel point son verdict l'anéantissait, Pandora répondit :

– C'est juste un essai, j'ai écrit ce truc il y a au moins un siècle. En fait, c'est rien. Je vais le mettre à la poubelle.

– Dans ce cas, tout va bien.

Manifestement soulagé, Sean abandonna la feuille.

– L'espace d'une minute, tu m'as inquiété, je ne veux pas que tu crois que c'est drôle parce qu'on riait.

Pandora luttait pour ne pas vomir. S'ils s'étaient autant amusés, c'était en constatant la nullité de son scénario. Dans son ventre, le bébé lui lança un petit coup de pied de sympathie.

– Ne t'inquiète pas, intervint Donny, voulant faire preuve de gentillesse. Comment savoir, tant qu'on n'a pas essayé ?

Pandora parvint à esquisser un sourire.

– Effectivement, rétorqua-t-elle.

– Regardons les choses en face, ajouta Sean en ébouriffant les cheveux de la jeune femme. Tu es peut-être une fille canon, mais tu n'es pas Emma Thompson.

30

Quand Cass s'était plainte de voir le nid familial se vider, elle n'incluait pas Terry Brannigan dans sa remarque. Il avait loué un studio à Kenbish Town, mais ne l'utilisait que pour y abriter ses affaires personnelles. Tout son temps libre il le passait chez Cass, non seulement parce que sa maison était cent fois plus agréable que cet appartement tristounet, mais surtout parce que Cass y vivait.

Son amour pour elle n'avait pas vacillé d'un pouce. Seule la crainte d'être repoussé l'avait empêché de lui faire des avances. Elle semblait l'adorer, mais Terry ne cessait de se rappeler lugubrement que Cass se comportait ainsi avec tout le monde. Et si elle ne l'aimait pas ? Allait-il oser prendre le risque de la perdre ?

Ce dilemme déchirait Terry depuis des semaines. Seules les larges doses de Johnnie Walker Red Label l'aidaient à supporter la situation en le mettant de bonne humeur et en émoussant la douleur provoquée par l'incertitude. La demi-bouteille qu'il avalait chaque soir lui rendait le goût de vivre et lui redonnait la conviction que Cass l'aimait autant, sinon davantage, qu'elle n'avait aimé Jack.

Ce soir-là, après avoir ingurgité plus de Johnnie Walker que d'habitude, il décida qu'il était grand temps de se décider. Il devait mettre Cass au courant des sentiments qu'il éprouvait pour elle. Sinon, il se retrouverait dans le *Livre Guinness* des records, dans la catégorie « Plus long amour non déclaré ».

Il attendait près du porche d'entrée quand Cass et Cléo rentrèrent de leur visite à Pandora.

– Je le crois pas !

Un instant, Cléo, qui était au volant, fut tentée d'accélérer. Même si elle manquait du culot nécessaire pour le renverser, elle pouvait toujours l'éclabousser de gravillons.

– Il est presque 11 heures du soir et ton fan-club t'attend sur le pas de la porte. Ne pourrais-tu te contenter de lui donner un autographe et de le renvoyer chez lui ?

Mais Cass faisait déjà signe à son vieil ami par la vitre de la voiture.

– Il est seul, voilà tout.

– Et rasoir, par-dessus le marché.

Du coup, Cléo fut ravie à l'idée de se coucher tôt parce qu'elle devait se lever à 5 heures du matin pour une séance photo qui se déroulerait à Edimbourg. Elle bâilla.

– Bon, puisque tu es si gentille avec ce vieux poivrot, je vais me coucher.

– Un café ? demanda Cass en apportant deux tasses.

Terry tripota le quart de whisky qu'il gardait dans la poche de son imper. Cass avait l'habitude déprimante d'être souvent à court d'alcool et d'oublier de se réapprovisionner. Encore plus éprouvant, il lui arrivait d'en avoir mais, estimant que Terry avait assez bu, elle essayait à la place de lui faire avaler un café. D'où son habitude d'apporter toujours un petit quelque chose avec lui. Il lui suffirait d'en verser une bonne dose dans sa tasse pendant qu'elle aurait le dos tourné. Après tout, il lui fallait vraiment un remontant pour se donner du courage.

Tout d'abord, Cass crut qu'il plaisantait. Pendant une demi-heure, tout s'était passé normalement. Elle avait rapporté leurs tasses vides dans la cuisine, les avait déposées dans l'évier et s'était débarrassée de ses chaussures avant de regagner le salon. La boîte de biscuits était toujours penchée sur le bras du canapé, mais Terry, normalement assis à côté, avait disparu.

Une seconde plus tard, comme s'il était resté aux aguets derrière la porte du salon, il la referma avec précaution, prit les mains de Cass dans les siennes et lui dit d'un ton pressant :

– Dis-moi que tu m'aimes, Cass, je t'en supplie. Maintenant.

– Quoi ? s'étonna-t-elle en souriant.

Elle scrutait son visage, dans l'attente de la chute inévitable.

Mais Terry se contentait de la fixer intensément. L'odeur d'alcool éventé qu'il dégageait était si forte que Cass tressaillit.

– Je ne blague pas. J'attends depuis si longtemps.

Il serrait ses mains si fortement que Cass eut l'impression que ses articulations craquaient.

– Ma chérie, il faut que je sache ce que tu ressens pour moi. Combien de temps crois-tu que je vais attendre ? Dis-moi que tu m'aimes. *S'il te plaît.*

– Oh, mais !...

Tandis que Cass, horrifiée, ouvrait la bouche pour protester, Terry poussa un grognement et la prit entre ses bras. Ses lèvres, humides et imprégnées d'alcool se collèrent aux siennes. Cass sentit ses dents effleurer sa lèvre inférieure. C'était un baiser maladroit, désespéré, et malgré l'affection que Cass lui portait, il lui fut impossible de le supporter.

– Non... non, *arrête* !

Mais sa détermination avait donné à Terry une énergie nouvelle. Enflammé par ce contact physique dont il rêvait depuis si longtemps, il pressa encore sa bouche sur la sienne et essaya de l'attirer vers le canapé. Quand elle réaliserait qu'il l'aimait *pour de bon,* elle ne pourrait plus lui résister, il en était persuadé. Elle ne demandait qu'à être convaincue.

Cass n'avait pas peur, mais elle devait se sortir de cette situation avant que celle-ci devienne complètement incontrôlable. Terry la propulsa vers le canapé qu'elle heurta avec l'arrière de ses cuisses. Il était tellement occupé à l'embrasser et à la persuader de lui rendre son baiser, qu'il ne vit pas ce qu'elle essayait d'atteindre.

La boîte de biscuits noir et or s'écrasa sur sa tête et il vit trente-six chandelles.

– Mais que...

L'impact lui ayant fait perdre l'équilibre, il s'affala sur le canapé en percutant un tas de coussins ornés de pompons. Dans la poche de sa veste, le bouchon du flacon de whisky n'était pas bien vissé. Cass vit une tache couleur ambre s'élargir sur le devant de son pantalon froissé. Elle baissa les yeux sur la boîte qu'elle tenait toujours et découvrit qu'elle était bel et bien cabossée.

Cléo, qui avait entendu du bruit, apparut sur le seuil.

– Oh ! la la ! dit-elle d'une voix traînante, j'espère que les biscuits ne sont pas écrasés.

Terry était affolé. Ses pires craintes s'étaient concrétisées. Non seulement Cass ne l'aimait pas, mais pour couronner le tout, il venait de se ridiculiser en beauté.

Il n'arrivait absolument pas à comprendre comment il avait pu se laisser emporter, mais le fait était là. Pis encore, il avait fallu qu'on lui écrase une boîte de gâteaux sur la tête pour qu'il reprenne ses esprits. Mortifié par sa conduite, il ne savait pas ce qui était le plus difficile à supporter, de l'air compatissant de Cass ou du regard narquois de Cléo.

Mais il était certain d'une chose : sa longue amitié avec Cass était terminée. Et même si elle parvenait à oublier, lui n'arriverait jamais à se le pardonner.

Les yeux noyés de larmes, il regarda Cass pour la dernière fois.

– Ne t'inquiète pas ; tu n'as pas besoin d'être polie. De toute façon, pourquoi t'intéresserais-tu à quelqu'un comme moi ? Je ne suis qu'un vieux *has been* décrépit qui boit trop.

– Allons, allons, c'est idiot.

Cass était inquiète à l'idée de le laisser partir dans cet état. Elle effleura son bras et le sentit tressaillir, comme si elle l'avait brûlé.

– Ne te rends pas malade. Tu t'es trompé, c'est tout. Il n'y a pas de mal.

– Pas de mal ?

Terry esquissa un sourire.

– Tu ne comprends vraiment pas. Tu n'as pas la moindre idée de ce que c'est que d'aimer quelqu'un...

Incapable de poursuivre, il hocha la tête et ouvrit la porte d'entrée.

– Pardon, pardon pour tout. Et ne t'inquiète pas. Tu ne me reverras plus. Je te le promets.

Après son départ, Cass se laissa tomber sur la première marche de l'escalier et enfouit sa tête entre ses mains.

Cléo, faisant preuve d'une diplomatie qui ne lui ressemblait pas du tout, avait battu en retraite dans la cuisine pendant ces adieux chargés d'émotion. Elle fit sa réapparition.

– Ecoute, maman, ça vaut peut-être mieux. Des enquiquinements pareils, c'est la dernière chose dont tu as besoin.

– Oh ! mais imagine ce que ce pauvre homme doit ressentir, soupira Cass.

– Et toi, ce que tu ressentirais maintenant, répliqua Cléo d'un ton vif, s'il t'avait violée.

– Il ne l'aurait pas fait.

– Tu n'en sais rien.

Cass hocha la tête d'un air las.

– Terry est un homme bon. Un homme gentil. Dire qu'après toutes ces années, je n'avais pas la moindre idée de ses sentiments ! Et maintenant, je l'ai rejeté, et il est malheureux...

– Ce n'est vraiment pas ta faute, argumenta Cléo, implacable. De toute façon, ce crétin l'a bien mérité.

– Je me sens presque plus mal que quand j'ai rompu avec ton père, gémit Cass. Je ne voulais pas le faire souffrir. Je me sens si coupable ! Ô mon Dieu, crois-tu que Terry va s'en sortir ?

– Bien sûr que oui. Dès qu'il aura dessoûlé.

Cléo, qui avait faim, attrapa la boîte de biscuits.

– Regarde-moi ça ! s'écria-t-elle, dégoûtée. Ces sablés sont complètement fichus !

31

Imogen ne savait plus à quel saint se vouer. En dix jours, depuis que Sophie avait emménagé, l'appartement était devenu méconnaissable. On aurait dit qu'une armée de squatters l'avait envahi. Sauf qu'ils n'auraient pas passé autant de temps à monopoliser la salle de bains.

Selon ses conclusions, Sophie mangeait dix fois par jour et utilisait tous les ustensiles imaginés par l'homme pour préparer ses repas. Puis elle les abandonnait dans l'évier en compagnie d'assiettes à moitié pleines, de plats manifestement trop mauvais pour qu'elle les termine.

Au spectacle des mixtures que l'adolescente était capable d'inventer, Imogen avait la nausée. Les traces de sauce au beurre de cacahuète et de chocolat qui maculaient le mur derrière le robot Majimix la faisaient bouillir. Mais ce qui la sidérait le plus, c'est qu'elle était censée être celle qui nettoyait le tout.

– Je vais lui parler, proposait Jack pour la calmer. Mais tu dois lui laisser un peu de champ, ma chérie. Elle prépare son bac.

Mais Imogen doutait fort que Sophie puisse étudier quoi que ce soit pendant que ses satanés Gun's 'n Roses hurlaient sans interruption. Et elle ne voyait pas non plus pourquoi ils étaient interdits de salon à partir de 9 heures du soir alors que l'adolescente, au lieu de se coucher, se vautrait sur le sofa, devant la télévision jusqu'à minuit, telle une reine.

Les journées passant, Imogen commença à soupçonner que la précieuse fille de Jack faisait tout ce ramdam exprès. Quand Sophie revint du lycée avec une boîte remplie de grenouilles, elle décida que le moment était venu de déverser ce qu'elle avait sur le cœur.

– Bon, Sophie, c'est quoi, ton plan ? Transformer ma vie en enfer ?

– Oh, non, fit Sophie d'un air abasourdi, qu'est-ce qui vous fait croire cela ? Je suis désolée, Imogen, vraiment.

La moitié du problème était là : malgré le chaos qu'elle provoquait, Sophie se montrait toujours polie et prête à s'excuser.

– J'ai besoin des grenouilles pour mes T.P. de biologie. Je vous promets qu'elles ne vous gêneront pas. Je vais très bien m'en occuper.

– Coa-coa, entonnèrent en chœur les batraciens dans leur boîte en plexiglas. Coa-coa.

Imogen s'obligea à ne pas perdre son calme.

– Je ne parle pas seulement de ces bestioles. Ce matin, après ton départ, j'ai passé une heure à récurer la baignoire, à essuyer la confiture sur la télé et à essayer de faire disparaître l'odeur d'oignons marinés qui imprègne le tapis.

Elle s'interdit de mentionner le prix qu'avait coûté ledit tapis – un persan crème et blanc du XIXe siècle.

Sophie gardait la tête baissée.

– Encore pardon. Le pot de confitures m'a glissé des mains.

– Pourtant, ton père soutient que, d'habitude, tu es propre, nette et ordonnée. Donc, il semble évident que toute cette pagaille a quelque chose de prémédité.

Imogen parcourut l'adolescente d'un long regard détaché.

– Mais ça ne marchera pas. Alors pourquoi ne pas abandonner gracieusement la partie, rentrer chez toi et nous ficher la paix ?

Les yeux de Sophie se remplirent de larmes.

– Je ne fais rien exprès, honnêtement. Bien sûr, je m'en irai si j'y suis obligée, mais pour aller où ? Pas chez maman, pleurnicha-t-elle, une larme roulant le long de son nez. Vous ne pouvez pas m'obliger à rentrer à la maison.

– Je ne vois pas pourquoi tu ne veux pas y retourner.

Imogen serrait si fort les dents que sa mâchoire lui faisait mal.

– Ça fait quinze ans que tu es parfaitement heureuse là-bas.

– Papa l'était aussi, mais ça ne vous a rien fait qu'il la quitte, la défia Sophie. Je ne vois pas pourquoi je ne peux pas en partir moi aussi. De toute façon, ajouta-t-elle en soupirant, je vois bien que je ne suis pas la bienvenue ici. Je partirai demain, après mes cours, ça vous va ? Disons, à 17 heures ?

– Où iras-tu ?

– Ne vous inquiétez pas, je peux m'en sortir toute seule.

Du dos de sa main blanche et maigrelette, Sophie essuya la larme qui coulait sur sa joue.

– La boîte en carton de la machine à laver qu'on vous a livrée la semaine dernière, vous l'avez toujours ? Et si vous pouviez me donner une ou deux vieilles couvertures...

En la circonstance, Jack fit la chose qui s'imposait.

– Bon, lança-t-il en rentrant le lendemain, l'air très satisfait. C'est réglé.

– Quoi ? demanda Imogen.

Sophie se contenta de regarder son père d'un air innocent.

– Faites vos bagages. J'ai loué une maison à Wimbledon. On peut emménager dès ce soir.

Imogen jeta un regard à Sophie.

– Quoi ? Tu veux dire qu'elle vient aussi ?

– Bien sûr.

Jack, ignorant volontairement la tension qui régnait, reprit :

– Nous y allons *tous*. La maison a cinq pièces, plus d'espace qu'il n'en faut pour chacun de nous. Et, annonça-t-il d'un ton ferme, je me suis arrangé pour qu'une femme de ménage vienne cinq matins par semaine. Donc c'est réglé. Nos problèmes sont résolus. On pourra peut-être commencer à se détendre et essayer de profiter de notre compagnie mutuelle. Peut-être, insista-t-il en adressant un sourire aux deux filles, qu'à l'avenir, l'ambiance sera un peu moins tendue.

Oh ! misère, songea Sophie, épouvantée par le résultat de son plan.

Merde, songea Imogen, le cœur serré, quand elle comprit que Jack venait de les mettre en face d'un fait *accompli* parfait.

– Coa-coa, chantèrent les grenouilles dans leur prison.

Sophie se serait battue de s'être aussi totalement trompée.

– J'ai vraiment tout fichu en l'air, grogna-t-elle.

Installée devant une assiette de hachis Parmentier, dans le cadre familier et réconfortant de sa propre maison, elle regarda sa mère, assise en face d'elle.

– Papa avait même loué une camionnette pour déménager nos affaires là-bas. Quand il habitait chez la Pétasse, il pouvait partir quand bon lui semblait. Et maintenant, grâce à moi, il a loué une baraque pour cinq ans. Du coup, ça les a transformés en vrai couple, conclut-elle tristement. Cinq ans... ça fait tellement permanent... Tout ce que j'ai réussi, c'est à faire empirer les choses.

– Tu n'y es pour rien.

Cass essayait de prétendre que cette nouvelle n'avait aucune importance, mais elle lui avait pourtant fichu un sacré coup. De penser que l'installation de Jack dans l'appartement d'Imogen avait un côté provisoire l'avait elle aussi rassurée.

Mais aujourd'hui, Jack donnait l'impression de s'engager pour de bon et Cass se sentait de plus en plus seule. Sa famille se dispersait et, pour la première fois de sa vie, son émission lui apparaissait davantage comme un fardeau que comme une aventure. Quant à Terry, il avait apparemment disparu de la surface de la terre. Comme les coups de fil donnés à sa logeuse n'avaient abouti à rien, elle était passée chez lui la veille au soir et avait alors appris par sa voisine qu'il était parti.

– Je lui ai demandé s'il voulait laisser une adresse où faire suivre son courrier, mais il m'a répondu que ça ne servirait à rien, avait expliqué la femme, impressionnée de découvrir que son ex-voisin connaissait une telle célébrité. C'était un vieux type étrange, non ? avait-elle ajouté en plissant le nez. Faut dire qu'on ne le voyait pas beaucoup, mais il avait l'air plutôt gentil. Mais attention, il buvait comme un trou. C'est vrai qu'autrefois, il avait sa propre émission de radio ?

Se reprocher la disparition de Terry ne faisait qu'aggraver le malaise qu'éprouvait Cass. Et s'il essayait de se suicider ou de se soûler à mort à cause d'elle ? Et si, songea-t-elle en frissonnant, il s'était suicidé ?

– Ne panique pas. Je suis sûre qu'on ne va pas t'arrêter pour homicide, la rassura Sophie quand Cass lui confia ses craintes. Si on ne révèle pas à la police que tu lui as cassé la tête avec une boîte de biscuits, bien sûr.

– Très drôle, gémit Cass. Je me demande vraiment comment tu peux plaisanter. Ce pauvre homme. *Peut-être* qu'il est mort...

Sophie gardait avant tout son sens pratique.

– Voyons, il n'est pas si bête ! Tu as trop lu *Roméo et Juliette.* Je crois qu'il est grand temps pour moi de rentrer à la maison, ajouta-t-elle avec une espèce de soulagement.

– Vraiment ? fit Cass, dont le moral remonta en flèche. Et la grande maison de Wimbledon ?

Sophie haussa les épaules.

– Je la leur laisse. J'ai fait de mon mieux et ça m'est retombé dessus. De toute façon, Pétasse avait pigé. Elle avait compris que je faisais tous ces machins exprès.

– Je suis vraiment contente que tu te décides à revenir.

Cass serra sa fille dans ses bras.

– Et même si ça n'a pas marché, c'était gentil d'essayer.

Sophie, qui passait beaucoup de temps au téléphone avec Cléo, lança un petit sourire contenu à sa mère.

– Oh ! ne t'inquiète pas. On n'a pas encore abandonné.

32

– Vous projetez donc de passer l'été en Angleterre ?

Imogen consulta ses notes et s'assura une fois de plus que le petit magnétophone fonctionnait bien. Elle savait que la moindre erreur lui était interdite.

– Le tournage de *Crackshot* ne prendra pas plus de sept ou huit semaines, qu'avez-vous l'intention de faire de votre temps libre ?

Pour être beau, Dino Carlisle était vraiment beau. Et sa rencontre avec lui avait constitué pour Imogen une révélation. On lui donnait invariablement des rôles style « héros invincible », et elle en avait automatiquement conclu que ce devait être un fanatique de la mise en forme, sans le moindre humour, et par-dessus le marché, sans doute un peu demeuré. Mais l'accueil qu'elle avait reçu, à son arrivée dans la suite somptueuse qu'il occupait au cinquième étage du *Lanesborough*, d'un luxe intimidant, l'avait sidérée, tout comme le fait que Dino Carlisle était bien plus charmant et abordable qu'elle ne l'avait imaginé.

– Mes projets pour la suite de mon séjour ici ? répéta-t-il en la fixant, une étincelle dans ses yeux verts, qui ne manquaient pas du tout d'humour. Mes *vrais* plans ou ceux que vous inventez au profit de vos fervents lecteurs ?

Des gouttes de transpiration coulaient sous les aisselles d'Imogen. En son for intérieur, elle espéra que son émoi ne se lisait pas sur son visage.

– Et si vous me racontiez simplement ce que vous avez envie de faire, je déciderai moi-même de ce que je peux ou non raconter à mes fervents lecteurs ?

Elle lui adressa un sourire guindé.

– Très bien, acquiesça Dino Carlisle en lui rendant son sourire. Eh bien, j'imagine que je vais revoir quelques vieux amis. Et j'espère m'en faire un ou deux nouveaux. Pardon, mais le chauffage est-il trop fort ? La chaleur semble vous indisposer.

– Un brin, peut-être...

Dino sourit une nouvelle fois, dévoilant des dents d'un blanc hollywoodien.

– C'est ma faute. Vous êtes habillée pour un matin brumeux londonien et je vous étouffe avec ma chaleur californienne. Pardon, ajouta-t-il d'une voix traînante, je ne suis qu'un ac-teur é-goïste, d'une bê-tise crasse, mal élevé. Une seconde, je vais ouvrir une fenêtre.

Imogen commençait à se détendre. Elle ôta sa veste grise de chez Jasper Conran et permit à Dino de l'en débarrasser. Il portait une chemise de coton blanche décontractée et un jean usagé, dans le plus pur style californien. Son bronzage caramel était aussi délectable que le corps qu'il recouvrait. L'envie d'effleurer cette chair presque trop parfaite faillit la submerger.

– Bon, mieux vaut continuer.

Faisant un effort pour revenir à son interview, Imogen consulta ses notes.

– Votre agent nous a accordé une demi-heure. Je comprends que vous devez être très occupé...

– Ne faites pas attention à lui, jeta Dino avec un sourire désarmant et en s'étirant. Il fait cela pour faire croire aux journalistes que je suis extrêmement important. C'est le vieux truc de Garbo : pour qu'ils s'accrochent à vos basques, parlez-leur au compte-gouttes.

Des foutaises et rien d'autre ! ajouta-t-il avec un clin d'œil à l'adresse d'Imogen. Vous pouvez rester aussi longtemps qu'il vous plaira.

La jeune femme passait un bon moment. L'interview se déroulait comme dans un rêve, Dino Carlisle la distrayait depuis presque deux heures et on leur avait servi dans la suite un fabuleux déjeuner : asperges, loup de mer au gingembre et crème brûlée à la framboise. Dino l'avait même empêchée de régler l'addition.

– Pourquoi le feriez-vous ? Je m'amuse, avait-il protesté. Le moins que je puisse faire, c'est de vous inviter.

C'était vraiment un homme d'une gentillesse inouïe. Avec du charisme, en plus. Se laissant aller au bien-être agréable que lui procurait son attention sans faille, Imogen sourit et accepta d'un hochement de tête le nouveau verre de vin blanc qu'il lui proposait. Rien de tel, pour faire grimper votre assurance, qu'un homme qui vous fait la cour. Et quand celui qui vous témoigne si ouvertement de l'intérêt s'appelait Dino Carlisle, il était presque impossible de lui résister.

Tout comme de ne pas flirter en retour. Imogen s'aperçut qu'elle s'était débarrassée de ses chaussures machinalement. Sa jupe était remontée de cinq centimètres sur ses cuisses et elle avait adopté, en se tortillant, une position plus confortable, un pied tranquillement coincé sous l'autre jambe. Question langage corporel, songea Imogen, je me trahis en beauté !

Se penchant pour introduire une cassette vierge dans le magnétophone posé sur la table basse qui les séparait, elle essaya de se concentrer sur les questions qu'elle était censée poser. S.O.S. ! Sur sa liste, la suivante était « Vie amoureuse ». Elle inspira à fond.

– Bon. Les petites amies. Je sais que vous aimez que votre vie privée *reste privée*, mais sortez-vous avec une fille en ce moment ?

Sous la crinière indisciplinée de cheveux noirs, les sourcils de Dino se froncèrent.

– Quelle question !

Sa voix s'adoucit.

– Que puis-je répondre ? Que diriez-vous de « c'est possible » ? Ou plutôt de « si j'étais optimiste » ?

En bonne journaliste, Imogen, incapable de résister à ce coup de patte, avança :

– Et si vous disiez « c'est un secret » ?

– Désolé, je n'essaie pas d'être secret.

Dino la fixait de telle sorte qu'Imogen sentit sa gorge s'assécher.

– En vérité, je n'en suis pas très sûr moi-même. J'ai rencontré quelqu'un d'unique, mais je ne sais pas ce que je lui inspire. C'est le début, vous comprenez.

Il marqua une pause, et reprit :

– En fait, c'est faux. Ce sont plutôt les premières heures.

Dieu du ciel ! Le cœur d'Imogen s'emballa, ses paumes étaient moites et elle ne pouvait détourner son regard de ces fascinants yeux vert émeraude. Elle ressemblait sans aucun doute à un lapin paralysé par la lumière des phares d'une voiture.

– Et avant que vous ne me posiez la question, il n'est pas dans mes habitudes de faire des propositions aux jolies journalistes.

– Non ? s'étonna Imogen qui cherchait à gagner du temps.

– Non, répondit-il avec un sourire chagrin. C'est un passe-temps dangereux. On ne sait jamais jusqu'où les choses vont aller. Imaginez le coup porté à son ego quand, certain de s'en être tiré avec les honneurs, on découvre, imprimé en toutes lettres, que la dernière fois où la dame s'est autant barbée dans un lit, c'était lors de sa dernière grippe.

Imogen parvint à émettre un petit rire tremblotant.

– Comment pouvez-vous savoir que ce n'est pas ce que j'écrirai ?

– Je n'en sais rien. Je pense simplement que vous valez le coup de courir le risque.

Un instant, son regard vacilla.

– Et j'espère aussi que ce ne sera pas le cas. Je ne sais pas si vous réalisez à quel point je suis attiré par vous, mais...

– Arrêtez, dit tristement Imogen. Je vous en prie, n'ajoutez rien. Je suis navrée, vous êtes vraiment un des hommes les plus gentils que j'aie rencontrés, mais je suis déjà liée à quelqu'un d'autre, vous comprenez. Et je l'aime. Tout cela me flatte énormément, mais cela n'aboutira à rien. Je me suis... engagée. Et personne ne pourra arriver à me faire tromper Jack.

Cléo était complètement dégoûtée.

– Bon, marmonna-t-elle, pourtant tu t'es vraiment donné du mal.

– Ça, tu peux le dire, répliqua Dino sans se démonter. Je me suis donné tout entier, selon votre expression bizarre, à vous, les Britanniques. Et j'ose dire que j'ai été absolument superbe. Elle m'a purement et simplement repoussé. Elle s'est même excusée en affirmant qu'elle était trop amoureuse de ton vieux pour le tromper. J'ai trouvé ça plutôt mignon.

Ravi d'attiser la fureur de Cléo, il ajouta :

– Tu me l'avais décrite comme un vrai chameau, mais elle n'est pas du tout aussi moche que tu voulais me le faire croire. C'est une fille séduisante, jolie silhouette, compagnie agréable...

– Bien, espérons qu'elle te consacrera une superbe notice nécrologique.

Cléo attrapa un coussin bleu à pompons et le pressa contre le visage de Dino.

– Au moins, tu sais maintenant qu'elle est vraiment amoureuse de ton père, protesta Dino quand elle le laissa de nouveau respirer. Je n'ai peut-être pas obtenu le résultat que tu escomptais, mais n'est-ce pas quand même rassurant de l'apprendre ?

– Arrête de dire des idioties pareilles ! hurla Cléo. Je me fiche de savoir si Imogen aime mon père ou non. Tout ce que je veux, c'est que *lui* cesse de l'aimer.

Dino et Cléo s'étaient rencontrés deux ans plus tôt à New York, pendant une réception d'un ennui insondable, organisée pour le lancement d'un nouveau parfum. Le parfum en question, qui portait le nom d'une star de cinéma liftée et droguée d'une cinquantaine d'années, soi-disant créé par elle, était présenté comme la senteur explosive des années 90.

En entrant dans la salle de bal où se tenait la réception, Cléo, qui venait de sentir le parfum pour la première fois, avait déclaré :

– Je trouve qu'il sent la bouse de vache.

Malheureusement, elle n'avait pas reconnu le visage radicalement relifté de la star de cinéma qui se tenait à moins d'un mètre cinquante d'elle. La star, qui avait une préférence pour les minets et une frousse pathologique de se les voir piquer par de superbes créatures de dix-huit ans, pivotant sur place avec des éclairs dans les yeux, avait éructé :

– Vous là, l'espèce de bêcheuse anglaise. Dehors !

– Oh ! la la !...

Cléo réalisant à retardement son énorme gaffe contemplait, totalement consternée, la furie qui l'agressait.

– Je suis vraiment désolée, je ne le pensais pas vraiment... votre parfum ne sent pas si mauvais...

– Dehors ! siffla la star en dévoilant ses fausses dents. *Immédiatement !*

– Mais...

– Venez.

Dino Carlisle, que Cléo ne connaissait ni d'Eve ni d'Adam, la prit par le bras, pour l'entraîner en direction des portes battantes.

– Dino ! hurla la star qui s'était mis en tête d'en faire son jouet du moment. Reste ici...

Les paparazzi, tout excités d'avoir un événement croustillant à immortaliser, se mirent à actionner leurs flashes frénétiquement.

– A droite, sortons d'ici, lança Dino à Cléo, restée sans voix. Et trouvons un endroit qui ne pue pas l'Eau de Zoo, ajouta-t-il assez haut pour se faire entendre des journalistes.

Depuis ce soir-là, ils étaient amis, leur amitié étant d'autant plus forte que bien qu'éprouvant la plus vive affection l'un pour l'autre, ils n'étaient pas le moins du monde attirés sexuellement.

– Je n'y comprends rien, avait un jour constaté Dino d'une voix traînante, car la situation l'amusait tout en le laissant perplexe. Tu es absolument splendide et je t'aime à en mourir... alors dis-moi pourquoi je n'ai pas envie de toi ?

– Peut-être que tu es pédé.

– Mais non ! s'écria-t-il, l'air épouvanté.

Cléo haussa les épaules et sourit.

– De toute façon, qu'est-ce que ça peut faire ? Peut-être que nous avons été frère et sœur dans une vie antérieure !

Et maintenant, reposant sur le canapé le coussin à pompons avec lequel elle avait fait semblant de l'étouffer, elle ne pouvait que constater que Dino refusait de se soumettre à son comportement autoritaire.

Elle s'était démenée pour piéger Imogen, mais c'était raté. Elle devait tout simplement l'accepter.

– Tu n'es pas raisonnable, lui fit-il remarquer. Ton objectif, c'est de vouloir le bonheur des gens dans la fidélité. Tu n'arrêtes pas de répéter combien il est déprimant de voir que tous échouent à ce test. Je croyais que tu serais contente d'apprendre que quelqu'un l'avait enfin réussi.

– Même si c'est la pétasse de petite amie de mon père ? dit Cléo d'un ton lugubre. Oh, Dino, bien sûr que je veux retrouver ma confiance dans l'être humain ! Seulement, pas que ce soit cette fichue Imogen Trent qui me la restitue.

33

Le sixième et dernier épisode du *Sean Mandeville Show* était en boîte. Les émissions d'une demi-heure chacune, émaillées de prises de vues des coulisses, montraient Sean se préparant à monter en scène ou se détendant après le spectacle. Lorsque sa liaison avec Pandora fut à la une des journaux quelques jours avant la fin définitive du tournage, son producteur voulut à toute force inclure la jeune femme dans le film.

– Nous avons besoin d'elle, expliqua-t-il à Sean. Sur le plan humain, c'est intéressant, c'est très important pour vous. Essayez de persuader votre amie d'accepter.

Mais Pandora, piquée au vif par le fait que Sean l'avait plus ou moins accusée d'utiliser leur histoire pour se faire un nom, refusait obstinément d'y participer.

– Ce ne sera qu'une intervention de deux minutes, la pressa le producteur au bout du fil.

Et le fait que la jeune femme soit noire ne donnait que plus de piment au reportage.

– Vous n'aurez même pas à venir au club. Nous tournerons chez vous.

– Désolée, persista-t-elle, mais c'est non. C'est l'émission de Sean, pas la mienne.

– Vous faites partie de sa famille, insista le producteur. Ça intéresse son public. Il a envie de connaître la femme qui partage sa vie.

Pour quelle raison, songea tristement Pandora, pour ricaner en se demandant ce que Sean Mandeville a bien pu me trouver ?

L'homme se fit cajoleur.

– Je vous en prie... la supplia-t-il.

– Non. Vous n'avez qu'à expliquer que je suis enceinte et aussi grosse qu'une baleine, argua Pandora. Et le spectacle n'est pas joli-joli. Je ne crois pas que quiconque ait envie de me voir dans cet état.

La réception donnée à l'occasion de la fin du tournage se déroula à *Comedy Inc*. A 22 heures, l'établissement était plein à craquer.

En définitive, mieux valait probablement, décida Sean, que Pandora soit restée à la maison. Il n'avait pas la moindre idée de la raison pour laquelle elle s'était entêtée à refuser de venir devant les caméras, mais sa décision de ne pas apparaître à cette soirée, où se pressait un monde fou, était sensée, cela ne faisait aucun doute.

Du coup, cela signifiait que lui, Sean, était libre de se détendre et de s'amuser sans se préoccuper du bien-être de la jeune femme. Non pas, s'excusa-t-il intérieurement, que cela l'aurait ennuyé ; c'était mieux ainsi, tout simplement.

Pour le moment, Sean était attiré par un visage, au milieu de la foule, à l'autre bout de la salle. Il appartenait à une jeune femme qu'il n'avait encore jamais rencontrée mais que cependant il connaissait parfaitement...

Depuis qu'elle avait rompu ses fiançailles avec Colin, Linda Lazenby réalisait combien il était difficile de vivre seule. Absolument pas préparée à une solitude qui l'avait balayée comme un raz de marée – depuis l'âge de quatorze ans, elle passait d'une aventure à une autre sans le moindre temps mort – Linda, paniquée, avait accepté de plus en plus d'engagements pour tenter d'oublier son horrible situation. Et ce n'était que la perspective d'avoir à affronter la fureur de Cléo, encore plus traumatisante, qui l'avait retenue de courir supplier Colin de lui pardonner, et de se réfugier en rampant dans ses bras infidèles.

Mais Cléo ne l'avait pas prévenue de l'abomination qu'était le fait de se retrouver jeune, libre et célibataire. Et les six semaines passées à New York ne l'avaient pas aidée non plus. Les New-Yorkais étaient décidément du genre peu engageant. Et à Londres, elle n'arrivait pas à trouver un seul individu qu'elle puisse qualifier de mieux. Au secours, songea Linda, que l'angoisse recommençait à envahir, est-ce qu'un jour je vais enfin arriver à rencontrer un type bien ?

Soudain, elle aperçut Sean Mandeville ; il se dirigeait vers elle et son cœur fit un petit bond bizarre. Non pas qu'elle fût surprise par sa présence, mais son superbe physique lui fit un choc. Et en plus, il venait droit sur elle.

– Désolé, la tança Sean, pas de resquilleurs.

– Oh !...

Les mains de Linda voletèrent nerveusement. Affublée d'un manque chronique de confiance en elle, il ne lui était pas venu une seconde à l'esprit qu'il pouvait plaisanter.

– Mais j'ai une invitation, je vous assure. Je suis venue avec Margo Hamilton, et elle a dû se perdre aux toilettes...

– Calmez-vous.

Sean, en distinguant la peur qui assombrissait les yeux violets en amande, la rassura :

– Bien sûr que vous êtes la bienvenue. Je plaisantais. D'autant que je sais parfaitement que vous êtes une amie de Cléo.

Son visage s'éclaira d'un large sourire.

– Bonsoir, amie de Cléo, je suis Sean.

– Oh !

Incroyablement soulagée à l'idée qu'elle n'allait pas se faire flanquer à la porte, Linda saisit la main de Sean et la secoua si vigoureusement que la chaîne qu'elle portait en guise de ceinture à la taille en cliqueta bruyamment.

– C'est vrai, Cléo et moi nous connaissons depuis des années. Elle est géniale, non ?

– Hum... fit Sean, l'air dubitatif. Vous devriez essayer d'être son frère.

– Et puis, je suis heureuse de faire enfin votre connaissance. Ça fait des siècles que je lui demande de nous présenter, poursuivit Linda, trop occupée à s'épancher pour réfléchir, mais elle n'y tenait pas.

Sean haussa un sourcil.

– Vraiment ? Et pourquoi ?

– Oh... hum...

Il avait l'air amusé.

– Laissez-moi deviner. Je suis le grand méchant loup.

– Eh bien, en quelque sorte. Mais je suis persuadée qu'elle exagère...

– Je suis un incompris, assura Sean d'un ton grave.

– Ah ! voilà Margo.

Sean aperçut Margo Lion qui se frayait un chemin à travers la foule. Elle était elle aussi mannequin et ne lui plaisait pas. C'était une Texane solidement charpentée, forte en gueule. Et bien plus grande que lui.

– Elle a mis son manteau, remarqua Linda, d'un air déçu. Bon, j'imagine qu'il va falloir rentrer.

Avant que Margo, l'adjudant-chef, ne puisse mettre son grain de sel, Sean proposa :

– Vous n'êtes pas obligée de partir en même temps qu'elle. Ecoutez, que diriez-vous de venir croquer un petit quelque chose avec moi ? Pour fêter notre rencontre inattendue, ajouta-t-il en souriant, et pour contrecarrer les manigances de ma sœur.

Fort heureusement, Cléo passait la semaine à Milan, donc suffisamment loin pour ne pas jouer les trouble-fête.

– Viens, Linda, on en a assez vu. Oh ! salut, Sean.

Margo s'exprimait sans chaleur. L'antipathie qu'éprouvait Sean à son égard était complètement mutuelle.

Linda les dévisagea l'un et l'autre d'un air nerveux. Le bref hochement de tête que lui adressa Sean pour l'encourager s'accompagnait de l'ombre d'un sourire.

Margo commença à pousser son amie en direction de la sortie.

– Allons, viens !

– En fait, je suis très bien ici, lança brusquement Linda, se rendant compte que Sean n'interviendrait pas.

Il la laissait choisir. C'était paniquant, mais aussi excitant.

– Qu'est-ce que tu racontes ?

Les yeux de Margo s'étaient rétrécis. Linda habituellement obéissait toujours.

– Pars si tu veux, moi, je reste.

Linda entendait presque Cléo la supplier, comme elle le faisait si souvent, d'apprendre à se défendre toute seule. Le moment ne pouvait être mieux choisi pour commencer, songea-t-elle avec un élan d'orgueil...

et avec qui se lancer mieux, qu'avec le magnifique frère de Cléo ?

– Tu as bu ? demanda Margo, soupçonneuse.

– Du Coca light, c'est tout.

– Allons, Linda. Je pense vraiment...

– Tout va bien, je peux m'occuper d'elle. Elle sera très bien avec moi.

Sean, qui prenait un malin plaisir à voir Margo se faire rabrouer, glissa un bras protecteur autour de la taille de guêpe de Linda.

Il ne fallut pas longtemps pour que les cancans parviennent aux oreilles de Cléo à son retour de Milan, trois jours plus tard. Cet après-midi-là, elle arriva très tôt aux *Four Seasons* où devait se tenir un défilé de mode au profit d'Enfants en détresse, auquel elle avait accepté de participer. Linda l'accueillit avec ravissement.

– Tu es rentrée ! Oh, je suis tellement contente de te voir. Tu ne devineras jamais ce qui m'est arrivé l'autre soir...

Mais Cléo devina...

– C'est Sean, hein ? Je n'arrive pas à croire que tu lui aies adressé la parole. Ne t'ai-je pourtant pas assez répété, gémit-elle, de ne plus t'acoquiner avec des salauds ?

– Je sais, je sais, fit Linda en la fixant d'un œil innocent, mais justement... ce n'est pas un salaud. Oh, Cléo, il est vraiment gentil !...

– Mon cul, oui, répliqua Cléo, terrifiant un des organisateurs du défilé, un petit homme qui recula, effrayé.

– Sean m'avait prévenue que tu aurais cette réaction.

Linda hocha la tête d'un air attristé. Sa jupe de taffetas rose framboise crépita en signe de sympathie.

– Enfin, ajouta-t-elle, que tu dirais quelque chose dans le genre.

– Crois-moi, je serai encore plus grossière quand je le verrai.

– Tu pourrais au moins être un peu contente pour moi, observa Linda, ses yeux aux cils surchargés de mascara noyés de larmes.

L'attitude négative de Cléo la blessait profondément.

– Tu sais combien je suis malheureuse depuis...

– ... que tu as viré Colin. Oui, oui, je sais, acquiesça-t-elle. Mais la parade ne consiste pas à te lier à mon frère. Il te rendra encore plus malheureuse que ne l'aurait fait Colin. Encore plus que dans tes pires cauchemars.

– Tu es sa sœur. Comment pourrais-tu comprendre ?

Linda ne voulait pas en démordre. La soirée passée avec Sean avait été une des plus merveilleuses de sa vie.

– Il me donne l'impression d'être tellement vivante, tellement unique...

Cléo se résigna à faire preuve de brutalité.

– Il a un don pour ça, répliqua-t-elle. Certains savent jouer du piano, d'autres font des tours de cartes. Sean a le talent de faire croire à chaque fille qu'elle est unique.

Derrière elle, l'organisateur toussota nerveusement.

– Hum... Mademoiselle Mandeville, on vous attend dans votre loge, si vous voulez bien me suivre.

Linda essayait d'être conciliante, mais trouvant que l'attitude de son amie était plutôt dure, elle lâcha, exaspérée :

– Bon, il se peut que certaines nanas soient folles de lui, mais il faudra bien un jour qu'il tombe amoureux et qu'il se fixe. Alors pourquoi pas moi ?

– Oh, pour l'amour du ciel ! hurla Cléo, poussée à

bout. Mais que t'a-t-il fait ? Un lavage de cerveau ? Et Pandora ?

– Qui ? demanda Linda en commençant à trembler. Qui est Pandora ?

– Mais voyons, la fille avec laquelle vit Sean.

Foudroyant du regard l'organisateur qui esquissa un mouvement de recul, Cléo revint à Linda.

– Celle qui est sur le point d'avoir un bébé.

– Non, gémit Linda, dont les yeux violets s'écarquillèrent d'incrédulité. Tu ne parles pas sérieusement.

– Ne me dis pas que tu n'es pas au courant ! Tous les journaux en ont parlé.

Linda se dégonflait comme une baudruche. La robe de taffetas crépita une dernière fois quand elle s'effondra sur une chaise vide à côté du podium.

– Je ne lis pas la presse. Uniquement *Vogue* et *Harper's Bazar*.

Elle disait vrai. Se fustigeant intérieurement pour sa sottise, Cléo enlaça son amie par les épaules.

– Pardonne-moi d'avoir crié. Mais c'est la faute de ce salaud de Sean. Cette fois, je vais vraiment le zigouiller.

Le mascara de Linda dégoulinait le long de son visage, Cléo l'étreignit plus fortement.

– Allons, courage ! Au moins, tu n'as pas eu le temps de t'attacher à lui.

Linda la regarda d'un air désolé.

– Tu crois ?

Cléo poussa un soupir.

– Oh ! la la ! Il t'a séduite ?

– Invitée à dîner, c'est tout.

Linda, prise d'un hoquet, arracha la poignée de Kleenex que l'organisateur agitait devant son nez.

– Il ne s'est rien passé d'autre. Sean ne m'a pas séduite.

Peut-être pas physiquement, songea Cléo, mais sentimentalement, c'était fait.

– J'ai pourtant essayé de te prévenir.

Linda hocha la tête.

– Elle est comment, cette Pandora ? C'est qui ?

– Pandora ? C'est... personne.

Cléo n'avait pas voulu faire preuve de cruauté, elle se contentait d'énoncer un fait.

– Elle est juste très, très gentille. Et elle a commis l'erreur d'avoir une liaison avec mon frère.

34

Dans l'incapacité de tuer Sean qui, heureusement pour lui, travaillait en Ecosse, Cléo décida de rendre visite à Pandora. Se sentant coupable de la conduite épouvantable de son frère, elle fit d'abord un saut chez Harvey Nichols où elle mit une heure à choisir un peignoir de soie aux magnifiques tons coucher de soleil, rouge vénitien et jaune safran, que Pandora pourrait porter pendant son séjour à la maternité. Il s'agissait là d'un bien piètre substitut de compagnon fidèle, mais qui peut-être l'égaierait un peu. Et puis, Cléo se disait que son cadeau avait quand même une autre allure que l'horrible machin en tissu-éponge gris-bleu qu'elle avait entr'aperçu, pendu à un crochet dans la salle de bains de Pandora.

– C'est beau, soupira la jeune femme, qui n'aimait pas particulièrement le peignoir en éponge bleu offert par Joël, à Noël, deux ans plus tôt.

Lequel ne s'était jamais remis d'avoir été balancé

dans la machine à laver par le même Joël, avec quatre salopettes de mécanicien huileuses, et bouilli à mort.

– Ces couleurs te vont vraiment bien, observa Cléo, contente de son choix.

– Tu n'aurais pas dû...

Coulant un regard vers l'étiquette, Pandora essaya de ne pas penser au prix qu'il avait dû coûter.

Bien sûr que si, songea Cléo, c'est pour compenser le fait que mon frère est une merde.

– Tu dois avoir quelque chose de correct à porter à la clinique, dit-elle gaiement. Pourquoi respires-tu de cette façon ?

– Comment ?

– Comme si tu souffrais.

– Oh, zut !

Pandora s'aperçut qu'en effet, elle avait le souffle court. Le cœur serré, elle comprit ce qui se passait.

Prise de panique, Cléo gardait la bouche ouverte.

– Est-ce que c'est... le moment ? Est-ce que ce sont... les premières douleurs ?

– On dirait. C'est typique. Juste pendant l'absence de Sean. Oh, au secours !...

– Pas de panique, je suis là.

Cléo, qui n'avait pas la moindre idée de la manière dont se déroulait un accouchement, en prenant un air dégagé, guida Pandora vers un fauteuil.

– Dois-je faire bouillir une casserole d'eau ?

– Plonges-y quelques spaghettis.

La contraction se dissipant, la respiration de Pandora redevint normale.

– Dans quoi ? fit Cléo, abasourdie.

– Dans l'eau, idiote.

En souriant, Pandora désigna la cuisine d'un signe de tête.

– Dans mon manuel sur l'accouchement, ils disent

qu'on est censée manger plein de pâtes quand le travail commence. Pour se donner de l'énergie.

– Je pourrais appeler notre restaurant italien et demander à Luigi de nous en apporter, suggéra Cléo qui n'avait rien d'une femme d'intérieur.

Elle plissa le nez.

– Imagine ça : avec les halètements et tout cet ail, tu vas faire tomber les médecins comme des mouches.

Quand il arriva à la clinique trois heures plus tard, Joël n'avait pas non plus la moindre idée de ce qui l'attendait. Après avoir brûlé les feux rouges, insulté un conducteur sur deux, il avait fini par abandonner sa Bentley sur un emplacement interdit, et tomba pour ainsi dire de haut quand il découvrit Pandora tranquillement assise dans son lit, occupée à feuilleter une pile de magazines tout en regardant *Blue Peter* sur une télévision couleurs portable.

– Salut, dit-il en l'embrassant et en s'efforçant de cacher sa déception. Je croyais que les femmes qui avaient des bébés s'agrippaient aux têtes de lit, lançaient des chapelets de jurons en mordant les mains des gens censés les aider... et tu m'as l'air parfaitement normale.

Il jeta un regard interrogateur sur le *Cosmopolitan* posé sur les genoux de sa sœur, qui titrait : « Eté torride : seize nouvelles positions pour faire l'amour. »

– Crois-tu que tu devrais lire ça ?

Pandora referma le magazine – elle avait quand même le droit de rêver, non ? – et le posa à côté d'elle.

– Je n'ai encore mordu personne, et je n'ai eu mal que quelques minutes. Entre chaque contraction, ajouta-t-elle, presque l'air de s'excuser, je me sens bien.

– Et ça, qu'est-ce que c'est ? Un nouveau style de peignoir pour cliniques ?

Joël fit glisser la soie entre son pouce et son index pour en tester la qualité.

– Pourquoi ne portes-tu pas le tien ?

Pandora rassemblait ses forces, car une nouvelle contraction était en train de se déclencher. Elle n'eut pas le courage de lui mentir.

– C'est un cadeau de Cléo. Elle me l'a apporté à l'heure du déjeuner.

– Oh ! très bien, rétorqua Joël d'un ton pincé, alors même qu'il était sur le point de faire un commentaire admiratif sur l'imprimé. Dans ce cas, tu peux jeter le vieux... si Cléo t'en a offert un bien plus beau.

Des gouttes de transpiration perlèrent sur le front de Pandora. Faisant un effort pour respirer malgré la douleur qui allait grandissant, elle haleta :

– Ne fais pas l'enfant. C'est elle qui m'a amenée ici. Elle va revenir dans une minute, elle est allée chercher un café.

– Je suis revenue.

Cléo, debout dans l'embrasure de la porte, contemplait Joël. Qui lui rendit son regard.

– Pfffft... soupira Pandora tandis que la contraction se dissipait.

Elle avait été violente. Maintenant, il ne lui restait plus qu'à faire les présentations. Ou plutôt à les refaire.

– Je vous connais, lança soudain Cléo.

Comme si elle avait pu oublier ! Ce soir-là avait été un des plus longs de sa vie.

– Moi aussi.

– Mais... vous êtes le frère de Pandora ?

– Quelle capacité de déduction ! murmura Joël. Bravo, Sherlock.

De son lit, sur le bord duquel il était assis, Pandora lui lança un coup de pied. Très violent.

– Je suis désolée, dit-elle. C'est ma faute.

Elle se tourna vers Cléo.

– Je n'ai pas trouvé le courage de te l'avouer.

– Je n'arrive pas à le croire, fit Cléo, en fixant toujours Joël. Vous...

– Bon, mettons une petite chose au clair...

Joël se leva. En les voyant prêts à l'affrontement, Pandora pensa que la scène avait l'allure d'un échange de coups de feu dans *Règlement de comptes à OK Corral.*

– Je n'essayais pas de vous embobiner ce soir-là, expliqua Joël d'un ton patient. C'est ce que vous avez cru, mais ce n'était pas mon intention. Damien Maxwell-Horne est un menteur et un escroc. J'ai estimé qu'il valait mieux vous prévenir.

– J'étais parfaitement au courant, rétorqua Cléo dont les yeux bruns brillaient. Il trompait la mère d'une de mes vieilles amies. Mon but était de le piéger, ce que j'ai fait. Je n'ai jamais... eu d'histoire avec lui, ajouta-t-elle en frissonnant. Beurk, accordez-moi au moins le crédit d'un peu de bon goût.

Quand elle reposa son regard sur Joël Grant, Cléo aperçut le début d'un sourire prudent qui s'esquissait au coin de ses lèvres.

– Honnêtement ?

– Honnêtement.

– Il nous a raconté qu'il vous avait larguée, il a même prétendu que vous étiez frigide.

– Quoi ! Ce sale faux derche !

– Hum... intervint Pandora en hésitant, est-ce que l'un de vous deux pourrait appeler une infirmière ?

Joël haussa les épaules.

– En tout cas, vous ne pouvez pas prétendre que je n'ai pas essayé de vous prévenir.

– Il a vraiment dit ça ? hurla Cléo, que la fureur mettait hors d'elle. Et j'imagine que vous l'avez cru...

– *S'il vous plaît,* est-ce que quelqu'un peut appeler une infirmière ?

– Bien sûr que je l'ai cru, répliqua Joël, le visage maintenant fendu d'un grand sourire. Il a dit que vous étiez une salope, coincée et frigide et...

– Fermez-la ! hurla Pandora, qui se rendait compte que le moment de jurer et de mordre était arrivé. Allez me chercher une infirmière, TOUT DE SUITE ! Avertissez-la que j'ai perdu les eaux.

– Oooooooh ! hurla Cléo.

– Oh ! la la ! s'exclama Joël en étouffant un rire. Et en plus, tu as inondé ton beau peignoir.

Interdits de salle d'accouchement – « Voyons, voyons, tous les deux, comment cette pauvre fille pourrait-elle se concentrer si vous continuez à vous chamailler comme ça ? » – Joël et Cléo battirent en retraite vers la cantine de la clinique.

Des infirmières, des médecins et des internes allaient et venaient, se racontaient des cancans en avalant un hachis Parmentier et des tasses de thé indien très fort, récupéraient quelques minutes de sommeil bien mérité, ou s'empiffraient de canettes de Coca et de sandwiches à la salade en étudiant.

Mais, si presque tous les membres du personnel remarquèrent et reconnurent sur-le-champ Cléo Mandeville, grâce à ses cheveux blond clair lumineux coupés court, à ses yeux bruns étincelants et à ses pommettes slaves, elle ne remarqua personne. Elle ne voyait que Joël, le frère de Pandora, l'homme qui l'avait tellement agacée et qu'elle n'avait jamais tout à fait réussi à chasser de son esprit.

La dernière fois, il portait une chemise de rugby d'un vert délavé et un jean élimé. Aujourd'hui, comme il arrivait directement de son travail, il était vêtu d'un costume sombre de bonne coupe, sur une chemise à rayures bleues et blanches. Jolie cravate aussi, se dit

Cléo, jolies pompes... Beaux cheveux, corps superbe... corps *extraordinaire...*

D'avoir si complètement méjugé le jeune homme lors de leur première rencontre la laissait perplexe.

– Je n'arrive pas à m'y faire, lui avoua-t-elle quand il revint à leur table avec deux tasses de café. Ce soir-là, je vous ai pris pour un véritable pignouf. Même si je continue, ajouta-t-elle d'un ton sévère, à ne pas apprécier que vous ayez eu l'air content de vous faire offrir un pot par Damien. Quand on déteste quelqu'un à ce point, on n'accepte rien de lui.

– Content ? En extase, vous voulez dire ! répliqua Joël. Cet homme passe son temps à s'imposer dans les conversations, à s'insinuer dans les tournées, et à disparaître avant de se retrouver obligé de payer son dû. Jusque-là, on ne l'avait jamais vu ouvrir son portefeuille. Sa pingrerie est légendaire. Vous avez sacrément raison : on allait tous le laisser nous offrir un verre.

Cléo soupira.

– J'ignorais tout cela. Je suis navrée.

– Ça n'a pas d'importance.

Radieux, Joël versa trois cuillers de sucre dans son café.

– Vous m'inspiriez le même sentiment. Et vous n'avez pas beaucoup arrangé les choses la semaine dernière, en vous faisant passer pour une gentille fée.

– Ça veut dire quoi ?

– Quand vous avez acheté la moitié de Harrods.

Le moment était arrivé, pour Joël, de faire preuve de franchise.

– Tous ces machins pour bébé froufroutants et brodés à la main ! Bien trop de trucs et en plus, qui ne peuvent se nettoyer qu'à sec. Je sais combien cette petite débauche a dû vous coûter. Je suis certain que vous l'avez fait exprès, dans le but de nous humilier.

Les yeux de Cléo lancèrent des éclairs d'indignation.

– Ça alors ! Excusez-moi d'être riche ! Qu'est-ce que je peux y faire, si je gagne bêtement de l'argent ? Et s'il me plaît de le dépenser pour les gens que j'aime bien ?

– Mais...

– De toute façon, ajouta-t-elle, imaginez votre réaction si je m'étais pointée avec deux ou trois grenouillères ringardes. De quel genre de noms d'oiseaux m'auriez-vous traitée !

Elle disait vrai évidemment. Le café était infect. Joël le repoussa.

– Très bien, vous n'êtes pas aussi affreuse que je le croyais. Contrairement à ce café, ajouta-t-il en faisant une grimace.

Cléo soupira.

– Et vous non plus, je pense.

Pendant plusieurs secondes, ils se contemplèrent en silence. Cléo, qui en temps normal n'était jamais à court de mots, ressentait une sensation bizarre. Elle aurait juré qu'un papillon de nuit géant se débattait frénétiquement entre ses côtes.

Elle fut la première à détourner les yeux, en comprenant à quel point elle était attirée par Joël Grant. Il n'était pas du tout son genre : elle était habituée aux mannequins, des hommes qui possédaient des visages ciselés et parfaits, des corps de panthère et, bien trop souvent, des cerveaux de gosses de six ans. Mais aucun d'eux ne l'avait autant troublée.

C'était un choc qu'éprouver une pareille sensation. Grand et blond, Joël était beau à sa façon, mais il n'avait rien d'un top model. Ses cheveux avaient besoin d'une bonne coupe, quelques kilos en moins autour de la taille ne lui auraient fait aucun mal et il avait des épaules trop larges, même pour un homme de cette stature.

Mais aucun de ces défauts ne présentait la moindre importance, parce qu'ils faisaient partie de lui, tout comme elle trouvait craquant son nez cassé et la manière dont son sourire de guingois, un peu insolent, accentuait les rides autour de ses yeux.

Elle comprenait aujourd'hui pourquoi elle n'avait jamais pu réussir à éprouver de désir, malgré tous ses efforts, pour le superbe Dino Carlisle, qui avait tout pour lui. Tout simplement parce qu'elle était attirée par un type d'homme tout à fait différent...

Son esprit s'égarant avec bonheur dans cette direction toute nouvelle et inattendue, Cléo en avait pratiquement oublié où elle se trouvait. La ramenant brusquement sur terre, Joël demanda :

– A votre avis, que va-t-il se passer après la naissance du bébé ?

– Il va beaucoup hurler. Et il ressemblera à une tomate frite.

– Je parle de Sean. Soyez honnête avec moi maintenant. Votre frère est-il en train de gâcher la vie de ma sœur ?

Cléo poussa un soupir.

– Probablement. Même s'il essaie de ne pas le faire. Certaines personnes sont... bonnes de nature, j'imagine. Et d'autres pas.

– S'il fait souffrir Pandora, dit Joël, je le tuerai.

– Je l'ai déjà menacé.

Cléo pensa avec tristesse à Linda, qui lui avait échappé de justesse. Apparemment, la seule parade véritablement efficace consistait à mettre Sean en quarantaine permanente.

– L'arrivée du bébé le calmera peut-être pour de bon, fit Joël sans conviction.

– Peut-être, dit Cléo en jetant un coup d'œil à sa montre. A propos de l'arrivée du bébé, nous ferions sans doute mieux d'aller voir comment Pandora s'en sort.

Joël prit un air dégoûté.

– Ce genre de truc, en temps normal, c'est long ?

– Quelle est la longueur d'un cordon ombilical ? questionna Cléo.

35

Bien qu'il ne fût pas du tout certain de désirer assister à la naissance de l'enfant, mais se sentant moralement obligé de prétendre que c'était le cas, Sean avait répondu au coup de fil passé par Cléo un peu plus tôt dans l'après-midi, annulé son spectacle du soir et pris immédiatement la navette reliant Edimbourg à Londres.

Il avait nourri l'espoir que cette affaire dégoûtante serait réglée en bonne et due forme avant son arrivée à la maternité. Mais ce fut avec horreur qu'il se retrouva coincé par Cléo, Joël et une sage-femme, à la carrure inquiétante, et catapulté à travers la porte battante vers la salle de travail.

– Juste à temps, haleta Cléo, qui avait selon toute apparence assimilé une quantité énorme de jargon médical en quelques heures. Elle en est à la seconde phase... dilatation complète, elle pousse comme il faut...

– Tiens, tu vas avoir besoin de l'éponge.

Joël la fourra dans la main de Sean, qui blêmit.

– Qu'est-ce que je dois essuyer ? Du sang ? Et c'est quoi, cette seconde phase ?

– Ça veut dire que le bébé est sur le point de faire son apparition.

La sage-femme, presque aussi imposante que Joël et deux fois plus revêche, fit passer Sean au pas de charge par une seconde porte.

– Chose que vous sauriez, jeune homme, si vous vous étiez donné du mal d'assister à un seul cours prénatal. Maintenant, propulsez-vous là-dedans et rendez-vous utile. Essuyez le front de cette pauvre fille.

Il était presque minuit quand Sean revint dans la salle d'attente en titubant.

– Alors ? s'enquirent Cléo et Joël à l'unisson, car il restait muet.

– C'est une fille, répondit Sean, traumatisé. Trois kilos cinq. Tout ce qu'il faut au bon endroit...

– Une fille !

Rayonnante, Cléo se leva d'un bond pour le serrer dans ses bras.

– Oh, c'est génial ! Elle s'appelle comment ?

– Merde, j'ai oublié de poser la question, dit Sean.

Joël le fixait sans y croire.

– Quoi ?

Mais Sean, tombant dans les pommes, s'affalait sur la chaise la plus proche.

– C'est tellement bizarre, soupira Cléo. Regarde-nous ! Qui aurait pu l'imaginer ?

S'exécutant avec complaisance, Joël observa la façon dont elle était allongée sur le canapé, les pieds posés sur ses genoux. Ses cheveux blonds lissés en arrière, le visage nu, en pull noir de cashmere troué aux coudes et jean blanc taché de boue, elle restait la plus belle créature qu'il ait jamais vue. Effectivement, qui aurait pu l'imaginer ? Joël avait encore du mal à croire aux événements qui les avaient amenés là où ils en étaient aujourd'hui. En ce qui le concernait, c'était plus que bizarre. C'était tout simplement effrayant.

Mais le plus étonnant encore était l'attitude de Cléo. Elle ne semblait pas nourrir le moindre doute sur leur relation.

Se peut-il vraiment qu'elle éprouve ce genre de sentiments pour moi, ne cessait de se demander Joël. Pour un type comme moi ? D'accord, leur histoire n'était pas vraiment celle de *La Belle et la Bête,* il n'était quand même pas si laid, mais Cléo était bel et bien le super model, et lui, le revendeur de voitures d'occasion.

Il ne pouvait s'empêcher d'être circonspect. Bien sûr, cela le flattait, mais était-ce réaliste ? Ne courait-il pas le risque de tomber exactement dans le même piège que sa sœur ? D'accord, songeait-il, Cléo est en extase, elle assure que c'est le grand amour, mais comment savoir si, pour elle, il ne s'agit pas d'une aventure ?

– Oh, arrête !

En voyant son air inquiet, Cléo devina immédiatement ce qui lui passait par la tête. Une fois de plus.

– Que j'arrête quoi ?

– D'être aussi pessimiste.

Elle lui pinça affectueusement le genou.

– Combien de fois vais-je devoir le répéter avant que tu ne commences à me croire ? Je t'aime, c'est simple. La seule chose importante désormais, c'est de nous détendre et de savourer notre bonheur.

– Comment veux-tu que je fasse ça ? fit Joël, exaspéré. Tu es Cléo Mandeville. Je suis Joël Grant. Je ne suis pas riche, je ne suis pas célèbre et je vends des voitures d'occasion pour gagner ma vie. En résumé : que vont penser les gens ?

– Que tu dois être un type d'une gentillesse extraordinaire, déclara Cléo avec passion. Sans parler du fait que tu dois aussi être extraordinairement doué au lit...

Les mots lui avaient échappé. Cléo sentit ses joues s'empourprer. Qu'est-ce qui lui avait pris de faire une déclaration pareille ?

– Bien sûr que je suis gentil, répondit ironiquement Joël.

Il lui parut plus sûr de faire celui qui n'avait pas entendu sa dernière remarque.

Cléo lui adressa un grand sourire.

– Mais tu as la frousse, tu crois que je suis une fille frivole, et tu t'imagines sûrement que dans la vie, j'ai pour seule ambition de me faire sauter par Jack Nicholson. Combien de fois devrai-je te répéter que ce n'est pas ma tasse de thé !

– Hum... tu n'es pas comme Sean, alors ?

Elle eut un petit sourire railleur.

– Lui non plus n'est pas intéressé par Jack Nicholson.

– Tu sais très bien ce que je veux dire.

– Voyons, voyons, n'est-ce pas moi qui ai sauvé Harriett des griffes de Damien Maxwell-Horne ? argua Cléo.

Elle n'avait pas pour habitude de divulguer la tactique employée par l'agence Fidelio, mais le refus de Joël de la prendre au sérieux commençait sérieusement à l'agacer.

– Je ne me contente pas de parler de fidélité. Crois-moi, j'agis aussi dans ce sens.

– Tu parles sérieusement ? s'étonna Joël vingt minutes plus tard, quand elle lui eut tout raconté. Tu testes vraiment ces gens ? Moyennant finances ?

– Pas moyennant finances. Que ferais-je de ce fric supplémentaire ? répliqua Cléo, l'air offensée. Je l'ai juste fait pour aider quelques amies. Maxwell-Horne est le seul dont je me sois occupée personnellement, ajouta-t-elle rapidement. Pour les autres, des copines s'en sont chargées, parce que c'était pour la bonne cause.

– Mais tu as arrêté, j'espère ?

Cléo opina de la tête.

– Trop déprimant.

– Tu prétends que tous ont échoué au test ?

– Pas tous. Mais la plupart, acquiesça-t-elle, sans parvenir à citer Imogen.

– Moi, je n'échouerais pas, répliqua tranquillement Joël.

Il fixa Cléo un long moment, le temps que le cœur de la jeune fille cesse de battre.

Soudain Cléo décida que cela suffisait comme ça. Elle attendait impatiemment que Joël se décide à lui faire l'amour. Faire preuve de délicatesse, se persuader que le premier pas devait venir de lui, tout ça c'était très bien, mais jusqu'à quand comptait-il sérieusement éprouver sa patience ?

Elle lui jeta un coup d'œil taquin.

– Entends-tu par là que tu es incorruptible et que tu peux résister à n'importe quelle tentation ?

– A n'importe qui, répliqua Joël. A n'importe quoi.

– Hum...

– Que fais-tu ?

– Quelle question idiote !

Cléo faisait passer le pull de cashmere noir par-dessus sa tête, puis ses doigts se déplacèrent en direction de la fermeture Eclair de son jean qu'elle fit descendre sans quitter des yeux le visage de Joël. Il vit le célèbre corps se dénuder, un mètre quatre-vingts de chair sculpturale sans le moindre défaut, que ne recouvraient qu'un minuscule soutien-gorge de dentelle gris et une petite culotte coordonnée. La peau de Cléo brillait à la lueur du feu de bois, et sur son bronzage, pas tout à fait intégral, ne se détachaient, seules taches de couleur, que le vernis corail de ses orteils. Il n'y avait pas à tortiller, elle était irrésistible...

– Rhabille-toi, la pressa Joël d'une voix basse. Pardonne-moi, ne sois pas froissée, mais il vaut mieux que tu remettes tes vêtements immédiatement.

Pas un seul de ses muscles n'avait, ne serait-ce que tressailli. Cléo, esquisse de sourire aux lèvres, s'approcha de lui. Posant les mains sur ses épaules, elle se laissa tomber sur ses genoux.

– Arrête, dit-il.

Elle lui donna un baiser, et, entrouvrant ses lèvres chaudes, elle en recouvrit celles de Joël. Doucement, elle explora l'intérieur de sa bouche avec sa langue. Ses doigts remontèrent en glissant pour s'enfouir dans les cheveux blonds qui retombaient sur sa nuque ; lentement, ses hanches commencèrent à onduler contre lui.

– Je parle sérieusement, dit Joël quand il fut en état de reprendre la parole.

Il s'exprimait d'un ton ferme. Il n'avait toujours pas bougé.

– Allons, sois gentille. Ramasse tes vêtements et rhabille-toi. Je suis vraiment navré, ma chérie, ajouta-t-il d'un ton plus doux, mais ça vaut mieux comme ça. Ecoute, si je mettais la bouilloire sur le feu pour nous préparer une tasse de thé ?

Il rattrapa Cléo à la porte d'entrée. Le visage ruisselant de larmes, elle se tortillait comme une anguille pour lui échapper.

– Bas les pattes... espèce de salaud ! Lâche-moi !

– Ne fais pas l'idiote. Aïe !

Joël en eut le souffle coupé. Cléo venait de lui envoyer un coup de pied vicieux dans les tibias, du bout de sa botte de cow-boy. Il tint bon, résolument.

– Calme-toi. Arrête de pleurer. De toute façon, tu ne peux pas partir comme ça. Tu as mis ton pull à l'envers.

Cléo s'en fichait. Elle n'avait qu'une envie : mourir. Le trajet brutal de Joël l'humiliait atrocement – d'ailleurs, non, il n'était pas brutal. En fait, il l'avait plutôt repoussée gentiment, ce qui était cent fois pire. Elle ne pouvait supporter de rester une seconde de plus dans cette maison. Pas davantage qu'elle ne pouvait s'arrêter de pleurer.

Mais il lui était impossible de s'échapper. Joël était plus grand qu'elle et beaucoup plus fort. De son autre botte, Cléo lui expédia un second coup de pied, mais rata complètement son objectif et faillit culbuter en avant. Prenant son visage en pleurs entre ses mains, elle s'affaissa contre le mur et poussa un gémissement désespéré.

– Oh ! la la ! fit Joël en hochant la tête d'un air désolé. Comment peux-tu te mettre dans des états pareils ? Et moi qui croyais que tu serais impressionnée !

Cléo, les yeux rougis, le foudroya du regard.

– Impressionnée par quoi ? Ton impuissance ?

– Impuissance ? répéta Joël, l'air amusé. Tu ne comprends toujours pas, hein ?

Il avait fichtrement raison. Elle n'avait pas pigé.

– Beurk ! Tu es pédé alors, cracha-t-elle, dégoûtée.

– Allons, allons, tu m'as mis au défi de te résister. Ce n'est pas parce que j'ai gagné que tu dois me faire une crise de nerfs, protesta Joël, bon enfant.

Elle lui jeta un regard soupçonneux.

– Tu rigoles ?

– Je voulais. Manifestement, ce n'était pas une de mes meilleures plaisanteries, ajouta-t-il avec un grand sourire.

Cléo ne le croyait toujours pas. Au début, elle avait pensé qu'il blaguait, mais Joël lui avait résisté avec une telle fermeté qu'il ne pouvait qu'être sérieux.

Et puis, il y avait autre chose. Ou plutôt, il n'y avait pas eu autre chose.

– J'étais assise sur toi, chuchota Cléo, honteuse de

proférer une remarque pareille, et il ne s'est... rien passé.

– L'esprit vainquant la matière, répliqua Joël en haussant les épaules, mais l'air content de lui. Ce n'est pas facile, crois-moi. En fait, il faut se concentrer comme un dingue sur des images de poubelles pleines de vers... sur les prévisions de la Bourse... sur la laideur d'un étal de boucherie...

– Je n'ai jamais subi pire humiliation de ma vie.

Joël cessa de sourire.

– Pardonne-moi, mais j'avais quelque chose à te prouver. Je t'ai raconté que si j'avais une petite amie, je lui serais fidèle. Et personne au monde, personne, ne pourrait me faire craquer. Pas même une femme aussi belle que toi.

Cléo était sur le point de refondre en larmes.

– Bon, bon, mais tu n'étais pas censé me faire passer pour une idiote. Tu aurais pu me faire marcher un peu, puis abandonner.

– Si j'avais fait cela, lui expliqua Joël, j'aurais perdu ma crédibilité.

Les genoux de Cléo flageolaient. Elle leva ses yeux noyés de larmes vers lui.

– Et maintenant ?

– Maintenant ?

La bouche de Joël tressaillit. Pour qui le prenait-elle ? Pour un surhomme ?

– Maintenant, je pense que j'ai intérêt à te porter en haut pour te prouver quelques petites choses, dit-il en la soulevant dans ses bras.

Elle refoula ses larmes en reniflant bruyamment.

– Quelles choses ?

– Que je ne suis pas impuissant. Que je ne suis pas pédé.

D'un baiser, Joël effaça sa dernière larme.

– Et que je suis extraordinaire au lit.

36

L'émission s'était parfaitement déroulée.

– Viens, lança Jenny à Cass lorsqu'elles eurent rendu l'antenne. Celle-là mérite bien qu'on la fête. Je t'invite à déjeuner.

Elles allèrent chez *Edwina,* un restaurant très chic situé à moins d'un kilomètre des studios Kingdom.

Cass embrassa la salle du regard.

– C'est la première fois que je viens ici.

– Ils ne sont ouverts que depuis deux mois. C'est Luke qui m'en a parlé. Il affirme que leurs raviolis au potiron sont fantastiques.

Cass sourit. Jenny faisait de tels efforts pour ne pas prendre un air suffisant et ne pas mentionner Luke à chaque phrase, tout en se plantant en beauté, qu'on ne pouvait s'empêcher d'en être attendri.

Jenny tenta de prendre un air honteux.

– Je sais, j'ai recommencé. Pardon.

– Arrête de t'excuser !

– C'est ce que Luke...

Jenny colla une main sur sa bouche.

– Ecoute, protesta Cass, je suis ravie que tu aies rencontré un homme formidable.

– Quelle coïncidence ! Moi, je ne suis pas ravie que tu n'en aies rencontré aucun.

– Je t'en prie, ne recommence pas. Arrête avec tes sermons.

– Je veux ton bonheur, protesta Jenny.

Elle le pensait sincèrement. Si quelqu'un méritait d'être heureuse, c'était bien Cass.

– Je n'en ai pas besoin, pour le moment. Cléo est heureuse pour deux.

Cass esquissa une grimace.

– Elle est encore plus mordue que toi. En fait, c'est

plutôt agréable de la voir dans cet état, après toutes ces années de cynisme. Je commençais à me demander si un jour elle allait enfin tomber amoureuse.

Le serveur vint prendre leur commande. Jenny opta pour les raviolis au potiron, suivis d'un poulet au citron, parce que Luke lui avait également dit qu'il était délicieux.

– Je prendrai la même chose... fit Cass sans broncher. Ce qui est bon pour Luke l'est aussi pour moi. Aïe, c'était ma cheville !

– Donc avec le grand frère de Pandora, Cléo reste dans la famille, remarqua Jenny, songeuse.

Elle lança un coup de coude à Cass.

– Alors, raconte : comment est-il ?

– Grand. Gentil.

Jusque-là, Cass n'avait rencontré Joël qu'à deux reprises, et seulement brièvement, mais d'après ce qu'elle en avait conclu, il était l'homme idéal pour sa fille.

– Il la canalise. Tu connais l'impétuosité de Cléo. Elle ne parle plus que robes de mariage et endroit où se tiendra la réception. Mais Joël prend la situation avec pas mal de recul. Les journalistes meurent d'envie de mettre le grappin sur lui, et il ne se laisse absolument pas faire.

– C'est tout à son honneur.

Jenny, se penchant en avant, baissa la voix :

– A propos des journalistes qui jettent le grappin sur quelqu'un, ça se passe comment entre Jack et la Pétasse ?

– Oh, on ne peut pas mieux ! A en croire Jack, l'amour est le rêve de la jeunesse.

– Je dirais plutôt celui de l'âge mûr, rétorqua Jenny.

Cass s'aperçut qu'elle avait plongé l'index dans son verre pour touiller le vin. Une habitude de longue date qui avait toujours mis Jack hors de lui. Désormais, elle était libre de s'y adonner autant qu'elle en avait envie. Il lui fallut un certain temps pour retrouver la parole.

– Il se fait des illusions, insista lourdement Jenny. Le pauvre débile ! Crois-moi. Même s'il affirme aujourd'hui qu'il est heureux, ça ne durera pas.

Cass haussa les épaules et tenta de prendre un air détaché.

– Quelle que soit l'issue, ça ne me fera ni chaud ni froid. La semaine prochaine, c'est le jugement provisoire de divorce. Je n'ai plus à attendre longtemps pour parvenir au nirvana.

Les yeux noirs de Jenny s'écarquillèrent.

– Je n'en avais aucune idée ! Tu ne m'as rien dit.

– J'essayais de ne pas y penser, répondit Cass d'un ton sarcastique. Le jugement définitif est pour le 1er juillet. Notre anniversaire de mariage...

– Oh, Cass !

– Il y a une chose que tu dois me promettre.

Jenny acquiesça d'un signe de tête.

– D'accord. De quoi s'agit-il ?

– De ne pas m'envoyer une de ces cartes rigolardes de félicitations pour mon divorce. Je ne le supporterais pas.

L'arrivée opportune des raviolis au potiron détourna l'attention de Jenny quelques minutes. Puis elle repartit sur le sentier de la guerre.

– Il faut absolument que tu rencontres un autre homme.

– Tu parles comme Sophie.

– Parce que nous avons raison toutes les deux.

Jenny prit sa serviette pour essuyer le beurre fondu qui maculait les commissures de ses lèvres généreusement maquillées, et reprit :

– Je le pense vraiment, Cass. Franchement, tu te sentirais tellement mieux dans ta peau ! Ça remonte tellement le moral de savoir qu'un type tient vraiment à toi...

Cass fit une grimace.

– Du genre Terry Brannigan, par exemple ? Il tenait vraiment à moi... et ça m'a sacrément remonté le moral !

– C'était sa faute, pas la tienne.

Il n'y avait que Cass, songeait Jenny, pour se sentir aussi coupable de l'avoir assommé, une bosse bien méritée avec une boîte de biscuits.

– Je n'ai toujours aucune nouvelle de lui.

Cass passait son temps à s'inquiéter du sort de Terry, et continuait à avoir des palpitations chaque fois qu'elle lisait dans le journal qu'un individu, dont on ignorait l'identité, s'était jeté sous les roues du métro.

– Je ne veux pas laisser tomber, annonça Jenny. Je vais demander à Luke s'il n'a pas des copains qui te plairaient.

– Au secours ! Tu me rends nerveuse. Je suis trop vieille pour ça... rétorqua Cass en hochant la tête.

– Bon, dans ce cas, je change de sujet... pour le moment.

Jenny sourit gentiment et ajouta :

– Allez, vas-y, *mémé*. Montre-moi les photos, tu sais celles de ta divine petite-fille.

Terry Brannigan essuya ses mains moites sur son tablier humide, en regardant Cass et la femme rondelette aux cheveux noirs sortir du restaurant. Cass portait une veste noir et blanc, une jupe noire au-dessus du genou et des escarpins. Elle était splendide. James, le sous-chef cuisinier, vint les observer par la petite vitre circulaire qui donnait sur l'extérieur.

– Qu'est-ce que tu fais ? Tu traques les célébrités ou

tu zieutes simplement de belles gambettes ? C'est Cass Mandeville.

Terry se détourna, le visage dénué d'expression.

– Je sais.

– Tu vas tellement me manquer ! murmura Cléo.

Elle prit doucement le visage de Joël dans ses mains et le couvrit de baisers.

– Je ne veux pas aller à Venise. C'est vieux, barbant et tout mouillé.

Joël sourit.

– Alors, n'y va pas.

– J'y suis obligée.

Cléo lissa vers l'arrière les cheveux blonds de Joël. Elle aimait qu'il ne les enduise pas de gel comme le faisaient la plupart des hommes qu'elle connaissait.

– Ils me paient des millions de francs. Ou de lires...

C'était très compliqué, car la boîte qui l'avait engagée était française.

– Bref, des millions de quelque chose. Mais après, s'anima-t-elle, j'aurai une semaine entière de liberté. On pourrait s'offrir quelques jours de vacances. Es-tu déjà allé à Acapulco ?

Il ne lui était pas venu à l'esprit qu'il avait un magasin à diriger. Dans des moments comme celui-là, Joël réalisait l'immense fossé qui les séparait.

– Je travaille. Je ne peux pas m'absenter une semaine entière.

Cléo ouvrit la bouche pour en demander la raison puis la referma en un temps trois mouvements.

– Pardon. Tu vas me manquer, c'est tout.

Elle essaya de prendre un air piteux, se planta misérablement et choisit à la place de déposer un baiser sur l'adorable nez cassé de Joël.

– Alors pour compenser, tu vas être obligé de me passer un millier de coups de fil.

Joël voyait déjà comment se déroulerait le scénario : il lui faudrait appeler cent fois avant de parvenir à la joindre.

– Tu seras à Venise, lui fit-il remarquer. Que comptes-tu faire ? T'enfermer à double tour dans ta chambre d'hôtel tous les soirs et lire le Nouveau Testament ?

– Il se peut que je sorte, répondit Cléo, l'air offensé. Mais je ne regarderai aucun homme, c'est juré !

– Ça serait malgré tout plus simple que ce soit toi qui appelles.

– On se téléphonera chacun de notre côté.

Elle l'enlaça avec ardeur.

– Le matin, le midi, le soir. Après tout, je dois m'assurer que tu restes toi aussi dans le droit chemin.

Joël aurait aimé pouvoir la croire. La veille, en traversant le West End en voiture, il avait attiré l'attention de Cléo sur un immense panneau publicitaire pour le dernier after-shave branché, le mannequin, qui toisait les passants d'un air rêveur du haut de ses dix mètres, était un des plus cotés d'Angleterre. La rumeur prétendait qu'il était monté de manière remarquable, détail bien assorti au slogan publicitaire du produit : « Pourriez-vous lui dire non ? »

– Alors, avait plaisanté Joël, tu pourrais ?

Ce à quoi Cléo, sans même un battement de cils, avait tranquillement répondu :

– Quoi, dire non à Murphy MacKay ? C'est un imbécile. Il sera avec nous à Venise. Beurk ! qui oserait affirmer que mon art n'est pas une source de souffrance ?

Comme si, pensa Joël, on pouvait souffrir à Venise ! Mais la question n'était pas là ; imbécile ou pas, Murphy MacKay était un concurrent plutôt intimidant.

– Si tu veux que ce soit moi qui appelle, reprit-il, tu ferais bien de m'indiquer le nom de ton hôtel.

Elle farfouilla dans son sac, en sortit son agenda et le feuilleta.

– Hum... nous y voilà. Au *San Carlo*. Les salauds, ils sont pingres ! Pourquoi ne nous ont-ils pas réservé des chambres dans un endroit convenable ? Au *Danieli*, par exemple.

– Au *San Carlo* ? répéta Joël. Tu en es sûre ?

– Bien sûr que j'en suis sûre ! Pourquoi ? fit Cléo, immédiatement soupçonneuse. Ne me dis pas que tu le connais et que c'est un nid à punaises prêt à s'enfoncer dans la lagune.

Joël lui pinça le nez.

– Ne sois pas bête. Tu sais nager, non ?

– Merde ! se rebiffa Cléo. C'est vraiment si abominable ?

– Je te taquinais. Je n'y suis jamais allé. Le nom m'a rappelé quelque chose, c'est tout. Je crois qu'un de mes amis y a passé quelques jours. Arrête de te faire du souci. Son séjour a été formidable.

– Hum... marmonna Cléo, qui paraissait en douter. Il n'était pas coincé là-bas avec Murphy Débilos MacKay.

37

En l'occurrence, il s'avéra que le *San Carlo* était pratiquement le seul élément agréable du séjour. Situé à quelques pas de la place Saint-Marc, cet ancien palais du XVe siècle transformé en hôtel élégant dépassait à tel point l'attente de Cléo que l'espace de deux ou trois heures, elle parvint à se dire qu'en définitive, elle passerait peut-être un bon moment à Venise.

Mais le *Danieli* lui-même n'aurait pu compenser les personnes atroces qui constituaient le groupe Visa, le temps totalement déprimant et l'arrivée inattendue, et encore plus déprimante, d'Anton Visa en personne.

Visa, la maison de prêt-à-porter qui sponsorisait les prises de vues, était plus connue pour son caractère sérieux que pour ses fastes. Bref, ce n'était pas Christian Lacroix. Mais ses clientes appréciaient cette qualité et lui en étaient reconnaissantes. Visa remportait un grand succès des deux côtés de l'Atlantique et toute personne regardant un peu la presse ne pouvait ignorer les campagnes de pub biannuelles somptueuses de sa collection de prêt-à-porter étalées en double page des journaux.

Si seulement tous ces lecteurs, songea Cléo avec lassitude à la fin d'une première journée exténuante, pouvaient imaginer combien l'élaboration de scènes en apparence aussi idylliques comportait de désagréments.

Merry, la styliste, était dans un état absolument pitoyable. Elle venait de se faire plaquer par son petit ami et s'en prenait à tous ceux qui s'approchaient d'elle.

Quant à Pierre, le photographe, son copain venait de prendre le large avec un surfer australien, et il se consolait en sniffant de la cocaïne par poignées. Il avait tendance à pousser des rugissements au lieu de parler et Cléo ne supportait pas ses reniflements. Jamais elle n'avait entendu un individu renifler aussi bruyamment et aussi longuement.

Mais à côté de Jina et de Donna, respectivement maquilleuse et coiffeuse, Pierre était un vrai trésor. Leur mission commune, dans la vie, consistait à se faire sauter par Murphy MacKay. Celle qui y arriverait la première aurait gagné. Elles étaient d'une méchanceté terrifiante. La seule consolation, pour Cléo, était qu'à son avis, personne ne méritait Murphy davantage qu'elles. Ils étaient vraiment faits pour s'entendre.

La joyeuse troupe comptait aussi Violette, un mannequin français réservé, qui ouvrait rarement la bouche, car elle préférait fumer cigarette sur cigarette ; Martine, la chargée de relations publiques, style adjudant-chef, coiffée comme Heidi avec ses nattes relevées autour de la tête et Anton Visa lui-même.

Anton Visa avait la réputation de mener une vie de reclus et rares étaient ceux qui savaient à quoi il ressemblait. Ce qui, décida Cléo, était plutôt bien calculé. Si elle avait ressemblé à Anton Visa, elle aussi aurait vécu en recluse. Tous se demandaient pourquoi il avait choisi de se montrer à Venise. Comme couturier, il avait peut-être du talent, mais il donnait la chair de poule.

– C'est peut-être lui, le monstre de la lagune, avait-elle chuchoté à l'oreille de Pierre.

Mais le photographe s'était contenté de grogner, de renifler et d'agiter sa cellule en direction du ciel d'un gris lavasse.

Venise était belle, mais le temps ne lui faisait pas justice. Cléo, la première à descendre dîner, le mauvais temps lui ayant ouvert l'appétit, se percha sur un tabouret au bout du bar désert. Elle se plongea mélancoliquement dans la contemplation de la pluie qui n'arrêtait pas de tomber, de l'eau terne et tourbillonnante du Grand Canal et de la surpopulation des canards pour enfants sur l'eau.

La double porte dorée du restaurant s'ouvrit sur Jina et Donna qui la rejoignirent en se chamaillant.

– ... de toute façon, pourquoi s'intéresserait-il à toi ? ricana Donna. Avec cette tache grosse comme un œuf frit qui orne ton menton !

– Mieux vaut une tache, rétorqua mielleusement Jina, que de l'herpès.

– Espèce de sale menteuse ! J'ai eu cette inflammation à cause d'un rhume, c'est tout...

La robe vert criard à dos nu de Jina arrondissait ses épaules et ses seins tombants. Donna portait une blouse noire scintillante et une minijupe presque transparente. Les deux femmes empestaient le parfum. Cléo tenta de faire celle qui ne les connaissait pas et adressa un sourire au barman en lui commandant un jus d'orange.

– Ça va pas, c'est Visa qui paie ! s'exclama Jina, d'un air dégoûté. Tu ne vas pas boire cette saleté. Prends une Bellissima, ce gros adipeux peut te l'offrir. Trois Bellissimas, d'accord ? dit-elle en claquant des doigts à l'adresse du barman. Et doubles !

Le jeune Irlandais la regarda, l'air de s'excuser.

– Vous voulez dire des Bellinis ? Jus de pêche et champagne, c'est ça ?

– Exact.

Et sans se démonter, Donna désigna du doigt les verres d'un quart de litre.

Le reste du groupe les rejoignit bientôt. Anton Visa, l'air plus véreux que jamais, posa une main blanche et squameuse sur le bras de Cléo.

– Vous avez l'air triste, ma chère.

Et toi celui d'une limace en smoking, songea Cléo. Elle se tortilla pour échapper à la main qui remontait centimètre par centimètre et était sur le point d'atteindre l'intérieur de son coude. Elle aurait aimé d'un coup de baguette magique se retrouver à Londres, près de Joël.

– Ça va. C'est juste le temps.

Anton Visa exprima sa sympathie avec un hochement de tête.

– Une chose, je le crains, sur laquelle je n'ai aucun pouvoir.

La première journée avait eu des allures d'inondation. En ce qui concernait Cléo, plus vite les prises de vues seraient terminées, mieux elle se porterait. Elle parvint à esquisser un sourire.

– La pluie aura peut-être cessé demain. En tout cas, espérons-le. Pierre a l'intention de nous photographier devant le palais des Doges.

– Pierre fera ressortir votre beauté, affirma Visa avec un regard concupiscent, quel que soit le cadre dans lequel il vous photographiera.

Déconcertée, Cléo se demandait s'il était dans les habitudes des reclus de vous peloter et de vous lorgner d'un air concupiscent. Dans son dos, elle entendit Martine gronder Pierre pour son regard. Merry, la misérable styliste, débitait d'une voix monocorde à Violette le nombre de tranquillisants qu'elle en était arrivée à ingurgiter. Murphy MacKay, moulé de façon obscène dans un pantalon de cuir noir, ce qui faisait la joie de Donna et de Jina, éclatait d'un rire chevalin à chacune des blagues qu'il débitait.

Et Anton continuait à la lorgner. Il ne manifestait pas la moindre intention de la laisser tranquille. Cléo, qui s'était toujours targuée de son professionnalisme, en avait la nausée. La tentation, quasi insoutenable, de monter dans sa chambre quatre à quatre, d'attraper ses affaires et de se faire la malle la taraudait. Quelle connerie d'être aussi sérieuse dans son travail, se dit-elle, dégoûtée par la proximité de ce type. Question enfer, ce job était le summum.

– Je suis vraiment navré, murmura le jeune barman.

Un tas de glaçons venaient d'atterrir sur les genoux d'Anton Visa, provoquant un torrent d'obscénités.

– Imbécile ! siffla Visa en se levant brusquement.

– Pardon, monsieur, répéta le barman, avec un léger accent de Dublin.
– Il ne l'a pas fait exprès, intervint rapidement Cléo.
Mais quelques instants plus tard, le jeune homme lui adressa un léger clin d'œil en souriant. Elle se demanda s'il s'agissait véritablement d'un accident.

Deux heures plus tard, quand elle revint s'installer au bar, il l'accueillit avec un léger signe de tête.
– Madame, que puis-je faire pour vous ?
– Je crois que c'est déjà fait, répondit Cléo. Ces glaçons. Vous avez fait exprès de les laisser tomber ?
De nouveau, ce soupçon de sourire fascinant derrière la façade professionnelle.
– Vous voulez dire... pour rafraîchir ses ardeurs ?
– Alors ?
Son air innocent était absolument délicieux.
– Bon, disons qu'en général, je ne suis pas aussi empoté. Et ça a obligé cette vieille sangsue à vous lâcher le bras.
Se penchant au-dessus du bar, il baissa la voix :
– A mon avis, vous n'êtes pourtant pas du style demoiselle en détresse. Pardonnez-moi si ma question est impertinente, mais n'auriez-vous pas pu vous en sortir toute seule ?
– Bien sûr que si ! fit Cléo qui ne voulait pas qu'on la prenne pour la reine des mauviettes. Je ne m'y attendais pas, c'est tout. Il m'a vraiment surprise.
Elle frissonna.
– Cette espèce de vieux crapaud répugnant.
– Mais vous êtes obligée d'être gentille avec lui parce que c'est le patron.
Ce jeune Irlandais était-il en train de la taquiner ?
– Je ne suis pas sa secrétaire, répondit Cléo, légèrement froissée.

– Bien sûr que non ! Vous êtes le célèbre mannequin qui a fait toutes ces pubs de yaourt, l'année dernière.

Cléo, ayant retrouvé sa bonne humeur, répondit :

– Tellement célèbre que vous n'arrivez pas à vous souvenir de mon nom, c'est ça ?

Le sourire s'élargit.

– Ne le prenez pas mal. J'ai déjà assez de difficultés à me rappeler le mien.

– Qui est... ?

– Une seconde... Voyons... ah oui, Declan Mulcahy.

– Declan. Je vois. En tout cas, merci d'avoir volé à mon secours tout à l'heure.

Cléo, décidant que le barman aux yeux bleus et au sourire engageant lui plaisait, tendit sa main.

– Anton Visa n'est peut-être pas mon patron, mais c'est quand même un type qu'il ne faut pas trop s'aliéner. Surtout dans mon métier, ajouta-t-elle ironiquement. Le compte en banque de celle qui s'acquiert la réputation d'être difficile dans le travail, a sacrément tendance à en pâtir. Mieux vaut essayer de s'entendre avec les gens qui ont du poids.

Non qu'elle attendît beaucoup de retombées de cette semaine à Venise.

– Alors, où sont les autres ? demanda Declan dont un des sourcils s'était malicieusement relevé.

– Partis faire connaissance avec un night-club. Moi, je n'y suis pas allée parce que je sens une migraine qui s'annonce.

– Oh ! vous ne ratez pas grand-chose, rétorqua Declan lorsque Cléo cita le nom de l'établissement où le groupe avait atterri. Cependant c'est dommage d'être à Venise et de ne pas visiter la ville de nuit. Je termine mon travail dans vingt-cinq minutes...

Il hésita, jeta un coup d'œil à sa montre.

– ... vous aimeriez peut-être une balade guidée. Je ne sais pas, comment va votre migraine ? Avez-vous l'impression qu'elle va se volatiliser d'ici une demi-heure ? Croyez-vous qu'un petit gin and tonic l'aiderait à s'envoler ?

– Préparez-m'en un grand, répondit Cléo, radieuse. Eh oui, elle peut tout à fait s'envoler...

La pluie avait enfin cessé de tomber, une lune presque pleine brillait dans un ciel d'encre et Cléo s'amusait davantage qu'elle ne l'aurait imaginé.

Elle ne s'ennuyait vraiment pas avec Declan Mulcahy. On ne pouvait trouver meilleur guide. Il connaissait les cafés-bars les plus réputés, la plupart de leurs propriétaires et un nombre fascinant de cancans sur Venise. Entre chacun des établissements où ils passaient, il délectait Cléo d'un flot de plaisanteries aussi implacables que les vagues qui venaient lécher à l'infini les murs moussus et humides des canaux vénitiens.

A minuit, ils faillirent entrer en collision avec le reste des membres de Visa qui traversaient la place Saint-Marc pour regagner l'hôtel.

– Vite !

Declan poussa Cléo dans l'embrasure d'un portail, plongé dans l'obscurité, en serrant très fort son poignet, mais elle fut prise d'un fou rire qui faillit révéler leur présence.

– Chut ! croyez-vous que je veuille être tenu pour responsable du déclin et de la chute du top model anglais, reine des yaourts ?

– C'est plus fort que moi, haleta Cléo. J'ai l'impression d'avoir quinze ans et de faire le mur. J'aurais peut-être dû entasser des oreillers sous les couvertures de mon lit, au cas où ils jetteraient un coup d'œil dans ma chambre.

Declan pinça la bande de chair bronzée entre son chemisier de dentelle noué et le haut de son jean.

– Des serviettes, plutôt. On ne peut pas dire que vous soyez du genre polochon.

Du coup, le fou rire de Cléo redoubla. Elle se couvrit la bouche au moment où Murphy, Donna et Jina, l'éternel triangle, passaient à moins de cinq mètres d'eux. En cliquetant dans les flaques, les immenses talons blancs de Donna arrivèrent à asperger d'eau boueuse le trench-coat jaune pâle de Jina. Pour se venger, Jina balança vicieusement son faux sac Chanel dans les reins de Donna. Murphy, qui adorait qu'on se batte pour lui, agita les mains pour les apaiser.

– Les filles, les filles, calmez-vous ! Il y en a assez pour tout le monde, se pavana-t-il.

Derrière eux Merry regardait d'un air nostalgique en direction du canal. Pierre, à peine capable de mettre un pied devant l'autre, faisait un vacarme pareil à celui d'un chien renifleur. Martine, toujours prête à faire du zèle, aboyait des ordres au sujet du programme du lendemain. Anton, le sosie du crapaud, brillait par son absence, il avait manifestement décidé de reprendre sa vie de reclus.

– Mon héros, chuchota Cléo à l'oreille de Declan quand le groupe eut disparu. Vous m'avez évité la pire soirée de ma vie.

– C'était pour vous prouver que je ne vous en voulais pas.

Il souriait. Dans l'obscurité, elle distingua l'éclair blanc de ses dents.

– Pourquoi m'en voudriez-vous ?

Il la fit pivoter vers lui.

– N'est-ce pas vous qui m'avez persuadé d'acheter un paquet de dix pots de ce yaourt immangeable ? Croyez-moi, je n'arrivais pas à croire qu'il puisse avoir un goût si répugnant. Nous autres, pauvres consommateurs, nous méritons bien une petite compensation pour avoir avalé ce truc.

– De quel genre ?

Cléo souriait. Le défi de Declan ne contenait pas de sous-entendus sexuels menaçants.

– Je termine à 8 heures demain soir, lança le jeune homme, et je connais plusieurs restaurants sensationnels. Pensez-vous que vous pourriez réussir à obtenir une autre fausse perme ?

Enchantée, Cléo le serra dans ses bras. Declan était vraiment un cadeau tombé du ciel. En définitive, grâce à lui, Venise ne serait peut-être pas insupportable.

– Vous êtes génial, dit-elle gaiement. Emmenez-moi dans un endroit formidable. C'est moi qui invite.

38

Ce matin-là, le contenu du sac postal avait davantage brisé le cœur de Cass qu'à l'ordinaire. Comparés à ceux des autres, ses problèmes en devenaient minuscules. D'une main tremblante, une femme écrivait qu'elle était veuve, atteinte de sclérose en plaques et qu'elle tremblait pour l'avenir de son jeune fils, mentalement handicapé. Après avoir lu sa lettre, Cass s'était précipitée au petit coin où elle avait sangloté sans pouvoir se contrôler et trempé des tonnes de papier toilette. Jenny, sur qui on ne pouvait vraiment pas compter, s'était contentée de grommeler :

– Passe-moi la boîte de Kleenex ! Elle nous mène en bateau, Cass. C'est une de ces lettres de quémandeuse pathétique. Jette-la au panier.

Et si cette femme était sincère ? Il y avait tant d'injustices en ce monde ! Certaines personnes devaient affronter bien davantage que leur part de drames.

Je devrais avoir honte de moi, songeait-elle dans sa

voiture, en revenant du studio. Je suis en bonne santé, mes enfants aussi, de quoi je me plains ? Mon seul problème, c'est d'être pratiquement sur le point de divorcer.

Elle décida de s'arrêter au garage. Elle devait absolument faire vérifier une lumière rouge clignotante qui l'agaçait furieusement et l'empêchait de se concentrer sur la route.

– Flûte !

Cass fit un bond de côté pour éviter le flot d'essence refoulé par le réservoir qui, ce faisant, éclaboussa sa jupe blanche et ses chaussures en daim rose pâle. Ce genre de truc lui arrivait constamment, et elle ne comprenait pas pourquoi. L'incident permettant par ailleurs aux clients présents de bien s'amuser, en particulier ceux du sexe opposé. S'il y avait une chose qui les réjouissait encore plus qu'une femme ne sachant pas conduire, c'était bien le spectacle d'une femme incapable de remplir correctement son réservoir d'essence.

Evidemment, le conducteur de la voiture qui la suivit se mit à klaxonner, ce qui fit sursauter Cass encore une fois. Piquant un fard, elle prit le risque de jeter un coup d'œil par-dessus son épaule : c'était une Mercedes couleur bleu jean, avec des vitres fumées. Elle ne pouvait appartenir qu'à un homme blond, sûrement en train de se moquer d'elle.

Au bruit de la portière qui s'ouvrait, Cass eut un pincement au cœur. Ses doigts se resserrèrent autour de l'ajustage en métal de la pompe.

Se refusant catégoriquement à regarder l'individu qui descendait de sa voiture, elle ne s'attendait pas du tout, quelques instants plus tard, au bras qui, tel un serpent, enserra sa taille avec une force surprenante. Et ce membre bronzé appartenait à un corps puissant. Une haleine chaude balaya son cou. L'espace d'une fraction de seconde, elle se demanda si elle allait hurler. Du doigt, elle pressait convulsivement la détente de la pompe à essence, qui se contenta d'émettre un léger clic.

– De toutes les stations d'essence au monde, murmura une voix familière à son oreille, il a fallu que tu t'arrêtes dans celle-ci.

Soulagée, Cass se retourna pour accueillir Rory Cameron d'un baiser affectueux sur la joue.

– Espèce d'idiot. J'ai cru qu'on voulait me kidnapper.

– Faux, répliqua Rory en éclatant de rire. Tu as cru que j'étais un macho suffisant, en train de se moquer d'une demoiselle en détresse.

– Eh bien...

– Allons, j'ai bien vu le regard que tu me lançais tout à l'heure !

Cass rosit et sourit.

– D'accord, je l'ai peut-être pensé. Je sais que tu vas trouver cela totalement ridicule, mais c'était presque toujours Jack qui s'occupait de remplir le réservoir. Et maintenant, je ne sais tout simplement pas comment m'y prendre, conclut-elle d'un air consterné. Ces pompes ont toutes l'air d'avoir quelque chose contre moi.

– Ma pauvre chérie.

Prenant le relais, Rory finit le travail.

– C'est l'angle de l'ajustage, tu comprends. Ça change tout, ajouta-t-il avec un clin d'œil.

A travers la vitre, le jeune caissier les observait d'un air intéressé.

– Maintenant, je me sens vraiment nulle.

Rory, reculant d'un pas, la mesura d'un regard admiratif.

– Si tu veux mon avis, je te trouve plutôt splendide. Beaucoup mieux, même, que tu ne serais en droit de l'être, vu le temps écoulé depuis que tu n'as plus mis les pieds au club.

– Ah !

– Je sais, je sais.

Il savait parfaitement, pour quelle raison, elle avait renoncé à ses cours d'aérobic.

– Mais Jack ne vient plus. Depuis presque un an maintenant. Et Imogen non plus. Par conséquent, tu vois, tu ne cours aucun risque. Et tu serais vraiment la bienvenue, ajouta-t-il chaleureusement.

– Dans ce cas, peut-être...

Cass n'était pas persuadée d'avoir le cœur à faire de la gymnastique, sans même parler de l'énergie.

– Je parle sérieusement.

Tout en revissant le bouchon du réservoir de la voiture de Cass, Rory l'observait attentivement.

– Tu nous as manqué. J'avais l'intention de prendre de tes nouvelles, mais tu sais comment va la vie... Shona et moi, nous avons aussi eu des hauts et des bas... J'ai menacé de la faire concourir dans la catégorie meilleure boucleuse de valises de l'année, précisa-t-il gaiement. Tu n'as aucune idée du nombre de clés qui m'ont été envoyées au visage dans ma vie ! Surtout par Shona. C'est vraiment une de ses grandes passions.

Rory Cameron avait eu l'intelligence de se sortir de ses deux premiers mariages pendant qu'il était encore jeune. Il abordait la cinquantaine, et venait de passer vingt ans à se fiancer à des blondes aux jambes sculpturales, décidant que cela lui revenait moins cher que de les épouser. Chacune lui convenant encore moins que celle qui la précédait. Et peu à peu, elles rajeunissaient. Les membres du club organisaient des réunions pour parier sur la longueur éventuelle de chacune de ces liaisons perdues d'avance. Shona, vingt-six ans, portait un anneau d'or dans le nombril et une bague de fiançailles en diamant canari de trois carats. En fait, elle avait dépassé toutes les prévisions en parvenant à atteindre le total grandiose de quatorze mois. Bien que Bill Matthew eût fait remarquer qu'avec toutes ces allées et venues, Rory et elle n'avaient en fait vécu ensemble que neuf mois. Neuf, comme par hasard, étant le chiffre que Bill avait noté sur l'ardoise des paris.

Mais Rory ne perdait pas son optimisme. Un jour, soutenait-il joyeusement, il finirait par trouver la compagne idéale. Les membres du club espéraient simplement que cela lui arriverait avant qu'il ne soit trop vieux pour en profiter.

Cass plongea la main dans son sac et sortit son portefeuille.

– Bon, il vaut mieux que j'aille régler l'essence avant qu'elle ne s'évapore.

A son retour, Rory l'attendait toujours près de sa voiture.

– J'ai une idée géniale.

– Oh... Je ne suis pas sûre d'être capable de prendre un cours d'aérobic en ce moment.

– Nous sommes un club de sport, la réprimanda-t-il gentiment. Pas le goulag.

Cass lui adressa un sourire contrit.

– Pardon.

– Et il s'agit d'une invitation. Rien d'obligatoire.

– Vas-y.

– Amanda se marie samedi en huit. Un mariage campagnard, dans les Cotswolds. Ça devrait être sympa. A vrai dire, je n'ai personne avec qui y aller. Et je suis convaincu qu'Amanda sera ravie de ne pas me voir débarquer avec Shona.

Rory prit un air un peu honteux.

– Elle a toujours prétendu être gênée par le fait que les petites amies de son père étaient plus jeunes qu'elle.

En revanche, elle sera enchantée si tu m'accompagnes, j'en suis sûr. Ça te ferait plaisir de venir ?

– Très plaisir.

Cass était à la fois émue par sa proposition et ravie qu'il ait pensé à le lui demander. Au fil des années, elle avait rencontré plusieurs fois Amanda, fruit du premier mariage de Rory, et elle l'aimait bien. Plus égoïstement, d'avoir en tête des perspectives agréables était plus que bienvenu. D'ici à deux semaines, Sophie serait loin, en train de procéder à des fouilles archéologiques à Mendips. Et Cass avait le plus grand mal à supporter les samedis et les dimanches solitaires.

– Super ! s'écria Cléo qui appelait de Venise.

Elle avait toujours adoré Rory Cameron. De plus, il correspondait tout à fait, selon elle, à l'homme dont Cass avait besoin en ces moments difficiles.

– Tu vas passer une journée formidable, et qui sait, ajouta-t-elle, taquine, c'est peut-être même le début d'une histoire complètement à l'eau de rose. Toi et ce fripon de Rory...

– A mon avis, tu es davantage son type que moi, répliqua ironiquement Cass. J'ai au moins vingt ans de trop pour lui.

– Il va peut-être se jeter à tes pieds.

– C'était une invitation amicale. De toute façon, cessons de parler de ma vie amoureuse désertique. Raconte-moi plutôt comment se passe ton séjour.

– Je trime comme une bête, je déteste tout le monde et il fait un temps de merde, ronchonna Cléo.

– Oh ! la la !...

– Anton Visa n'arrête pas de me faire des avances visqueuses, poursuivit-elle, la maquilleuse semble avoir mâché de l'ail au petit déjeuner et toutes les chaussures qu'on me fait porter sont deux tailles en dessous de la mienne.

– Dieu du ciel !

– La styliste, une cruche, est tombée amoureuse du photographe qui vient de se faire plaquer par son petit ami. La coiffeuse pense qu'elle est enceinte et hier j'ai surpris Murphy MacKay en train de bourrer son slip avec des socquettes !

– Ma pauvre petite, ça m'a l'air vraiment horrible, soupira Cass.

– Moi, ça va, fit Cléo qui avait l'air d'avoir envie de bavarder. J'ai rencontré un type très chouette. Declan. Il me fait visiter Venise et on s'amuse beaucoup.

– Oh !... fit Cass, décontenancée. Mais je pensais... enfin, je veux dire... et Joël ?

– Maman ! Ce n'est pas du tout la même chose. On s'entend super bien, c'est tout.

– Ah bon ! Tant mieux.

Cléo éclata de rire.

– On est juste bons amis. Comme toi et Rory Cameron, tu vois ?

39

Le vendredi arriva enfin. La pluie, petit miracle, fit en sorte de se retenir le temps que se terminent les prises de vues. Un soleil naissant balayait la cité timidement. Cléo, vêtue de satin beige et portant une fois de plus une paire de chaussures trop petites, posait sur le pont du Rialto pendant que Pierre, tout en reniflant, la mitraillait consciencieusement.

Après un déjeuner agaçant, ils émigrèrent tous vers le canal Della Giudecca. Et pour terminer, ils grimpèrent en troupe les trois cent soixante-quatre marches de pierre de la célèbre tour de l'horloge pour jouir du site spectaculaire, quoiqu'un peu délavé, de Venise.

Donna laissa tomber sa brosse à brushing sur les genoux de Cléo.

– Nausées matinales, gémit-elle en s'agrippant le ventre.

– Ou plutôt, trois portions de *chieche,* répliqua Cléo qui grelottait et dont la patience s'amenuisait rapidement. Je ne comprendrai jamais comment tu as pu avaler des bébés anguilles sans savoir ce que tu mangeais.

Donna, qui avait eu l'impression de déguster des pâtes translucides, poussa un hurlement et s'empressa de vomir dans la boîte à maquillage de Jina.

Celle-ci poussa un cri perçant.

– Espèce de crétine !

Murphy MacKay, qui avait persuadé Donna de commander des *chieche,* s'en prit à Cléo.

– C'est ta faute. Pourquoi a-t-il fallu que tu lui racontes que c'étaient des anguilles ?

– Je ne sais pas. Sans doute pour une raison identique à celle qui te fait bourrer ton pantalon de socquettes, rétorqua Cléo du tac au tac. Pour obtenir une réaction.

Jina gloussa comme une oie.

– Il fait pas ça !

– Les filles, les filles, s'énerva Martine, en agitant son *clipboard.* Ce n'est ni l'heure ni le lieu. Peut-on continuer, s'il vous plaît ?

Cléo avait son compte. Elle donna un coup au Tag Heuer accroché comme une grenade au poignet maigrelet de Martine.

– On est vendredi. Il est 16 h 55, lança-t-elle à Martine qui n'y comprenait rien. Et c'est sensass.

– *Quoi ?*

– Bon, peut-être pas. Mais une chose est sûre : je plie bagage.

Cléo se leva, tendit sa brosse à Donna interloquée et, d'un mouvement rapide, fit descendre la fermeture Eclair de la robe de taffetas bronze qu'elle devait arborer pour la dernière photo. La robe glissa le long de son corps et s'étala en petite flaque soyeuse à ses pieds.

Ce fut au tour de la styliste de pousser un couinement.

– Non... pas *par terre.*

Cléo, seulement vêtue d'une miniculotte blanche, tendit le bras vers son jean et son sweat-shirt noir.

– Bon. J'ai fini. Je ne vous dirai pas que j'ai pris mon pied parce que ce n'est pas le cas. Ciao à vous tous !

Elle avait prononcé *cacavoutous*.

De retour à l'hôtel, elle fit ses bagages en vitesse et partit à la recherche de Declan.

– Il ne commence pas son travail avant 8 heures ce soir.

Marco, qui tenait le bar, avait l'air navré.

– Zut de zut !

Cléo ne voulait pas s'attarder pour ne pas avoir à affronter le courroux d'Anton Visa.

– Vous ne sauriez pas où je peux le trouver, par hasard ?

Marco haussa les épaules.

– Dans sa chambre, on sait jamais...

Les quartiers du personnel étaient situés au dernier étage de l'établissement. Cléo se pencha au-dessus du bar.

– S'il vous plaît, Marco, il faut que je lui parle. Soyez un ange et montrez-moi le chemin.

– Pardon. Je dormais.

Declan se frottait les yeux, mais il parvint néanmoins à lui sourire. En dehors d'un vieux caleçon blanc froissé, il était nu, et pour un individu si mince, son corps était étonnamment musclé. Cléo, qui détestait elle-même être réveillée, était bourrelée de remords.

– C'est moi qui devrais te demander pardon. Recouche-toi. Je suis juste passée te dire au revoir.

– Au revoir ?

A moitié rallongé sous la couette à rayures vertes et blanches, Declan s'immobilisa.

– Je croyais que tu ne partais que demain matin à l'aube. Je voulais t'emmener à une réception ce soir au *Marconi*.

– Je ne peux pas, soupira Cléo.

– Pourquoi ? Que se passe-t-il ?

Elle lui raconta tout.

– Oh ! la la ! était-ce bien avisé ? s'inquiéta Declan, maintenant complètement réveillé. Seras-tu quand même payée ?

Il avait l'air soucieux.

Son lit prenait pratiquement la moitié de la chambre étroite et mansardée. Comme elle n'avait pas d'autre endroit où s'asseoir, Cléo se percha à un bout et coinça une jambe sous l'autre.

– A peu près. On avait presque fini. Merde alors, poursuivit-elle en secouant la tête, maintenant, ça me fait que dalle d'être payée ou non. C'est uniquement grâce à toi que j'ai tenu une semaine.

Declan paraissait effondré.

– Mais tu vas rater la réception, et j'attendais notre dernière soirée ensemble avec tant d'impatience ! Zut ! ça me déprime.

– Tu as l'air d'un petit garçon qui vient de se faire faucher son plus beau marron.

– C'est tout à fait ce que je ressens. Mais est-ce que quelqu'un t'a déjà comparée à un marron ?

Cléo avait l'air amusée.

– C'est donc ça, le baratin irlandais ?

– Ça ne ressort que dans les grandes occasions, je peux te l'assurer.

De ses yeux bleus, il balayait son visage sans cacher l'admiration qu'il lui portait.

– Tu es une fille super. Tu mérites bien ça. Tu ne trouves pas que cette semaine a été formidable ?

– Géniale. C'est pour cela que je voulais absolument passer te dire au revoir. Et merci d'avoir fait en sorte qu'elle soit aussi sensationnelle.

Cléo décida qu'il ressemblait à son frère, mais en beaucoup plus gentil. Sachant que Declan gagnait mal sa vie, elle avait songé à lui laisser un peu d'argent, pour lui montrer à quel point elle appréciait sa gentillesse, mais elle se rendit compte que ce serait une erreur. On donne un pourboire aux femmes de chambre et aux porteurs, pas aux amis.

Elle se déplaça vers la tête du lit pour déposer un baiser sur l'épaule mince de Declan, et d'une main essaya de rétablir son équilibre. Comme cela se produit avec tous les baisers inattendus, celui-ci ne se déroula pas comme prévu. Du nez, Cléo heurta gauchement la joue gauche de Declan.

– Aaah... fit Declan, ce genre de truc ne t'énerve pas ?

Pendant qu'il changeait de position, les commissures de ses lèvres se relevèrent dans un sourire.

– Comme ça, je serai plus stable. Attends une seconde, c'est mieux... bon maintenant, on fait un nouvel essai.

Cette fois, de façon plus ou moins inévitable, sa bouche trouva celle de Cléo. Ce n'était pas ce que la jeune femme avait prévu, mais elle eut peur de le froisser en essayant de reculer. En plus, où était le mal ?

Dans le fond, il ne s'agissait que d'un baiser. Et à dire vrai, d'un baiser carrément génial.

40

– Oh, comme tu m'as manqué !

Dès que Joël eut ouvert la porte d'entrée, Cléo se précipita dans ses bras.

– Tu m'as tellement, tellement, tellement manqué ! J'ai passé une semaine épouvantable. Serre-moi dans tes bras. Non, mieux que ça. Je te préviens : j'ai sacrément besoin qu'on me remonte le moral.

– En fait, j'allais sortir, dit Joël quand elle eut enfin terminé de l'embrasser comme une folle.

On était samedi matin. 9 h 30. Il portait une chemise en jean bleu pâle et un pantalon tout juste sortis de la blanchisserie. De l'after-shave aussi.

Cléo passa sa main dans les cheveux blonds qu'il venait de laver.

– Je vois, dit-elle d'une voix traînante en faisant semblant de prendre un ton soupçonneux. Tu vas dans un endroit sympa ? Je la connais ? Allons, maintenant, tu peux me le dire.

– Je vais chez Sainsbury.

– Ça m'a l'air plausible.

– Je sais. Bizarre, non ?

Joël, la regardant de haut, ajouta :

– C'est là que vont en général les gens quand ils n'ont plus de provisions.

Cléo, qui préférait Knightsbridge, lui adressa un sourire en agitant ses clés de voiture.

– Viens. C'est moi qui conduis. On va plutôt aller chez Fortnum, entasser plein de trucs merdiques et revenir prendre le plus décadent des petits déjeuners au lit. Qu'en dis-tu ? C'est vraiment une offre que tu ne peux pas refuser.

Pour une raison qui lui échappait, Joël n'était pas très souriant. Il se contenta d'expirer lentement, d'une manière très semblable à celle de son prof de maths, lorsqu'elle avait tout calculé de travers.

– Je préfère aller chez Sainsbury.

L'imitant, Cléo exhala un soupir à la Joël.

– Bon, dans ce cas, on y va. Si on est obligés.

– Tu n'as pas besoin de venir. Je suis tout à fait capable de porter mes provisions tout seul.

– Ne sois pas si barbant, protesta Cléo. On n'a encore jamais fait ça ensemble. Je veux te voir faire tes courses.

– Pourquoi ?

Elle rayonnait.

– Pour voir si on est compatibles.

– J'en doute, répliqua Joël. A dire vrai, j'en doute beaucoup.

Quarante minutes plus tard, Cléo s'immobilisa avec un crissement de talons au beau milieu des gondoles de pâtes et de riz. En quelques secondes, l'allée, bondée de gens qui faisaient leurs courses du week-end, se retrouva bloquée.

– Bon, cette fois, ça suffit. Tu vas me dire ce qui se passe.

La bouche pincée, Joël entreprit de pousser leur chariot sur le côté.

– Je ne vois pas de quoi tu parles.

Cléo le foudroya du regard.

– Bien sûr que si, tu le sais ! J'ai tout fait pour essayer d'ignorer ton humeur de chien et ça n'a servi à rien. Alors si on mettait le problème sur le tapis ? Allons, vas-y. Dis-moi ce qui te tracasse.

Les clients commençaient à les dévisager. Joël prit un sachet de macaronis économique.

– Pas ici.

– Mais si, ici ! dit-elle, des étincelles dans ses yeux noirs. S'il y a une chose qui me met vraiment en colère, c'est un homme qui a des humeurs. S'il y a une autre chose que je ne supporte pas, c'est un homme qui a des humeurs et qui refuse de dire ce qui le tracasse. Je ne vois simplement pas pourquoi je serais obligée de le supporter. Ça me met hors de moi.

Le nombre de personnes qui les observaient augmentait. De l'autre côté du chariot à moitié plein, Cléo l'affrontait, comme si elle était prête à se battre avec lui. Les manches de sa veste courte de cuir marron foncé étaient retroussées jusqu'au coude. Dessous, elle portait une simple chemise américaine blanche et un jean blanc serré à la taille par une ceinture de cuir élimée. Le marron foncé de la veste était exactement assorti à la couleur de ses yeux. La chemise américaine et le jean étaient presque coordonnés à ses cheveux ras blond platine. Elle était d'une beauté tellement saisissante, songea Joël, que les gens ne pouvaient pas faire autrement que la fixer du regard. C'était normal, tout simplement.

Mais ce n'était pas sa faute si Cléo avait choisi de se battre avec lui en public. Elle en avait pris la décision toute seule.

– Vas-y, le titilla Cléo qui le mettait maintenant au défi. Tu es furieux contre moi, c'est ça ? Manifestement, j'ai fait quelque chose qui ne te plaît pas. Alors, merde, dis-moi de quoi il s'agit.

Elle eut même le culot, tout en parlant, de prendre le sachet de macaronis du caddie, de le remettre sur le mauvais rayon et de choisir à la place un paquet de *conchiglie* tricolores. Pour Joël, qui n'aimait pas ces coquillettes minables, y compris les toutes blanches, ce fut la goutte d'eau qui fit déborder le vase.

– Bon, dit-il calmement, tu as raison. A part le fait que je suis peut-être plus déçu que fâché. C'est fini, Cléo. Je ne veux plus te voir. Bon, si tu partais maintenant ? Je vais prendre un taxi pour rentrer.

Les gens qui étaient en train de reconnaître Cléo pour de bon se donnaient des coups de coude et hochaient la tête dans leur direction.

Pendant plusieurs secondes, elle le fixa sans rien dire, puis baissa les yeux pour scruter le contenu du caddie.

– Est-ce parce que j'ai pris des pastilles digestives au chocolat alors que tu les préfères nature ?

– Je ne plaisante pas.

Cléo se baissa et brandit trois multi-packs de pastilles fruitées.

– Ne me dis pas que tu avais envie de pastilles aux fruits ?

– Arrête de faire l'idiote.

– L'idiote ? C'est moi qui fais l'idiote ?

Elle se pencha vers lui, et continua d'une voix étranglée :

– Ce qui est idiot, c'est que tu ne veuilles pas me dire ce que je suis censée avoir fait de mal. Tu n'as même pas le courage de...

– Non, ma chérie... fit une dame d'âge mûr en retenant par la manche une adolescente qui devait être sa fille. Je ne crois pas que ce soit le moment de demander un autographe.

Ils n'auraient vraiment pas dû venir ici. Joël regrettait que, pour régler la question, ils ne puissent attendre leur retour à la maison, dans l'intimité.

– Très bien, fit-il en baissant la voix. Disons simplement que tu t'es fait prendre par l'agence Fidelio.

– Quoi ?

– Autrefois, chez Henley-Grant Motors, il y avait un garçon qui travaillait pour moi. Un vendeur extraordinaire, Declan Mulcahy, si ce nom te dit quelque chose...

Consciente qu'autour d'eux, l'intérêt se faisait plus vif, Cléo entreprit de se frayer un chemin jusqu'au parking en grinçant des dents.

– Espèce de salaud ! siffla-t-elle quand ils se retrouvèrent enfin en tête à tête. Je n'arrive pas à croire que tu aies fait ça. Espèce de véritable sal...

– Salaud, je sais.

Joël hocha la tête, et sa bouche se tordit en un sourire sinistre et pas du tout amusé.

– Si ça peut te consoler, ça a commencé comme une plaisanterie. Je ne l'ai pas projeté, crois-moi. Quand tu m'as appris que vos chambres étaient réservées au *San Carlo*, j'ai simplement été étonné par la coïncidence. Declan nous a toujours donné de ses nouvelles. Il nous envoie des cartes postales de tous les endroits où il travaille. Et tu n'arrêtais pas de te vanter des merveilleux résultats de ton agence Fidelio... Je ne sais pas pourquoi, mais je me suis dit que ce serait amusant de profiter de cette occasion pour te faire passer le test.

Il marqua une pause. Son sourire forcé s'était effacé.

– Et il s'est révélé que c'était une idée stupide. Ou plutôt non, j'imagine. Parce que là est le but de cet exercice, non ? Découvrir la vérité sur les gens, et aussi que leurs paroles et leurs actes ne sont pas nécessairement en accord.

Cléo était si furibonde qu'elle avait le plus grand mal à se contenir. D'autant plus que Joël ne s'était pas contenté d'avoir la duplicité de mettre en scène ce piège avec Declan. Il criait aussi victoire, alors qu'elle n'avait rien fait de mal. Enfin, rien de *vraiment* mal... Et elle était trop furieuse pour parvenir à conduire, ce qui signifiait qu'ils étaient coincés dans ce foutu parking, sans même pouvoir baisser la capote de la voiture à cause de tous ces gens qui déchargeaient leurs provisions autour d'eux avec une lenteur exaspérante, prétendant ne rien remarquer du drame terrible qui se déroulait à l'intérieur du véhicule où la pression grimpait en flèche.

Il n'y avait pas que la voiture d'ailleurs qui était sous pression. Cléo se débattit pour se débarrasser de sa veste de cuir. Elle fusilla du regard un couple du troisième âge, qui les observait sans cacher son amusement. Elle avait l'impression de se donner en spectacle dans un foutu aquarium, avec ces rigolos qui ricanaient autour d'elle.

S'étant enfin libérée de sa veste, mais bouillant encore d'être aussi injustement accusée par Joël, elle s'obligea à inspirer plusieurs fois à fond. Elle devait retrouver son calme et tout lui expliquer.

– Ecoute, je t'ai raconté comment se sont passées les prises de vues. Un véritable cauchemar. Declan m'a remonté le moral, c'est tout. Sa compagnie était agréable. C'était un copain amusant... ce n'est vraiment pas comme si j'avais couché avec lui. Il ne s'est rien passé, pour l'amour du ciel !

– Garde ta salive, répliqua Joël d'un ton glacial. Il m'a téléphoné hier soir.

– Mais c'est vrai, il ne s'est rien passé ! hurla Cléo au comble de l'exaspération, en donnant des coups de poing sur le volant.

Bien que le problème fût pour l'instant tout à fait hors sujet, elle éprouvait quand même un choc à l'idée que l'apparente amitié de Declan n'avait été qu'une fausse camaraderie. Il avait agi sur commande ; il s'était prostitué, songeait Cléo, furieuse, pour essayer de la piéger.

– Il n'y a vraiment rien entre nous, reprit-elle, et si cette petite merde de menteur prétend le contraire, tu as intérêt à faire gaffe. Je te jure que je vais retourner à Venise pour le noyer...

– Je n'ai pas dit que tu avais couché avec lui, laissa tomber Joël d'un ton las. Tu n'as pas eu besoin de coucher avec Damien Maxwell-Horne pour savoir qu'il trompait ta copine, hein ?

– Non, mais...

– Mais rien. Il t'a offert quelques verres, il a bavardé un peu avec toi, et ça a été plus que suffisant. En ce qui te concernait, ajouta Joël en haussant les épaules, il était coupable.

Cléo avait l'impression de subir un contre-interrogatoire au tribunal. Elle ne pouvait plus le supporter.

– Oui, mais...

– Et tu dois reconnaître que tu as accepté davantage de Declan que quelques verres, ajouta Joël. Bon, peut-être que pour toi, se rouler dans un lit avec un homme nu n'est pas une conduite déraisonnable. Tu peux dire que je suis vieux jeu, mais moi, en tout cas, je pense que si.

L'injustice de toute cette histoire était accablante.

– Je n'étais pas dans le lit, j'étais dessus, répliqua Cléo d'un ton maussade, car elle sentait que tout se liguait contre elle. Et il n'était pas nu ; il portait un caleçon.

– Je me fiche qu'il ait porté six capotes phosphorescentes et une foutue armure.

Joël en avait son compte.

– A partir de maintenant, tu peux faire ce que bon te semble, avec qui bon te semble. C'est fini entre nous. Dès le début, je t'ai dit que nous n'étions pas assortis. Cette histoire prouve que j'avais raison.

Il pensait vraiment ce qu'il disait. Cléo, qui n'avait pas l'habitude de perdre pied dans ce genre de discussion, sentit qu'elle commençait à avoir vraiment peur. Cette relation était trop importante pour qu'elle y renonce. Elle disait la vérité ; pourquoi ne voulait-il pas la croire ?

– Je t'en prie. Ça a l'air bien pire que ça ne l'était. Tout ce que j'ai fait, c'est embrasser un ami pour lui dire au revoir. Est-ce si anormal ?

Il ne répondit rien, mais se contenta de regarder fixement devant lui.

Elle fit une nouvelle tentative.

– Joël ! Pour rien au monde, je n'aurais couché avec lui. Je le considérais comme un *frère*.

Cette fois, Joël tourna la tête. Il regarda Cléo comme si elle était une étrangère, puis il poussa un soupir.

– Ne sois pas idiote. Personne ne baise autant que ton frère. Même pas Declan Mulcahy.

41

– Je sais bien que je te l'ai déjà dit, mais je ne peux pas m'empêcher de le répéter, fit Rory Cameron en hochant la tête pour manifester son admiration. Tu es absolument splendide.

Cass était ravie. Cléo l'avait emmenée faire des emplettes et l'avait persuadée de se délester de bien plus d'argent qu'elle ne l'aurait osé en temps normal, sous prétexte que désormais Cass était un cœur à prendre et qu'elle avait intérêt à avoir le physique du rôle. Cass avait rempli le chèque les yeux fermés, mais elle était contente d'être allée jusqu'au bout. La robe jaune et blanc de chez Ben Lisi, avec sa veste coordonnée, fabuleusement flatteuse, compensait presque le fait d'avoir quarante ans.

– Sophie l'appelle ma tenue de tendron. Elle prétend que je devrais l'agrémenter avec un boa en plume.

Rory Cameron fit une grimace.

– Je déteste les boas en plume. Ils cachent toujours ce qu'on a le plus envie de voir !

Cass lui lança un coup de coude discret.

– Chut... Tu es le père de la mariée. Conduis-toi bien.

La cérémonie était terminée. Tout le monde s'était rassemblé autour du portail de l'église pour les photos officielles. Le photographe faisait des pieds et des mains pour placer correctement les petits garçons d'honneur. Rory, beau et bronzé, se tenait fièrement entre Amanda et Cass.

– Je trouve que ma conduite est parfaite.

Cass lui jeta un coup d'œil.

– Dans ce cas, arrange-toi pour que ça continue. Pour le bien d'Amanda.

– Si c'est pour mon bien, murmura Amanda du bout des lèvres, je préférerais que, pour une fois, il s'arrête.

Peu après avoir divorcé d'avec Rory Cameron, la mère d'Amanda, Alma, s'était remariée, avait emménagé dans le splendide manoir datant de Jacques Ier que possédait son industriel de mari dans les environs de Cheltenham et s'était fixé pour but de le transformer en l'une des résidences les plus enviables de toute l'Angleterre. Rory, qui gagnait pourtant superbement bien sa vie, mais qui ne pouvait absolument pas rivaliser avec le second mari d'Alma, bonnet de nuit certes, mais tellement fortuné que c'en était presque obscène, avait toujours eu du mal à supporter la manière condescendante dont ils le traitaient.

C'était une chose que d'accorder la main de sa fille et assister à la réception qui se déroulait sous une tente spacieuse, dressée sur une pelouse parfaitement tenue de leur propriété, mais il était absolument hors de question pour lui d'accepter leur invitation, formulée de façon pompeuse, à passer la nuit dans une de leurs innombrables chambres d'amis. Quand ils le lui avaient proposé, Rory s'était dit qu'il ne pouvait vraiment pas le supporter.

Il avait réservé une chambre dans un hôtel proche, l'*Old Priory*. Et quand Cass avait accepté son invitation, il avait rappelé l'établissement pour réserver une seconde chambre.

Finalement, il était plus de 22 h 30 quand, après avoir profité au maximum à la réception de l'hospitalité somptueuse de l'ex-épouse de Rory, Cass et lui arrivèrent à l'hôtel. Pas vraiment en état de conduire, Rory avait déchargé leurs bagages de sa voiture et appelé un taxi.

– Est-ce qu'on a l'air d'un couple en voyage de noces ! pouffa Cass en tirant sur son talon coincé dans la frange du tapis persan qui recouvrait le sol du hall de l'hôtel. Oops ! Tu as des confettis dans les cheveux...

– Drôle de voyage de noces, avec des chambres séparées !

Comme elle trébuchait de nouveau, Rory passa un bras autour de sa taille. C'était bizarre. Et Cass n'avait pas arrêté de le lui faire remarquer : elle n'était absolument pas son genre, mais au fur et à mesure que la journée avançait, il s'était aperçu qu'il éprouvait de plus en plus d'attirance pour elle. Et il eut un pincement de regret pour s'être conduit en gentleman et avoir réservé deux chambres. Cass ne portait peut-être pas de pantalon de cuir et d'anneau dans le nombril, mais elle était sacrément séduisante.

La réceptionniste les accueillit avec un sourire professionnel.

– Nous sommes un peu en retard, je le crains.

Rory observa le trajet d'un confetti qui, de la manche

de son costume de ville gris, se posa en voletant sur le comptoir.

– J'ai réservé au nom de Cameron.

– Ah oui !

Faisant semblant de ne pas avoir reconnu Cass, la femme, du bout de son stylo, parcourut la liste inscrite sur son grand livre.

– Chambre six, deuxième étage, dit-elle en lui tendant la clé. Si vous voulez bien monter, le porteur vous apportera vos bagages dans un instant.

– Et Mme Mandeville ? interrogea Rory.

La réceptionniste sourit.

– Il montera ses bagages à elle aussi.

Cass lança un violent coup de coude à Rory.

– Tu avais dit que tu réserverais *deux* chambres. Tu me l'avais *promis*.

– C'est ce que j'ai fait. Je te le jure.

Le sourire professionnel de l'employée commençait à perdre de son éclat.

– C'est bien ce qui a été réservé au départ.

Hochant la tête avec circonspection, elle s'adressa à Rory :

– Mais votre secrétaire a téléphoné il y a deux jours pour demander une chambre double. Elle nous l'a confirmé par fax hier après-midi.

Cass regardait Rory.

La réceptionniste regardait Rory.

– Mais ma secrétaire est en vacances depuis quinze jours, lâcha-t-il. En safari au Kenya.

Un silence pesant suivit.

– C'est Cléo, conclut finalement Cass en se remémorant les allusions subtiles de sa fille les jours précédents.

Rory était tout prêt à chercher une lampe et un génie aux alentours. A peine avait-il formulé son vœu qu'il venait d'être exaucé.

– Quoi, c'est Cléo ? fit-il, sidéré.

– Le coup de fil, le fax.

Cass hocha la tête et haussa les sourcils, style « tu sais comment sont les filles ».

– Pardon, c'est Cléo qui a essayé de se faire la main pour voir si elle était capable de jouer les marieuses. J'espère que ça n'est pas trop de dérangement pour vous, ajouta-t-elle à l'adresse de la femme, mais nous avons vraiment besoin de deux chambres.

– Oh ! la la ! répondit-elle, je crains fort que ce ne soit impossible. Nous sommes complets.

Comme on le lui avait promis, la chambre de Rory était extrêmement agréable. Des murs cramoisis et des tentures bleu marine contribuaient à créer une espèce d'atmosphère gothique. Une pile de coussins en velours rouge était entassée sur le lit à baldaquin, encadré par la lumière tamisée de lampes aux abat-jour épais. C'était une pièce outrageusement romantique, conçue pour en mettre plein la vue. En ce qui concernait Cass, cette chambre était dangereusement romantique. Le genre d'endroit où les choses qui n'étaient pas censées se produire arrivaient. Peut-être est-ce aussi bien, songea-t-elle, que ce soit avec Rory Cameron. Croulante de quarante ans, elle était sûre au moins d'être en sécurité avec lui.

– Bon, bien, ça ne sert à rien de se sentir gênés.

Rory, qui se frottait joyeusement les mains, avait tellement peu l'air d'un homme embarrassé qui essaie de ne pas en donner l'impression que Cass ne put s'empêcher de sourire.

– Il y a un canapé, lui fit-elle remarquer en désignant une sorte de chaise longue placée sous la fenêtre aux rideaux tirés.

Horrifié, Rory contempla le siège étroit, fortement incurvé et à peine rembourré.

– Je ne pourrai jamais dormir là-dessus. Pas avec mon dos.

– Et moi qui te prenais pour un gentleman, fit Cass, résignée. Bon, j'imagine que c'est moi qui vais souffrir...

– Voyons, protesta Rory, pourquoi souffrirais-tu ? On est de vieux amis, non ?

Cass s'autorisa à opiner d'un mouvement prudent de la tête.

– Hum...

– Alors où est le problème ?

Rory haussa les sourcils et écarta les bras.

– Si nous étions des étrangers sur le même vol en partance pour Bali, on s'endormirait l'un à côté de l'autre, non ?

– Hum...

– Et ça n'aurait rien d'embarrassant.

– J'imagine que non, fit Cass, qui en doutait.

– Bon, dans ce cas, où est la différence ? On va passer cette nuit, de la même façon. Tu peux rester habillée si cela te rassure.

Les coins des yeux bleus de Rory se plissèrent, en même temps que sa bouche s'incurvait dans un sourire.

– Tu peux même garder ton chapeau si ça te chante.

Si elle hésitait encore, il n'allait pas manquer de lui faire remarquer qu'elle n'était qu'un vieux fossile préhistorique et que, de toute façon, il ne s'intéressait pas le moins du monde à son vieux corps tout fripé.

– Bon, d'accord, souffla-t-elle.

– Bien

Le sourire de Rory s'élargit. Et pour lui prouver à quel point ses intentions étaient pures, il prit sa main et la baisa.

– Cass chérie, merci pour cette journée. As-tu passé un bon moment ?

– Bien sûr que oui.

Il recula d'un pas en dénouant sa cravate.

– J'en suis ravi. Tu peux prendre la première la salle de bains.

Quelle sensation bizarre, songeait Cass, qu'être allongée dans le même lit que Rory ! Elle n'avait bien entendu pas gardé sa robe, pas davantage son chapeau, mais elle s'était emmitouflée dans son peignoir de satin rose et jaune. Et elle avait gardé sa culotte. Dieu seul sait ce que pouvait porter Rory ; elle n'avait pas eu le cran de le vérifier.

Elle se demanda s'il ronflait.

– A quoi penses-tu ?

Cass sourit dans le noir. Il ne parvenait donc pas plus qu'elle à dormir !

– Je me demandais si tu ronflais.

– Jamais pour un premier rendez-vous.

Il rit doucement.

– Bon, quoi d'autre ?

– J'essaie de prétendre que je suis sur un long-courrier pour Bali.

Il éclata d'un rire sonore.

– Ma pauvre vieille. Est-ce un tel supplice ?

Vieille.

– Eh bien, admit-elle, oui, d'une certaine façon.

– Tu peux toujours fermer les yeux et dormir.

– Je sais. Mais je ne suis pas fatiguée.

– Tu meurs de trouille, voilà tout.

Cass en tournant la tête s'aperçut qu'il riait toujours.

– Non, je n'ai pas la trouille. Je me sens bizarre, c'est tout.

Repoussant la frange qui retombait sur ses yeux, elle ajouta :

– Toi, tu trouves ça normal. Tu as partagé le lit de millions de filles.

– Pas toujours le même lit.

– Tu sais très bien ce que je veux dire, répliqua-t-elle d'un ton plein de reproche. Moi, je n'ai connu que Jack.

– Tu plaisantes !

Rory s'assit, franchement sidéré. Il n'arrivait pas à saisir la portée d'un tel aveu.

– Tu veux dire... enfin... tu n'as jamais...

Il alluma la lampe de chevet à la lumière rosée. Soulagée, Cass constata qu'il portait lui aussi un peignoir, en soie vert foncé bordé d'un liséré blanc. Elle ne s'attendait pas à le voir en pyjama ; Rory Cameron n'était tout simplement pas du style à porter ce genre de chose.

– Eh bien, non, bien sûr que non. Nous nous sommes rencontrés très jeunes. Quand en aurais-je eu l'occasion ? ajouta-t-elle avec un haussement d'épaules.

– Mais rien... depuis ? demanda Rory, incrédule. Pas même une aventure ?

Cass cilla des yeux et hocha la tête.

Il esquissa un demi-sourire.

– Les aventures, c'est pas ton truc, j'imagine.

– Non, ce n'est pas cela.

Les mots sortirent en cascade avant même qu'elle puisse les retenir. Stupéfaite, Cass s'entendit déclarer :

– Je me dis souvent qu'une aventure pourrait être agréable. Mais le fait est que je n'ai pas encore rencontré quelqu'un qui me plaise assez, et réciproquement.

Un autre silence. Cass sentit son cœur palpiter. Avait-elle vraiment dit cela ? Etait-ce la vérité ? Le pensait-elle sans avoir jamais osé se l'avouer ?

– Tu me plais.

Bonté divine...

– Tu m'écoutes ? dit Rory comme elle se taisait.

– Je ne peux pas te plaire, rétorqua Cass, la gorge sèche, je suis trop vieille pour toi.

Il paraissait amusé.

– C'est vrai, plus vieille que je n'en ai l'habitude, je te l'accorde.

– Comparé à tes habitudes, je suis bonne pour la maison de retraite.

– Mais moi, est-ce que je te plais ?

Elle se mordit les lèvres quand il effleura son bras. Subitement, elle avait tellement envie de Rory Cameron que c'en était douloureux.

Mais que suis-je donc, se gourmanda-t-elle, une espèce de dévergondée, d'obsédée sexuelle ?

Mais quand il se pencha pour l'embrasser, ses scrupules s'envolèrent. C'était ce dont elle avait besoin ; ce qu'elle *méritait*...

– Tu es belle, déclara Rory dont la bouche chaude effleurait la sienne. Le sais-tu ? Belle.

Les bras de Cass, vides depuis si longtemps, se refermèrent sur lui.

– Es-tu certain que tu le veux ? murmura-t-elle. Tu ne fais pas cela par simple pitié ?

Pour toute réponse, le corps de Rory se pressa contre le sien. A travers leurs peignoirs respectifs, Cass sentit effectivement la force de son désir.

– Alors, est-ce de la pitié, à ton avis ? demanda-t-il en souriant. Ma chérie, cela fait une demi-heure que je suis dans cet état débilitant. A ton avis, pour quelle raison suis-je incapable de trouver le sommeil ?

Le lendemain matin, quand ils descendirent prendre leur petit déjeuner, la réceptionniste aux cheveux luisants était toujours à son poste.

– Tout... va bien ?

Son sourire était moins professionnel, plus ouvertement curieux. Cass sentit ses joues s'empourprer et se fustigea mentalement. L'ennui, c'était que plus elle essayait de prendre un air insouciant, plus elle avait l'impression que les mots OUI, ON L'A FAIT clignotaient, style devanture de Las Vegas, sur son front.

Rory, qui se laissait moins facilement démonter, y alla d'un grand sourire.

– Extrêmement bien, merci.

La femme eut l'air soulagée.

– Bien. Le petit déjeuner est servi sur la terrasse.

– Viens, chérie.

Toujours souriant, Rory enlaça Cass par la taille.

– Ce n'est pas la peine de rougir. Si quelqu'un a dépassé l'âge légal, c'est bien nous.

Ayant toujours été incapable de mentir, Cass eut du mal à faire croire à Cléo qu'il ne s'était rien passé. Cette stupide enseigne clignotante refusait tout simplement de s'éteindre.

– Ouais, ouais, gazouilla Cléo en écoutant les protestations d'innocence de sa mère. Et moi, je suis la reine des bonnes fées. Maman, tout va bien, on est de ton côté. N'oublie pas que c'est ce qu'on voulait !

– Oui, bon.

Toujours rougissante, Cass se sentit obligée de protester une dernière fois.

– C'était très vilain de ta part.

– Et moi, chanta Sophie d'une voix flûtée. C'était vilain de ma part, aussi.

– C'était gênant.

– Sympa, pourtant, dit Cléo, rayonnante.

Cass essaya de faire preuve de sévérité.

– Tu as pris un risque. Ça aurait pu être un désastre.

Sophie serra sa mère dans ses bras.

– On savait que ça marcherait. Et on aime bien Rory toutes les deux. Tu as notre permission, tu peux l'épouser.

L'espace d'un instant, Cass fut prise de panique. Elle n'était plus qu'à une quinzaine du jugement définitif.

– Mais je ne suis même pas encore divorcée.

42

Quand Donny sonna à la porte d'entrée, personne ne vint lui ouvrir. Entendant des bruits dans le jardin, il contourna la maison pour s'y rendre.

– Seigneur ! s'exclama Pandora, en pressant une main contre sa poitrine. Tu m'as flanqué une de ces frousses ! Excuse-moi, je ne m'attendais pas à voir quelqu'un...

– C'est moi qui devrais m'excuser.

Pas désolé le moins du monde, Donny lui lança son célèbre sourire éclatant blanc et or. Il ne s'attendait pas du tout à la trouver aussi différente de la dernière fois qu'il l'avait vue. Mettre ce bébé au monde lui avait fait un bien inouï.

– Assieds-toi, proposa timidement Pandora.

D'une main, elle tapota la couverture à carreaux bleus et blancs étalée sur le gazon, sous un pommier noueux dont l'enchevêtrement de branches arthritiques fournissait un coin d'ombre bienvenu.

Sur la couverture, allongé sur le dos, occupé à gigoter des jambes et à essayer d'attraper les ombres dans ses petites mains, s'agitait le bébé dont Donny avait si peu entendu parler. A en croire Sean, il n'avait pour seule mission dans la vie que cracher ses poumons en hurlant, remplir ses couches et vomir.

Loin d'être un père gâteux, Sean avait pris l'habitude de passer de moins en moins de temps à la maison.

– Je ne suis vraiment pas doué pour ce genre de truc, avait-il expliqué à Donny, en grimaçant à la simple pensée des couches pleines entrevues dans la poubelle. Que Dieu me préserve d'avoir à en changer une moi-même ! C'est davantage le rôle de Pandora que le mien. Tu comprends, ce sont les femmes qui sont programmées pour ces activités-là.

Donny en était navré pour Pandora qui, apparemment, n'avait guère le choix en la matière. C'était également pour cette raison qu'il avait décidé de lui rendre une petite visite. Il fallait que quelqu'un se dévoue, et il aimait bien ses neveux et ses nièces. Il lui arrivait d'ailleurs de changer lui-même les couches, c'était de notoriété publique.

Il contempla le bébé qui s'activait sur la couverture. Elle s'appelait Rose, bien que Sean persistât à dire « l'enfant ».

– Elle est géniale, non ?

Pandora était folle de sa fille.

– Au début, elle nous a donné un peu de souci avec ses diarrhées, mais c'est fini. Regarde, elle te sourit ! Elle te fait un grand honneur. Elle ne sourit presque jamais à Sean.

Sans doute parce qu'il ne s'attardait jamais assez longtemps pour en recevoir un. Fasciné par la douceur de la peau du bébé, Donny se laissa glisser près de Rose pour caresser son ventre brun nu. Rose gargouilla de plaisir, saisit son index et s'y agrippa férocement des deux mains.

– Que veux-tu boire ? demanda Pandora. Une tasse de thé, une limonade, un vrai verre ?

– Rien du tout, répondit-il en secouant la tête.

– Si tu cherches Sean, j'ai bien peur que tu ne le trouves pas ici.

Pandora s'était relevée et elle se dirigeait vers la cuisine.

– Il est au club, précisa-t-elle par-dessus son épaule.

Faux. Donny venait d'y passer et ne l'avait pas vu.

– En définitive, je vais peut-être prendre une goutte de thé, dit-il.

Quelques minutes plus tard, Pandora réapparut avec trois énormes tasses.

– Une pour toi, deux pour moi, expliqua-t-elle, l'air de s'excuser. Je meurs de soif.

– Parce que tu allaites ta fille.

Donny, qui avait cinq sœurs, hocha la tête d'un air entendu.

– C'est pour ça que tu as réussi à perdre autant de poids si vite. M'autorises-tu à dire que tu es superbe ?

Il n'exagérait pas. Pandora était plus mince qu'avant sa grossesse. Et ses nouveaux seins voluptueux, fascinants, s'accordaient maintenant avec les courbes coquines de ses fesses et la rondeur de ses cuisses. Tandis que s'évanouissaient ses kilos, son ossature délicate s'était redessinée avec plus de netteté : ses yeux paraissaient plus grands ; son cou plus long.

Donny songea que s'il essayait, il arriverait probablement à lui enserrer la taille de ses deux mains.

Le compliment parut ravir la jeune femme.

– Tu peux le répéter autant que tu le voudras.

Donny ne se fit pas prier.

– Tu es superbe.

Le sourire de Pandora s'éteignit.

– Tu aurais plutôt intérêt à le signaler à Sean. Apparemment, il ne l'a pas remarqué.

Sur la couverture, Rose s'évertuait à se retourner sur le ventre.

– Bien sûr que si !

Tout en lançant ce bobard, autant dans l'intérêt de Sean que dans celui de Pandora, Donny accorda à Rose l'aide dont elle avait besoin.

– Il n'arrête pas de chanter tes louanges. Il proclame que tu t'en sors brillamment et que tu es magnifique.

Le mensonge commençait à gonfler, comme du pop-corn.

– Et il est fou de Rose, il parle sans arrêt d'elle aussi...

– Oh ! la la ! fit Pandora à regret, et moi qui commençais juste à te croire !

Rose s'essayait en vain à traverser la couverture à la nage. Donny appuya les paumes contre ses plantes des pieds qui battaient l'air frénétiquement.

– Bon, mais c'est ce qu'il devrait faire.

– Au lieu de faire la tournée des night-clubs, observa Pandora, et de rentrer en puant le parfum. Je ne comprends pas, soupira-t-elle, pourquoi faut-il que ce soient toujours des femmes au parfum si nauséabond ? Pourquoi ne choisit-il jamais quelqu'un qui se parfume agréablement ?

– C'est un copain, dit Donny, mais je ne l'aime pas toujours.

– On est pareils !

– Mais tu es toujours là.

Jamais il ne pourrait imaginer, songeait Pandora, l'impuissance et le manque d'assurance qui l'avaient submergée pendant toute sa grossesse. Et s'occuper d'un nouveau-né braillard qui souffrait de diarrhée n'avait pas non plus été une partie de plaisir.

– J'imagine que je le dois à Rose, dit-elle tout haut. En tout cas, de faire de mon mieux. Quoi qu'il arrive, Sean reste son père.

Vingt minutes plus tard, lorsque Pandora s'assoupit pratiquement au milieu d'une phrase, Donny comprit à quel point elle était fatiguée. Dans la rue, une voiture laissa échapper un bruit de pot d'échappement, elle se réveilla en sursaut et se confondit en excuses.

Donny, qui n'avait pas eu l'intention de rester plus de dix minutes, s'entendit proposer :

– Je te défends de t'excuser. Les bébés, c'est crevant. Ecoute, pourquoi ne montes-tu pas faire un petit somme ? Je m'occuperai de Rose.

– Oh ! c'est vraiment gentil.

Pandora hésita.

– En fait, j'aimerais surtout prendre un bain. Tu comprends, Rose commence à hurler à tue-tête dès que je mets un pied dans l'eau. Un bain ininterrompu, ce serait divin, si tu pouvais la distraire une demi-heure...

Ce salaud de Sean. Jamais là. Donny, en pénétrant dans la cuisine avec Rose, nichée contre son épaule dans la position de la grenouille, écouta le bruit des pas qui grimpaient quatre à quatre l'étage. En acceptant son offre, Pandora avait eu les larmes aux yeux. Epuisée par cinq tétées chaque nuit et l'attention constante qu'exigeait d'elle Rose pendant la journée, elle était prête à s'effondrer. Donny contempla le cœur serré le tas de lessive qui attendait la jeune femme. Il arrivait qu'on aille trop loin.

En se dirigeant vers le salon, il commença à découvrir que Rose n'allait peut-être pas lui rendre les choses faciles. Il s'était vanté d'être capable de s'occuper de tout. Manifestement décidée à le mettre à l'épreuve, elle se hâta de remplir sa couche. Donny grimaça. Rose, enchantée du contraste entre son visage noir et sa dentition blanc et or, poussa un petit cri de ravissement et tira sur ses mèches rastas.

Le nécessaire pour la changer était à portée de main, dans un sac mou à fermeture Eclair lilas et vert qu'il reconnut, car il était identique à celui que ses sœurs s'étaient passé les unes aux autres. Se sentant tout à fait apte à la tâche, Donny se mit à déballer linges humides, coton hydrophile, lotion pour bébé, serviette à changer et couche propre. S'il arrivait à faire très vite, il n'aurait peut-être même pas besoin de respirer.

Il trouva le journal, au fond du sac, au moment où il allait remettre tous les objets à l'intérieur. Comprenant que Pandora l'avait caché là volontairement, Donny ressentit un bref éclair de culpabilité. Mais on ne pouvait passer à côté de certaines choses décidément trop irrésistibles. Et un journal appartenant à la petite amie que négligeait cruellement Sean en faisait définitivement partie.

C'est donc ainsi, songeait Cass, assise seule à la table de cuisine, les yeux rivés sur le papier qu'elle tenait à la main. C'est à cela que ressemble un jugement définitif. C'est de cette façon que se terminent vingt-deux années de mariage.

Contente d'être seule et encore plus de l'avoir reçu juste avant de partir travailler, Cass ferma les yeux. Toutes ces années, toute cette histoire partagée se dissolvaient en rien du tout, comme de l'Aspro effervescent.

Cass se demanda si Jack allait se marier avec Imogen. Et si elle rencontrerait un jour quelqu'un qu'elle aimerait épouser. Elle avait essayé d'envisager une union avec Rory Cameron et avait échoué lamentablement. L'image s'entêtait à refuser de se matérialiser. Cass frissonna. Son avenir, apparemment, s'apparentait à un vide immense et effrayant.

A l'instant même où sa gorge commençait à picoter, le téléphone sonna. Elle décrocha d'une main tremblante.

– Salut, c'est moi.

Jack, c'était inouï.

– Tu l'as reçu ?

Cass tenait toujours le papier dans sa main. Elle le regarda une fois de plus, puis jeta un coup d'œil par la fenêtre de la cuisine. Le soleil brillait toujours, le ciel était encore d'un bleu méditerranéen, sans un nuage à l'horizon. Cette journée était véritablement splendide.

– Oui.

– Moi aussi.

Jack paraissait bizarre, presque hésitant.

– Hum... ça va ?

– Merveilleusement bien.

Cass aurait préféré mourir plutôt qu'avouer ce qu'elle ressentait. Elle redressa les épaules.

– Enfin, ça n'est quand même pas une surprise, non ? Nous savions que ça allait arriver.

Mais Jack la connaissait trop bien. Sans se laisser une seconde duper par cette bravoure de façade, il reprit :

– Voyons, ça fait quand même une impression étrange. Moi, en tout cas, je me sens bizarre.

– Tu n'as qu'à demander à Imogen de te faire un de ses célèbres massages aromatiques.

– Cass, je t'en prie.

Cette vacherie ne fit que le convaincre qu'au-delà des apparences, elle était bouleversée.

– Es-tu seule ? Sophie est à la maison ?

– Oui.

Sophie devait passer la nuit chez une amie.

– Passe-la-moi une seconde.

– Elle ne veut pas te parler.

– Ce qui signifie qu'elle n'est pas là, soupira Jack. Bon, veux-tu dîner avec moi ce soir ?

C'était la dernière chose à laquelle Cass s'attendait. Le choc fut si brutal qu'elle faillit en lâcher le combiné.

– Dîner ? Pour quoi faire ?

– Pourquoi pas ? fit Jack qui n'était absolument pas sûr de lui. On peut quand même se conduire en êtres civilisés, non ? J'aimerais t'inviter à dîner.

– Et Imogen, crois-tu qu'elle va aimer ça ?

– Ce qu'Imogen aime ou n'aime pas n'a aucune importance. J'ai envie de dîner avec toi.

Jack marqua une pause. Imogen n'était donc pas encore au courant.

– A moins que tu n'aies prévu autre chose.

– Je vais vérifier dans mon agenda.

Cass essaya de ne pas avoir l'air débordante de joie. Elle n'avait pas d'autre projet et la perspective d'agacer Imogen la ravissait trop pour qu'elle n'en profite pas. En outre, elle allait enfin passer la soirée avec une personne qui comprenait ce qu'elle ressentait.

– Ah, apparemment, je suis libre !...

– Bon, je passe te prendre à 20 heures.

– Disons 20 h 30, répliqua Cass pour faire décontractée.

43

Pandora profita de cette occasion tombée du ciel pour passer presque une heure dans sa baignoire. Quand elle redescendit enfin, détendue, parfumée, après avoir passé un chemisier de coton bleu marine martin-pêcheur et un caleçon rose, elle trouva Donny vautré sur le canapé. Rose, les jambes repliées sous son petit corps, dormait à poings fermés, lovée contre sa poitrine.

Elle s'efforça de prendre une mine navrée.
– Excuse-moi, je sais que ça m'a pris un siècle. Mais je crois bien que c'est le meilleur bain que j'aie pris de ma vie.
Donny avait l'air amusé.
– Tu aurais dû appeler pour que je vienne te frotter le dos.
Pandora tendit les bras vers sa fille.
– Veux-tu que je t'en débarrasse ?
Rose, nasillant d'aise, venait de changer de position dans son sommeil.
– Pas la peine. On est très bien tous les deux.
– Franchement, je n'avais pas l'intention de mettre si longtemps. Il faut peut-être que je la change.
Donny haussa les épaules.
– Pas la peine. Je m'en suis déjà occupé.
– Seigneur !
Sidérée, Pandora s'installa sur une chaise, face à lui.
– Pas... de problème ? demanda-t-elle avec circonspection.
– Aucun. Nous ne sommes pas tous comme Sean, tu sais.
– Oui, je sais.
Brusquement, Donny s'aperçut que Pandora Grant lui plaisait follement.
– Tu as l'air nerveuse, observa-t-il d'un ton détaché.
– Non...
– On dirait que tu as quelque chose à cacher.
Pandora le regarda longuement sans répondre.
– Au fond de ce sac où tu ranges les couches propres, précisa-t-il, sans le moindre remords.
– Tu es vraiment ignoble ! Je n'arrive pas à croire que tu aies fait ça ! Tu n'as pas recommencé !
Donny désigna le bébé endormi sur son torse.
– C'est la faute de Rose. Si elle n'avait pas eu besoin d'être changée...

Pandora s'affaissa sur sa chaise, en gémissant.

– Pour moi, c'était une cachette sûre, j'étais certaine que Sean ne risquerait pas de tomber dessus.

– Comme je le disais...

– Je sais, tu n'es pas Sean.

Pandora se voila les yeux quand Donny sortit le journal qu'il avait dissimulé derrière les coussins entre lui et le canapé.

– Merci beaucoup. C'est horriblement gênant, j'imagine que tu t'en rends compte. J'espère que tu es conscient, ajouta-t-elle, les yeux brillants, que si ma fille n'était pas scotchée à toi, je te tuerais ?

– A ton avis, pourquoi ai-je voulu la garder ?

Donny prit les fesses rembourrées du bébé dans une de ses paumes.

– Elle me sert de bouclier humain. Pas vrai, petit chou ?

– Elle ne dort jamais comme ça avec moi, remarqua Pandora, perplexe. Je ne comprends pas pourquoi elle ne se réveille pas.

– C'est le timbre de ma voix, expliqua Donny, très content de lui. Ma grosse voix noire virile. Les bébés adorent la façon dont elle vibre contre leur poitrine. Ça les...

– ... rassure. O.K, O.K., je vois, acquiesça Pandora. Tu es la Mary Poppins rasta. Ce qui ne t'empêche pas d'être un vrai salaud. Je regrette vraiment d'avoir pris ce bain.

– Oh, fais risette !

Le sourire de Donny s'élargit.

– Comment pouvais-je deviner ce que c'était ? Pour moi il s'agissait de ton journal.

– Et du coup, il a fallu que tu y mettes le nez.

Il haussa les épaules, pas du tout perturbé.

– Comme n'importe qui l'aurait fait à ma place, non ?

– Je n'arrive toujours pas à croire que tu as fait cela deux fois, se désespéra Pandora.

Donny comprit qu'il l'avait assez taquinée. Et le bébé, comme s'il s'en était aussi rendu compte, se mit à remuer. Ses doigts minuscules en étoile de mer se pliaient et se dépliaient. Donny caressa la tête foncée et duveteuse à la forme parfaite, et l'espace d'un instant, forma le vœu que Rose ait été sa fille à lui.

– Je l'ai lu. En entier. C'est brillant.

Incapable de soutenir son regard, Pandora fixait le sol.

– Mais non.

– Mais si, dit-il d'un ton léger et taquin.

– Je n'aime pas qu'on me traite de haut.

Un feu ardent brûlait dans les yeux de la jeune femme.

– Ni qu'on se moque de moi. Et c'était personnel...

Rose, prête pour sa prochaine tétée, commença à geindre. Donny se redressa et la berça légèrement contre son épaule. Un ruban de bave coulait de la bouche du bébé sur le col blanc de sa chemise.

– Je ne te traite pas de haut, affirma-t-il. Je suis sincère. Si j'avais pensé que c'était de la merde, je ne t'en aurais même pas touché un mot, je l'aurais remis dans le sac en faisant celui qui n'a rien vu du tout.

Pandora ne paraissait pas du tout convaincue. L'expérience précédente avait été assez humiliante comme cela. Chat échaudé craint à jamais l'eau froide, se dit Donny. Il fit une nouvelle tentative.

– Ecoute, je parle sérieusement. Ton premier scénario... n'était pas aussi mauvais que nous avons voulu te le faire croire. Après t'avoir descendue aussi brutalement, je me suis senti vachement mesquin. On avait bu quelques verres au club et quand Sean a commencé à te lancer ses remarques au rasoir, j'ai trouvé plus facile de le suivre que d'entamer une discussion avec lui.

Pandora, qui commençait lentement à le croire, repensa à toutes les pages qu'elle avait déchirées en mille morceaux et balancées à la poubelle.

– Ça veut dire quoi ? Que c'était bon ? Drôle ?

– Une partie était amusante. Pas géniale, se hâta d'ajouter Donny, mais pas aussi mauvaise que nous l'avons prétendu.

Pandora avait l'air effondrée.

– Oh !

– En fait, tes erreurs t'ont fait progresser. Celui-ci, ajouta-t-il en donnant une tape sur le scénario, est sacrément bon. Et je le pense vraiment. Rapide, drôle, original. Ça fonctionne. Crois-tu que je te mène toujours en bateau ? ajouta-t-il d'une voix anxieuse.

Pandora, ayant apparemment perdu sa langue, secoua la tête. Rose, que la faim tenaillait maintenant sérieusement, poussa un long vagissement pour exprimer son indignation.

– Bon. On commence par le début. Nourris-moi ce bébé.

Donny lui passa l'enfant qui maintenant braillait.

– Monte si tu veux, ajouta-t-il, en voyant que la jeune femme hésitait, mais ça ne me dérange pas. Si tu n'es pas gênée, moi non plus.

Pandora esquissa un sourire et défit deux boutons de son chemisier bleu. Quelques secondes plus tard, le silence régnait dans la pièce.

Pour la seconde fois, Donny regretta de ne pas être le père de Rose. Sean, c'était clair, ne la méritait pas. Il ne les méritait ni l'une ni l'autre.

– On passe au numéro deux, annonça-t-il, s'obligeant à maintenir son attention sur le journal qu'il tenait à la main.

– Est-ce que ça te dirait que je t'aide ? Je peux m'occuper de voir si on peut faire décoller ce machin ?

Pandora hocha la tête avec circonspection.

– Et Sean ? demanda Donny. Vas-tu le lui montrer ?

– Non. Je veux que ça reste entre nous.

Cette fois, elle parlait avec la plus grande fermeté.

Cette solution convenait à Donny. Il essaya de se convaincre de la pureté de ses intentions. Des gouttes de sueur perlaient à la base de son cou.

– Bon, il faut qu'on le fasse taper.

A l'intérieur de la couverture rouge en similicuir, se trouvaient environ deux cents pages d'un scénario écrit très serré. En gros, d'après ses estimations, six épisodes d'une demi-heure du genre de sitcom télévisé susceptible de battre tous les records, et qui pourrait bien être salué comme le nouveau *Absolutely Fabulous*. Que Pandora s'y soit lancée, après avoir vu sa première tentative lacérée par le verdict de Sean, en disait long sur son caractère. La jeune femme ne cessait de grimper dans l'estime de Donny. Pour lui, elle était tout simplement un miracle vivant.

– Hum... dit Pandora. Je ne sais pas taper à la machine.

– Pas de problème.

Rien ne pouvait plus arrêter Donny.

– Une de mes sœurs peut s'en charger. Et on va avoir besoin d'un synopsis, poursuivit-il. Deux ou trois mille mots devraient suffire.

Pandora fit une grimace.

– Je n'ai pas beaucoup de temps libre. J'ai écrit ce truc avant la naissance de Rose.

Donny lui adressa un large sourire.

– Dans ce cas, il va falloir que je t'aide. Appelle-moi dès que le chemin est libre et j'accourrai. Déguisé, si tu veux. Ça pourra être marrant.

L'espace d'une seconde embarrassante, Pandora se

demanda si elle devait cacher son projet à Sean. Puis elle se rappela la manière dont il avait réagi la première fois. Il se contenterait de se moquer d'elle.

Non, il valait bien mieux attendre d'avoir à lui montrer quelque chose de concret et dont elle pourrait se vanter. Enfin, si ce projet se concrétisait pour de bon.

A son retour, un peu plus tard, Sean ne fut pas particulièrement enchanté par le spectacle qui l'attendait. Vêtu d'une chemise blanche et d'un jean déchiré à des endroits stratégiques, Donny était vautré sur le grand canapé gris. Et il avait l'air de s'amuser comme un fou.

Les yeux de Sean se rétrécirent davantage quand il découvrit ce qui se passait sous le chemisier bleu vif de Pandora. Comment pouvait-elle rester là à allaiter ce fichu bébé comme s'il s'agissait de la chose la plus naturelle du monde ? Ignorait-elle le spectacle qu'elle offrait ? Dégoûté, il pinça les lèvres. Nom d'un chien, oubliait-elle le genre de type qu'était Donny Mulligan ?

– On est où, au zoo ? C'est l'heure du repas des fauves ?

Il jeta un coup d'œil éloquent à Pandora, pour lui faire comprendre qu'elle devait prendre une attitude décente. Pourquoi ne donnait-elle pas le biberon à Rose ? Cela le dépassait. Mais il y avait autre chose qu'il comprenait encore moins : la raison pour laquelle elle avait les yeux si limpides et arborait cette expression très satisfaite.

De toute façon, Rose avait fini de téter. Pendant que Pandora refermait son chemisier, le bébé regarda Sean. L'espace d'un instant, elle parut sur le point de sourire, puis émit un rot assourdissant.

Donny éclata de rire.

– Hé, mon vieux, je me suis contenté de lui demander ce qu'elle pensait de ton spectacle d'hier soir.

– Ha, ha ! répliqua Sean d'un ton glacial, d'autant que ledit spectacle ne s'était pas déroulé de façon satisfaisante.

Sujet d'agacement supplémentaire, le bébé fixait Donny avec un regard de fascination absolue. Et le sourire édenté qu'elle lui adressait était totalement béat.

– Tu es ici depuis combien de temps ? demanda Sean. Tu aurais d'abord dû téléphoner.

Donny haussa les épaules.

– Deux ou trois heures. T'inquiète pas, de toute façon, j'étais pas particulièrement passé pour toi.

– Je vois.

– J'avais décidé qu'il était temps de me présenter à ta fille.

Une fois de plus, l'éblouissant sourire blanc et or.

– C'est une vraie beauté. Elle tient de sa mère.

– Hum... fit Sean.

Donny l'amusait de moins en moins. A quel petit jeu jouait-il donc ?

– Bon, l'attraction est terminée, annonça-t-il d'une voix ferme, après avoir vérifié la décence de la tenue de Pandora.

– Il est temps que je parte.

Sans se presser, Donny se leva et agita les doigts en direction de Rose.

– Au revoir, petite puce. Je crois que je suis amoureux.

– C'était sympa de passer, dit Pandora. Et merci pour tout.

Donny lui lança un clin d'œil.

– Quand tu veux...

– Merci pour tout, imita Sean d'un ton furibond dès que Donny eut franchi la porte. Quand tu veux. Mais à quoi s'imagine-t-il jouer ?

– Il voulait juste se montrer gentil.

Bien trop réconfortée pour prêter vraiment attention à l'humeur de Sean, Pandora déversa une pluie de baisers bruyants sur le visage de Rose.

– Et je devine pourquoi, cracha Sean. Il n'est pas simplement venu récupérer son pull.

Ledit pull, que Sean lui avait emprunté quelques jours plus tôt, avait permis à Donny d'emporter en cachette le journal de Pandora.

La jeune femme haussa les épaules.

– Non.

– Il t'a fait des avances.

– Vraiment ? s'étonna-t-elle en sourcillant, incapable de résister à cette pique. Pas étonnant que je n'aie pas pigé. Ça fait si longtemps que *personne* ne s'est intéressé à moi...

De minute en minute, la colère de Sean ne cessait de monter.

– Dans ce cas, que signifie ce putain de « Merci pour tout » ?

– Merci pour ce génial après-midi d'amour effréné.

Pandora souleva le bébé sur une hanche, et se tourna face à Sean.

– Un autre truc que j'avais presque oublié. Bon, si tu en as terminé, c'est l'heure du bain de Rose.

Jusque-là, Pandora avait été trop lasse pour lui renvoyer la balle, et elle s'apercevait déjà qu'elle était en train de se rattraper. Décontenancé, Sean fit marche arrière.

– Enfin, tu sais ce que je veux dire. Combien de fois dois-je te mettre en garde contre Donny Mulligan ? La machine à baiser, l'obsédé sexuel numéro un du club...

– Numéro deux, tu veux dire, répliqua Pandora.

44

Jack se gara devant la maison à 20 h 30 pile. Il portait un costume gris sombre, qu'elle ne lui connaissait pas, de coupe plus moderne que ceux qu'il avait l'habitude d'acheter. Cass se demanda si Imogen s'était mise à le traîner dans les boutiques pour le persuader de s'habiller plus jeune, plus dans le vent. Pour témoin sa cravate rose, qu'il aurait autrefois absolument refusé d'arborer.

– Eh bien, dit-elle alors qu'ils descendaient l'allée, ça fait bizarre.

– Comme un premier rendez-vous ?

Du coin de l'œil, Jack la vit lisser sa robe de satin noir sur ses cuisses, geste si familier qu'il trouvait étrange qu'Imogen ne fît pas de même.

– Pas vraiment.

Cass se pencha en avant pour baisser le volume de la musique diffusée par la chaîne dernier cri.

– Pour notre premier rendez-vous, rectifia-t-elle, tu m'as transportée sur la barre transversale de ta bécane.

– Et moi, j'ai passé la soirée à me demander quel genre de baiser j'allais te donner en te quittant, se rappela Jack avec un grand sourire. J'ai même failli le jouer à pile ou face, tu sais. Pile, bouche ouverte. Face, bouche fermée.

Impuissante, Cass se sentit happée vers le passé jusqu'à leur première soirée. Aujourd'hui encore, il lui suffisait d'y penser pour en avoir le cœur à l'envers.

– Où allons-nous dîner ?

Le changement de sujet était peut-être abrupt, mais nécessaire. S'ils passaient leur temps à jouer à « tu te souviens ? », elle avait intérêt à commencer par avaler un ou deux verres.

Jack avait réservé une table au *Phoenix*, un restaurant de Streatham qu'ils avaient plus ou moins fréquenté autrefois. La cuisine y était sublime, l'ambiance agréable et, Dieu merci, aucun paparazzi ne se tenait en embuscade sur le pas de la porte.

– Tu l'as préféré au *San Lorenzo,* observa Cass d'un ton léger quand le garçon se fut éloigné.

– J'ai pensé que tu n'apprécierais pas leur service.

– Moi ? Ou Imogen ? ironisa-t-elle.

Il se carra sur la chaise en tambourinant avec ses doigts sur la table.

– Ne me regarde pas comme ça, Cass. Et s'il te plaît, pas de vacheries. Passons une soirée agréable.

– Agréable et *civilisée.*

C'était le terme qu'il avait utilisé au téléphone, et prononcé avec la solennité qui convenait.

– Pour fêter la fin d'un mariage agréable et... civilisé. Je crois que je vais prendre la truite fumée, et ensuite, un tournedos Rossini. A propos de truite, comment se porte Imogen ?

Jack lui lança un regard chargé d'avertissement. Ce n'était pas ce qu'il avait en tête lorsqu'il l'avait invitée à dîner.

– Arrête !

– Pardon, pardon, fit Cass qui commençait à s'amuser. Bon. Maintenant, je suis sérieuse. Comment va Imogen ?

– Bien, répondit Jack avec raideur.

– La plupart du temps, ça va, corrigea-t-il deux heures plus tard.

De la main gauche, il pliait et dépliait le coin de la nappe en linon.

– Elle veut fonder une famille.

– Si elle t'épouse, elle en héritera d'une. Trois superbes beaux-enfants, dit-elle d'un ton innocent. Et, bonté divine, comble de chance, une petite-fille par alliance. On ne peut rêver mieux !

Cass s'étonnait elle-même d'être capable de s'exprimer avec autant de sang-froid.

– Voyons, s'agaça Jack, tu sais très bien ce que je veux dire. Elle veut une famille bien à elle. En fait, soupira-t-il, ça l'obsède littéralement.

Cass hocha la tête.

– Je vois. Et pas toi.

Jack gardait un visage neutre.

– Peux-tu sérieusement envisager que je puisse avoir envie de repasser par tout ça ? Je veux dire, le *vouloir* pour de bon, à mon âge ?

Notre âge, songea Cass. Mais Imogen était plus jeune. Elle n'avait même pas la trentaine.

Elle fronça les sourcils.

– Attends. C'est un vrai problème, non ? Imogen a désespérément envie d'avoir des enfants, et toi, cette perspective t'horrifie. Que feras-tu si elle tombe enceinte ?

– Que puis-je faire ? Je n'en ai pas envie, mais je pense que je survivrai. Je ne prendrai pas mes jambes à mon cou, si c'est ce que tu insinues. Je ne suis pas aussi nul que ça, précisa-t-il en lui adressant un petit sourire. Je sais que je finirai par aimer autant un nouveau bébé que j'ai aimé les premiers. Mais c'est une perspective légèrement décourageante, c'est tout.

– A laquelle tu as quand même plutôt intérêt à t'habituer. Imagine que d'ici quelques mois tu aies du vomi de bébé sur les épaules de ce beau costume griffé. Souviens-toi combien j'étais féconde ! Il suffisait que je pense bébé pour tomber enceinte.

– Hum, soupira Jack. En vérité, elle essaie pour de bon. Depuis Noël. Sept mois et il ne s'est toujours rien passé. Ça la rend vraiment folle.

Cass se demanda si elle devait s'apitoyer sur le sort

d'Imogen. Elle était plutôt titillée par l'envie de répliquer que là était peut-être sa punition, pour avoir brisé leur ménage...

Héroïquement, Cass résista pourtant à la tentation, mit la pédale douce et demanda :

– Mais pour toi, n'est-ce pas plutôt une bonne nouvelle ?

– C'est ce que je me disais.

L'espace d'un instant, Jack se demanda s'il était sensé de se confier à son ex-épouse. Mais après tout, où était le problème ?

– Mais la réalité est qu'elle prend des tas de rendez-vous pour faire ces tests de stérilité, dit-il.

– Tu veux dire pour elle ? précisa Cass.

Si elle rit, je la tue, songea Jack.

– Non, c'est là le problème, répondit-il d'un ton lugubre. Pour nous deux.

Il était presque minuit quand ils quittèrent le restaurant.

– Imogen va se demander où tu es, remarqua Cass pendant qu'il la reconduisait à Hampstead en empruntant les rues obscures qui leur étaient familières. Est-elle jalouse ? Que se passera-t-il à ton retour ? Va-t-elle te bombarder de questions sur ta soirée ?

– Non.

Jack sourit, comme si l'idée l'amusait.

Offensée, Cass pivota sur son siège pour lui faire face.

– Pourquoi pas ? Je ne représente aucune menace ? Le fait que je sois ton ex-femme signifie-t-il que je ne mérite pas l'honneur de la rendre jalouse ?

Sans que Cass s'en fût aperçue, sa jupe de satin noir était remontée très haut sur ses cuisses, et elle avait coincé une de ses jambes gainées de noir sous l'autre.

Jack se demanda si elle avait la moindre idée du spectacle dévastateur qu'elle offrait, avec son chignon de cheveux blonds d'où des mèches folles s'échappaient et ses yeux qui scintillaient à la lueur des lampadaires.

Il commençait à avoir mauvaise conscience. Cass avait tellement peu de raisons de ne pas croire en son charme, qu'il aurait pu en rire si cela n'avait été aussi triste. Elle avait besoin d'être rassurée par la présence d'un homme dans sa vie. Alors qu'ils approchaient de la maison, il se demanda si elle lui proposerait d'entrer.

– Bien sûr que si, tu mérites amplement que l'on puisse être jalouse de toi.

Il freina, vira à gauche pour franchir le portail et remonta l'allée.

– Eh oui, dit-il, revenant sur son affirmation, Imogen va me faire le grand numéro. Elle va m'interroger sur ce que tu portais et comment... Oh, à qui appartient cette voiture ?

Une Mercedes bleu jean était garée de guingois devant la maison.

Elle était vide.

– Comme c'est gentil ! s'exclama Cass. Rory avait une réunion à Newcastle. Il m'avait promis qu'il essaierait de rentrer tôt mais je ne pensais pas qu'il y arriverait. Flûte, j'espère qu'il ne m'a pas attendue toute la soirée...

– Rory ? Rory Cameron ?

Quelque temps auparavant, Sophie avait mentionné le fait que Cass avait accompagné Rory Cameron à un mariage, mais elle n'en avait plus reparlé. Jack fixait la voiture, outré. Si elle était vide, cela signifiait que Rory était à l'intérieur.

– Tu ne parles pas sérieusement. C'est impossible, tu ne peux pas sortir avec lui...

– Mais si, affirma Cass.

– Mais tu ne sors pas... *vraiment,* avec lui ? pataugea

Jack en faisant un effort pour utiliser des termes appropriés.

Cass le secourut avec un soupçon d'impatience.

– Si tu veux dire coucher, oui, je couche avec lui. Pourquoi cette mine choquée, Jack ? T'imaginais-tu être le seul autorisé à faire ce genre de choses ?

– Mais...

– Et je te défends de dire que je suis trop vieille pour lui.

Ceinture de sécurité débouclée, Cass bondit de la voiture. Comme si, songea lugubrement Jack, elle ne pouvait attendre une seconde de plus pour se jeter dans le lit de son nouvel amant. Un amant absolument pas fait pour elle.

– Tu n'es peut-être pas trop vieille pour Rory Cameron, mais une chose est sûre, tu es trop bien pour lui.

Ce type n'était qu'un polisson beau parleur. Il suffisait à Jack de les imaginer ensemble pour se sentir envahi par une fureur impuissante. Quant à l'idée que Cass allait peut-être l'inviter à entrer prendre un café, voilà ce qu'il en était advenu...

– Ne sois pas si collet monté. Rory est drôle, il est gentil, et il me fait rire, dit Cass. Et au lit, il est divin, ajouta-t-elle allégrement.

– Alors ? demanda Imogen quand Jack se décida enfin à rentrer chez lui.

Evidemment, il était de très bonne guerre d'avoir pris la ferme décision de ne pas hurler comme une harpie, mais une fois face à la situation, comment s'y prenait-on pour apprendre ce que l'on voulait savoir ? Elle sourit, pour adoucir l'effet de sa question.

– Comment ça s'est passé ?

Jack haussa les épaules.

– Bien.

Les soupçons d'Imogen s'éveillèrent sur-le-champ. De toute façon, n'était-ce pas totalement incongru qu'il éprouve le besoin d'inviter son ex-femme à dîner pour fêter leur divorce ? Quant à fêter quelque chose, n'aurait-il pas été plus approprié que Jack l'invite *elle*, pour célébrer le fait qu'il était désormais libre de se remarier ?

– Tu ne peux pas te contenter de me répondre « bien ».

Le suivant à l'étage, elle se laissa tomber sur le bord du lit et le regarda se déshabiller, ce qu'il faisait avec une minutie inouïe.

– Ça s'est passé comment ? Etait-elle bouleversée ? A-t-elle pleuré ?

L'as-tu embrassée, l'as-tu réconfortée, as-tu couché avec elle ? Toutes les questions qu'Imogen brûlait de poser se bousculaient dans sa tête.

– Non.

Jack, lui tournant le dos, suspendit soigneusement son costume et s'assura que les plis de son pantalon étaient bien droits. Sa chemise blanche prit le chemin du panier à linge. Imogen se promit d'y jeter un coup d'œil le lendemain matin, pour vérifier si elle ne portait pas de traces de rouge à lèvres.

– Je croyais que c'était pour cette raison que tu l'avais invitée, insista-t-elle d'un ton ma foi-tellement-naturel. Pour l'égayer. Ne me dis pas qu'elle n'était pas *un peu* émue.

Jack se rendait bien compte qu'il ne lui facilitait pas les choses. Il savait parfaitement ce qui se passait dans la tête d'Imogen. Mais il y avait un hic : il faisait une fixation sur le fait que Cass était au lit avec Rory Cameron. Et qu'elle prenait du bon temps, songeait-il sauvagement. Qu'il la faisait rire, rire, rire, et s'envoyer indéfiniment au septième ciel.

– Tu pourrais au moins me dire ce qu'elle portait.

Une note d'agacement teintait maintenant la voix d'Imogen.

– Sauf, évidemment, si elle ne portait rien.

Avec lassitude, Jack se tourna vers elle. La jeune femme n'y était pour rien. Il ne devait pas s'en prendre à elle.

– Ecoute. Cass a une aventure avec un autre homme. Ça m'a fait un choc, c'est tout. Je le connais et à mon avis elle fait fausse route.

– Oh ! s'écria Imogen, prise de court mais incroyablement soulagée. Est-elle heureuse ?

Un demi-sourire, pas du tout amusé, tordit la bouche de Jack.

– Oh oui ! pour être heureuse, elle est heureuse...

Que fixait-il donc ? Suivant la direction du regard de Jack, Imogen s'aperçut que c'était le thermomètre et son graphique d'ovulation, lesquels étaient posés à côté du lit.

– Il ne nous manquait plus que ça, ne put-elle s'empêcher de laisser tomber avec amertume. Que Cass tombe enceinte avant moi !

45

La première du film, placée sous le patronage de la famille royale, était censée être un de ces événements mondains flamboyants, tant prisés par la presse. Au fur et à mesure que les limousines de location s'immobilisaient en douceur, en déversant des célébrités mises sur leur trente et un, les paparazzi passaient à la vitesse surmultipliée. Une demi-douzaine d'équipes de cameramen se battaient pour obtenir le meilleur angle de prises de vues. On fourrait des micros sous des nez parfaitement refaits et Leicester Square débordait de fans.

– Tout ce tralala, plus le décalage horaire, murmura Cléo au moment d'affronter les journalistes. Tu as de l'aspirine ? demanda-t-elle en plissant les yeux, éblouie par le déluge de flashes.

– Ne t'inquiète pas.

Dino, qui se trouvait juste derrière elle, passa un bras autour de sa taille et murmura à son oreille :

– Le film est nul. Tu pourras dormir du début à la fin.

Cléo esquissa une grimace.

– Génial ! Je bois du tord-boyaux sur le vol de New York. Tu m'invites à une première. J'enfile une robe qui coûte la peau des fesses... et maintenant, tu m'annonces que le film est nul.

Dino la pinça affectueusement.

– Pauvre vieille bique ! J'ai pensé que tu aimerais sortir. Je regrette de ne pas avoir invité quelqu'un d'autre. Cher, par exemple, ajouta-t-il d'un ton moqueur. Elle se serait précipitée en un temps trois mouvements.

Les fans poussaient des acclamations et agitaient leurs carnets d'autographes en hurlant le nom de leurs vedettes préférées. Les photographes, préoccupés avant tout par l'argent qu'ils allaient gagner en vendant leurs clichés aux journaux et magazines du monde entier, hurlaient :

– Par ici, Cléo ! Par ici ! Un petit sourire... Hé, Dino, par ici ! Embrassez-la !

– Cléo Mandeville et Dino Carlisle !

Une journaliste, débordante d'exubérance, fondit sur eux, suivie par son équipe technique.

– Par cette nuit réellement scintillante d'étoiles, puis-je vous avouer que c'est vraiment fabuleux de vous voir ensemble ? De plus, le film que nous allons découvrir est une histoire d'amour...

La journaliste se mit à battre des cils. Avide de détails, elle se retourna en minaudant vers Dino.

– Serait-ce une allusion voilée ? Sortez-vous beaucoup ensemble, Cléo et vous ? Se pourrait-il qu'il s'agisse...

Rapide retournement, sourire exagéré à la caméra.

– ... d'aaaamour ?

La robe de Cléo consistait en deux morceaux de tissu incrustés de pierres du Rhin, d'un côté blanc, de l'autre noir. Ils ne tenaient ensemble que grâce à d'étroites bandes de plexiglas transparent. Pas du tout le genre de tenue qui se prête aux sous-vêtements.

Dino adressa un grand sourire à la journaliste.

– Eh bien, je crois que nous sommes plusieurs à voir Cléo en ce moment.

– Ah ? Vous êtes beaucoup sur les rangs ?

L'insistance était la marque personnelle de ladite journaliste.

– Je dois reconnaître que vous formez tous les deux un couple saisissant. Cléo – quelle robe *fascinante* –, avez-vous quelque chose à ajouter ?

L'équipe appartenait à une émission londonienne d'infos et de divertissements, diffusée en début de soirée. En général, Joël la regardait, quand il rentrait assez tôt de son travail. L'espace d'une fraction de seconde, Cléo l'imagina, étendu sur le canapé, les pieds surélevés, sursautant de surprise en la découvrant sur l'écran, puis dévoré de jalousie et de remords.

– Dino représente tout ce que j'ai toujours cherché chez un homme, lança-t-elle à la journaliste stupéfaite.

De son côté, Dino parut, lui aussi, un instant abasourdi.

– Il est superbe, nous sommes très heureux, poursuivit Cléo. Bien sûr, il doit retourner bientôt aux Etats-Unis. Des engagements professionnels, vous comprenez, mais je ne suis pas inquiète. Nous avons une confiance absolue l'un en l'autre. N'est-ce pas, chéri ?

– Bien sûr, une confiance absolue, chérie, répéta avec bonhomie Dino, dont elle pinçait le poignet.

– Quelle nouvelle extraordinaire ! souffla la jeune femme, d'autant plus sidérée qu'à l'ordinaire, personne ne lui accordait d'exclusivité de ce genre. Par conséquent, il y a du mariage dans l'air ?

L'arrivée de l'entourage royal était imminente. Des hommes se précipitaient en tous sens en baragouinant dans leurs talkies-walkies.

– Navrée, répondit Cléo, on dirait qu'on nous pousse à l'intérieur.

– Alors ? demanda Dino quand ils pénétrèrent dans le vestibule à la moquette luxueuse. Il y a du mariage dans l'air ?

– Ha, ha !

Les bandes en plexiglas commençaient à lui entrer dans les hanches. Cléo se libéra de leur pression, puis poussa un soupir bruyant à la perspective du supplice qu'allaient être ces deux heures et demie passées dans un fauteuil de cinéma.

– Bon, qu'y a-t-il maintenant ?

– Ma robe me fait mal. Regarde, c'est la famille royale. Je dois dire que le prince a l'air ravi de se trouver ici, ironisa-t-elle. Je le comprends.

– Ton humeur de chien, demanda Dino avec un brin d'agacement, va-t-elle durer longtemps ?

Elle lui jeta un coup d'œil.

– Possible...

– Ah oui ? Ça t'a pris quand, exactement ?

Cléo se mordit la lèvre inférieure.

– Il y a un siècle.

– Quand tu t'es fait larguer, tu veux dire ?

– Oh, arrête !

– Quand ce type t'a balancée, reprit Dino d'un ton

rêveur en hochant la tête. Ça fait des mois. Ça y est, j'ai pigé. Ton numéro pour la télé. C'était à son intention, hein ?

Cléo affichait une expression plus rebelle que jamais.

– Peut-être. Mais ce n'est pas ma faute. Il m'a roulée.

– Reprends-toi.

Dino, qui n'avait jamais été amoureux plus d'une demi-heure, n'éprouvait aucune sympathie à l'égard de la situation de Cléo.

– Et pour l'amour du ciel, fais risette. Je n'ai jamais vu pareille tête d'enterrement. Viens, ils ouvrent les portes.

Il attrapa sa main.

– On a un film à voir.

– Une nullité, tu veux dire, ricana Cléo.

Les bandes de plexiglas, ces crétines, lui labouraient toujours la chair.

– Et si tu trouves que je fais une tête d'enterrement, ajouta-t-elle d'un ton renfrogné en suivant Dino à l'intérieur de la salle plongée dans l'obscurité, tu devrais rencontrer mon amie, Linda.

– C'est dingue, soupira Dino, quatre heures plus tard.

Le film, navet à la hauteur de ses prévisions, avait eu pour effet de l'endormir. Il se réveilla en sentant qu'on fouillait dans ses poches. La fin, épouvantablement fabriquée, avait fait fondre Cléo en larmes et elle cherchait désespérément un mouchoir.

La réception qui suivit à *Planet Hollywood* n'avait rien arrangé du tout. D'ordinaire pleine d'énergie et toujours prête à s'amuser, Cléo fit preuve d'un manque d'entrain inhabituel. Sans même se donner la peine de saluer ses connaissances, elle s'installa à une table et, apparemment perdue dans ses pensées, se mit à touiller les bulles de sa coupe de champagne à laquelle elle n'avait pas touché.

– Voyons, la gronda Dino, dans la limousine qui les ramenait à Hampstead. Ce type, c'est du passé. Tu ne peux pas te laisser abattre comme cela.

– Je sais, je sais.

C'était exactement ce que Cléo avait passé la soirée à se dire. Il était vraiment trop dommage d'être capable d'organiser si facilement la vie amoureuse des autres alors qu'on avait tellement de mal à mettre de l'ordre dans la sienne.

– Ce dont tu as besoin, c'est d'une diversion qui t'empêche de penser à lui, poursuivit Dino. Ou plutôt, de quelqu'un, se reprit-il.

Cléo se l'était dit aussi. Apparemment, cela avait fonctionné avec sa mère, qui reprenait du poil de la bête depuis l'apparition de Rory Cameron dans sa vie. Cléo se demandait s'il était possible de se forcer à aimer un homme, même lorsque l'on n'éprouvait apparemment pas d'attirance sexuelle pour lui. Sûrement. Il suffisait de regarder tous les mariages de convenance qui se nouaient dans le monde. Ils avaient plutôt l'air de bien marcher.

Elle se laissa glisser le long du siège arrière vers Dino.

– Mais que fais-tu ? demanda-t-il, sidéré.

– Une expérience. Détends-toi. Juste un truc que je veux essayer.

Avant que son culot ne puisse s'envoler, Cléo prit son visage entre ses mains et l'attira vers elle. Evidemment, elle avait déjà embrassé Dino des centaines de fois, mais il s'agissait de baisers sur la joue, de bises affectueuses, de gestes d'amitié.

Cette fois, c'était différent. Les grandes manœuvres. Tout le tralala. Cette fois, elle ne plaisantait pas.

Le chauffeur, en professionnel avisé, comprit que ce

n'était vraiment pas le moment d'arrêter la voiture. Alors il passa lentement devant le portail de la résidence Mandeville et poursuivit sa route, prêt à tourner en rond en attendant des instructions. Il penchait pour un retour vers Mayfair et l'hôtel cinq étoiles de Dino Carlisle. Ce veinard !

Pendant ce temps, Cléo se concentrait entièrement sur Dino. A sa surprise, elle n'eut aucun mal à l'embrasser et trouva même agréable qu'il lui rende son baiser, une fois surmonté son étonnement. La bouche de Dino était douce, et légèrement parfumée au champagne. Elle aimait bien, aussi, la façon dont ses doigts effleuraient doucement sa nuque. Une caresse que Joël lui faisait souvent.

– Pardon.

A regret, Cléo le repoussa.

– Ça ne marchera pas.

Dino leva un sourcil.

– Je vois. Tu m'as fait faire un essai et j'ai raté l'audition. Maintenant, tu vas me jeter. Comme une capote usagée, ajouta-t-il, après une légère hésitation.

– Je t'avais prévenu que c'était une expérience.

Mais la chose formidable, dans leur amitié, c'était cela : Cléo savait que Dino ne se sentait pas offensé. Elle coinça son bras sous le sien et le pinça affectueusement.

– Mais c'est quand même plutôt bizarre. La plupart des femmes ferment les yeux quand elles sont avec leurs affreux maris et rêvent que c'est une magnifique vedette de Hollywood qui leur fait l'amour. Et moi...

– Charmant !

Dino lui adressa un regard peiné.

– Si je comprends bien, j'étais en train de me donner un mal fou pour te combler, et pendant ce temps-là, toi, tu t'imaginais être avec ton cas désespéré de vendeur de voitures d'occasion.

– Je ne peux pas m'en empêcher.

Cléo se mit à rire.

– Et ce n'est pas un cas désespéré, ajouta-t-elle. De plus, je t'ai demandé pardon.

– T'avais plutôt intérêt, émit Dino d'une voix traînante. Tu t'es servie de moi sans vergogne. Je suis effondré. Qui sait ? Je ne m'en remettrai peut-être jamais...

– C'est à ce point-là ? fit Cléo en souriant. Dans ce cas, tu devrais vraiment rencontrer mon amie Linda.

– Tu m'inquiètes beaucoup, reprit Dino, qui parlait maintenant sérieusement.

– Oh ! ça va aller. Je rencontrerai bien quelqu'un d'autre.

– Un autre vendeur de voitures d'occasion ?

Cléo commençait à se sentir mieux.

– Non, c'est hors de question.

– Hum... dit Dino, au train où tu vas, tu finiras avec un agent immobilier.

– Je vous dépose ici, monsieur ?

Ils étaient revenus devant la maison. Le chauffeur croisa les yeux de Dino dans le rétroviseur.

– Ici, Edward, acquiesça Dino avec un bref hochement de tête. Dites-moi, Edward, entre hommes, sur quoi pariez-vous ? Un rapide demi-tour pour rentrer à l'hôtel ?

– Je vous demande pardon, monsieur ?

– Ouais, ouais, reprit Dino avec un grand sourire pas le moins du monde déçu. Moi aussi.

46

De son lit, Pandora entendit le cliquetis de la boîte à lettres. Les huit journaux, pas un ne manquait à l'appel, atterrirent avec un bruit sourd sur le sol. Elle espéra que cela n'allait pas réveiller Rose. Et se demanda si Sean, à ses côtés, était aussi endormi qu'il en avait l'air.

Elle avait du mal à croire qu'une année entière s'était écoulée depuis que Donny avait découvert et subtilisé son journal. Et encore plus à réaliser qu'après avoir vendu le concept de la série à une maison de production de télévision très cotée, qui avait à son tour réussi à persuader ITV qu'ils avaient un superbe potentiel d'audimat entre les mains, le tournage était sur le point de commencer.

Son rêve se réalisait. Enfin, elle allait pouvoir tout raconter à Sean. Il lui suffirait d'inspirer à fond et de lui balancer la nouvelle.

Maintenant, ce n'est plus qu'une question de jours, se promit-elle. Mais je dois attendre un tout petit peu.

La série de Sean, mise en boîte pour Channel 4, et qui aurait dû être diffusée depuis des mois, avait été mise au placard à deux reprises, à cause de prétendus problèmes de programmation. Des rumeurs commençaient à circuler, sous-entendant qu'en définitive, elle n'était pas aussi géniale que l'avaient espéré ses producteurs. Sean, voulant désespérément démentir ces méchants cancans, s'était mis en congé sabbatique du club, avec l'intention d'écrire un tas de nouveaux sketches éblouissants. Très vite, il s'était retrouvé en panne d'inspiration. Il ne lui venait aucune idée amusante. Il n'écrivait absolument rien qui fût, ne serait-ce que légèrement, drôle. D'autres rumeurs commençaient également à circuler : il était brûlé, lessivé, fini.

Peu habitué à l'échec, et beaucoup trop orgueilleux pour confier ses sentiments à quiconque, et surtout pas à Pandora, il avait réagi en passant de moins en moins de temps à la maison. Sachant exactement ce qu'il éprouvait, mais dans l'incapacité, face à la détermination qu'il montrait à éluder la situation, de lui offrir ne serait-ce qu'un début de soutien, Pandora avait gardé pour elle la nouvelle enthousiasmante qui la concernait. Dans son esprit, Sean n'avait vraiment pas besoin de l'apprendre, à un moment où sa carrière traversait une phase aussi épineuse. Quand Channel 4 se déciderait à diffuser sa série et qu'il obtiendrait des critiques propres à lui remonter le moral, elle pourrait alors lui annoncer la nouvelle...

Par ailleurs, la présence de Sean dans son lit avait quelque chose d'inhabituel. Ces temps derniers, même quand il rentrait à la maison, il avait plus tendance à s'effondrer sur le canapé qu'à venir dormir avec elle. Pandora l'observait, en proie à cette émotion familière qui lui serrait le cœur. « Trop beau pour son propre bien », avait récemment écrit une chroniqueuse à son sujet. Remarque suivie d'une question méprisante : « Sean Mandeville est-il déjà à bout de souffle ? »

A cette lecture, Sean avait piqué la crise de fureur à laquelle on pouvait s'attendre. Ce qui ne facilitait pas l'existence avec lui.

La vie, songeait Pandora avec lassitude, serait bien plus aisée si elle parvenait seulement à ne pas l'aimer autant.

– Je ne dors pas, lança Sean.

Il ouvrit les yeux et roula de son côté.

– Tu peux descendre les chercher.

Le premier épisode de *Sean Mandeville sur scène* avait été diffusé la veille au soir. Il ne restait plus qu'à prendre connaissance des critiques. Pour Pandora, le fait que Sean ait dû affronter une concurrence vraiment déloyale – ITV diffusait pour la première fois un film à gros budget de Mel Gibson – ne constituait pas un élément rassurant.

Rose, qui avait maintenant seize mois et un sommeil plus léger que jamais, entendit les marches craquer quand Pandora descendit l'escalier sur la pointe des pieds. Miss Oreilles en caoutchouc, l'avait surnommée Donny. Rose ferait une concierge hors pair plus tard, affirmait-il.

Quand Pandora eut préparé le thé, fait chauffer un biberon et ramassé la grosse pile de journaux sur le sol du vestibule, les hurlements de Rose avaient déjà épuisé la patience de Sean. Pandora les trouva tous les deux assis dans le lit. Elle fit une grimace en s'apercevant que la couche de leur fille était trempée. Jamais il ne serait venu à l'esprit de son père de lui faire l'honneur de la changer.

Les dix minutes suivantes figurèrent parmi les pires dans la vie de Pandora. Au fur et à mesure que Sean parcourait chaque article, son visage devenait de plus en plus blanc. Un muscle tressaillit sur sa mâchoire crispée. Dans la pièce, les seuls bruits provenaient de Rose qui, la mine réjouie, buvait bruyamment son biberon qu'elle tenait d'une main, tout en mettant en lambeaux de l'autre, la poitrine d'une pin-up en page trois du *Sun*.

Finalement, poussant la pile de journaux vers Pandora, Sean rejeta la couette, s'extirpa du lit et disparut dans la salle de bains. Sans un mot.

« Oh ! la la ! quel mauvais Mandeville ! » affirmait avec mépris la première critique sur laquelle tomba Pandora. « Sean nous endort », déclarait la seconde, avant de dresser la liste apparemment interminable de ses défauts. « Sean Mandeville a le physique d'une star de cinéma, proclamait la troisième, mais aussi sa cervelle. Malheureusement, la star en question est Lassie. A ta niche, Lassie. S'il te plaît. »

Toutes étaient du même acabit. On aurait dit qu'au petit jeu des insultes, chacun s'était décarcassé pour faire mieux que son collègue. Un seul avait émis la suggestion que le problème résidait peut-être dans la conception de l'émission, qui entrecoupait des extraits du spectacle de prises de vues en coulisse. Du coup, l'émission perdait toute fluidité. Il était difficile d'apprécier la drôlerie des sketches, parce qu'ils ne duraient jamais assez longtemps. On n'arrivait pas à prendre plaisir au documentaire, parce qu'il était continuellement interrompu par des extraits du spectacle.

Pandora en avait la nausée. Il y avait de quoi accabler Sean. Elle ne pouvait même pas supporter d'imaginer ce qu'il devait être en train de vivre.

– Quoi ? fit Sean, agacé, quand elle entra dans la salle de bains.

L'espace d'une seconde, affreuse, Pandora crut qu'il avait pleuré. Mais quand il se retourna vers elle, il n'y avait que fureur dans ses prunelles noires comme du charbon.

– Je suis désolée.

Elle se sentait tellement désemparée ! Elle pouvait seulement l'assurer qu'elle le soutenait.

– Pourquoi ? Tu es l'auteur de ces critiques ?

– Non, mais...

– Dans ce cas, ne t'excuse pas.

La dernière chose que Sean souhaitait, c'était bien que Pandora éprouve de la pitié pour lui. Comme pour remuer un peu plus le couteau dans la plaie, Rose choisit précisément ce moment pour faire son apparition, couche trempée et pendouillante, elle traversa la pièce en se dandinant, et enlaça les jambes de Sean.

– Danny, Danny.

– Papa, se hâta de corriger Pandora.

– Tous ceux qui ont un nom se sont fait un jour ou l'autre éreinter par la critique, insista-t-elle, même s'il était évident que Sean se fichait complètement de ses commentaires.

– Ne me traite pas de haut.

Il détacha les bras aimants de Rose d'autour de ses genoux, la souleva et la tendit à Pandora.

– Rends-toi plutôt utile. Descends-la. Je vais prendre ma douche. Et si le téléphone sonne, pitié, n'accepte de parler à aucun journaliste.

Sean quitta la maison avant 9 heures, sans dire où il allait et Pandora n'eut pas le courage de le lui demander. Elle essayait, sans grand succès, de faire avaler des cuillerées de corn flakes à sa fille, quand la sonnerie du téléphone résonna. En entendant la voix de Donny, la jeune femme arrêta le répondeur et décrocha.

– Alors, tu lui as parlé ?

– Oh, s'il te plaît !

Les hommes, songeait Pandora. Parfois, ils se conduisaient tellement en *mâles* !

– Bien sûr que non. Tu as vu les critiques sur son émission d'hier soir ?

– Uniquement le *Sun* et *L'Express*. Ça m'a simplement suffi.

Donny était de bonne humeur. Après tout, que Sean Mandeville se fasse enfin envoyer ses quatre vérités avait un côté réjouissant. S'apercevant à retardement que les choses n'étaient pas aussi simples pour Pandora, il poursuivit :

– Ecoute, il survivra. Tout le monde se fait taper dessus, à un moment ou à un autre.

– Je sais, soupira Pandora. Mais n'essaie pas de raconter ça à Sean, d'accord ?

– Tu dois toujours lui annoncer la nouvelle, pour ta série, la gronda Donny. La production va commencer.

Ce n'est pas vraiment le genre de chose que tu peux passer sous silence.

– Je sais bien, soupira Pandora. Mais aie du cœur. Pas tout de suite.

A l'autre bout de la ligne, Donny contemplait la marque blanche qu'avait laissée la bretelle du bikini sur le dos lisse et brun de la fille endormie près de lui. Il l'avait ramassée à *Comedy Inc.*, la veille au soir, et il était presque sûr qu'elle s'appelait Sarah. Pandora désapprouvait ses aventures d'une nuit. Attitude que Donny trouvait plutôt gonflée, quand on pensait à la façon dont elle s'était liée si désespérément à Sean.

Donny avait effectivement un cœur et, pour son malheur, il appartenait à Pandora.

– Si on déjeunait ? demanda-t-il.

Leur relation était vraiment dingue. Par certains côtés, elle ressemblait d'ailleurs à une liaison furtive. Avec tous ses subterfuges, songea Donny, mais sans le sexe.

– Déjeunait ? répéta Pandora d'un ton dubitatif.

Elle regarda sa fille plonger les deux mains dans son bol de corn flakes.

Tu m'as dit que Sean était sorti. Je passe te prendre vers midi.

– Et Rose ?

– Pas de problème. On trouvera un endroit qui convienne aux enfants.

Près de lui, la fille qui s'appelait sans doute Sarah commença à remuer. Donny eut un pincement au cœur en apercevant les traînées de mascara qui maculaient la taie d'oreiller vert pâle. Ces nanas ne réalisaient-elles donc pas à quel point il était éreintant de faire disparaître le maquillage ?

– Dans ce cas, pas au *Gavroche,* insista Pandora. Es-tu sûr que tu pourras la supporter ? Elle vient de se truffer les oreilles de corn flakes.

Un large sourire éclaira le visage de Donny. Il adorait Rose.

– Comment va ma poupée, au fait ?

– Bien, merci.

Sarah – c'était effectivement Sarah – ouvrit les yeux.

– Je ne refuserais pas un café. Tu parles à qui ? demanda-t-elle en le regardant d'un air endormi.

– A ma femme.

– Bon. D'accord pour midi, reprit Pandora. Je pense que d'ici là, j'aurai réussi à enlever toute trace du petit déjeuner de ses cheveux. Tu parles à quelqu'un ? demanda-t-elle, perplexe.

Donny se demanda pourquoi personne n'avait encore pensé à fabriquer des taies d'oreiller jetables, en prévision des aventures d'un soir.

– A personne, dit-il gaiement. A midi, donc.

Quand il raccrocha, Sarah se redressa sur un coude, sans avoir conscience de son visage maculé par les traînées de mascara qui barbouillaient ses joues, elle demanda :

– Ai-je bien entendu ? Quelqu'un a parlé du *Gavroche* ? Est-ce que je peux venir aussi ?

47

Sean avait connu de meilleurs moments dans sa vie. L'entretien qu'il eut avec son agent, qui le réconforta aimablement, ne fit rien pour le rassurer. Chaque taxi qu'il empruntait était conduit par une grande gueule qui avait regardé l'émission et débordait d'idées sur la raison précise pour laquelle les choses avaient mal tourné.

Sean décida que c'était avec Donny qu'il voulait

noyer son chagrin. Malheureusement, il ne parvint pas à mettre la main sur lui. Comme il n'était pas d'humeur à affronter ses copains de *Comedy Inc.*, il aboutit dans un bar presque désert de Camden Town dont le barman, s'il le reconnut, eut au moins la décence de ne pas le lui faire remarquer. Sean aurait pu y passer tout l'après-midi à ruminer en noyant ses soucis dans une bouteille de Glenmorangie.

Mais un client entra dans le bar.

– Ah, c'est toi !

Levant les yeux, Sean s'aperçut que c'était un complet inconnu qui s'adressait à lui. Un individu d'âge mûr, moustache taillée au cordeau et chaussures bien astiquées.

Comme Sean gardait le silence, l'inconnu poursuivit :

– Pas étonnant que tu te sois ramassé ! Tu sais l'erreur que tu as commise, hein, jeune homme ?

Tactique de putain de fan ! Il ne manquait plus que cela, songea Sean : me faire prendre au collet par un M. Je-sais-tout de plus, un M. Corrige-tout disposant du remède infaillible contre l'échec ! C'est qui, ce type, un chauffeur de taxi en goguette ?

– Non.

L'homme se tenait au-dessus de lui, à moins de cinquante centimètres. Sean le regarda d'un air las.

– Quelle erreur ai-je commise ?

– Tu aurais dû t'en tenir à ta propre race !

De ses yeux pâles, l'homme le dévisageait triomphalement.

– Il a fallu que tu déconnes avec une de ces salopes de Noires. Et en plus, que tu la fasses entrer dans le club. Tu devrais avoir honte, mon garçon. C'est moi qui te le dis. Tu piges pas ? C'est ta punition. Ça te servira de leçon, compris, pour avoir trahi les tiens.

Sean avait peut-être bu, mais il était toujours rapide,

une seconde plus tard, l'homme étalé par terre hurlait de douleur.

– Pardon pour les taches, lança Sean au barman, en lui tendant deux billets de dix livres.

Il aperçut quelques taches rouges sur le plastron de sa chemise blanche. Pas étonnant, quand une lèvre se fend, le sang a tendance à jaillir. Heureusement, le type étendu par terre ne crachait pas ses dents.

– Vous le connaissez ? demanda Sean au barman, quand l'étranger, se remettant péniblement debout, quitta le bistrot en jetant un regard malveillant par-dessus son épaule.

Le jeune homme hocha la tête et lui adressa un regard de sympathie.

– Non, répondit-il. Mais lui, il vous connaît.

Quand il revint, sur le coup de 14 h 30, la maison était vide. Il avait envie de raconter à Pandora ce qui s'était passé. Pour une raison inconnue, le fait d'avoir envoyé au tapis ce cinglé l'avait mis de bonne humeur. Alors il décida de jouer au détective.

La bouilloire était froide, donc elle était sortie depuis un moment. Il détecta de vagues effluves de son parfum dans l'air. Par conséquent, il était peu probable qu'elle soit au parc avec Rose. La poussette était là. Tout comme la voiture de Pandora, moins le siège-bébé. Ce qui signifiait que quelqu'un l'avait emmenée. Abandonnant son enquête, Sean prit une grande canette de bière dans le Frigidaire. En regagnant la salle de séjour, il faillit trébucher sur une girafe en caoutchouc à l'air abruti.

Quelques minutes plus tard, le téléphone sonna. Sean, persuadé qu'il s'agissait de Pandora, n'attendit pas que le répondeur se mette en marche. Il s'allongea sur le canapé, la canette de bière posée sur le ventre, et baissa le volume de la musique diffusée à pleins tubes par la chaîne.

– Oui.

– Sean ?

Zut ! Ce n'était pas du tout Pandora. C'était une voix de femme. Une voix sexy. Elle appartenait à une personne dont Sean se souvenait vaguement. Avec beaucoup de précautions, il répondit :

– Hum...

– Sean ? Comment ça va ? C'est Gemma Hogan, poursuivit la voix. Vous m'avez sans doute oubliée. J'ai écrit un article sur vous l'an dernier, dans le *Clarion.*

Brusquement il la revit. En chair et en os, Gemma Hogan l'avait plutôt déçu. C'était une de ces filles dont le physique ne correspondait pas à la voix. Mais elle lui avait consacré un article sympathique, et elle était plutôt moins moche que la moyenne des journalistes. De plus, il ne pouvait pas passer le reste de sa vie à refuser de leur parler.

– Allez-y.

D'un petit coup, il fit basculer sa canette et la regarda se balancer comme une de ces poupées au gros derrière qui servent de punching-ball. Un peu comme Gemma, à dire vrai.

– Allez-y. Dites-le. L'émission est nulle, je suis dépassé et quels sont mes projets ? Bon, poursuivit Sean sans presque reprendre souffle, je crois que je vais faire la seule chose qui s'impose : mettre la tête dans le four. On appelle ça rechercher un vote de solidarité. Au moins, ça empêchera peut-être l'audimat de continuer à chuter...

– En réalité, intervint Gemma, avec l'air de s'excuser, je voulais surtout vous demander ce que vous inspire le succès de votre petite amie. Y a-t-il rivalité entre vous, maintenant que sa propre série est sur le point d'entrer en production ?

Un long silence s'ensuivit.

– Quelle petite amie ? demanda enfin Sean.

C'était au tour de Gemma Hogan d'être déconcertée.

– La *vôtre,* évidemment. Pandora.

– Il y a erreur.

Sean s'interrompit pour avaler une gorgée de bière, et reprit :

– Pandora n'a pas de série TV.

Il y eut un autre moment d'hésitation, avant que Gemma n'ajoute précautionneusement :

– Oh si !... elle en a une.

Pandora était maquillée, et elle portait une robe en lycra rose que Sean ne lui avait jamais vue. Elle pénétra dans la salle de séjour, le siège-bébé de sa fille dans les bras.

– Oh ! fit-elle, s'immobilisant en le voyant allongé sur le canapé, les pieds en l'air.

Derrière elle, Donny portait Rose, qui agitait un ballon argent et blanc gonflé à l'hélium dans une main et une glace en train de fondre dans l'autre.

– C'est quoi, ce plan ? lança Sean d'une voix traînante dans le silence qui s'abattit. On joue à la petite famille heureuse sans moi ?

– Donny nous a invitées à déjeuner.

Pandora le défiait de ses yeux bruns. Quand elle s'assit près de lui, Sean intercepta des effluves du parfum qu'il lui avait offert. Et en plus, elle portait des talons hauts. Rose pâle, assortis à sa robe. Cela faisait des lustres qu'il ne l'avait pas vue aussi pimpante.

– Déjeuner. Formidable. Ne me dis pas que c'est ton anniversaire.

– Tu sais bien que non, répondit calmement Pandora. Je suis navrée de ne pas avoir été là lorsque tu es rentré à la maison, mais j'ai cru que tu restcrais dehors toute la journée.

– Et tu en as conclu que tu avais intérêt à en profiter au maximum.

Les yeux rétrécis, Sean contemplait la manière dont les petits doigts bruns potelés de Rose enlaçaient avec confiance le cou de Donny. Elle paraissait totalement à son aise dans ses bras. Sa raillerie sur la famille heureuse n'était pas à côté de la plaque. Avec une bouffée de colère, Sean s'aperçut qu'ils ressemblaient vraiment à une famille heureuse.

– Il s'est rien passé, mon vieux.

Donny se sentit un devoir de mettre la situation au clair, car manifestement, c'était ce que Sean pensait.

– A part le fait que mon meilleur ami sort avec ma copine dans mon dos, tu veux dire.

Le sourire de Sean était glacial.

– Sans parler du fait qu'il joue au père de substitution avec ma fille. Putain, qu'est-ce qui ne s'est pas passé d'autre, tu peux me le dire ?

Il darda son regard en direction de Pandora.

– Il ne manque plus que tu m'apprennes que tu as écrit ta propre série télévisée.

– Ah ! répondit Pandora, sur la défensive. J'allais t'en parler.

– Fais-le maintenant, dit Sean. Raconte-moi tout. Déballe toute cette foutue histoire... émission télé... aventures... tout le tintouin. Crois-moi ou pas, ça m'intéresse.

– Espèce de salaud hypocrite !

Donny tendit Rose, qui commençait à couiner, à Pandora.

– Tout va bien, du moment que tu fais ce qui te plaît, c'est ça ? Mais tu n'aimes pas qu'on te rende la monnaie de ta pièce. Sauf que Pandora ne s'est jamais comportée ainsi...

– Dans ce cas, elle devrait peut-être s'y mettre, siffla Sean.

Désormais, il se fichait de se conduire de façon absurde. Les couinements de Rose s'intensifièrent et se transformèrent en hurlements. Il haussa la voix pour se faire entendre.

– Sais-tu ce que j'ai fait aujourd'hui ? J'ai allongé une espèce de crétin qui m'a jeté à la figure que j'aurais dû m'en tenir à ma propre race. On va sans doute m'arrêter pour coups et blessures.

– Quoi ? fit Pandora, horrifiée.

– Je sais. C'est le comble, non ?

Sean lui jeta un regard dégoûté.

– J'étais là, à prendre ta défense et, apparemment, c'était ce type qui disait vrai. Parce que pendant que je lui réglais son compte, qu'est-ce que tu fichais ? *Tu t'en tenais à ta propre race.*

Pandora parvint à convaincre Donny de partir.

– Ça va, ne t'inquiète pas pour moi, le rassura-t-elle. Il a subi deux chocs en une journée. Il faut juste qu'on parle.

– Téléphone, si tu as besoin de moi.

Donny hésitait à la quitter, mais Pandora resta ferme. Une fois de plus, il regretta de ne pas avoir choisi de tomber amoureux d'une nana plus facile.

– Rentre chez toi, assura Pandora en souriant. Qui sait ? Avec un peu de chance, la fille que tu as laissée ce matin dans ton lit est peut-être encore là.

Vu ma veine, songea lugubrement Donny, cela ne faisait pas le moindre doute.

48

– Je ne voulais pas te parler de ce projet tant que je n'avais pas la certitude qu'il serait accepté, expliquait Pandora. Et la dernière fois que j'ai écrit quelque chose, tu n'as pas vraiment fait preuve d'un enthousiasme débordant. De plus, je ne me suis pas servie de ta célébrité. Nous avons proposé le scénario sous le nom de P. J. Grant. Les producteurs en avaient d'ailleurs conclu que j'étais un homme.

Dehors, la nuit était tombée. En haut, Rose dormait dans son berceau. Sean réalisa que leur conversation était la plus sérieuse qu'ils aient eue depuis deux ans. Tour à tour, il se sentait confiant ou désorienté. Mais le plus étonnant était le changement survenu en Pandora.

Il ignorait si c'était grâce à l'intérêt que lui portait Donny – car s'ils ne couchaient pas ensemble, il était clair comme de l'eau de roche que ce salaud lubrique en crevait d'envie – ou au fait qu'elle avait, selon Gemma Hogan, manifestement écrit le sitcom de l'année. Quelle qu'en fût la raison, elle était différente. Il n'arrivait pas à comprendre comment cela lui avait échappé. L'ancienne Pandora, celle dont il était tombé amoureux au point d'en perdre la tête, était de retour.

– Alors ? le pressa la jeune femme en voyant qu'il gardait le silence. Tu n'as rien à dire ?

Lentement, Sean hocha la tête.

– Bravo.

Pandora prit un air circonspect. Parfois, elle avait du mal à discerner s'il était sarcastique ou non.

– Je le pense, précisa Sean. Je me suis senti plutôt bête, crois-moi, tout à l'heure au téléphone. J'aurais aimé être au courant, mais je comprends pourquoi tu as retardé le moment de m'en parler.

Il tapota la place libre, à côté de lui, sur le canapé.

– Au dire de tous, tu as écrit un scénario génial. Tu mérites d'être congratulée. Et je suis effectivement fier de toi. En plus, ta robe me plaît. Pourquoi ne viens-tu pas t'asseoir près de moi ?

– Je n'ai pas de liaison avec Donny.

Pandora éprouvait le besoin de s'assurer qu'il comprenait. S'asseoir près de Sean lui procura une drôle de sensation. Il passa un bras autour de ses épaules, geste étrangement intime, bien plus intime que le fait de partager le même lit. C'était ce genre de manifestations d'affection qui lui avait tellement manqué.

– Je sais.

Un sourire s'esquissa brièvement sur les lèvres de Sean.

– Mais tu m'as inquiété. Ce qu'on raconte des hommes noirs est-il vrai ?

– Sans commentaire, cela pourrait m'accuser. Il vaut mieux que tu interroges Donny, ajouta Pandora, incapable de retenir la pique.

Sean leva les yeux au ciel.

– C'est lui qui n'arrête pas de me répéter que c'est le cas.

Ils finirent, chose inévitable, par faire l'amour. Ce qui les sidéra fut l'intensité toute nouvelle des sentiments qu'ils éprouvaient l'un pour l'autre, la justesse absolue de ce qui se passa entre eux. A minuit, allongés dans le lit, humides de transpiration et rassasiés, ils se retrouvèrent en train d'engloutir gaiement des nectarines fraîches, des tranches de fromage Kraft et du *prosciutto* fin comme du papier à cigarettes, les seuls aliments susceptibles de convenir à un pique-nique que Sean put trouver dans le Frigidaire.

– Tu ne m'as toujours pas raconté exactement ce qui s'est passé dans ce pub à l'heure du déjeuner.

La tête de Pandora était posée sur la poitrine de Sean. Elle avait du mal à croire qu'il avait effectivement envoyé un homme au tapis.

– Ce type s'est-il contenté de venir avec toi et de se mettre à divaguer, ou est-ce toi qui as commencé ?

– Pour une fois, je n'ai rien à me reprocher.

Sean envoya valser le dernier des pépins de nectarine par la fenêtre et lécha le jus sur ses doigts. Puis il répéta le bref échange qu'il avait eu avec l'inconnu, mot pour mot.

– Ça me fera un peu de publicité, conclut-il ironiquement, si je me fais arrêter pour coups et blessures.

– Je suis fière de toi. Les types de ce genre méritent d'être corrigés. Je ne sais jamais comment...

Pandora se tut brusquement et se mordit la lèvre.

– Tu ne sais jamais comment quoi ?

Mais Sean avait deviné. Scandalisé, il se redressa d'un bond.

– Tu veux dire comment réagir ? Quand les gens hurlent publiquement des insultes racistes ? C'est la première fois qu'on me lance un truc pareil.

– Peut-être suis-je un objectif plus facile à atteindre que toi.

Ils étaient tellement honnêtes l'un envers l'autre que Pandora décida qu'il valait mieux tout lui dire.

– J'ai reçu de ces coups de fil atroces. Et des tracts glissés sous la porte. Il y a des gens qui ne peuvent tout simplement pas supporter de nous voir ensemble, j'imagine.

– Putain !

Les yeux de Sean lançaient des éclairs. Il ne lui était jamais venu à l'esprit que Pandora avait eu à souffrir de sa liaison avec lui.

– Ces salauds de crétins qui ne savent rien sur rien !

Tremblant de rage, il se sentait prêt à se battre avec le monde entier.

– Pourquoi ne m'en as-tu jamais parlé ?

– Oh ! je pensais sans doute que cela ne te concernait pas, mentit Pandora.

Sean réalisa, à travers sa réponse, qu'il s'était conduit envers elle comme un salaud. Il l'étreignit très fort.

– En fait, tu croyais que ça ne me ferait ni chaud ni froid.

Le commissariat de police se trouvait à moins de cinq cents mètres du club. Sean y pénétra le lendemain matin et s'adressa à l'agent de service, installé à la réception :

– J'ai cogné sur un homme. Je me demandais s'il était venu porter plainte. Je m'appelle Sean Mandeville.

– Oh oui, monsieur, l'incident a fait l'objet d'un rapport.

L'agent opina plusieurs fois de la tête. La cinquantaine, obèse, il avait des bajoues qui tremblotaient quand il parlait.

– Je me suis occupé moi-même de ce monsieur.

Le cœur de Sean se serra. Pourtant, il s'y était attendu.

– Il m'a vraiment provoqué, expliqua-t-il d'un air résigné. Et maintenant, que va-t-il se passer ? Que dois-je faire ? Prendre un avocat, j'imagine.

– A votre place, monsieur, je rentrerais chez moi et j'oublierais toute cette histoire.

Sean secoua la tête.

– Je ne veux pas qu'elle reste suspendue sur ma tête comme une épée de Damoclès. Je préfère la régler tout de suite.

– Ecoutez, monsieur, cet incident a bien fait l'objet d'un rapport, mais il n'a pas été consigné.

Sean se demanda si l'agent n'était pas en train d'essayer de cacher un sourire.

– Il faut dire que le monsieur en question est... disons, bien connu de nos services. En fait, il se pointe presque tous les jours pour nous rapporter un incident ou un autre. Vous dites que vous l'avez cogné ?

Sean acquiesça d'un signe de tête.

– Ah bon ! Il ne portait aucune trace de blessures quand nous l'avons vu, monsieur. Alors on va en rester là, d'accord ? Vous pouvez partir.

Incroyablement soulagé, Sean le regarda avec reconnaissance.

– Merci, dit-il en souriant. Merci beaucoup.

– Au plaisir, monsieur.

Cette fois, les bajoues tremblotaient pour de bon.

– Ah ! encore une chose...

Sean avait presque atteint la porte du commissariat. Il se retourna.

– Oui ?

L'agent, qui avait regardé le désastreux premier épisode, lui adressa un clin d'œil de sympathie.

– J'ai bien aimé la blague sur le pingouin, monsieur. Dommage pour le reste de l'émission.

49

Quelle affaire, s'étonnait Sophie, ma mère se réjouit bien plus que moi de ma réussite au bac !

Depuis qu'elle avait appris, au petit déjeuner, que sa brillante cadette avait obtenu un total de cent quatre-vingts points – dix notes maximales, ni plus ni moins –

Cass ne touchait plus terre. Sophie n'avait même pas réussi à téléphoner à ses amies pour comparer leurs notes, car Cass avait passé toute la matinée pendue à ce machin, pour diffuser l'info à toutes ses connaissances.

Quand Cass s'arrêta enfin, parce qu'il était temps pour elle de partir travailler, Sophie lui lança un avertissement :

– Et je t'interdis d'en parler à l'antenne. J'en serais mortifiée. Tout le monde pensera que tu pavoises.

– A juste titre, répondit Cass, rayonnante. Je suis en droit d'être fière de ma fille. En outre, je vais donner une petite fête pour célébrer l'événement. Je viens juste de le décider. De cette façon, je pourrais encore plus vanter les prouesses de ma fille.

Sophie arbora un air soupçonneux.

– Qui vas-tu inviter ? Tes amis, ou les miens ?

– Ne me foudroie pas du regard de cette façon, ma chérie. *Tout le monde.*

– Samedi, réfléchit Jack quand Cass l'appela le même soir. Zut ! nous sommes déjà pris. Je vais être obligé d'annuler ce dîner.

– Sophie aimerait vraiment que tu sois là.

Cass retenait son souffle. Sophie n'était pas la seule.

– Pour rien au monde je ne raterais cet événement, enchaîna Jack, l'air offensé. Sophie est aussi ma fille. Tu peux absolument compter sur nous.

Nous ? Le mot tant redouté lui donna un coup au cœur.

– Hum... C'est une espèce de fête de famille, lança vivement Cass.

Elle redoutait que la présence d'Imogen ne gâche la soirée.

– Je n'invite que toi.

– Oh, voyons !...

Jack avait pris son ton soyons-raisonnables. Malgré elle, Cass frissonna de la tête aux pieds.

– Sois juste, Cass. Depuis combien de temps sommes-nous séparés ? Nous sommes adultes et vaccinés. Tu as ta propre vie à mener, et moi la mienne... et le moment est certainement venu de mettre un terme à cette rivalité idiote.

– Rivalité idiote ?

Cass contemplait le combiné sans y croire.

– Enfin, tu vois ce que je veux dire. Sois raisonnable, la pressa Jack. Tu ne peux pas passer le reste de ta vie à m'inviter à des réunions de famille en laissant Imogen de côté. Ça n'a aucun sens.

Pour Cass, cela en avait un, absolument lumineux, mais elle comprit que ce débat-là, elle ne le gagnerait pas. Si elle s'en tenait à sa position, Jack risquait de refuser son invitation.

– Vous étiez amies autrefois, insista-t-il, comme elle gardait le silence.

– Ça ne fait qu'aggraver les choses, répondit Cass d'un ton glacial. Ça ne les arrange pas.

– Bon, dans ce cas...

– D'accord, d'accord, soupira-t-elle avant de lui donner la possibilité de commencer à se trouver des excuses. Imogen peut venir. Je serai polie. Mais ne t'attends pas que je me jette sur elle pour l'embrasser comme du bon pain, c'est tout.

– Bon, lança Cléo en pénétrant d'un pas martial dans la chambre de Sophie le samedi après-midi sans avoir frappé.

Elle lui arracha d'une main rapide l'exemplaire du mois d'août du *National Geographic*.

– C'est le moment de procéder au nettoyage de printemps.

Le journal heurta le mur et s'affala bruyamment.

– Et c'est moi qui vais m'en charger, poursuivit-elle.

– A, nous ne sommes pas au printemps, lui fit remarquer Sophie, B, c'est Mme Bedford qui s'occupe de ce genre de truc, et C, comment peux-tu nettoyer entièrement une chambre, alors que tu arrives à peine à enlever les papiers de bonbons dans ta voiture ?

– Je ne parle pas de chambre. C'est toi qui as besoin d'un nettoyage de printemps.

– Beurk...

Pareille à une anguille, Sophie glissa des mains de sa sœur qui essayait de l'attraper.

– Bas les pattes, je t'interdis ! C'est ma journée et tout le monde doit être gentil avec moi. Toi y compris.

– Désolée.

Changeant de tactique, Cléo se laissa tomber sur le lit jonché de livres.

– Je suis gentille, simplement je veux que tu sois belle ce soir, et je vais te transformer en princesse. Cette fête est donnée en ton honneur, poursuivit-elle d'un ton cajoleur, ne crois-tu pas que tu dois à tes invités de faire un petit effort ? Ma chérie, tu ne peux pas te contenter de te présenter en bas dans cet horrible T-shirt et ce vieux jean dégoûtant.

Sophie fit la grimace, son T-shirt blanc et turquoise « Sauvons les baleines » était tout à fait convenable. Elle lui avait même donné un coup de fer.

Mais Cléo n'était pas prête à abandonner.

– Je t'en priiiiie, répéta-t-elle en bondissant du lit pour traîner Sophie de l'autre côté de la pièce.

Elle ouvrit la porte de la penderie et fit pivoter sa sœur devant le miroir.

– Franchement, n'y a-t-il pas la place pour une

gigantesque amélioration ? Ne serait-ce que pour le plaisir de maman et de papa...

Il était rare que Sophie se donne la peine de se regarder dans une glace, mais Cléo la maintenait d'une main de fer. Finalement, elle haussa les épaules d'un air las et se rendit.

– D'accord, ça ne me tuera probablement pas. Si ce n'est que pour un soir.

Elle vrilla ses yeux dans ceux de son aînée.

– Mais ça a intérêt à ne pas être radical.

Cléo était au septième ciel. La transformation était magique et du genre à se frotter les yeux pour y croire. Même elle, avec toute son expérience, n'aurait pu imaginer que la métamorphose de sa sœur puisse être aussi stupéfiante. Il y avait vraiment de quoi en rester estomaquée...

Evidemment, la silhouette était là, mais cachée derrière des vêtements hideux. Maintenant, améliorée par le fait que Sophie avait poussé en graine depuis l'année précédente, elle était absolument parfaite.

Et en plus, Cléo découvrit que sa sœur possédait une belle ossature. Un visage en forme de cœur, des pommettes hautes... Quant à ces yeux... Peut-être n'avaient-ils l'air de rien, nus et cachés derrière ces lunettes, mais avec une ombre à paupières anthracite, un mascara et du crayon noir, ils ressortaient de façon spectaculaire. Plongée dans son élément, Cléo poursuivit son travail en chantonnant gaiement. Crayon à lèvres rose framboise et brillant pour rehausser la bouche. Un peu plus de blush. Un peu de fignolage sur les sourcils. Et une autre couche de mascara, pour accentuer la longueur des cils...

– T'as pas encore fini ? grogna Sophie.

– Ferme-la. Tes cheveux sont une catastrophe.

Cléo ne plaisantait pas. C'était la vérité. La seule solution consistait à les lisser vers l'arrière avec des tonnes de gel, en nourrissant l'espoir que cela dissimulerait le fait que Sophie taillait dedans elle-même.

– C'est pas trop tôt ! marmonna Sophie quand elle eut enfin l'autorisation de se regarder dans le miroir.

Sans ses lunettes, que Cléo lui avait confisquées, c'était plus vite dit que fait.

– Ça aide, lui fit observer Cléo, si tu essaies de ne pas avoir l'air de celle à qui on vient d'arracher les ongles des pieds.

– Ça m'aiderait encore plus si j'y voyais clair.

– Oh, nom d'un chien !

Cléo lui rendit ses lunettes. Elles n'allaient absolument pas avec la robe de chez Hervé Léger dans laquelle elle avait réussi à faire entrer sa sœur, ni avec les escarpins assortis. Le fait qu'elle soit parvenue à les lui faire enfiler relevait du miracle ; plus habituée à marteler le sol dans des baskets, Sophie avait les pieds d'une largeur inimaginable.

– Beurk... gémit l'adolescente en découvrant son reflet. C'est une blague ?

– Allons, protesta Cléo qui, debout derrière sa sœur, admirait son œuvre. Tu es stupéfiante. On dirait Audrey Hepburn jeune. Ma chérie, tu es faite pour *Vogue* ! Je connais des mannequins qui tueraient pour posséder ta silhouette.

– J'ai l'air d'une pute, lança Sophie d'un ton catégorique.

– Fais-moi confiance. Aucune pute qui se respecte ne se montrerait avec des lunettes pareilles. Arrête...

Cléo poussa un cri d'inquiétude en voyant Sophie, qui scrutait toujours son reflet, passer un ongle explorateur le long de sa joue. La base, l'autobronzant, le blush et la poudre translucide laissèrent alors place à une mince ligne blanche.

– Ridicule !

Sophie examina ce qui s'était accumulé sous son ongle et se mit à rire.

– A côté de ça, Barbara Cartland aurait l'air naturelle. Avec quoi ça s'enlève ? De l'Ajax ammoniaqué ?

Il y avait de quoi vous briser le cœur. Cléo ne put que se jeter sur le lit et se désespérer en écoutant la douche couler à pleins jets dans la salle de bains. Quand Sophie en émergea, un quart d'heure plus tard, la plus petite ombre de maquillage avait disparu. Son visage était rose et brillant, son corps enveloppé dans un drap de bain blanc. Dans sa main serrée, elle tenait l'équivalent de trois cents grammes de bleu nuit d'Hervé Léger.

– Tiens.

Elle tendit la robe à Cléo.

– Merci, mais ce n'est pas vraiment mon truc. Je crois que je m'en tiendrai au jean, ajouta-t-elle en esquissant un sourire.

Cela faisait davantage que vous briser le cœur. Désormais, Cléo comprenait ce que ressentaient tous ceux qui prétendaient avoir vu un O.V.N.I. ou avoir été kidnappés par des extraterrestres. Elle avait assisté à un miracle – elle avait vu, de ses propres yeux, la métamorphose de Sophie – mais elle ne disposait d'aucune photographie, d'aucun témoin, d'aucune *preuve.*

50

Le taxi déposa Jack et Imogen au bout de l'allée. Tandis qu'ils gagnaient la maison à pied, une BMW bleue, avec un siège-bébé à l'arrière, les dépassa. Apercevant Sean au volant, Imogen se remémora le soir de leur première rencontre, deux ans plus tôt où, sur une impulsion, Cass l'avait invitée à la réception donnée pour le quarantième anniversaire de Jack. Mais cette fois, c'était lui-même qui avait tenu à sa présence. Imogen serra sa main plus fort. Comme les choses avaient changé depuis ce jour-là !

La maison regorgeait d'invités. Imogen, plus nerveuse qu'elle n'était prête à l'admettre, se tenait à l'écart dans le vestibule, pendant que Jack faisait toutes sortes de simagrées de grand-père avec Rose.

– Je n'arrête pas d'entendre parler de votre sitcom, dit Imogen à l'adresse de Pandora, qui était moins susceptible de l'envoyer balader que Sean. Il est clair que les producteurs sont enchantés. Ils prédisent un grand succès...

Elle sourit en remarquant à quel point Pandora avait l'air en forme.

– Ça vous dirait de nous accorder une interview ? Si on s'y prend maintenant, on la programmera dans le numéro de décembre de *Hello*, pour qu'elle corresponde aux dates de diffusion.

Pandora ouvrit la bouche pour répondre.

– Non, merci, lança brusquement Sean.

Il toisa Imogen.

– Mieux vaut être prudent ! Vous pourriez avoir une aventure avec Pandora.

Les invités se pressaient dans le salon, et les camarades de classe de Sophie se frottaient avec ravissement aux gloires fascinantes du show-biz qu'elles ne voyaient d'ordinaire qu'à la télé. Imogen, qui devait davantage sa célébrité à un effet de ricochet qu'à elle-même, fut abordée par une adolescente bavarde qui se présenta sous le nom de Jennifer Smith-Elliott.

– Je suis dans la même classe que Sophie, babilla-t-elle. Un jour, j'ai fait la queue derrière vous dans une pharmacie d'Islington.

– Vraiment ?

Imogen, qui s'ennuyait ferme, embrassa les lieux du regard pour trouver un moyen de lui échapper.

– Vous avez acheté un rouge à lèvres Max Factor et du dentifrice Colgate.

Pour une raison mystérieuse, la fille regardait son ventre.

– Vous m'en direz tant !

– Et un kit de test de grossesse, ajouta Jennifer, en penchant la tête sur le côté. Mais vous n'étiez sûrement pas enceinte, puisque vous n'avez pas eu de bébé. Vous essayez toujours, ou est-ce que vous n'en vouliez pas vraiment un ?

Sophie ne s'était pas contentée d'inviter ses amies de classe.

– Maman, je te présente Julian et Natasha.

Cass était plongée dans une discussion avec Jenny Duran. En les découvrant, elle ne put s'empêcher de penser qu'on se faisait souvent des idées toutes faites sur les prénoms. Pour elle, Julian et Natasha avaient un petit côté étincelant. Cass sourit et leur serra la main. Julian avait de fins cheveux filasse, une barbe encore plus clairsemée et des trous aux coudes de son pull gris tricoté main. Natasha portait une jupe en patchwork style hippie, pas de maquillage et un débardeur jaune. Ils buvaient tous deux un jus d'orange.

– Julian et Natasha viennent de rentrer d'Ouganda. Ils étaient avec S.V.E., précisa Sophie, rayonnante. Rappelle-toi, ils m'ont envoyé plusieurs cartes postales.

La passion que vouait Sophie à l'Afrique n'avait pas baissé d'un iota.

– Bien sûr, affirma Cass qui s'en souvenait vaguement. Service volontaire à l'étranger, c'est ça ?

A l'unisson, Julian et Natasha opinèrent vigoureusement de la tête.

– On a hâte de repartir, lança Natasha avec enthousiasme. L'orphelinat a besoin de nous. Vous ne pouvez pas imaginer, madame Mandeville, les ravages de l'épidémie de sida sur ce pays.

– Et plus on peut persuader de volontaires de nous accompagner, mieux c'est, entonna Julian. C'est une cause qui vaut réellement le coup. Je suis sûr que vous êtes fière de...

Sophie lui lança un coup de pied.

– Aïe !

Etonné, Julian la regarda.

– Elle ne leur en a pas encore parlé, le coupa Natasha d'une voix apaisante. Hein, Sophie ?

– Parlé de quoi ? interrogea Cass.

Cléo, installée sur la terrasse en compagnie de Pandora et de Rose, sentit ses poils se hérisser sur sa nuque. Elle se tut et regarda fixement par les portes-fenêtres ouvertes.

Pandora suivit son regard.

– Ah ! Voilà Joël.

– J'ignorais qu'il devait venir.

Pandora expliqua :

– Sophie nous a demandé de l'inviter, ça ne t'ennuie pas, j'espère ?

– Hum...

Pandora s'aperçut que Cléo avait l'air soucieuse.

– Tu es pâle. Ça ne va pas ?

Cléo ne savait pas très bien où elle en était. Revoir Joël après si longtemps, sans le moindre avertissement, l'assommait complètement. Rose, en reconnaissant son oncle, poussa un cri aigu de ravissement pur et simple et se tortilla pour descendre des genoux de Cléo.

Elle regarda la petite fille traverser la terrasse au pas de charge en direction de Joël. Elle le vit se pencher pour la soulever triomphalement dans ses bras. L'espace d'un instant, Cléo regretta de ne pouvoir échanger sa place avec la fillette pour sentir enfin cette bouche si familière l'étouffer de baisers.

Merde, elle avait essayé de l'oublier. Mais la volonté ne fonctionnait pas toujours. La preuve en était là.

– Je suis vraiment navrée.

Même en rêve, Pandora n'aurait pu imaginer que l'apparition de Joël exercerait pareil effet. Ni lui ni Cléo ne lui avait confié ce qui avait mal tourné entre eux et Pandora en avait conclu que leur brève liaison s'était simplement terminée en queue de poisson.

Joël qui venait de hisser Rose pouffant de rire sur ses épaules se dirigeait vers elles. Cléo opta pour la couardise.

Elle se leva brusquement et prétexta :

– Des amies de Sophie sont en train de harceler Sean. Si elles lui disent que sa série télé est merdique, il est capable de les faire griller sur le barbecue. Il vaut mieux que j'aille voir s'il a besoin de réconfort.

Elle contourna Joël sur les chapeaux de roue, qui d'un bref cillement d'yeux lui fit comprendre qu'il l'avait bien vue.

Imogen, ayant grand besoin de se donner du courage, descendit trois vodkas à la suite. Comme elle se sentait beaucoup mieux, elle se mit à bavarder avec une ex-voisine de Jack, une femme d'âge mûr, sympathique. Elle s'appelait Daisy et Imogen se rappela que Jack lui avait raconté que ses deux fils étaient des enfants adoptés.

– C'est tellement dur, lui confia Imogen. Ceux qui ne sont pas passés par là, n'ont pas la moindre idée de ce qu'on peut ressentir. Chaque fois qu'une de ces pondeuses qui a fabriqué six gosses me conseille de me détendre et de ne plus y penser, j'ai envie de mordre.

Derrière elle, Jack se rembrunit. Il essayait d'éprouver de la compassion, mais l'habitude qu'avait Imogen de raconter à tout un chacun les détails des derniers tests qu'elle venait de subir était très agaçante.

– Jack, pardon de t'interrompre...

Pour attirer son attention, Cass effleura son bras. Il se retourna vers elle, en même temps que le fit Imogen.

– Cass... commença la jeune femme.

Jusqu'à cet instant, elles étaient parvenues avec plus ou moins de succès à s'éviter. Mais Jack avait raison. C'était idiot de continuer ainsi. Il était grand temps de rétablir des relations correctes.

– Bonsoir.

Cass hocha la tête avec raideur. Elle aurait préféré éviter la jeune femme mais ce n'était désormais plus possible. Reportant son attention sur Jack, elle lui demanda à voix basse :

– C'est au sujet de Sophie. Ecoute, peux-tu venir lui dire un mot ? Je n'arrive pas à lui faire entendre raison.

Décidée à ne pas se laisser snober par Cass, Imogen poursuivit courageusement :

– J'expliquais à Daisy le nombre de problèmes que nous avons à la clinique qui traite la stérilité. Il est plus difficile de se retrouver dans un bon programme de fécondation *in vitro,* que d'obtenir une bourse pour Oxford.

Elle afficha un large sourire légèrement forcé.

– Inouï, non ? Certaines femmes semblent tomber enceintes par l'opération du Saint-Esprit, et nous, nous sommes lancés dans une quête désespérée. Daisy, elle, comprend ce que nous devons subir.

Imogen se détourna de Daisy, qui paraissait déconcertée, et s'adressa à Cass :

– Ça paraît tellement... injuste.

Suis-je vraiment obligée d'être polie ? se demandait cette dernière.

– A mon avis... toussota discrètement Daisy.

– A mon avis, vous avez confondu Daisy et Trudy, intervint Cass. Trudy est une autre de nos voisines. C'est elle qui a adopté deux petits garçons. Elle n'est pas là. Et grâce à Dieu, cela évite que vous ne la fassiez mourir d'ennui avec vos mélos. Quant à l'injustice des choses...

Elle se tut, balayant d'un regard glacial la fille qui, après avoir accepté son amitié, lui avait volé Jack et brisé un mariage parfaitement heureux.

– Dans la vie, il y a beaucoup de choses injustes...

Jack, abasourdi au point qu'il en avait perdu la parole, ce qui ne lui était pas coutumier, se contentait de fixer son ex-épouse.

– Bien.

Se fichant désormais de ce qu'il pouvait penser, Cass lui tapota le bras.

– Peut-être que maintenant, je peux te traîner pour avoir cette petite discussion avec ta fille.

– Je vous le jure. Vous ne pouvez même pas imaginer à quel point elle était transformée.

Le récit fait par Cléo à Jenny Duran sur la brève rencontre de sa sœur avec les escarpins et le maquillage lui donnait de plus en plus l'impression d'être la seule personne au monde à avoir vu le monstre du loch Ness.

Jenny adorait Sophie qui avait toujours été le petit canard de la famille Mandeville, ce qui était plus que compensé par son intelligence.

– Je suis sûre qu'elle était délicieuse, acquiesça-t-elle pour calmer Cléo.

Jenny jeta un coup d'œil rapide à Sophie, plongée dans une grande discussion avec quelques camarades. Elle sourit. Le jour où les cheveux coupés n'importe comment, les lunettes disgracieuses et le genre de vêtements que seul un passionné de chemin de fer accepterait de porter, deviendraient le comble de la mode, Sophie ferait probablement merveille.

– Je parle sérieusement, insista lourdement Cléo. Elle était stupéfiante.

– Hum... et toi, tu te conduis de façon bizarre.

Les yeux sombres de Cléo se mirent immédiatement à cligner.

– Mais non !

– Mais si !

Se jetant avec délectation sur son mensonge éhonté, Jenny continua :

– J'ai pigé. Tu as une autre raison pour m'avoir traînée dehors. Vas-y. Raconte-moi tout, je t'écoute. C'est ce que je fais de mieux, ajouta-t-elle en lui donnant un coup de coude complice. Il s'agit d'un homme, non ? Mais que dis-je ? Bien sûr que c'est cela. Alors qu'est-ce qu'on fiche ici ? Tu essaies de te cacher ou de tomber sur lui accidentellement exprès ?

Il n'y avait véritablement aucun moyen d'arrêter Jenny quand elle se mettait à se passionner pour les problèmes des autres. Cléo, qui n'en avait nullement eu l'intention, se retrouva en train de lui déverser sa malheureuse histoire de A à Z.

– Pour lui, je suis une espèce de play-girl du jet-set, conclut-elle d'un ton sinistre un peu plus tard. Avec à peu près autant de morale qu'une chatte de gouttière.

– C'est vrai que tu fréquentes le jet-set.

– Uniquement parce que je suis payée pour ça. C'est mon boulot, répondit nerveusement Cléo. Pour Joël, ça signifie qu'il ne peut avoir aucune confiance en moi. Si j'étais secrétaire dans une perception, il serait ravi.

Soudain, elle se raidit. Joël venait de faire son apparition à l'autre extrémité de la terrasse. Et le comble, c'est qu'il discutait avec Imogen Trent. Cléo vit qu'il riait à une réflexion de la jeune femme.

– J'imagine que c'est lui.

Elle opina de la tête.

– Hum... fit Jenny, observant la manière dont Cléo s'enfonçait les ongles dans la paume des mains.

Le géant blond n'était pas mal physiquement, mais pour être honnête, il n'arrivait pas à la cheville de Dino Carlisle. Pourtant, Cléo prétendait que Dino la laissait de glace. Par conséquent, en conclut Jenny, ce qu'elle ressentait pour ce type ne pouvait être que de l'amour véritable.

Cléo lui jeta un coup d'œil.

– Hum quoi ?

– Simplement que ça ne te va pas du tout.

– Qu'est-ce qui ne me va pas ?

– De te morfondre dans l'ombre.

Elle effleura la longue manche de velours noir de la robe de Cléo.

– De jouer au caillou qui essaie de se fondre dans le décor, de te cacher... Cléo, ça ne te ressemble absolument pas.

– Alors, à ton avis, que dois-je faire ? Foncer sur lui ? L'empoigner par les cheveux, le faire basculer sur mes épaules et le traîner jusqu'à la caverne la plus proche ?

Jenny eut un grand sourire.

– Oh !... quelque chose dans ce genre.

– Tout va bien pour toi, maugréa Cléo.

Jenny vivait toujours un bonheur délirant avec Luke.

– Mais que va-t-il se passer s'il refuse de se laisser traîner ?

– Persuade-le que la caverne est chauffée...

Pour Jenny, la solution était d'une simplicité enfantine.

– Sois honnête avec toi-même. Qu'as-tu à perdre ?

51

– Ça suffit, s'énerva Jack.

Sophie faisant preuve d'un entêtement ridicule, il commençait à perdre patience. Décidé cependant à essayer de garder son calme, il continua à s'exprimer à voix basse :

– Ecoute, ce n'est ni le moment ni le lieu. Sophie, si tu continues, tu vas gâcher cette fête qui est en ton honneur. On laisse tomber pour l'instant, d'accord ? On en reparlera sérieusement demain.

Sophie ne voulait pas lâcher prise.

– Mais tu vas encore vouloir m'en empêcher.

Ses yeux soutenaient sans ciller ceux de son père.

– J'ai raison, non ? N'essaie pas de me truander, papa. J'ai pris ma décision. C'est ce que je veux faire, plus que n'importe quoi au monde. Et je trouve que c'est vous qui êtes injustes.

Elle se retourna vers Cass.

– Apparemment, à part moi, tout le monde ici semble faire ce qu'il veut.

– Ma chérie, protesta sa mère, tu es trop jeune. Tu n'as que seize ans !

– Je suis assez vieille pour me marier, répliqua Sophie vertement.

Imogen, partie en quête de Jack qui avait disparu depuis un siècle, arriva sur ces entrefaites. Elle entendit la dernière phrase lancée par l'adolescente. Stupéfaite, elle regarda Jack.

– Sophie ? Mariée ?

Cléo, qui avait pris la décision de suivre le conseil de Jenny, était en train d'essayer de repérer Joël dans le jardin, quand elle réalisa qu'une espèce de dispute mijotait dans la cuisine.

– Que se passe-t-il ?

Cléo ne s'était jamais montrée trop amicale à son égard, mais Imogen ne put s'empêcher de lui annoncer la nouvelle :

– Sophie veut se marier.

Tout le monde, y compris Sophie, regarda Imogen d'un air stupéfait.

– Oh ! la la ! C'est bien une journaliste, murmura Cass.

Cléo, elle, avait envie d'allonger une claque à la jeune femme.

– Ne soyez pas idiote, lança-t-elle dédaigneusement. Qu'est-ce qui se passe ?

– Ta sœur se couvre de ridicule, intervint Jack, en fronçant les sourcils. Que des notes excellentes à son bac, et qu'est-ce qu'elle veut faire ? Mettre les voiles pour l'Ouganda !

Sophie le foudroya d'un œil glacial.

– Franchement, tu perds les pédales, papa. A t'entendre, on dirait que j'ai décidé d'entreprendre une carrière de pute, dans King's Street.

– Chérie... s'interposa Cass pour essayer de la calmer.

– Ou de défoncée à l'héroïne, hurla Sophie qui ne voulait pas déposer les armes. Enfin, qu'y a-t-il de si terrible dans le fait de vouloir travailler dans un orphelinat en Ouganda ? Et je ne vois sûrement pas en quoi ça peut être une surprise, s'énerva-t-elle. Vous êtes parfaitement au courant du fait que j'ai toujours voulu faire ça. Aider ceux qui en ont besoin, faire quelque chose d'*utile* de ma vie.

Sophie embrassa les lieux d'un coup d'œil, en quête d'un soutien. Imogen, qui ne craignait jamais de ne pas partager l'avis de Jack, piquée au vif par la manière dont Cass l'avait rabrouée, entreprit d'applaudir.

– Bravo, bravo, lança-t-elle à Sophie. Au temps pour toi.

Personne ne se joignant à elle, Imogen se rendit compte qu'elle était vraiment seule. Sophie elle-même ne parut pas apprécier son geste.

– Bon, excusez-moi, fit Imogen d'un ton railleur, mais j'ai quand même le droit d'avoir une opinion, non ?

– Laisse tomber, murmura Jack. Tu n'aides pas.

Quelqu'un, une voix qu'Imogen ne put identifier, murmura :

– On voit bien qu'elle n'a pas d'enfants.

Cass enlaça Sophie, bien décidée à sauver le reste de la soirée.

– Bon, dit-elle, c'est une fête. Et nous sommes très fiers de toi, ma chérie. Disons simplement que seize ans, c'est affreusement jeune pour une pareille aventure. Certains de ces pays africains ne sont pas sûrs du tout. Toi-même, tu nous as expliqué que l'épidémie de sida s'y développait rapidement...

– On ne l'attrape pas en parlant avec des orphelins, répliqua Sophie. Et je te promets de ne coucher avec personne, ajouta-t-elle, une pointe de sarcasme dans la voix.

– Ce n'est pas le seul danger et tu le sais parfaitement, intervint Jack. Une guerre civile peut éclater à n'importe quel moment... Sophie, tu sais très bien ce que nous essayons de te dire. Attends encore un peu. Fais ta prépa, et pars après.

– Je veux y aller maintenant.

Cass fronça les sourcils. Qu'avaient raconté Julian et Natasha tout à l'heure ?

– Je croyais que S.V.E. n'acceptait pas les jeunes en dessous de dix-huit ans.

– C'est vrai, admit Sophie sans se démonter. Je paierai mon voyage.

Jack saisit la balle au vol.

– Ah oui ? fit-il. Avec quoi ?

Sophie n'avait pas un sou, il en était certain. Elle dépensait son argent de poche en livres, voyages éducatifs, et relivres, jusqu'au dernier penny.

Sophie s'aperçut qu'elle s'était fourvoyée et l'étincelle de la bataille s'éteignit dans ses yeux.

– Tu vas sans doute, poursuivit Jack, nous demander de te prêter le prix du billet ? C'est ça ?

Sophie ne répondit rien. Finalement, elle opina d'un signe de tête, à contrecœur.

– Bien, dit Jack, je serais heureux de t'aider.

Il jeta un coup d'œil à Cass, et revint à sa fille.

– Dans deux ans, précisa-t-il. Plus que ravi.

Jenny Duran se heurta à Sean.

– Oh ! je suis contente de te voir.

Du doigt, elle désigna la première des portes des chambres donnant sur le palier.

– Je crois que j'ai entendu Rose pleurer il y a une minute. On dirait qu'elle est réveillée.

– O.K., dit-il, je vais prévenir Pandora.

Jenny s'immobilisa sur l'avant-dernière marche.

– Tu ne peux pas t'en occuper toi-même ?

– Quand elle se réveille, répondit calmement Sean, elle préfère voir sa mère.

– Hum...

Jenny avait déjà eu affaire à ce genre d'attitude. Ses yeux se rétrécirent.

– Je suis ravie que tu ne sois pas mon mari.

Sean, devinant exactement ce qu'elle suggérait, se

demanda de quoi se mêlait cette Madame J'ordonne de Jenny Duran.

– Sûrement pas autant que moi, répondit-il d'une voix traînante, que vous ne soyez pas ma femme.

Un fiasco complet. Joël qui, à distance, observait discrètement Cléo plongée dans une conversation animée avec des amis de Sophie, comprit qu'il avait eu tort de venir. Bêtement, il avait cru qu'ils pourraient laisser le passé derrière eux. Depuis quelques jours, il était obnubilé par une seule pensée : comment Cléo, en le revoyant, allait-elle réagir ?

Seulement, il y avait un hic : il s'était laissé emporter par son imagination, et avait envisagé une série de dénouements heureux. Mais la seule réaction qu'il n'avait pas prévue était celle à laquelle il avait eu droit.

Cléo, qui voulait si désespérément ne pas lui adresser la parole, à tel point qu'elle n'avait pas été capable de lui dire simplement bonsoir en le voyant arriver et s'était empressée de le fuir, tel un crabe paniqué. Une réaction tellement peu conforme à son caractère que Joël l'avait interprétée comme de très mauvais augure.

Elle ne peut même pas supporter de me regarder, se lamenta-t-il. La déception le rendait malade, et d'avoir été assez naïf pour avoir cru que les choses auraient pu se passer autrement, le mettait dans tous ses états.

La situation était désespérée. Jetant un dernier regard à Cléo, éblouissante en noir et d'une beauté encore plus stupéfiante que dans son souvenir, Joël mit la main dans la poche arrière de son pantalon pour y prendre les clés dans sa voiture. Comme il n'avait pas le cœur de chercher Pandora ou Sean pour leur souhaiter une bonne nuit, il tourna les talons.

Cléo avait dû se dépatouiller d'une conversation après l'autre. Tout d'abord, elle avait été retardée par le discours passionné de Sophie expliquant qu'elle voulait voler au secours des pauvres bébés qui mouraient de faim en Afrique. Puis avant de pouvoir aborder Joël, elle avait été arrêtée net par un groupe d'adolescentes. Aucune ne mesurant plus d'un mètre cinquante. Toutes voulaient devenir top models. Le fait que ce soient des amies de Sophie avait empêché Cléo de leur balancer que, pour faire une carrière de mannequin, elles avaient sacrément intérêt, pour commencer, à passer au rouleau compresseur.

Quand elle parvint enfin à s'esquiver, elle reprit ses recherches. Elle n'avait pas encore décidé d'un plan précis, mais avait une petite idée.

Trouver Joël.

Lui faire comprendre les sentiments qu'elle éprouvait pour lui.

Rejeter tout refus de sa part.

Dix minutes plus tard, le cœur serré, Cléo dut envisager l'éventualité que ce plan en trois points comportait un sérieux défaut. Pour le mettre à exécution elle devait tout d'abord mettre la main sur lui.

Et Joël était introuvable.

Quand je pense, songea-t-elle, que j'ai été assez nouille pour croire qu'il attendait peut-être avec impatience de me revoir !

– Je croyais que Rory Cameron devait être là.

Les yeux verts d'Imogen étincelaient.

– Crois-tu qu'il a trouvé une fille moitié plus jeune que lui, et qu'il a laissé tomber Cass ?

Jack, franchement étonné que l'aventure ait duré aussi longtemps, rétorqua :

– Ils se voient toujours. Si j'en crois Cass, en tout cas.

Imogen lui adressa un regard entendu.

– Evidemment, c'est ce qu'elle prétend, non ? Pour crâner.

Mais quand Rory Cameron finit par se montrer, sur le coup de 10 heures du soir, leurs retrouvailles n'avaient visiblement rien de feint.

– Pardon, pardon.

Rory s'excusait de son retard avec un sourire navré.

– Des paparazzi ont fait le coup de poing au club. Je finis par me demander si les membres de la famille royale méritent vraiment tous ces tracas. Franchement, je ne le crois pas.

Pour prouver à Cass et à Imogen qu'elles n'avaient aucune raison de se montrer désagréables l'une envers l'autre, Jack mit un point d'honneur à se conduire de façon extrêmement amicale à l'égard de Rory Cameron. Ce qui ne présentait aucune difficulté. Tant qu'il ne l'imaginait pas au lit avec Cass.

Un cigare King Edward dans une main et un verre de whisky dans l'autre, Rory Cameron le précéda dans le jardin. Jack dut reconnaître qu'il avait l'air en pleine forme : bronzé et délesté de plusieurs kilos depuis la dernière fois qu'ils s'étaient vus. Résultat, sans aucun doute, songea lugubrement Jack, de toutes ces nuits torrides...

– En fait, je trouve ça plutôt dingue, affirma Rory quand ils se retrouvèrent loin des oreilles indiscrètes. Mais bon, ce n'est pas comme si tu étais le père de Cass.

Il tira tranquillement sur son cigare et sourit.

– Quoique ce soit un peu ce que je ressens.

Etant donné qu'il avait douze bonnes années de

moins que Rory Cameron, Jack trouva qu'il ne manquait pas d'air. Son sourire se rafraîchit de plusieurs degrés.

– Vraiment ?

– Bon, peut-être pas, admit Rory.

La fumée opaque de son cigare se mêlait aux effluves de son after-shave de luxe.

– Zut, ça ne va pas être aussi facile que je le croyais.

Jack eut l'impression qu'un étau glacial enserrait son cœur.

– A ta place, je me contenterais de le dire, fit-il d'un ton bref.

Imogen prêtait une oreille distraite à une conversation barbante sur les écoles secondaires privées, en vérifiant mentalement pour la troisième fois ses futurs jours de fécondité, quand elle vit Jack émerger du jardin. Sans lui jeter un regard, il traversa le salon en un éclair et se dirigea vers la cuisine. Cass s'y trouvait, Imogen en était certaine. Sans doute voulait-il lui parler d'une nouvelle catastrophe familiale, pensa-t-elle avec une pointe de jalousie. Cléo s'était peut-être cassé son plus joli ongle. Ou alors, Sean n'avait plus de cigarettes. Imogen, qui n'avait été que trop heureuse de quitter le foyer familial à seize ans pour se frayer son propre chemin, avait du mal à supporter l'attention perpétuelle qu'il portait à sa famille.

Jack commençait à regretter de ne pas être resté chez lui.

– Je viens de parler avec Rory Cameron, claironna-t-il.

Cass était en train de sortir une fournée de pommes de terre du four.

– Ou plutôt, c'est lui qui m'a parlé.

Jack marqua une pause, observant la manière dont

elle s'y prenait pour faire passer la plaque sur le plan de travail tout en refermant la porte du four d'un petit coup de hanche adroit.

– Tu ne m'as pas dit que tu avais l'intention de l'épouser.

Les joues de Cass virèrent au rose, mais Jack fut incapable de décider si c'était dû à la chaleur dégagée par le four ou à ce qu'il venait de déclarer.

– On a abordé le sujet. Je ne vois pas pourquoi tu as l'air si étonné. Ça fait plus d'un an qu'on sort ensemble, ajouta-t-elle, une trace de défi dans la voix.

– Ça n'empêche que tu me l'as caché.

– Ecoute, je suis une grande fille.

Cass, reportant son attention sur les pommes de terre, enfonça la pointe d'une fourchette à l'intérieur pour en vérifier la cuisson.

– Je fais ce qui me plaît. Je peux épouser Mick Jagger si bon me semble. A dire vrai, il ne m'est pas venu à l'esprit que ça pouvait t'intéresser. Nous ne sommes plus mariés.

Sur ses joues, le rose s'accentua.

– Et moi, il ne me viendrait jamais à l'esprit de me mêler de ta vie privée.

– Tu as fait un tabac, ce soir.

Pandora resserra ses doigts autour du volant. Entre eux, les choses s'étaient réellement améliorées depuis quelque temps. Mais elle s'attendait un peu à sa réaction et pressentait que Sean ne pourrait s'empêcher de lui faire une remarque de ce genre. Pour la première fois, on lui avait prêté plus d'attention qu'à lui.

Mais il était bien plus tard que minuit et Pandora n'était pas en état de se disputer. D'une voix basse, pour rappeler à Sean que Rose dormait à l'arrière, elle répondit d'un ton léger :

– Je suis une nouveauté, c'est tout. Ça ne va pas durer.

– Allons ! J'ai discuté avec Betsy Tyler, la semaine dernière au club.

Sean paraissait plus résigné que fâché. Betsy Tyler était une des actrices principales du sitcom de Pandora, *Yeux écarquillés et seins nus.*

– Elle affirme que tes scénarios sont les meilleurs qu'on lui ait jamais proposés. Le feuilleton n'est pas encore diffusé et ils en veulent déjà un autre.

– Et ça te fait quoi ?

Ce fut uniquement parce qu'elle était obligée de garder les yeux sur la route que Pandora trouva le courage de poser la question.

– Ça me rend fier. Et... jaloux.

Pour un homme comme lui, l'aveu était de taille. Balayée d'amour et de compassion, Pandora tendit timidement une main et la posa sur sa cuisse.

– Ce nouveau feuilleton...

Elle avait déjà envisagé cette éventualité, la chance, peut-être, de faire rebondir la carrière de Sean qui s'étiolait.

– Je pourrais écrire un rôle pour toi... si ça t'intéresse...

La dernière chose dont avait besoin Sean, c'était bien que Pandora se montre charitable. Il la toisa d'un long regard.

– Merci pour ta subtilité. Et non, répondit-il tranquillement, j'en ai rien à foutre, de ton rôle.

52

– Tu fais quoi ? Tu vas à l'agence ?

Sophie, entrant d'une glissade dans la cuisine, bouscula Cléo qui en sortait. Ses yeux s'illuminèrent.

– Formidable. On va toutes les deux dans la même direction. Tu peux m'emmener ?

– Bon, dit Cléo quand elles atteignirent Camden High Street. Où veux-tu que je te dépose ?

Pour éviter un cycliste chancelant, elle dut déboîter et agita le bras pour remercier le conducteur qui la suivait.

– Chez Jefferson, répondit Sophie d'un ton très décontracté.

C'était l'agence de mannequins de Cléo, située à côté de Regent Street.

Cléo fronça les sourcils.

– Non, *toi*, tu vas où ?

– Chez Jefferson.

– Je vais là aussi.

– Tu vois, je t'avais bien dit qu'on allait dans la même direction, rétorqua Sophie, rayonnante.

Pilant net, Cléo eut droit à un concert de klaxons. Le conducteur de la voiture qui la suivait, plutôt conciliant trente secondes plus tôt, changea subitement d'avis. Les femmes au volant, quelle calamité !

– Que se passe-t-il, grommela Cléo, tu me mènes en bateau ?

– Tu m'as dit que j'avais un look de mannequin, expliqua tranquillement Sophie. L'autre soir, quand tu m'as flanqué ce magma infâme sur le visage.

– Oui, mais...

– Et un mannequin, ça peut se faire facilement un tas de fric.

– Mais *non* ! hurla Cléo qui, cette fois-ci, faillit

emboutir la voiture qui la précédait. Au début, dit-elle en foudroyant Sophie du regard, on gagne trois fois rien. Il faut suer sang et eau. Et on n'entre pas non plus comme une fleur dans une agence. Ils ne vont pas t'engager comme ça. Sophie, sois réaliste ! Des centaines de milliers de filles rêvent de devenir mannequins.

Sophie haussa les épaules.

– Ne sois pas si défaitiste. J'ai besoin d'argent pour partir en Ouganda. Maman et papa ne veulent pas m'en prêter, mais ils reconnaissent tous les deux que si je me débrouille pour en gagner, ils ne pourront pas m'empêcher d'en faire ce qui me plaît. Evidemment, ils le disent uniquement parce que dans leur esprit, je n'ai pas la moindre chance d'amasser une telle somme...

Sophie se mettait complètement le doigt dans l'œil.

– Ça n'empêche pas qu'on n'entre pas en fanfare chez Jefferson sans même un rendez-vous, gémit Cléo. Tu crois qu'ils vont se ruer sur toi en criant : « Mon Dieu, c'est le visage des années 90 ! Coupez les cheveux de cette fille et mettez-la-moi en couverture de *Vogue*. Immédiatement ! » Sophie, je sais ce que je t'ai dit l'autre soir, mais ce n'est absolument pas comme cela que ça fonctionne.

– Oui, mais j'ai deux choses en ma faveur.

Sophie leva deux doigts et les agita.

– Quoi ? Quoi ?

– Un rendez-vous avec Janice Jefferson, dit-elle, le visage radieux.

– Ah ? fit Cléo, stupéfaite.

– Et tu es ma sœur.

– Ah non, tu ne peux pas te servir de moi. C'est du piston.

– Et alors ? J'ai besoin de ce fric. Regarde où tu vas, poursuivit Sophie. Tu as failli emboutir cette voiture.

– Je te prêterai cet argent, promit Cléo étourdiment.

– Je le gagnerai moi-même. *Si* nous arrivons là-bas un jour en un seul morceau.

– C'est toujours du piston.

– Alors, pistonne-moi, conclut Sophie. C'est pour une bonne cause.

Assise sur le bord du bureau de Maisie, Cléo balançait ses jambes d'un air morose.

– C'est entièrement ma faute. J'ai peinturluré son visage stupide. Si jamais ça aboutit à quelque chose, mes parents vont me lyncher. De toute façon, comment une fille de seize ans peut-elle s'acharner à vouloir aller en Afrique ? Pourquoi ne veut-elle pas gagner du fric pour faire un truc normal ? Genre quinzaine aux Seychelles ?

– Janice ne voudra peut-être pas d'elle.

Incapable de supporter ce bruit plus longtemps, Maisie tendit les bras pour saisir les chevilles de Cléo et fit cesser, délivrance, le cliquetis rythmé des bottes de cow-boy contre le bureau de bois.

– Excuse-moi, tu ne peux pas savoir ce que c'est agaçant.

– Tu ne me l'as jamais dit, remarqua Cléo, déconcertée, car elle tambourinait toujours des talons.

– Je prends de l'assurance, expliqua Maisie. Je suis des cours.

– Mais tu es boxeuse ! C'est ton job d'avoir de l'assurance !

– Je sais, je sais. J'y arrive dans mon travail, rétorqua Maisie dont le visage s'était empourpré. Mais dans la vie, je n'en ai jamais été capable.

– J'aimerais que Sophie en ait un peu moins, assura Cléo avec ferveur.

Maisie, qui vouait une grande admiration à Cléo, répondit :

– Elle te ressemble. Regarde la manière dont tu t'es occupée de cet abominable Damien Maxwell-Horne.

Cléo se remémora cette fichue agence Fidelio qui avait au bout du compte causé sa perte. Je me fous royalement de cet abominable Damien, se dit-elle lugubrement, mais il faut voir la façon dont j'ai tout fait foirer avec ce crétin de Joël Grant.

La lourde porte en chêne menant au bureau de Janice Jefferson – le saint des saints – s'ouvrit enfin vingt minutes plus tard. L'accablement s'empara de Cléo, bottes immobiles et obéissantes comprises, au spectacle du bras osseux de Janice entourant les épaules de Sophie. Celle-ci affichait un air de suffisance inouï.

– Très bien, on lui fait faire un essai.

Janice se vantait d'avoir l'œil pour découvrir les nouveaux talents. Que Sophie ne portât pas une ombre de maquillage et fût toujours coiffée comme Denis la Menace ne l'avait pas le moins du monde déconcertée.

– Je l'envoie à Tony cet après-midi pour un essai photos. On va lui faire un book. J'ai déjà parlé coiffure et maquillage à Anna. Cette fille a *vraiment* quelque chose. Je le *sens*.

Le bras de Janice, orné d'une multitude de bracelets, se resserra autour des épaules de l'adolescente. Le célèbre sourire Jefferson, vétéran de plusieurs centaines de couvertures de magazines des années 60, vint zoomer directement sur Cléo.

– Et par-dessus le marché, c'est une Mandeville, ce qui ne peut être qu'un plus pour la pub. Je crois que nous pouvons affirmer, sans crainte de nous tromper, que nous détenons une future étoile.

L'expression de Sophie se fit encore plus suffisante. Elle voulait dire clairement : *Je te l'avais bien dit.*

Tout bas, pour que Maisie soit la seule à l'entendre, Cléo dit :

– A propos de bottes, pourquoi taper dans un bureau quand on a une sœur ?

– Regarde-moi ça. Qui est-ce ?

Dehors, il tombait des cordes. Imogen secoua ses cheveux pour les débarrasser des gouttes de pluie. A peine eut-elle franchi la porte que Jack lui fourra un fax dans la main. Obéissante, elle contempla la photo étalée sur la feuille.

– Hum... vieille photo de Cléo ?

On aurait dit que le ciel venait de tomber sur la tête de Jack.

– Non... photo toute récente de Sophie.

Cette fois, Imogen lui prêta attention.

– Tu plaisantes !

Mais après un examen plus détaillé, elle reconnut effectivement Sophie, arborant une coiffure ultracourte, ultradécolorée, un maquillage extrêmement subtil et délestée de ses lunettes. Impressionnée, Imogen éclata de rire.

– C'est incroyable ! Elle est tranquillement allée se faire engager chez Jefferson, rien de moins.

Jack secoua la tête. Ce n'était pas la carrière qu'il avait envisagée pour sa cadette bien-aimée, la plus intelligente de ses trois enfants, mais même en ronchonnant, il ne pouvait s'empêcher d'admirer son cran.

– Tu te rends compte ! Sophie se pavane devant un appareil photo pour gagner sa vie !

– Sans oublier que ça va lui être utile pour aider un orphelinat en Ouganda, ajouta Imogen, sidérée de voir qu'il ne saisissait pas la perche. Et à ce tarif, elle va être capable de s'en faire construire un à elle toute seule.

Ils devaient sortir à 20 heures pour assister à une réception au *Barbican*. Jack, qui venait de terminer sa chronique, n'avait pas encore choisi la chemise qu'il porterait. Quand Imogen émergea de la salle de bains, drapée dans une serviette à 18 h 50, elle fut très agacée de l'entendre parler au téléphone en bas. Depuis deux heures il essayait de joindre Cass et, manifestement, il avait enfin réussi à mettre la main sur elle.

Toutes ces histoires, songea Imogen pour la centième fois. Jusqu'où pouvait-on se montrer hyperprotecteur ? Fouillant dans la garde-robe, elle en sortit la robe noire à bretelles qu'elle avait portée pour le quarantième anniversaire de Jack.

Quand il raccrocha enfin, il était déjà 19 h 50.

– Eh bien, tu avais raison.

– Evidemment que j'avais raison.

Lèvres pincées, Imogen lui lança une chemise blanche propre.

– Et nous allons être en retard.

– Elle a *seize* ans.

Sans lui prêter la moindre attention, Jack s'assit sur le lit.

– Pourquoi refuse-t-elle de nous écouter ? Tiens, hier encore, une dépêche est tombée à propos de deux bénévoles abattus au Rwanda. On ne l'empêche pas d'y aller pour la contrarier, ajouta-t-il dans un hochement de tête. C'est dangereux, point à la ligne.

Quand il eut enfin passé la chemise, Imogen lui tendit deux boutons de manchette dépareillés. Il ne le remarqua même pas et les fixa à chaque manche sans y prêter la moindre attention.

Imogen perdit patience.

– A seize ans, j'habitais dans un squat à Baywater. Une des filles avec qui je vivais a été violée par un vagabond. Un type est mort d'une overdose d'héroïne et on ne l'a découvert qu'une semaine plus tard, hurla-t-elle. Alors ne me raconte pas que la pauvre petite Sophie sera en danger en Ouganda, parce que à côté de Londres, permets-*moi* de *te* le dire, l'Ouganda est à peu près aussi dangereux qu'un après-midi au *Ritz*.

La réception avait été un désastre absolu. De retour à la maison, et s'adressant toujours à peine la parole, Jack et Imogen furent au lit avant minuit.

– Ecoute, je suis désolée, se força de dire Imogen, essayant à contrecœur de faire amende honorable.

Sa certitude d'être dans son bon droit empêcha ses paroles de sonner avec sincérité.

– Je ne te comprends pas, dit Jack qui n'était pas d'humeur à pardonner. Comment peut-on vouloir des enfants si désespérément, en refusant d'en assumer la responsabilité ? Ce n'est pas que petits chaussons et couches-culottes, tu sais. Les enfants grandissent et on continue à prendre soin d'eux.

Le salaud. Imogen lui tourna le dos et s'écarta de lui. Si elle avait des enfants à elle, elle les aimerait. Elle ne voyait simplement pas pourquoi elle aurait dû prétendre aimer ceux d'un autre, surtout quand ceux-ci faisaient si peu d'efforts pour l'aimer elle.

Jack resta éveillé, à contempler le plafond, longtemps après qu'Imogen se fut détendue et qu'elle eut glissé dans le sommeil. Sa dernière réplique, sarcastique, lui avait suggéré qu'à minuit et demi, il n'était pas trop tard pour rappeler Cass et passer les deux heures suivantes à discuter de la nouvelle coiffure de Sophie. C'était pas idiot. Sans Rory Cameron, il aurait été tenté de le faire.

Jack étouffa un bâillement. Pendant plus de vingt ans, la plupart des grandes discussions et les plus intéressantes, entre Cass et lui, s'étaient déroulées la nuit, dans leur lit. Elles lui manquaient terriblement. Mais Imogen considérait que le lit était uniquement un endroit pour faire l'amour et dormir.

Se sentant très seul, Jack se tourna de son côté et ferma les yeux. Il se demandait si Rory et Cass, eux aussi, parlaient beaucoup au lit.

53

Le premier épisode de *Yeux écarquillés et seins nus* fut diffusé à 21 heures le second mardi de novembre.

Entouré par un énorme battage publicitaire, bien accueilli par la presse qui l'avait sélectionné parmi les émissions à regarder absolument, cette histoire de fausses jumelles partageant un même appartement, l'une pin-up et l'autre employée d'une organisation de bienfaisance, s'annonçait comme un des plus grands succès de la saison.

« Betsy Tyler et Allegra Cash se montrent magnifiquement à la hauteur de l'événement, observait le critique TV du *Mail,* à la dent d'ordinaire très dure. Le scénario et les situations sont à hurler de rire ; une comédie des plus réussies. A vos magnétoscopes, car si l'on en juge d'après l'épisode de ce soir, vous ne cesserez d'avoir envie de vous les repasser. »

Et ce commentaire émanait d'un homme à qui rien ne semblait jamais plaire. Pandora, qui n'avait cessé de lire et de relire la critique louangeuse toute la journée, s'étonnait que la feuille de journal tienne encore le coup.

Le téléphone n'avait pas arrêté de sonner, pour des demandes d'interviews. Rose, qui sentait que quelque chose d'inhabituel se passait, devenait de plus en plus insupportable. 21 heures approchaient, Pandora sentit l'appréhension la gagner. Sean était sorti à l'heure du déjeuner, en lui promettant d'un ton détaché d'être de retour pour 20 heures. Il était déjà en retard. Et la série d'excuses qu'il avait invoquées pour ne pas regarder la cassette de *Yeux écarquillés et seins nus* que Pandora avait reçue la semaine précédente, étaient pour le moins tirées par les cheveux.

Donny appela à 20 h 45.

– Sean a passé son après-midi au club. Je viens juste de le mettre dans un taxi.

Et je lui ai conseillé de grandir, sans tourner autour du pot, aurait-il pu ajouter, mais il n'en fit rien.

Pandora fit une grimace.

– Il est ivre ?

– Non, mais j'ai vu des sourires plus ensoleillés chez des agents de la circulation. Au fait, félicitations pour tous les articles que tu as récoltés.

– C'est toi que je dois remercier.

Pandora savait tout ce qu'elle lui devait et elle lui en était reconnaissante.

– D'avoir gâché les choses entre Sean et toi ?

Le rire bref de Donny était teinté d'amertume. A cet instant précis, il aurait aimé se trouver à ses côtés. Saisi d'une impulsion subite, il proposa :

– Ecoute, Sean va rentrer. Il sera d'une humeur massacrante. Tu n'es pas obligée de supporter ça. Et si je venais ?

– Non.

Sa présence ne lui serait d'aucune aide. Aussi gaiement qu'elle en était capable, la jeune femme ajouta :

– Ça ira. Ce n'est pas comme s'il me battait. Je n'ai pas besoin d'un ange gardien.

Mais en attendant le retour de Sean, elle commença à avoir des nausées. La douleur vague, mais harcelante, qu'elle avait ressentie tout au long de la journée se transforma en une souffrance aiguë au bas de l'abdomen.

Les agents de la circulation peuvent aller se rhabiller, songea la jeune femme quand Sean franchit la porte à 20 h 59. J'ai vu des sourires plus ensoleillés chez les bouledogues.

– Il y a du goulasch sur le feu, lui annonça-t-elle malgré ce début peu prometteur. Et des pommes de terre au four. Tu as faim ?

– Non.

Sean se servit un cognac et s'installa devant le poste de télévision.

– Viens ici. Tu ne vas pas te mettre à servir maintenant. Ton heure de gloire est arrivée.

Pandora sentit des gouttes de sueur perler à son front. Elle formula le vœu de ne pas vomir. Après avoir rempli un verre d'eau glacée, elle s'assit avec précaution près de Sean. Deux secondes plus tard, un gémissement plaintif les alerta.

– Ma... man...

– Pour l'amour du ciel, soupira Sean.

Pandora se releva en grimaçant. Elle avait les jambes flageolantes. Sur l'écran, la présentatrice blonde annonça joyeusement :

– Et maintenant, le premier épisode de cette série tant attendue et que j'ai personnellement hâte de découvrir.

– Je parie que tu dis ça à tous les types, lança Sean qui avait déjà l'air de s'ennuyer.

Ses yeux sombres s'étaient rétrécis, comme s'il était sur le point de s'assoupir.

– Ma... man !

Sean n'était pas fier de lui. Il se conduisait, il en avait parfaitement conscience, d'une manière honteuse. Le coup de pied que lui avait flanqué Donny dans l'après-midi était destiné à lui faire comprendre à peu près la même chose. L'ennui était que rien n'y faisait.

Il ne pouvait en vouloir à Pandora de rester en haut avec Rose. Plus *Yeux écarquillés et seins nus* devenait hilarant, moins il avait envie de se réjouir. L'épouvantable mélange de fierté et de jalousie dont il était coutumier lui rongeait les entrailles comme de l'acide. Il était vraiment fier de ce qu'elle avait réussi. Il aurait simplement souhaité ne pas se sentir si minable par rapport à elle. Amèrement, il songea qu'il était en train de vivre un remake de *Une étoile est née,* avec Barbra Streisand et Kris Kristofferson, à la différence qu'il ne s'agissait pas d'une comédie musicale, mais d'une comédie tout court.

Et c'était sur son dos que l'on riait. D'en haut, lui parvint, pour la troisième fois, le bruit de la chasse d'eau. Alors que l'émission se terminait et que le générique commençait à se dérouler – série conçue et écrite par Pandora J. Grant – le téléphone se mit à sonner.

Un journaliste à la voix onctueuse, qui n'arrivait pas à en croire sa veine, s'exclama :

– Sean, mon vieux ! Celui à qui je voulais absolument parler. Alors, quel effet cela fait-il de vivre avec une brillante scénariste ?

Le salaud.

– C'est formidable, répondit-il d'une voix calme. Merci.

– Auriez-vous un numéro où je puisse joindre Donny Mulligan ?

Déçu de ne pas obtenir de réponse, il continua :

– J'aimerais avoir la confirmation de la rumeur

selon laquelle votre amie a écrit un rôle pour lui, dans sa prochaine série.

Sean raccrocha brusquement. En haut, le bruit de la chasse d'eau se fit de nouveau entendre.

Quand Pandora finit par revenir, il suffit à Sean de jeter un coup d'œil sur ses yeux gonflés et sur son visage livide pour comprendre ce qui lui arrivait.

– Tu es malade, c'est ça ? Eh bien, ajouta-t-il, d'un air narquois, si tu es enceinte, tu ne risques pas cette fois de me l'attribuer.

Heureusement, Rose n'avait chouiné que deux minutes avant de s'endormir. Pandora, qui ne s'était jamais sentie aussi mal de sa vie, se vit sur le point d'éclater en sanglots.

– Espèce de salaud... je ne suis pas enceinte. J'ai mal au ventre... je suis malade... aïe...

La blessure que venait de lui infliger le coup de fil du journaliste onctueux ne s'étant pas effacée, Sean poursuivit :

– Tu as écrit un rôle pour ce crétin de Donny Mulligan dans ta prochaine série. Tu l'as fait, hein ? Sans même m'en parler.

– Je te l'ai d'abord proposé.

Pandora se prit le ventre, car une nouvelle vague de douleur la submergeait, l'étreignant comme un étau. Tu l'as refusé, souviens-toi, dit-elle entre ses dents. Sean, je n'ai vraiment pas besoin de ça. Je crois qu'il faut que tu appelles un médecin.

Elle était vraiment malade. Avec le sentiment de se conduire comme un salaud, Sean la regarda s'écrouler sur le canapé.

Il fronça les sourcils.

– Que se passe-t-il ? Qu'est-ce que tu as ?

– Je ne sais pas. S'il te plaît, téléphone...

Sean souleva le combiné. Au même instant, on sonna à la porte.

– Ça a été rapide, ironisa Sean.

– A propos de rapide, grogna Pandora, vite, un seau...

Cléo qui, comme d'habitude, ne s'était pas assez couverte, sautillait d'un pied sur l'autre sur le pas de la porte pour se réchauffer. Elle venait d'appuyer sur la sonnette pour la seconde fois quand elle entendit un bruit de pas qui remontaient l'allée derrière elle.

– Incroyable !

Elle sentit son cœur défaillir.

– Que fais-tu ici ?

Joël jeta un coup d'œil à la bouteille qu'elle serrait entre ses mains, puis à celle qu'il tenait. Celle de Cléo, évidemment, avait coûté trois fois plus cher que la sienne.

– J'ai essayé de les joindre mais c'était tout le temps occupé.

En raison du froid, auquel se mêlait l'énervement, Cléo s'était mise à claquer des dents.

– Alors j'ai sauté dans ma voiture pour venir jusqu'ici.

– Moi aussi.

– Tu l'as regardé ? Evidemment ! Ce que je suis conne !

Nom d'un chien, elle bafouillait. Cléo agita la bouteille dans la direction de Joël en essayant de sourire, mais sans y parvenir vraiment.

– C'était génial, non ? J'ai pensé qu'il fallait fêter ça.

Le jardin était enveloppé de brume, l'allée argentée par le gel. Cléo ne portait qu'un caleçon rose et une chemise américaine en lycra blanc.

Joël hocha la tête.

– Moi aussi.

– Tu es cinglé ?

Arrachant le téléphone des mains de Sean, Joël referma bruyamment l'annuaire.

– Ça sert à rien d'appeler un médecin. Il faut l'emmener à l'hôpital, et en vitesse. Ma voiture est juste devant.

– Je pourrais... se proposa Cléo, sans en avoir l'air persuadée.

Pandora continuait à se vider et Cléo n'était pas très douée avec les malades.

– Je l'emmène, décida Sean, sérieusement inquiet.

Il jeta un coup d'œil à Cléo et à Joël.

– Est-ce que l'un de vous deux peut rester pour garder Rose ?

Dès que Sean et Pandora furent partis, Cléo sentit l'esprit lui revenir doucement. Joël l'avait prise au dépourvu, une fois de plus, et elle éprouvait une panique semblable à celle d'une hôtesse qui tenterait de distraire un invité arrivé avec deux heures d'avance.

– La pauvre Pandora, qu'est-ce qu'elle a, à ton avis ? Une intoxication alimentaire, peut-être... on peut attraper ça avec la laitue, tu sais. C'est arrivé à Maria Colin au beau milieu d'un tournage. Résultat, ça a foutu la programmation en l'air pendant six semaines et mis le metteur en scène dans une rage pas possible...

– Crois-tu que tu devrais l'ouvrir ?

Joël hocha la tête en direction de la bouteille de Taittinger dont Cléo s'affairait à dénouer le fil métallique.

– Je croyais que c'était pour Pandora.

Cléo était déjà assez sur les nerfs comme cela. La dernière chose dont elle avait besoin, c'était de se faire critiquer par la personne qui était de toute façon à l'origine de sa nervosité.

– J'en rachèterai une autre, ne t'inquiète pas.

– Bien.

Le bouchon était prêt à sauter.

– Et si tu veux te rendre utile, ajouta Cléo, déniche deux coupes.

– Mais qu'est-ce que tu fais ? demanda Joël un peu plus tard.

– A ton avis ? répondit Cléo en le défiant de l'empêcher d'ouvrir la seconde bouteille.

Le contenu de la première s'était volatilisé à une vitesse sidérante, pour la raison essentielle qu'elle lui permettait d'avoir les mains occupées, alors qu'elle n'avait qu'une seule obsession : se ruer sur Joël, lui jurer son amour et le tuer de baisers...

En la circonstance, il lui paraissait plus sûr de boire.

– Il ne va pas te plaire, la prévint Joël quand le bouchon fusa. Je me suis arrêté dans une boîte de vins et spiritueux et c'est tout ce qu'ils avaient. C'est du bon marché, sans raffinement, sans doute aussi âpre au goût que du papier-émeri.

– J'aime bien ce qui est un peu âpre...

Elle rayonnait. Le visage de Joël s'assombrit. Cléo colla sa main sur sa bouche.

– Oops ! J'aurais pas dû dire ça.

Elle essaya de remplir sa coupe. Joël hocha la tête d'un air inquiet.

– Je crois que tu as assez bu, grommela-t-il de moins en moins amusé.

– Et moi, je te trouve barbant.

Pour faire bonne mesure, Cléo en renversa un peu sur sa main.

– Allons, le pressa-t-elle, sois sympa. C'est le

moment de porter un toast à Pandora et au succès de *Yeux écarquillés et quoi déjà.*

– Mais qu'est-ce que tu as ?

Joël ne l'avait encore jamais vue dans cet état.

– Moi ? Ça va très bien.

Cléo, qui venait d'avaler une gorgée de champagne, ne put s'empêcher d'esquisser une grimace. Joël disait vrai : il vous arrachait sacrément le palais.

– Je vais très, très bien, répéta-t-elle avec un haussement d'épaules. Ici, le pauvre malheureux, c'est toi.

Cela datait peut-être d'un certain temps, mais Joël n'oublierait jamais ce moment de sa vie où il avait vraiment cru que son cœur s'arrêtait de battre.

– Cette interview que tu as donnée à la télé, dit-il, lors de la première de ce film. Toutes ces idioties sur le fait que tu avais trouvé l'amour véritable et que tu allais épouser Dino Carlisle... Tu avais bu ce soir-là ?

Cléo fut incapable de dissimuler sa satisfaction.

– Alors, tu l'as vue ? Super. Non, je n'étais pas soûle. C'était juste une envie. Pourquoi ? ajouta-t-elle en agitant triomphalement un doigt dans sa direction. Ça t'a rendu jaloux ?

Joël hésita, puis hocha la tête.

– J'ai simplement réalisé que tu étais bien mieux assortie à un type comme lui qu'à un mec comme moi.

L'expression résignée qu'il affichait avait de quoi vous déchirer les entrailles. Les yeux de Cléo se remplirent de larmes.

– Je ne le pensais pas vraiment. Il ne s'est jamais rien passé entre Dino Carlisle et moi.

– C'est ce que j'ai cru comprendre quand il est rentré aux Etats-Unis et s'est lancé dans une aventure avec cette nouvelle James Bond girl.

Contrairement aux débordements émotifs de Cléo, Joël s'exprimait avec retenue.

– Mais ça ne change rien au fait que c'est d'un type

comme lui dont tu as besoin. Au moins, il fait partie du gratin...

Cléo était déchirée. Une partie d'elle regrettait d'avoir tant bu, si vite et sur un estomac complètement vide. D'un autre côté, songea-t-elle vaguement alors que la pièce commençait à onduler autour d'elle, oserait-elle sortir tout cela si elle était à jeun ?

– J'aimerais bien que tu boives aussi, dit-elle, avec l'espoir que le champagne exercerait le même effet sur Joël.

– Un de nous, lui fit-il remarquer, doit être en état de s'occuper de Rose.

– Et une de nous doit être à Heathrow demain matin à 8 heures pour prendre un avion direction la Tunisie, grogna Cléo qui venait de se rappeler qu'elle devait se lever très tôt.

Beurk... maintenant, elle regrettait vraiment d'avoir bu autant.

Mais elle avait néanmoins encore quelque chose à ajouter. Encouragée par le fait que Joël faisait manifestement des efforts pour ne pas regarder ses seins, libres sous sa chemise américaine en lycra blanc, elle formula le vœu d'avoir le courage de se jeter tout bonnement sur lui. Mais la crainte qu'il ne la repousse l'en empêchait. La jeune femme prit une profonde inspiration.

– Ecoute, je me fiche royalement du gratin. Que les gens soient célèbres ou non me laisse totalement indifférente. Je me fiche que l'homme que j'aime gagne sa vie comme balayeur.

Faisant un effort pour obliger ses pensées à précéder ses paroles, Cléo embrassa la pièce d'un regard pour trouver l'inspiration. Elle repéra la bouteille de champagne de Joël à laquelle ils avaient à peine touché.

– S'il n'avait à m'offrir que l'eau du robinet, je l'avalerais ! Et il n'aurait plus aucune raison de se sentir inférieur à moi, parce que ça ne serait pas le cas... en fait, lorsque deux êtres s'aiment et qu'ils sont heureux ensemble, rien d'autre ne compte.

– Téléphone, fit remarquer Joël à Cléo qui n'avait visiblement pas entendu la sonnerie.

Il était malade d'inquiétude en pensant à Pandora et priait pour qu'elle n'ait pas quelque chose de sérieux. Il tendit le bras pour saisir le combiné avant que Cléo ne puisse l'attraper.

– Tu aurais pu me laisser lui parler, protesta-t-elle quand il eut raccroché. La pauvre petite, il n'y a rien de pire qu'une intoxication alimentaire. On peut l'attraper en mangeant de la laitue, tu sais. Comment va-t-elle, au fait ? Elle se sent mieux ?

Envolés, songea amèrement Joël, les discours touchants sur la signification de l'amour. Cléo était complètement bourrée.

– C'était Sean. On emmène Pandora en salle d'opération.

Il n'était que trop heureux d'avoir répondu avant Cléo. Sean paraissait extrêmement inquiet et la dernière chose dont il avait besoin, c'était bien d'entendre sa sœur se répandre en divagations sentimentales de poivrote.

Epouvantée, Cléo essaya maladroitement de se redresser.

– Mais c'est horrible ! Qu'est-ce qu'elle a ?

– Ils n'en savent rien. Une péritonite, peut-être.

Joël avait tellement de choses en tête qu'il perdit patience.

– Et de toute façon, ajouta-t-il d'un ton glacial, je doute que ça te fasse quoi que ce soit. Si tu allais te coucher ?

54

A 5 h 30, la sonnerie stridente du réveil fit reprendre conscience à Cléo. Immédiatement, elle se rappela, et d'un seul coup, les événements de la veille. Morte de honte, et avec la chair de poule, car Joël avait manifestement décidé qu'elle ne méritait pas de couverture, elle s'extirpa à quatre pattes du canapé en poussant un gémissement sourd.

Et voilà, songea-t-elle, l'esprit embrumé, contente malgré tout d'être habillée. J'ai fait mes avances, je me suis plantée en beauté, je n'aurais pas pu m'y prendre plus mal si je l'avais fait exprès.

Le reste de la maison était plongé dans l'obscurité complète. A pas de loup, elle monta jeter un coup d'œil à Rose qui dormait à poings fermés, un bras et un pied pendant entre les barreaux en bois de son petit lit.

Joël dormait dans la chambre d'amis. A la pensée qu'il éprouvait peut-être du dégoût pour la manière dont elle s'était enivrée – qui le lui reprocherait ? – Cléo eut envie de rentrer sous terre. Elle contempla en silence les cheveux blonds ébouriffés et le profil bien-aimé, puis observa la manière dont sa poitrine bronzée se soulevait et s'abaissait à un rythme lent, égal et rassurant. Son envie de tendre le bras pour le toucher était plus ardente que jamais. Mais la réaction de Joël, songea-t-elle tristement, risquait d'être aussi ardente que la sienne.

Ensuite, Cléo appela l'hôpital. On lui indiqua dans quel service Pandora avait été admise et elle demanda de ses nouvelles à l'infirmière de garde. Rassurée sur l'état de la jeune femme, elle sortit sans bruit de la maison.

En contemplant Pandora endormie, Sean comprit à quel point il l'aimait. Il ne cessait de l'oublier pour mieux se le rappeler.

A son réveil, elle vrilla son regard dans le sien.

– A quoi penses-tu ?

Il effleura le dos de sa main.

– A la peur effrayante que tu m'as faite.

En guise de réponse, Pandora lui adressa un bref sourire.

– Rien d'excitant. L'appendicite, c'est tout.

– Dieu merci...

– Je me sens toujours vaseuse, dit-elle en touchant son pansement.

– Ça va vite aller mieux. Tu es... (Sean hésita, tant il était peu habitué à formuler de telles pensées.) ... tu es très belle.

– Menteur.

Pandora avait une petite idée de la mine qu'elle pouvait avoir en réalité, mais c'était agréable à entendre. Elle aussi avait eu très peur.

– Il est presque 19 heures. Tu devrais rentrer à la maison, mais... s'inquiéta-t-elle avec un froncement de sourcils, qui va s'occuper de Rose pendant mon absence ?

– Moi.

Pandora prit un air inquiet.

– Le médecin affirme que je dois rester trois ou quatre jours à l'hôpital.

– Je sais, j'étais là.

Sean avait passé la moitié de la nuit à réfléchir à la question. L'ennui, c'était que tout le monde travaillait, et à part engager une nurse dans une agence – une totale inconnue à laquelle Rose n'aurait pas le temps de s'habituer – il ne voyait personne à qui il puisse demander de l'aide.

Offensé par le manque de confiance évident de Pandora envers ses compétences, il passa à l'offensive.

– Ce n'est pas compliqué. Tu l'as dit toi-même, précisa-t-il en haussant les épaules, ce n'est que pour quelques jours. C'est ma fille, non ? Rose et moi, on va bien s'amuser, ajouta-t-il avec un grand sourire.

– Espèce de sale petite bête ! hurlait Sean douze heures plus tard, en constatant que Rose venait de se renverser un pot entier de yaourt aux fraises et au melon sur la tête.

Qu'un ange pareil pût accomplir un acte aussi dégoûtant le dépassait complètement. La vache ! Maintenant, le yaourt dégoulinait dans son dos et gouttait sur le tapis.

Rose attendit qu'il ait fini de nettoyer les dégâts, avant de remplir joyeusement – et bruyamment – sa couche.

Pour dissiper l'odeur épouvantable, Sean aspergea la pièce d'un demi-flacon d'Eau sauvage. Il sortit pour jeter la couche sale dans la poubelle. A son retour, Rose avait fouillé efficacement dans la veste dont il s'était débarrassé, y avait trouvé un paquet de Rolos et s'était servie. Elle avait aussi déniché un feutre et était simultanément occupée à baver du chocolat et à barbouiller de noir le papier mural bleu et blanc Colefax & Fowler, à vingt-huit livres le rouleau.

– Je te déteste, grinça Sean en lui arrachant le feutre des mains, et en se demandant si ses voisins l'avaient entendue hurler.

Vu sa veine, ils allaient sans doute appeler séance tenante la Société pour la protection de l'enfance.

Les yeux brun chocolat de Rose s'emplirent de larmes. Consternée d'avoir perdu le stylo, elle poussa un cri de rage et se mit à réclamer sa mère en gémissant.

– Si tu es gentille, promit Sean, je t'emmènerai la voir.

Quand il eut terminé de ranger le capharnaüm du salon, Rose réclama du jus de fruits à cris perçants. Tout ce qu'il sut ensuite, c'est qu'il était temps de rechanger sa couche. La fillette transforma l'opération en une véritable bataille-marathon de contorsions qui se termina par un coup douloureux qu'elle lui envoya dans l'œil. Quand Sean eut enfin réussi, malgré sa résistance, à lui faire enfiler une salopette propre et deux chaussures assorties, l'heure des visites était passée.

– Tu vois, c'est ta faute.

Sean la foudroyait du regard. Rose, sur le canapé, fit de même. Sa lèvre inférieure tremblait. Puis, sans le moindre avertissement, elle plongea dans le sommeil.

– Comment s'est-elle conduite ? s'inquiéta Pandora l'air anxieux quand Sean lui amena sa fille à l'hôpital le lendemain.

La fillette, des socquettes bizarres aux pieds et des miettes de corn flakes dans les cheveux, se précipita avec ravissement sur sa mère.

– Elle a été épouvantable.

N'était-il vraiment que 11 heures du matin ? Sean se sentait épuisé.

– Un vrai monstre. J'envisage l'adoption.

– Quelle petite fille magnifique ! s'exclama une infirmière. Ce qu'elle vous ressemble !

– A qui ? A moi ?

Sean était littéralement sidéré. Mais la femme s'adressait bien à lui.

Il jeta un coup d'œil à l'enfant. Sans avoir jamais osé véritablement se l'avouer, il avait du mal à la reconnaître comme sa fille, pour la bonne raison qu'elle semblait avoir hérité entièrement des gènes de Pandora. Sa peau était couleur caramel, ses cheveux comme de la barbe à papa noire, et ses immenses yeux étaient marron foncé. Sean la trouvait belle, mais il ne lui était jamais venu à l'esprit qu'on pouvait distinguer la moindre ressemblance entre eux.

– Evidemment, vous.

L'infirmière chatouilla les genoux potelés de Rose qui, du coup, poussa un petit cri de plaisir.

– Regardez ses yeux, son rire. Et quant à ces pommettes...

– Ecoute, proposa Pandora quand l'infirmière eut disparu, j'ai appelé une des sœurs de Donny ce matin, elle serait ravie de s'occuper de Rose. Si tu lui téléphonais ?

Sean rattrapa Rose qui était sur le point de tomber la tête la première en bas du lit. Il n'avait aucune intention de s'avouer battu. Et il n'avait nullement besoin d'une des foutues sœurs de Donny pour lui montrer comment s'y prendre.

– Pas besoin, dit-il. On peut s'arranger. Elle et moi on va très bien s'en sortir.

C'est Cléo, ironie du sort, qui fut le même soir à l'origine du véritable tournant de l'histoire.

– C'est un bébé, nom d'un chien !

Appelant de Tunisie pour prendre des nouvelles de Pandora, elle venait d'avoir droit à la litanie de toutes les bêtises commises par Rose depuis l'heure du déjeuner.

– Elle ne comprend pas. Elle ne le fait pas exprès.

Pour une fois dans sa vie, Cléo avait raison. Sean se

rendit compte qu'il croyait que Rose s'ingéniait à le punir de ne pas l'aimer suffisamment.

A partir de cet instant, leur relation changea du tout au tout. Sean s'aperçut que moins il criait, moins Rose faisait de bêtises. Le quatrième matin, quand il pénétra dans la chambre de sa fille, elle ne se réveilla pas en appelant Pandora, mais lui tendit les bras, le visage rayonnant, en gloussant :

– Papa...

55

Steve mettait une éternité à préparer ses photos. Cela ne le gênait pas, puisqu'il portait trois pulls superposés et une veste de chevreau. Hum, songea Sophie en soufflant sur les articulations de ses mains pour essayer de les réchauffer. Dire qu'on raconte que le métier de mannequin est prestigieux !

Pour tout dire, cela lui était égal. En dépit du froid mordant, elle était en train d'amasser une somme d'argent assez importante grâce à ce tournage. Et quand les photos paraîtraient dans le magazine *Top Teen* – huit pages de Sophie Mandeville, drapée dans des robes fines comme de la toile d'araignée, des châles de dentelle, et flottant, telle une apparition éthérée, dans les paysages embrumés des Cotswolds – elle serait bien loin. En Ouganda.

A faire quelque chose d'utile de sa vie.

Quand ils s'arrêtèrent enfin pour déjeuner, toute l'équipe se hâta d'aller s'entasser dans le pub pittoresque où ils avaient établi leur base. Situé sur le sommet d'une colline perdue, au-dessus du minuscule village de Cinderley bâti au petit bonheur, le *Salutation Inn* était une vieille auberge recouverte de lierre, tenue par un couple qui était plus qu'heureux d'héberger un photographe et son équipe, venus de Londres.

L'odeur du sauté au poulet maison était fort alléchante, mais Sophie s'en tint à un sandwich au fromage et une canette de Seven-Up. Radio 4 allait diffuser une émission sur les missionnaires et elle ne voulait pas la rater.

– Les missionnaires, hein ? s'écria le photographe en lançant un brusque coup de coude à la jeune fille. Si tu veux en savoir plus sur les positions, mon chou, t'as qu'à me le demander.

– Ha, ha ! fit Sophie consciencieusement, car tout doué pour la photo qu'il fût, Steve était un crétin. Je me demandais si tu pouvais me donner les clés de la BMW. Comme ça, je pourrai l'écouter dans la voiture.

– Drôle de petit oiseau, remarqua Steve une demi-heure plus tard, en jetant un coup d'œil par la fenêtre à meneaux en direction du parking. Elle est toujours là à écouter sa précieuse émission. Je ne savais même pas qu'on pouvait capter Radio 4 dans cette voiture.

Il jeta un clin d'œil à Titia, la rédactrice de mode à *Top Teen*.

– C'est tout Sophie, ça. Elle ne boit pas, et elle ne fume pas. Si tu veux mon avis, c'est pas normal.

– Contente-toi de commander une autre bouteille de rouge, rétorqua Titia d'une voix traînante, et arrête de t'en prendre à elle. Je la trouve mignonne. S'il y a quelqu'un d'anormal dans les parages, mon mignon, c'est pas elle, c'est toi.

Sophie avait finalement avalé trois sandwiches aux tomates et au fromage, deux paquets de chips au bacon fumé et sa canette de Seven-Up. L'émission était drôlement intéressante et elle était ravie de pouvoir l'écouter tranquillement. En plus, de là où elle était, elle jouissait d'un panorama spectaculaire : une vallée profonde, nappée de lambeaux de brume matinale d'où émergeaient des maisons couleur miel et des arbres à moitié dénudés.

Une rivière étroite scintillait dans la pâle lumière du soleil de novembre. Elle poussa un soupir de bien-être et se tortilla pour appuyer ses genoux plus confortablement contre le volant. De la poche de sa veste en jean, elle extirpa un paquet de pastilles aux fruits. Les deux premières étaient à l'ananas, son parfum préféré. Et il restait encore vingt minutes d'émission. Que pouvait-on désirer de plus ? songea Sophie.

Quand la portière côté passager s'ouvrit, elle crut que c'était Steve qui venait la régaler d'autres plaisanteries sur les missionnaires, lui piquer sa dernière pastille et la harceler pour qu'elle se remette au travail. Mais c'était un parfait inconnu qui se glissa dans le véhicule.

Un garçon d'une vingtaine d'années, aux cheveux blonds hirsutes et aux yeux bleu pâle perçants.

– Bon, remue-toi, lui ordonna-t-il.

Il portait une veste en treillis et un jean pas très net, taché de boue.

– Pardon ? fit Sophie abasourdie par cette intrusion. Ai-je vraiment l'air d'une abrutie ?

Elle eut à peine le temps d'apercevoir un éclair se refléter sur du métal, un quart de seconde plus tard, une lame de couteau se pressait sur ses côtes.

– Vas-y, siffla le garçon. Contente-toi de démarrer. Fais ce que je te dis.

– J'aimerais bien, si je pouvais.

Sophie sentait la froideur de la lame pressée contre elle. Elle avait l'impression que la scène se déroulait au ralenti.

– Sincèrement, j'aimerais bien. Mais je ne sais pas conduire.

– Putain...

Tout espoir qu'avait pu nourrir la jeune fille quant à l'éventualité d'un coup monté, une plaisanterie à ses dépens, s'écroula quand la pointe s'enfonça dans sa peau. Baissant les yeux, elle aperçut un filet de sang suinter à travers le fin tissu de sa robe.

– Vous pouvez prendre la voiture, se hâta-t-elle de proposer. Tenez.

Elle lui désigna la clé de contact.

– Allez-y. Relâchez-moi et partez où vous voulez. Le réservoir est plein.

Avant que Sophie ait le temps d'atteindre la poignée de la portière, le garçon emprisonna son poignet avec sa main libre.

– Pas question. On va échanger nos places. Je vais conduire, et toi tu viens avec moi.

– Mais que se passe...

Steve en bafouillait d'indignation. Il se posta à la fenêtre pour voir plus nettement.

– Merde, j'arrive pas à y croire. Sophie a fait monter un type dans cette foutue caisse et, en plus, elle n'est pas dans la position du missionnaire. Eh ben, faut reconnaître qu'il y a du vrai dans ce qu'on raconte : les pires, ce sont bien les plus tranquilles.

– Elle a dû s'arranger pour faire venir son petit ami ici.

Titia, qui observait la scène par-dessus l'épaule du photographe, paraissait trouver cela drôle.

– Cette fille ne manque pas de culot. Faire ça dans ta voiture, en plein jour !

Steve prit un air inquiet en voyant le véhicule démarrer.

– Mais que se passe-t-il ? Putain, c'est lui qui conduit ! C'est quoi, une plaisanterie ?

– Non, pas une plaisanterie, lança Titia tandis que la BMW fonçait hors du parking dans un crissement de pneus. Je te jure que c'est une réalité.

– Tu peux le jurer, putain, siffla Steve entre ses dents.

Un cinglé de mec embarquait sa Série 5, sa joie et sa fierté.

– Mais qu'est-ce qu'elle fout ? Elle nous fausse compagnie ? Je te promets qu'à son retour, je la tuerai, cette petite garce !

Son kidnappeur s'appelait Jez. Il s'était évadé de la prison ouverte de Taywood où il purgeait une peine de dix-huit mois pour cambriolage.

– Hier, j'ai reçu une lettre de ma femme, expliqua Jez. Pour me dire qu'elle me plaquait. Elle s'est trouvé un autre type. C'est pour ça que je me suis échappé. Pour la voir. Et la faire changer d'avis.

Sophie hocha la tête.

Que s'est-il passé ?

Quelque chose vacilla dans les yeux bleus.

– Elle a pas changé d'avis. Je l'ai battue. A mon avis, à l'heure qu'il est, elle s'est précipitée chez les flics. Mais je retournerai pas dans cette tôle.

Il coula un coup d'œil à la jeune fille.

– Tu comprends, c'est pour ça que j'ai besoin de toi. S'ils essaient de me prendre, je les menacerai de te faire quelque chose de radical. S'ils veulent vraiment te récupérer, ils seront bien obligés de me laisser en liberté.

Il conduisait à une vitesse terrifiante. Sophie n'ignorait pas que pour essayer de s'en sortir elle devait garder son calme et tenter d'établir une forme de communication avec Jez. Cependant, le fait qu'il n'ait que vingt-trois ans rendait leur cavale un peu moins effrayante. Elle n'arrivait pas à croire qu'il puisse vraiment lui faire du mal.

Sauf, bien entendu, que c'était déjà chose faite.

– Comment s'appelle votre femme ?

– Brenda. Cette conne, répondit-il avec dédain. T'aurais dû voir la tête qu'elle faisait quand je me suis pointé ce matin. On aurait dit une pute. Tout ce maquillage. Dis-moi pourquoi les femmes sont obligées de se peinturlurer avec toutes ces saletés ?

Froidement, son regard parcourut le visage de sa passagère forcée.

– Toi aussi. T'as l'air d'une pute. Pourquoi tu t'es tartinée comme ça ?

– D'habitude, je ne me maquille pas, je déteste ça, expliqua Sophie. Je suis mannequin. C'est aussi pour cette raison que je porte cette robe ridicule.

Elle effleura le siège de cuir.

– Et on est dans la voiture du photographe. On est arrivés de Londres ce matin à 6 heures.

Jez paraissait intéressé. Peut-être, espéra Sophie, que s'il me prend pour une célébrité, il n'osera pas me toucher. Se penchant lentement en avant, elle lança :

– C'est barbant, non ?

Et elle appuya sur deux boutons de la radio dernier cri.

– T'es mannequin ? fit-il, l'air impressionné. J'ai jamais été à Londres. C'est comment ?

– Grand et sale. Ici, c'est bien plus sympa. A Londres, on peut disparaître, ni vu ni connu.

Sophie, subitement inspirée, ajouta :

– *Vous*, vous pourriez disparaître. Ecoutez, ça ne sert à rien de me garder en otage pour essayer de me marchander. Laissez-moi descendre ici, filez le plus loin possible et perdez-vous dans la nature.

Elle tâta la poche de sa veste.

– Je peux même vous donner un billet de dix livres pour l'essence.

– Putain, s'esclaffa Jez, t'en tiens une couche !

Les épaules de Sophie s'affaissèrent.

– Pardon, je trouvais que c'était une bonne idée.

– Evidemment !

Subitement, l'humeur de Jez avait changé.

– T'es vraiment gourde ! Une crétine de pute.

La radio passait une chanson d'Elton John. Quand les dernières notes poignantes s'éteignirent, Sophie entendit la voix de sa mère.

– Charmant, charmant, soupira Cass. Est-ce que ça ne suffit pas à égayer la plus triste des journées ? Et maintenant, à propos de triste journée, voici les prévisions météo de Tom Archer.

Sophie ne put se retenir. Ses yeux se remplirent de larmes brûlantes.

– Pourquoi t'écoutes cette merde ? dit Jez brusquement.

– C'est pas de la merde, chuchota Sophie. C'est ma maman.

Le couteau toujours pressé contre les reins de la jeune fille, Jez la poussa à l'intérieur de la maison.

– C'est joli.

Ayant désormais dépassé le stade des larmes, Sophie embrassa d'un coup d'œil le cottage, petit mais bien tenu.

Jez et Brenda y avaient emménagé, jeunes mariés, trois ans plus tôt. Aux fenêtres pendaient des rideaux jaune et blanc Laura Ashley. La cuisine jaune et bleu donnait sur un petit salon. Par terre, devant le téléviseur, gisaient un verre brisé, un cadre en cuivre gauchi et une photo froissée du couple le jour de leur mariage.

– Mon papa est parti avec une autre femme, dit Sophie. Maman aussi a déchiré des photos. Elle disait que ça la soulageait. Oh, s'il vous plaît, ce n'est pas la peine de m'attacher.

Retenant la terreur qui l'envahissait, elle supplia :

– Je ne m'enfuirai pas. Promis. Ecoutez, laissez-moi balayer ces morceaux de verre. Ensuite, je pourrai peut-être préparer quelque chose à manger. Vous devez mourir de faim.

– D'accord.

Jez, se rendant compte qu'elle venait de tenir des propos sensés, remit la corde dans le placard sous l'escalier.

– Mais essaie pas de t'échapper. J'ai un revolver en plus de mon couteau.

– Et des serrures à chaque fenêtre, lui rappela Sophie. Comment voulez-vous que je m'enfuie ?

– Exact, dit-il en souriant presque. Grâce à Brenda, la saleté.

– Pourquoi ?

– Vendeur de double vitrage. Le type qui s'est pointé ici, le salaud avec qui elle couche depuis l'année dernière.

– Mon pauvre, le plaignit Sophie d'une voix apaisante. Ça ne m'étonne pas que vous ayez perdu patience.

Elle jeta un coup d'œil dans le miroir suspendu au dessus du manteau de la cheminée.

– Regardez-moi ça ! Quel spectacle ! Je peux monter me débarbouiller ?

Il parut agacé.

– Tu peux pas le faire dans l'évier de la cuisine ?

– Je veux nettoyer ça aussi, expliqua-t-elle en effleurant le superbe crêpe de Chine taché de sang. Réfléchissez, je ne vous serai pas très utile si je meurs.

– Ça saigne plus, la coupa Jez. Tu vas pas crever.

– Ça pourrait s'infecter, argumenta Sophie. Vous n'avez jamais entendu parler de septicémie ? Du tétanos ?

Ses yeux gris se rétrécirent.

– Ecoutez, je vous ai donné ma parole. Je n'essaierai pas de m'enfuir. Mais vous devez me traiter comme un être humain, ce n'est que justice.

A sa grande stupéfaction, il opina de la tête.

– D'accord. Mais tu fourres pas ton nez partout en haut, hein ?

– Merci.

– Et quand t'auras fini, reprit doucement Jez, tu pourras appeler ta maman.

56

C'est bien ma veine, songea Sophie, d'avoir été kidnappée par un cambrioleur toqué de stars et qui bat sa femme !

Elle composa le numéro de la station de radio où officiait Cass et tendit le combiné à Jez.

Le son du transistor, posé en équilibre sur la table basse, était très faible – les piles étaient sur le point de rendre l'âme – mais Sophie entendait malgré tout ce qui se passait.

– Et maintenant, lança sa mère, nous avons en ligne un correspondant mystérieux. Il paraît que son appel a un rapport avec Sophie, ma cadette. Personnellement, je soupçonne un coup monté. Donc, allô, correspondant mystérieux du Gloucestershire, vous êtes à l'antenne. Si vous nous racontiez de quoi il s'agit ?

– C'était génial, se réjouit Jez en replaçant le combiné sur son socle.

L'air ridiculement content de lui, il passa les doigts dans ses cheveux hirsutes.

– J'étais encore jamais passé à la radio. Merde, dit-il en regardant Sophie, qu'est-ce qui te prend ?

Comme elle avait été bête de penser qu'à cause de ses vingt-trois ans, Jez ne lui ferait aucun mal ! Une vague de panique étouffa la jeune fille. Elle avait envie de vomir.

– Tu as fait mourir ma mère de peur. Comment as-tu pu faire une chose pareille ?

– Fastoche, se vanta-t-il.

Il se pencha pour ramasser une photo déchirée de Brenda et de lui et l'écrasa dans son poing fermé. Puis il sourit.

– Je suis vachement content de t'avoir choisie, ajouta-t-il. T'es la meilleure. Grâce à toi, je vais devenir célèbre.

– Mais qu'est-ce que vous fichez, bon sang ? s'énerva le directeur du restaurant, en voyant Terry Brannigan jeter son éponge à vaisselle, se débarrasser de son tablier et enfiler son pardessus.

– Où allez-vous ? Vous ne pouvez pas partir comme ça !

Terry pointa un doigt vers la radio qu'il ouvrait toujours lorsque Cass était à l'antenne.

– Vous n'avez pas entendu ? Cass Mandeville est une amie à moi et elle a des ennuis. Elle a besoin de moi.

– Mince alors, y s'prend pour Superman ! se moqua un serveur par-dessus un chœur de sifflets et des rires étouffés.

– Oublie pas de mettre ton pantalon sur ton collant.

Il restait une montagne de vaisselle sale à laver.

– Si vous partez maintenant, jeta le directeur d'un ton glacial, vous êtes viré.

– Hourra ! s'écria Terry. Ce n'est pas trop tôt.

Le restaurant était situé à moins d'un kilomètre des studios de Kingdom Radio. Fort heureusement, Terry y avait déposé assez souvent Cass par le passé, pour arriver à convaincre le planton chargé de la sécurité de le laisser passer.

– Je sais, *je sais*, hurlait le producteur au téléphone quand Terry débarqua dans le studio où se tenait Cass. Elle n'est absolument pas en état de continuer et nous n'avons personne d'autre. Bob a la grippe, Serena est en France et Jenny s'est barrée en Egypte. Il n'y a personne pour la remplacer...

– Je peux le faire, proposa Terry.

A travers la vitre, il voyait le visage pétrifié du présentateur de la météo qui faisait de louables efforts pour tenir la place forte mais qui se plantait lamentablement.

Le producteur fusilla Terry du regard.

– Nom de Dieu, qui êtes-vous ?

Derrière lui, une porte s'ouvrit brutalement. Cass, le visage blême, se jeta dans les bras de Terry.

– Quel cauchemar ! dit-elle en essayant de retenir ses larmes. Jack arrive. On prend tout de suite l'avion pour aller sur place.

Son corps commença à s'affaisser.

– Mon Dieu... quand je pense que j'ai cru qu'il s'agissait d'une blague idiote...

Le producteur continuait à fusiller Terry du regard.

– Il fallait que je vienne. Je veux t'aider. Je voulais t'offrir de t'y emmener, mais...

– Il n'y a personne pour poursuivre l'émission, expliqua Cass d'une voix tremblante. Ma remplaçante a la grippe. Tu pourrais t'en charger.

– Je peux m'en charger, affirma Terry.

– Oui, oui…

Le producteur, trop excité pour faire preuve de reconnaissance, grinça des dents.

– Vous n'arrêtez pas de le répéter. Mais nom de Dieu, qui êtes-vous ?

Le deuxième jour du siège, Cass se demanda si elle allait parvenir à ne pas sombrer dans la folie. Le cottage était cerné par les tireurs d'élite de la police. Un négociateur essayait d'entrer en relation avec Jez Potter. Il avait également parlé à Sophie qui, apparemment, s'en sortait bien.

En fait, c'était en partie dû au fait qu'elle ignorait tout de la situation. Jez Potter, avaient expliqué les policiers à Jack et à Cass, purgeait une peine de sept ans pour l'homicide d'un videur de night-club qui avait fait de l'œil à sa femme. Il était fort possible que ce soit un psychopathe. De plus, personne ne savait où était passée Brenda Potter.

– Je ne peux plus le supporter, sanglotait Cass.

Elle s'accrochait à Jack, en essayant d'effacer de son esprit le spectacle horrible de Jez Potter, utilisant leur fille comme bouclier, tout en gesticulant frénétiquement avec un revolver.

– Pourquoi a-t-il choisi Sophie ? C'est tellement *injuste*.

La cruelle ironie de la situation n'avait pas échappé à Jack. En estimant que le voyage en Ouganda était trop périlleux, c'était lui qui avait indirectement poussé sa fille à poser pour des photos de mode… et l'avait exposée à un danger bien plus grand qu'il n'aurait pu l'imaginer.

Ils étaient descendus au *Salutation Inn*, l'établissement dans le parking duquel Sophie avait été enlevée. L'endroit grouillait de journalistes, malgré le fait qu'un black-out médiatique avait été imposé sur l'événement. La police n'avait pas la moindre intention de céder au fantasme de célébrité de Jez Potter.

Susie Wheeler, la propriétaire de l'établissement, était absolument navrée pour Jack et Cass Mandeville. Deux ans plus tôt, elle avait suivi avec passion la fin de leur mariage et toute sa sympathie était allée vers Cass.

Aux yeux de Susie, qu'ils partagent la même chambre – en même temps que leur chagrin – n'était que chose parfaitement normale. De ce fait, quand Imogen Trent appela ce jour-là pour la troisième fois, l'air de nourrir davantage de soupçons à l'égard de Jack que d'inquiétudes au sujet du sort de Sophie, elle décida qu'elle avait assez fait preuve de discrétion.

– Il m'a promis qu'il téléphonerait, mais je n'ai aucune nouvelle de lui.

Imogen marqua une pause, puis ajouta plus bas :

– Je sais que vous avez laissé un message dans sa chambre. Mais je me demandais si vous ne pourriez pas aussi en déposer un dans celle de Mme Mandeville.

– Ça ne sera pas nécessaire, chère madame.

Susie Wheeler sourit. C'était plus fort qu'elle. Une occasion trop magnifique pour qu'elle la laisse passer.

– Parce que en fait, ils n'ont qu'une chambre. Et je lui ai bien laissé votre message. Pile au beau milieu du lit.

– Allez-vous me tuer ? demanda Sophie.

– Probablement pas.

Jez, assis par terre, s'amusait à faire virevolter son revolver, tel Billy The Kid.

– Enfin, je ne pense pas.

– Je crois que vous devriez vous rendre.

Il était 3 heures du matin. Des faisceaux lumineux éclairaient la nuit. Il était hors de question de dormir. En plus, Sophie avait froid. Mais quand Jez lui avait proposé un des pulls de Brenda, elle en avait eu la chair de poule, sans comprendre pourquoi.

– Jamais ! Je leur ai demandé de m'envoyer un hélicoptère, non ? Il arrivera demain matin.

– Où est-ce qu'il atterrira ? Dans le carré de légumes ?

– Ferme-la.

– Ça ne sert à rien de vous fâcher. J'essaie juste d'être réaliste.

Elle crut que Jez allait fondre en larmes.

– Je ne peux pas me rendre.

Sophie frissonna.

– Pourquoi ?

– Ferme-la. Un point, c'est tout.

– Ça va durer encore combien de temps ? chuchota Cass.

Elle s'agrippait à Jack en se demandant si elle aurait de nouveau chaud, un jour.

Imogen n'avait aucune raison de s'inquiéter. Ils partageaient peut-être le même lit, mais faire l'amour était bien la dernière des choses qui leur serait venue à l'esprit.

– La police va tout régler, la rassura Jack.

– Et si elle échoue ?

– Arrête !

Il la serra plus étroitement contre lui et effleura son front d'un baiser.

– Ils vont réussir.

Sophie avait fini par glisser dans un sommeil agité, mais les rêves qui tourbillonnaient dans sa tête étaient tout aussi difficiles à supporter que la réalité. Presque heureuse d'en être débarrassée, elle se réveilla en sursaut. D'affreux sanglots rompaient le silence.

– Jez.

Elle se leva en trébuchant et traversa le salon. Le jeune homme était agenouillé près de la porte d'entrée, son visage tordu par le chagrin.

– Je t'ai pas fait de mal.

Il leva vers elle ses yeux rougis de larmes.

– Hein ? Je t'ai pas fait de mal.

Sophie se sentit engourdie. Elle acquiesça d'un signe de tête.

– Dis-leur que je t'ai pas fait de mal.

– Quoi ? Maintenant ?

Souhaitait-il qu'elle crie à travers la boîte aux lettres ?

– Dis-leur, c'est tout. J'ai pas pu m'en empêcher, ajouta-t-il en secouant la tête d'un air las. Elle m'a obligé à le faire.

Une seconde plus tard, à la stupéfaction de la jeune fille, il se releva et ouvrit la porte. Il la poussa à l'extérieur et rentra dans la maison.

Pareille à un lapin ébloui par le faisceau des phares d'une voiture, elle restait plantée sur place.

– Sophie, descendez l'allée, ordonna calmement une voix dans un haut-parleur. Très bien, continuez à avancer. Nous sommes devant vous. Vous vous en sortez parfaitement. Marchez doucement.

Sophie fit ce qu'on lui conseillait.

Derrière elle, en haut dans le cottage, retentit un coup de feu.

57

Jez Potter s'était tiré une balle dans la tête. Le corps de Brenda Potter, comme le soupçonnait la police, fut retrouvé sans vie dans la chambre d'amis. Vu ce que Sophie avait traversé, les policiers affirmèrent à Jack et à Cass que leur fille s'était remarquablement comportée.

– Je n'arrive pas à croire que ce cauchemar est terminé.

Cass, au bord des larmes, était dans un état d'euphorie totale. Leurs retrouvailles avec Sophie, aux premières heures du jour, s'étaient déroulées dans un bonheur indescriptible. Et maintenant, après avoir été soigneusement examinée par un médecin – sa coupure n'était que superficielle – Sophie rattrapait une partie du sommeil dont elle avait tant besoin.

Cass et Jack, eux, étaient de retour dans leur chambre, au *Salutation Inn*. L'aube se levait ; sous leurs yeux, s'offrait l'extraordinaire spectacle de la vallée, enveloppée dans son manteau de brume. Tout paraissait semblable à la journée précédente, et pourtant rien ne l'était. Désormais Sophie était saine et sauve. Cass, heureuse à un point inimaginable, regardait par la fenêtre en songeant avec une pointe de culpabilité, à toutes les personnes qu'ils auraient dû appeler pour les rassurer.

– Tu devrais passer un coup de fil à Imogen.

Pour autant qu'elle le sût, Jack n'avait pas répondu aux appels téléphoniques de la jeune femme.

– Je sais.

Il se posta près d'elle. Instinctivement, Cass s'appuya contre son épaule.

– Dans ce cas, fais-le.

– Je n'en ai pas envie.

Elle n'osait pas le regarder, adoptant un léger ton de reproche, elle lança :

– Oh, Jack !

– C'est un moment qui nous appartient. Rien qu'à nous deux.

Il la prit dans ses bras et Cass se sentit fondre.

– On ne devrait pas, haleta-t-elle quelques minutes plus tard. On ne devrait vraiment pas faire ça.

D'un baiser, Jack étouffa ses protestations qui manquaient d'ailleurs de conviction.

En ce qui le concernait, leur étreinte dépassa tout ce qu'il espérait.

– Je t'aime.

Après cette déclaration, Jack roula sur le dos, subitement incapable de regarder Cass.

– Si tu savais combien je regrette d'avoir rencontré Imogen... ça me déchire complètement. Et quant à Rory Cameron... Seigneur, quand il m'a annoncé que vous projetiez de vous marier, je n'ai eu qu'une seule envie : le *tuer*.

Il s'arrêta pour regarder Cass. Son cœur battait à tout rompre.

Elle dormait à poings fermés.

Imogen regardait les nouvelles de 18 heures, recroquevillée sur le canapé. Une multitude de caméras avaient été déployées pour suivre le retour triomphal de Sophie à Hampstead. On la qualifiait d'héroïne. L'allée menant à la maison grouillait de reporters. Cléo Mandeville et Pandora Grant versaient toutes deux des torrents de larmes. Quand les voitures arrivèrent enfin, ce fut la pagaille. En se rongeant les ongles, Imogen regarda Sophie, dont la pâleur naturelle était accentuée par ses cheveux blond platine, adresser un bref signe de la main aux caméras, avant d'étreindre Sean et de disparaître à l'intérieur de la maison.

Cass et Jack émergèrent de leur véhicule un instant plus tard, enlacés. Imogen tressaillit et s'arracha un ongle jusqu'au sang.

– Tout ce que je peux déclarer, c'est que nous sommes très fatigués et très heureux, jeta Jack à un journaliste d'ITN. Ces deux jours ont été très éprouvants. Dieu merci, le cauchemar est terminé.

– Oui, Sophie va très bien, assura Cass qui, elle, affichait un sourire absolument radieux.

– Nous sommes à peu près certains qu'elle va abandonner la carrière de mannequin, ajouta-t-elle. S'en tenir peut-être à une activité moins dangereuse. Le dressage des lions, par exemple.

Imogen avait des brûlures d'estomac. Jack et Cass disparurent à l'intérieur. Le présentateur du journal, arborant son air de et-maintenant-les-mauvaises-nouvelles, passa aux dernières statistiques du chômage. Imogen se demanda quand Jack se souviendrait tout simplement de son existence.

Au moment de partir, aux environs de minuit, Jack s'arma de courage. Il devait en être sûr.

– J'ai quelque chose à te dire, se lança-t-il.

Avec ses cheveux blonds tirés en arrière, Cass était époustouflante. Elle portait une robe en velours bleu et était parfumée de *Shalimar*. Dans le salon, la fête donnée pour le retour de leur fille battait son plein. Terry Brannigan s'était mis à chanter, sous les huées ironiques de Cléo et de Rory Cameron. Ils étaient seuls dans le vestibule lambrissé.

– Oui ? l'encouragea Cass.

Jack hésita.

– Ce n'est pas facile.
– Non ?
– Hum...
Cass scruta attentivement son visage.
– Ça n'aurait pas, par hasard, quelque chose à voir avec ton petit discours de ce matin ?
– Je croyais que tu dormais.
– J'ai pensé qu'il valait mieux que j'en aie l'air, avoua Cass. Au cas où tu changerais d'avis. C'étaient des moments plutôt chargés d'émotion. Après tout, tu aurais pu le regretter, ajouta-t-elle.
Jack s'appuya contre la porte d'entrée.
– Non. J'éprouve toujours les mêmes sentiments.
Jamais il n'avait lancé une affirmation avec une telle volonté de convaincre.
– Le problème, c'est de savoir si toi, tu as changé d'avis en ce qui nous concerne.
La porte du salon s'ouvrit brusquement.
– Oops !
En les apercevant, Cléo se hâta de la refermer.
– Pardon ?
Cass faisait-elle exprès de ne pas venir à son secours ?
– Oui, enfin, est-ce qu'un jour tu pourras m'accorder de nouveau ta confiance ?
L'endroit et l'heure, Jack s'en rendait compte, étaient fort mal choisis pour tenir le discours probablement le plus capital de son existence.
– Oui, pourras-tu me pardonner ? insista-t-il d'une voix basse. Pourras-tu m'aimer encore ? Y a-t-il une chance minuscule pour que tu acceptes de faire un nouvel essai ?
– Excuse-moi, le coupa Cass, mais qu'en pense Imogen ?
Jack secoua la tête.
– Elle n'est pas au courant.

– Eh bien, moi je sais ce qu'on *ressent*, ajouta-t-elle en ouvrant la porte d'entrée.

Sans lui laisser même deviner ce qu'elle pensait, elle laissa tomber :

– Peut-être qu'elle devrait l'être.

– Tu ne le penses pas, tu ne peux pas le penser, tu ne peux pas...

Imogen, à genoux, s'agrippait au pantalon de Jack. Elle savait qu'elle hurlait comme une bête. Cette humiliation était insupportable. Et pourtant, elle continuait à s'accrocher, à gémir et à refuser de le croire.

– Je suis désolé, mais ça n'a pas marché. Tu le sais bien.

Jack ne trouvait pas la situation beaucoup plus facile. Le spectacle de la détresse d'Imogen lui faisait de la peine. Et il était également conscient, non sans malaise, qu'il était peut-être en train de rompre pour rien. Cass ne s'était pas précisément jetée dans ses bras. Elle n'avait pas crié : « Oui, oui. C'est tout ce que je désire. » Il y avait même de fortes chances pour qu'elle lui éclate de rire au nez en proclamant que c'était bien fait pour lui.

Mais il s'agissait d'un risque qu'il était prêt à courir. C'était Cass qu'il voulait. Son aventure avec Imogen était terminée. Il ne désirait qu'une seule chose : retourner à son ancienne vie.

– Je sais que tu as couché avec elle, renifla Imogen.

Ses yeux, rougis par les larmes, le suppliaient de ne pas l'abandonner.

– Et que vous partagiez la même chambre dans cette auberge. Ecoute, je te pardonne. Maintenant, Sophie est rentrée. C'est du passé. On peut continuer comme avant, Cass et Rory Cameron, toi et moi...

Jack secoua la tête.

– Non, on ne peut pas. Je suis désolé, mais ce n'est plus possible.

Il fit la grimace en sentant les ongles d'Imogen s'enfoncer dans sa jambe. Encore un peu, et elle allait lui déboîter une rotule !

– Espèce de salaud, je sais pourquoi tu me laisses tomber ! Parce que je ne peux pas avoir d'enfants, hein ?

Au comble du désespoir, elle se raccrochait à cette explication.

– Je ne peux pas avoir de bébé, alors tu me largues...

– C'est toi qui en voulais, lui fit remarquer Jack. Pas moi.

– Parce que tu as déjà une famille, cracha Imogen. Ta précieuse petite famille de merde ! Et maintenant, tu retournes avec elle, comme le bon père pour lequel on t'a toujours pris. Qu'est-ce que les journalistes vont aimer ça !

– J'ai dit que j'avais envie d'y retourner, précisa Jack d'un ton las. Mais ce n'est pas certain. Cass n'a pas encore accepté de me reprendre.

Sophie ouvrit la porte et recula d'un pas.

– Miséricorde ! Qu'est-ce qui vous arrive ?

Ses yeux se rétrécirent.

– Si vous cherchez papa, il n'est pas ici.

Imogen hocha la tête pour signifier qu'elle était au courant. Elle avait attendu que Jack soit occupé à la télévision pour venir voir Cass.

– C'est ta mère que j'aimerais rencontrer.

Elle jeta un coup d'œil à la voiture de Cass garée dans l'allée.

– Elle est bien ici, non ?

– Un instant, je vais la chercher.

Cass, qui sortait manifestement de son bain, apparut

deux minutes plus tard. Elle avait lissé ses cheveux blonds en arrière, pour dégager son visage, et portait le même peignoir de soie rose et jaune que deux ans plus tôt, quand Imogen était venue l'interviewer.

Une rafale de vent glacé plaqua la jupe noire de la jeune femme contre ses jambes. Elle avait fait l'effort de s'habiller avec recherche, mais l'expression de Cass – sans parler de la tête stupéfaite qu'avait faite Sophie – lui fit comprendre que c'était raté. Aucune couche de maquillage, songea-t-elle amèrement, ne pouvait dissimuler pareil chagrin.

– Bonjour. Je peux entrer ?

– Vous feriez mieux.

Cass s'écarta. Il n'était pas difficile de deviner ce qui s'était passé. Elle n'avait pas parlé avec Jack aujourd'hui. Jack, en revanche, avait manifestement parlé à Imogen.

Elle se demanda si elle vivait le moment le plus heureux et le plus gratifiant de son existence. Une seconde après, son habituel sentiment de culpabilité la reprit. Elle comprenait ce que ressentait Imogen. Il serait si facile pour elle de la prendre en pitié.

Je ne dois pas me laisser aller, s'ordonna Cass, durcissant sa résolution. Pour quelle raison Imogen ne souffrirait-elle pas ? Au nom de quoi ne supporterait-elle pas à son tour ce qu'elle m'a infligé ?

Imogen, elle ne devait pas l'oublier, méritait tout ce qui lui arrivait.

– J'étais sur le point de me faire un sandwich.

Cass la précéda dans la cuisine. Elle saisit une baguette dans le panier à pain avec autant de décontraction que si la jeune femme était une voisine passée à l'improviste pour prendre un café ou bavarder, et proposa :

– Vous en voulez un ?

Imogen les imagina, Cass et elle, se battant en duel

avec des baguettes au-dessus de la table de la cuisine. Elle refusa d'un signe de tête. Derrière Cass, l'eau de la bouilloire chantait. Elle ne voulait pas non plus de foutue tasse de thé.

– J'aimerais mieux une vodka-tonic.

– Vous avez une mine épouvantable.

Cass lui servit le cocktail réclamé, mais s'en tint au thé. La dernière fois qu'Imogen était venue sans se faire annoncer, c'était elle qui menait le jeu. Et c'était moi, l'oie stupide, se rappela Cass. J'en étais alors réduite à ranger mes placards de cuisine, parce que si j'étais restée inoccupée, je serais devenue folle.

– Evidemment...

Imogen fondit en larmes.

– Il fallait que je vous voie. Vous savez combien j'aime Jack... il est toute ma vie. Et je sais qu'il s'imagine revenir ici, mais...

– Mais vous pensez, qu'en fait, il n'en a aucune envie ?

Cass s'exprimait avec froideur. C'était tellement plus facile d'être dans la position de celle qui domine la situation. Elle regrettait de ne pas avoir essayé beaucoup plus tôt.

– Excusez-moi, mais Jack n'est-il pas en âge de savoir qui il veut et ce qu'il veut ?

– C'est cette histoire de Sophie.

Imogen s'effondra sur sa chaise.

– Ça l'a paniqué – et maintenant, il croit qu'il doit rester avec sa famille.

Se frottant les yeux avec désespoir, elle ajouta :

– Ce que je veux dire, c'est : qu'il faut que *vous*, vous soyez également honnête avec vous-même.

– Comment ça ?

– Voyons, Cass. Vous prenez votre revanche. Je me fais piétiner, non ? Vous avez sûrement prié pour que cela m'arrive...

Les commissures des lèvres de Cass palpitèrent.
– Eh bien...
– Voulez-vous vraiment le reprendre ? lâcha Imogen avec passion, ou est-ce une lubie qui vous passe par la tête ? Parce que si vous sciez la branche sur laquelle vous êtes assise, simplement par rancune, au bout du compte, ça ne vous rendra pas plus heureuse. Vous êtes bien avec Rory Cameron, non ? Ce que je veux dire, c'est : ne mettez pas en danger votre propre chance de bonheur.
Imogen marqua un temps d'arrêt. L'effort qu'elle accomplissait pour retenir ses larmes l'épuisait.
– Je vous en prie, ne me prenez pas Jack pour la seule raison que maintenant c'est possible.
Imogen savait qu'elle s'humiliait. Mais elle ne pouvait plus s'offrir le luxe de faire la fière. S'il fallait en venir à des mesures extrêmes, elle était prête à supplier.
De toute son existence, elle n'avait éprouvé un tel sentiment de désespoir.
En définitive, songea Cass, c'est peut-être le meilleur moment de ma vie.
Elle réfléchit un moment avant de répondre :
– J'ai haï Jack de m'avoir fait ce qu'il m'a fait, lâcha-t-elle, stupéfaite de pouvoir s'exprimer aussi calmement. Mais je n'ai jamais cessé de l'aimer. Pas une minute. Et ne vous imaginez pas non plus que vous traversez ce que j'ai vécu, il y a deux ans.
Les yeux d'un bleu de porcelaine de Cass se vrillèrent dans ceux d'Imogen, rougis de larmes.
– Parce que ce que j'ai vécu était pire.
Imogen était en train de perdre la partie. Elle avait misé sur le fait que Cass voudrait se montrer à la hauteur de sa réputation de gentillesse, de compréhension, et bon sang, pour tout dire, de perfection. Sa déception l'anéantissait.

– Si vous vivez ensemble de nouveau, siffla-t-elle, comment pouvez-vous être sûre qu'il ne recommencera pas ?

– Peut-être qu'il a pris une bonne leçon, répliqua froidement Cass. Avec vous.

58

– Merde !

Sean pila net. Imogen, tel un cheval emballé, venait de surgir de l'obscurité. Elle ricocha sur le capot de sa voiture.

Fort heureusement – pour une fois – il ne conduisait pas comme un fou. Plus heureusement encore, Imogen ne paraissait pas blessée.

Il descendit de son véhicule pour s'en assurer, ramassa le sac à main de la jeune femme et le lui rendit en souriant.

– La première fois que je vous ai vue, vous remontiez l'allée. Il faut qu'on arrête de se rencontrer comme ça.

Soudain il s'aperçut qu'Imogen sanglotait et découvrit, à la lumière des phares, que son visage gonflé était dans un piteux état.

Il fronça les sourcils.

– Vous ai-je fait mal, ou s'agit-il d'autre chose ?

– Vous-vous ne-ne m'avez-vez pas fait-fait mal.

D'une torsion, elle se détourna pour cacher son visage défiguré par les pleurs. Mais cela ne servit à rien ; il serrait son bras aussi fort que dans un étau.

– Alors que se passe-t-il ?

La jeune femme était venue en taxi. La perspective d'en chercher un autre et d'avoir à subir l'attention fascinée d'un chauffeur fouinard lui fut insupportable.

– Je-je sais que-que vous m'aimez pas, bafouilla-t-elle entre deux sanglots, mais-mais pou-pouvez-vous me-me raccompagner ?

– Pourquoi ?

Sean en avait sa claque. Il avait l'impression de jouer à ce jeu imbécile des vingt questions.

– Aidez-moi à partir d'ici, c'est tout.

Prenant la situation en main, Imogen se libéra brusquement et contourna en titubant la voiture jusqu'à la portière du passager.

– *S'il vous plaît.*

Quand Sean s'immobilisa devant la maison qu'Imogen partageait à Wimbledon avec Jack, ses larmes avaient cessé.

Elle avait aussi changé d'avis quant à sa décision de rentrer chez elle.

– Mon Dieu, regardez-moi ça !

Désespérée, elle agitait sa main en direction des fenêtres éteintes. Jack ne rentrerait pas avant minuit, et la perspective de passer seule toute la soirée la déprima au-delà de l'exprimable. Elle se retourna vers Sean.

– Vous avez bien dit que vous alliez au club ? Emmenez-moi avec vous.

Sean poussa un long soupir. Si le but de l'opération consistait à faire capoter ses plans, elle s'y prenait à merveille. La visite qu'il avait projeté de rendre à sa mère n'avait rien de vital ; il passait vérifier s'il n'avait pas oublié chez elle son blouson de cuir. Imogen l'en avait empêché, ce n'était pas grave. Par contre, il pouvait franchement se passer de la voir pleurnicher et broyer du noir à *Comedy Inc.*, tel le spectre du festin.

– Ne seriez-vous pas mieux chez vous ? insista-t-il avec le ton de celui qui sait ce qui convient le mieux.

Personnellement, je ne resterai qu'une heure au club. Je dois retrouver Pandora dès la fin de mon show.

Comme un chien que l'on menace de plonger dans un bain, Imogen s'enfonça un peu plus dans son siège.

– Ça n'a pas d'importance. Vous ferez celui qui ne me connaît pas.

Elle lui coula un long regard déterminé.

– Mais je vais avec vous, que ça vous plaise ou non.

– Ecoutez...

– C'est un club de comiques, non ? le coupa la jeune femme. Ça va peut-être me remonter le moral...

Quand Sean tourna dans Jelahay Street, il aperçut Donny qui les précédait. Ils le rattrapèrent à l'entrée du club.

– Imogen est ici pour essayer de se changer les idées, expliqua Sean, car il pouvait difficilement raconter devant tout le monde qu'elle venait de se faire plaquer par son père.

Se demandant si la chose n'intéresserait pas Donny, il ajouta en grimaçant :

– Elle a besoin qu'on s'occupe d'elle.

Une fois à l'intérieur, Imogen disparut promptement aux toilettes pour refaire son maquillage. Donny s'installa au bar d'où il regarda Sean dédicacer des autographes à un groupe de filles venues d'Epping. Son numéro recommençait à bien tourner. Le souvenir de sa désastreuse émission s'effaçait lentement de l'esprit du public. Il avait même repris assez confiance en lui pour se remettre à improviser sur scène.

Sans parler de mettre dans son lit la maîtresse de son paternel, songea Donny amèrement une heure plus tard. La jeune femme, qui descendait des vodkas comme une Russe disjonctée, avait frénétiquement applaudi l'entrée en scène de Sean. Elle ne le quittait pas des yeux, et donnait sans discontinuer des coups de coude à Donny en lançant des idioties du style : « Il est splendide, non ? » et : « Vous savez, je suis folle de lui depuis le soir de notre première rencontre. »

A eux deux, ils lui donnaient envie de vomir. Il avait trouvé plutôt distrayant de voir Sean Mandeville se frayer un chemin dans la vie en baisant. Il avait d'ailleurs fait la même chose. Mais ils étaient alors jeunes, libres et célibataires. Ne pas réagir en voyant Sean traiter si mal Pandora s'était révélé une tout autre histoire. Cela lui avait posé un problème de conscience. Jusqu'au jour où, quelques mois plus tôt, Sean lui avait donné l'impression de se ressaisir en cessant subitement de courir les filles.

Mais ce soir, visiblement il reprenait ses vieilles habitudes.

Imogen se jeta au cou de Sean dès sa sortie de scène.

– Vous avez été *génial* !

Il adressa un large sourire à Donny.

– Tu n'adores pas ça, quand les femmes te disent ce genre de truc ?

– Génial, génial, génial, chantonnait Imogen en se glissant en bas de son tabouret pour planter un baiser sur sa joue.

A la dernière seconde, elle plongea en avant et l'embrassa sur la bouche.

– Une telle maîtrise de la langue anglaise ! On voit que c'est une journaliste.

L'air amusé, Sean essuya les traces de rouge à lèvres dont l'avait gratifié la jeune femme.

Comprenant qu'elle n'avait pas la moindre chance de remonter sur son siège, elle pouffa de rire et s'accrocha à sa veste.

– Je suis une super-journaliste, proclama-t-elle fièrement, presque aussi super qu'au lit.

Dégoûté, Donny détourna les yeux.

Sean, qui n'avait pas encore eu l'occasion de mettre Donny au courant de la situation, proposa à Imogen :

– Pourquoi n'iriez-vous pas vous repoudrer la figure pendant que je commande une autre tournée ?

Imogen avait déjà beaucoup bu, et elle avait la ferme intention de rendre à Jack la monnaie de sa pièce. Elle lui répondit avec un sourire lascif.

– Pourquoi est-ce que je ne resterais pas plutôt ici, à vous déshabiller des yeux en attendant un autre verre ? Ne serait-ce pas plus amusant ?

Il était temps pour Donny de filer en coulisse. Il en avait assez entendu et était plus que content de s'éloigner. Si Sean avait envie de ruiner sa vie, très bien. Mais cette fois, il ne voulait rien avoir à faire avec lui.

Plus Imogen buvait, plus son imagination se déchaînait.

– Alors, dit-elle en soufflant des relents de vodka au visage de Sean, si on vidait les lieux pour chercher une chambre d'hôtel ?

– Pour vous ?

Sean était sur le point de perdre patience. Il essayait de prêter attention au spectacle de Donny et Imogen n'arrêtait pas de le déranger. Toutes ses suggestions imbéciles commençaient à l'agacer prodigieusement. Mais l'ennui était qu'il se sentait responsable de la jeune femme. Elle marchait à côté de ses pompes, et il ne se sentait pas le droit de se lever et de disparaître en la plantant là. A ce rythme, songea Sean, il allait être en retard au rendez-vous qu'il avait donné à Pandora.

– Pour nous, idiot, glousse Imogen en lui lançant un regard entendu. Allons, tu sais bien que tu en as envie.

Il haussa un sourcil étonné.

– De coucher avec vous ? Eh bien, non.

Il contempla ses cheveux roux qui dégringolaient autour de son visage et sa langue rose et humide dardée entre ses dents. Une nouvelle couche de maquillage ajoutée à l'ancienne lui donnait une apparence débraillée mais elle restait attirante. En toute honnêteté, l'idée de coucher avec elle lui avait traversé plus d'une fois l'esprit, par le passé.

– J'en ai peut-être eu envie, reconnut-il, avant votre liaison avec mon père. Mais plus maintenant.

Imogen fit la moue.

– Tu ne le regretteras pas.

– Mais si.

Sean jeta un coup d'œil à sa montre. S'il ne partait pas immédiatement, il allait être vraiment en retard.

– Vous n'avez pas entendu ? Je suis un autre homme. Père de famille et tout. J'ai Rose. Et j'ai Pandora.

– Oh oui, et tout le monde sait combien tu lui es fidèle !

– J'ai décidé de l'être. Et je vais m'y tenir.

– Ra-soir, se moqua Imogen.

– Et je dois la retrouver pour dîner avec elle.

Il attrapa les clés de sa voiture.

– Bon, voulez-vous rester ici, ou faut-il vous raccompagner chez vous ? Désolé, mais je dois partir.

– Quoi, rester ici et me faire fusiller par votre copain Donny ?

Cette perspective la fit frissonner.

– Non, merci. Je viens avec vous.

De la scène où il était sur le point de terminer son numéro, Donny les vit disparaître. Imogen s'agrippait toujours au bras de Sean. Sa jupe noire retroussée révélait un porte-jarretelles et le haut de ses bas noirs. Une pute, songea-t-il froidement.

Et Sean trompait Pandora.

59

– Putain ! hurla Sean vingt minutes plus tard. Vous allez vous décider, oui ou non ? Pour qui me prenez-vous ? Pour Mère Teresa ?

Maintenant qu'ils étaient arrivés à Wimbledon, Imogen refusait tout bonnement de quitter sa voiture. C'était la goutte qui faisait déborder le vase. Il en avait vraiment ras le bol.

– Je ne veux pas rester seule, gémit-elle d'une voix de petite fille. Tu ne peux pas savoir à quel point je suis malheureuse. Je veux boire un verre. Ecoute, il y a un pub au coin de la rue. Viens en vider un dernier avec moi, Sean, je t'en supplie. Un seul, je te promets...

A part la précipiter la tête la première sur la chaussée, il n'y avait aucun autre moyen d'extirper Imogen hors de la voiture. Sean poussa un soupir, puis se dirigea jusqu'au *Queen's Head.* Pandora allait sûrement s'inquiéter. De plus, il ne connaissait pas le numéro du *Blue Goose* par cœur, il ne pouvait donc appeler le restaurant pour lui expliquer la raison de son retard.

Tant pis. Pandora avait l'habitude de son manque de ponctualité. Au moins, il était certain qu'elle allait l'attendre.

Je prends un verre en vitesse, pensa Sean, et puis je mets les voiles. Si jamais Imogen essayait encore de faire des histoires, il n'aurait aucun scrupule, cette fois, à la laisser à moins de deux cents mètres de son appartement.

Le *Blue Goose* était plein à craquer. Pandora sentait ses soupçons grandir. Sean avait maintenant trois quarts d'heure de retard. La voilà donc, songea-t-elle avec une sensation décourageante de déjà-vu, cette soirée romantique dans le restaurant où il m'a invitée le soir de notre première rencontre ! La page que nous devions tourner. Quelle imbécile je suis d'avoir cru qu'il était capable de changer !

Elle se sentait doublement humiliée, d'autant qu'une température tropicale régnait dans l'établissement et qu'un serveur venait de lui demander pour la quatrième fois si elle ne se sentirait pas plus à l'aise sans son manteau. Elle était ridicule. Et on la dévisageait. Si Cléo avait été à sa place, elle aurait peut-être eu le culot de leur lancer : « Bon, vous tous, arrêtez de ricaner. Si je garde mon manteau, c'est parce que je suis nue comme un ver, là-dessous. »

Et en plus, elle aurait eu droit à une salve d'applaudissements. Pandora aurait aimé tout simplement avoir autant de cran.

– Madame, il fait tellement chaud ici...

Flûte, cette fois, c'était le maître d'hôtel en personne, débordant de prévenances, mais l'air en même temps de sous-entendre que les autres clients allaient la prendre pour une excentrique.

– Votre manteau... ne croyez-vous pas que vous seriez plus à l'aise sans ?

Son idée lui avait pourtant paru tellement bonne, songea avec lassitude Pandora, que la résignation gagnait. Ce sale Sean.

– Non, merci.

Elle se leva en essayant de prendre l'air de celle qui se fiche totalement d'avoir fait l'objet d'un lapin.

– Désolée. J'ai bien peur de devoir vous quitter.

Le *Queen's Head* possédait la réponse aux prières de Sean. A peine avait-il commandé les consommations – vodka pour Imogen, tonic pour lui – qu'un type d'une trentaine d'années environ, aux cheveux décolorés et à l'épaisse couche d'autobronzant, quitta le groupe avec lequel il discutait pour les rejoindre au bar.

– Sean Mandeville, s'exclama-t-il en claquant des doigts, ravi de l'avoir reconnu. Vous m'en direz tant ! C'est sympa de vous rencontrer ici. Je vous admire énormément. *Enormément.*

– Vous n'êtes pas le seul, entonna Imogen, qui faillit renverser son verre en levant un visage enamouré vers Sean.

– En fait, on a une connaissance commune.

L'inconnu s'adressait à Sean comme à un vieux copain.

– Votre sœur, Cléo... on s'est fréquentés un certain temps... il y a deux ou trois ans. Quelle fille, hein ?

Il hocha la tête, l'air d'éprouver une tendresse évidente à ce souvenir. Pas un de ses cheveux, affreusement laqués, ne bougea.

– Quelle fille !

– Si vous voulez mon avis, marmonna Imogen, Cléo est une peau de vache.

– Ecoutez, je dois vraiment partir, s'excusa Sean.

Il vida son verre, se leva et serra la main de l'ex de Cléo.

– Ravi de vous avoir rencontré, monsieur...

– Damien, répondit le type, radieux. Damien Maxwell-Horne. Je suis dans l'immobilier, au cas où vous auriez besoin d'un service un jour... attendez, je vais vous laisser ma carte...

– Très sympa de votre part, mentit Sean.

Du regard, il passa de Damien à Imogen. Ce type arborait des cheveux douteux, mais il avait l'air assez sûr. Et il connaissait Cléo.

– Ça ne vous ennuie pas si je vous confie Imogen ? Elle habite juste au coin. Si vous pouviez vous assurer qu'elle rentre entière chez elle, je vous en serais reconnaissant.

– N'en dites pas plus, n'en dites pas plus.

Les yeux de Damien, d'un bleu intense, s'illuminèrent à la perspective de rendre un service à Sean Mandeville. En sortant son portefeuille, il lança un clin d'œil réconfortant à Imogen.

– Ça ira bien, hein, mon lapin ? Bon, finissez votre verre. Et laissez-moi vous en offrir un autre.

Quand Sean rejoignit le *Blue Goose,* Pandora n'y était plus. Lorsqu'il revint chez lui, la baby-sitter était partie, Rose suçait son pouce dans son petit lit et Pandora dormait à poings fermés. Elle devait être furieuse contre lui, mais comme ce n'était pas sa faute, Sean ne se sentait pas trop coupable. S'il la réveillait, elle risquait de se mettre en colère. Alors il descendit au salon pour regarder une vieille vidéo de Jack Dee et s'endormit sur le canapé. Ce ne fut qu'à l'aube qu'il se glissa dans leur lit.

Une heure plus tard, Pandora l'y abandonna et se faufila silencieusement dans la salle de bains pour prendre un long bain chaud avant le réveil de Rose. Tout en marinant dans l'eau, elle songea longuement à sa vie avec Sean en se demandant si elle accordait trop d'importance au fait qu'il ne s'était même pas donné la peine de venir au rendez-vous qu'il lui avait fixé.

Elle était en train de préparer le petit déjeuner, quand on sonna à la porte.

– Bonjour, mon ange.

Donny se pencha pour lui donner un baiser très convenable sur la joue. Au moins, la voiture de Sean était dans l'allée.

– Il est levé ?

Pandora hocha la tête, subitement incapable de parler. Donny était tellement gentil et Sean pouvait être un tel salaud.

– Hum... du bacon.

Donny renifla d'un air appréciateur et se dirigea vers la cuisine.

– Comment s'est passé ton dîner hier soir ?

– Il aurait sans doute pu être formidable.

Pandora s'aperçut qu'elle n'avait pas aussi faim qu'elle l'avait cru. Elle repoussa son assiette et haussa les épaules.

– Si Sean s'était donné le mal de faire son apparition. Comme je n'avais aucune envie de manger seule, ajouta-t-elle avec amertume, je suis rentrée.

– Merde !

Subitement, Donny abandonna son air joyeux. S'inclinant en arrière sur sa chaise, il poussa un soupir et se passa les mains sur le visage. Cette fois, il devait avertir Pandora. Elle avait le droit de savoir.

– Bon, peut-être que je ne devrais pas t'en parler mais j'en ai ras le bol d'assister à ces trucs sans rien dire. Hier soir, continua-t-il un peu plus bas, Sean était au club avec Imogen Trent. Elle lui faisait un gringue pas possible. Ils ont disparu vers 10 heures du soir. Pardon, mon cœur.

Donny secoua la tête.

– Je ne pouvais plus garder tout ça pour moi. C'est injuste pour toi. Tu mérites mieux.

Sean se réveilla en sursaut. La valise vide qui venait d'atterrir sur ses jambes le fit grimacer de douleur.

– Mais que...

Debout sur une chaise, Pandora s'activait à soulever des boîtes sur l'étagère de la penderie. Elle lui jeta un coup d'œil par-dessus son épaule et lança : « Pardon », comme s'ils étaient des inconnus dans un train bondé.

Une seconde plus tard, une autre valise valsa dans les airs. Celle-ci rata de peu sa tête.

Il se redressa.

– Mais que se passe-t-il, bon sang ?

– Hein... ?

Pandora pivota pour le toiser. En dépit de son ton en apparence normal, une lueur dangereuse brillait dans ses yeux.

– Oh, pas grand-chose ! Rose et moi allons te rendre service en disparaissant de ta vie, c'est tout. Comme ça, tu auras assez de place pour tes autres nanas. Plus de mélanges, plus de doubles réservations. Réfléchis, Sean ! Ça va être super. Et *tellement* plus facile...

– Voyons, c'est de la folie.

Il s'affaissa contre les oreillers en gémissant. Pandora, maintenant descendue de son perchoir, ouvrait les tiroirs et en extirpait des culottes et des T-shirts qu'elle jetait à la diable dans la valise ouverte. C'était vraiment tout ce dont il avait besoin au lever du jour ! Pas de doute, elle allait avoir ses règles.

– Non, ce n'est pas de la folie. Je viens tout juste de me ressaisir, c'est tout.

Sean avait enfin compris.

– Tout ça, protesta-t-il, parce que je suis arrivé en retard au restaurant hier soir ? Ma chérie, écoute-moi. Tu n'as aucune idée de ce que j'ai dû supporter. Cette foutue Imogen Trent m'a kidnappé. Enfin, dans un sens, c'est plutôt une bonne nouvelle – papa l'a larguée et on dirait que mes parents vont se remettre ensemble – mais hier soir, elle était absolument désespérée. Elle s'est collée à moi comme une sangsue ! Que pouvais-je faire ?

– Que pouvais-tu faire ? répéta, incrédule, Pandora. La baiser à mort, j'imagine. N'est-ce pas ce que tu fais d'habitude, quand des filles se collent à toi comme de la glu ? Elle était donc bien scotchée à toi hier soir ?

– Mais je n'ai pas... affirma Sean, les dents serrées, tant il voulait la convaincre. D'accord, elle s'est pendue à mes basques, mais je ne l'ai pas baisée. Je lui ai expliqué que ça ne m'intéressait pas. Pour l'amour du ciel, je lui ai dit que tu étais l'unique femme de ma vie !

– Et tu t'imagines que je vais te croire, murmura Pandora.

– C'est la *vérité.*

– Garde ta salive.

La première valise débordait déjà. Elle passa à la suivante, ouvrant brutalement la porte de la penderie pour arracher les manteaux et les robes de leurs cintres.

C'était injuste. Leur relation s'était tellement améliorée depuis quelque temps. Et maintenant, se dit-il, vraiment contrarié, elle me punit pour une faute que je n'ai pas commise.

– Bien, reprit-il, d'une voix tendue. Si tu ne me crois pas, pose la question à Imogen.

Pandora lui lança un regard propre à le faire rentrer sous terre.

– N'ai-je pas déjà été assez humiliée comme ça ?

– Pose-lui la question, c'est tout.

– Non, merci.

Il secoua la tête.

– Je ne t'ai encore jamais vue dans cet état.

– Ça s'appelle la goutte d'eau qui fait déborder le vase, répondit-elle. Depuis deux ans je supporte tout sans broncher, mais aujourd'hui, j'ai mon compte. Donny a raison, ajouta-t-elle calmement, je mérite mieux.

– Qu'il aille se faire foutre ! hurla Sean.

– Oh ! on ne sait jamais, répliqua Pandora, je pourrais peut-être...

– Espèce de salope, tu n'oserais pas.

– Non ?

La situation dégénérait affreusement. Sean s'entendit déverser des paroles amères qui le rendaient malade. Il aimait Pandora. La veille au soir, il avait eu l'intention de lui demander de l'épouser. Merde, se désespéra-t-il, il avait même failli lui suggérer de ne rien porter sous son trench-coat.

Et à la place, manifestement décidée, envers et contre tout, à se venger, Pandora ne s'intéressait qu'à une chose : sauter dans un lit avec Donny Mulligan.

– Où vas-tu ?

– Je ne sais pas.

Pandora évita son regard. Evidemment, elle le savait. Elle avait téléphoné à Wendy et à Bill, ils l'avaient invitée avec Rose à venir s'installer dans leur maison de Bath.

La panique gagna Sean.

– Tu ne peux pas disparaître. Tu ne peux pas emmener Rose sans me dire où tu vas !

– Tu ne peux pas m'en empêcher.

– *J'aime* Rose.

Il aurait voulu ajouter, je t'aime, mais les mots refusèrent de sortir.

Pandora posa sur lui un regard plein de lassitude.

– Peut-être que c'est vrai. Mais ça ne dure jamais, n'est-ce pas ? Haut les cœurs ! ajouta-t-elle amèrement en poussant les deux énormes valises vers la porte. D'ici une semaine, ce sera peut-être d'Imogen Trent que tu seras dingue.

60

Imogen ouvrit les yeux, vit du noir et comprit que quelque chose clochait.

Des draps de satin noir.

– Si tu savais comme tu es belle... chuchota une voix mâle. Mon chou, tu es splendide...

Des draps de satin noir bordés d'or. Des taies d'oreiller assorties. Et une couette en satin à rayures noires et or.

Oh ! la la !...

Des effluves de café et d'Aramis parvinrent à ses narines. Elle poussa un grognement et se retourna. Damien Maxwell-Horne se tenait près du lit, un plateau dans les mains. Il portait un peignoir assorti à la couette, avec ses initiales brodées sur la poche de poitrine.

Sans doute pour vous rappeler avec qui vous aviez passé la nuit ! Imogen sentit son cœur se serrer, au fur et à mesure que lui revenaient en vague les événements de la veille.

Oui, tu l'as fait, lui confirma sa mémoire avec insistance. Et pas qu'une fois, mais deux. La première dans le salon chrome et verre ; la seconde ici, dans ce lit.

Génial. Imogen loucha sur sa montre. Miséricorde, il était 10 h 30.

– Allons, on s'assoit.

Damien la contemplait, le regard d'une suavité écœurante et la mine radieuse.

– Je t'ai préparé une de mes spécialités : œufs brouillés au saumon fumé. Nous y voilà, laisse-moi t'aider à arranger les oreillers. Et tu peux prendre ça comme un compliment.

Déposant le plateau sur les genoux de la jeune

femme, il planta un baiser parfumé à l'Aramis sur sa bouche bien claquemurée.

– Je ne prépare cette spécialité que pour les dames vraiment exceptionnelles.

Etait-ce dû au café ou à la puissance de son aftershave. Imogen l'ignorait, mais elle sentait qu'elle avait envie de vomir.

– Je ne crois pas que je vais pouvoir avaler ça, dit-elle en désignant le plateau d'un geste faible. Hum... une tasse de thé, peut-être ?

– Tout ce que tu voudras.

Sourire aux lèvres, Damien ébouriffa ses cheveux avant qu'elle ne puisse s'écarter.

– Que préfères-tu : du café, du thé, ou alors... poursuivit-il avec un regard de concupiscence suggestif, moi ?

Cass n'avait pas mis les pieds dans les bureaux du journal pour lequel travaillait Jack depuis plus de deux ans. Au quatrième étage, elle remarqua avec intérêt la gamme d'expressions variées qu'arboraient les visages des personnes qu'elle croisait. En général, les visites à l'improviste des ex-épouses ne faisaient pas partie des bonnes nouvelles. La dernière fois que cela s'était produit, Jack lui avait raconté l'histoire, le rédacteur en chef adjoint s'était retrouvé avec l'oreille coincée sous un talon aiguille de chez Manolo Blahnik.

Glenda, la secrétaire de Jack, n'avait jamais apprécié Imogen Trent. Elle accueillit Cass avec ravissement.

– Vous l'avez raté de dix minutes. Il ne reviendra pas avant midi.

– Il est sorti ?

Flûte, songea Cass. J'aurais dû téléphoner d'abord.

– Pas sorti-sorti, expliqua Glenda en désignant le plafond du doigt. Grande réunion dans la salle du conseil d'administration. Style on ne dérange pas, ajouta-t-elle avec une grimace significative. On ne peut pas les interrompre.

– Dans ce cas, lança gaiement Cass, je parie un penny que moi, je le peux.

Elle se dirigea vers l'ascenseur.

– Que faites-vous ? couina Glenda.

– Je vais voir Jack.

– Dieu du ciel ! Puis-je vous accompagner ? questionna Glenda, très intriguée.

– Madame Mandeville ! protesta Tom, le vieux planton, d'une voix angoissée, en les voyant se diriger toutes deux vers les doubles portes de la salle de réunion. Madame Mandeville, vous ne pouvez pas entrer là-dedans.

Cass s'était tellement préparée à cette visite que rien ne pouvait plus désormais l'arrêter. Tout en poussant les lourdes portes de chêne, elle répondit :

– Ne soyez pas bête, Tom. Bien sûr que si.

A son entrée, toutes les personnes installées autour de la table levèrent les yeux en même temps. Le rédacteur en chef adjoint blêmit. La cicatrice laissée par le talon aiguille de son ex-épouse avait peut-être disparu, mais la crainte qu'elle refasse une apparition et recommence ne l'avait jamais tout à fait quitté.

– Cass...

Jack, en manches de chemise, ses cheveux noirs tombant en désordre sur le front, se leva sur-le-champ. A son expression inquiète, elle comprit qu'il croyait que quelque chose de terrible s'était produit. Pour que l'on ose interrompre sans se faire annoncer une réunion de cette importance, il fallait qu'il y ait pour le moins mort d'homme.

– Ne t'inquiète pas. Tout va bien.

Cass sentait Glenda se rétrécir dans son dos, à la

perspective de l'explosion de rage du propriétaire du journal, célèbre pour son irritabilité.

– Je voulais te voir, c'est tout, expliqua-t-elle.

– Quelle coïncidence ! lança le patron du *Herald* d'un ton pesant. Je voulais le voir moi aussi. Vous allez peut-être me trouver vieux jeu, mais c'est même pour cette raison que j'ai organisé cette réunion...

– Qu'est-ce qui se passe ?

Sans se soucier de son mécontentement, Jack s'avança vers Cass.

– J'ai pris ma décision. Je voudrais savoir quand tu vas rentrer à la maison. Il n'y a pas le feu, ajouta-t-elle d'un ton léger, malgré ses genoux flageolants, quand tu veux, d'ici deux ou trois heures.

– Jeune dame...

La voix s'était transformée en grondement menaçant.

– Cet homme est ici pour une raison précise. Je n'apprécie pas qu'on interrompe mes réunions. Pouvez-vous nous laisser travailler, *s'il vous plaît* ?

– Quitte Imogen, s'il te plaît, murmura Cass à l'oreille de Jack dont les bras venaient de se refermer tendrement autour d'elle.

– C'est déjà fait.

Incapable de rentrer à Wimbledon la veille au soir – le fait qu'il eût toujours considéré cet endroit comme une maison plutôt que comme un foyer était significatif – il avait dormi à l'hôtel. Jack embrassait Cass à pleine bouche, conscient de ne jamais avoir été aussi heureux de sa vie.

Son patron, que l'indignation avait fait virer au violet, esquissa une grimace dégoûtée.

Il avait divorcé trois fois, mais une chose pareille ne lui était jamais arrivée. Evidemment, aucune de ses trois malheureuses épouses ne ressemblait, même de très loin, à Cass Mandeville.

– Bon sang, où est-ce que vous allez ? lança-t-il à Jack qui se dirigeait vers la porte, bien que la réponse fût plutôt évidente.

Toute la scène était plus corsée que dans ce navet d'*Officier et Gentleman*.

– Chez moi, répondit Jack.

– Et ce n'est pas trop tôt, ajouta Glenda en lui emboîtant le pas.

Une telle réconciliation pouvait être gênante, mais il s'agissait néanmoins d'un scoop. Reportant son attention d'un air las sur son rédacteur en chef adjoint dont les yeux s'étaient embués, le patron du *Herald* laissa tomber d'une voix traînante :

– Nous ne sommes qu'un journal, n'est-ce pas, Wilkins, et j'imagine qu'il n'y a pas la moindre chance que l'un d'entre vous possède une caméra ?

61

On était dans la seconde semaine de décembre, un samedi soir glacial, et Cléo n'était pas à prendre avec des pincettes.

– Je n'arrive pas à croire que j'ai accepté de faire ce truc, geignit-elle, en montant l'escalier qui menait à l'entrée principale de l'hôtel. Je n'arrive pas à croire que j'ai pu te laisser me convaincre. Je gobe tout, ou quoi ?

Ses cheveux eux-mêmes, plus courts que d'habitude, de telle sorte qu'ils se hérissaient, avaient l'air paniqués. Elle portait une robe incrustée de pierres du Rhin dont la fente révélait une cuisse bronzée. Indépendamment du fait qu'elle était dans tous ses états, elle était absolument ravissante.

Auprès d'elle se tenait Terry Brannigan. Son allure sage ne le rangeait peut-être pas dans la même catégorie, mais il avait la ferme intention de s'amuser. Et sans l'aide de la boisson. Cass était si fière de Terry qu'elle en explosait presque de joie. Il lui avait fallu du cran pour se ressaisir et s'inscrire aux Alcooliques anonymes, mais le résultat en était plus que payant. Non seulement il était plus mince, plus en forme et de bien meilleure compagnie qu'avant, mais suite à son entrée impressionnante dans la brèche laissée par Cass durant l'affreuse semaine du kidnapping de Sophie, Kingdom Radio l'avait remercié en lui offrant la tranche du milieu de soirée qui se libérait. Il ne s'agissait peut-être pas d'une émission en *prime time*, comme Terry avait été le premier à le reconnaître, mais par rapport à laveur de vaisselle au noir dans un restaurant, le poste était du tonnerre de Dieu.

Quand la porte coulissante s'ouvrit et qu'éclata la première salve de flashes, Cass serra plus étroitement ses doigts autour de ceux de Jack. Leur apparition en public représentait une nouveauté suffisante pour attirer encore l'attention. Heureusement, comme l'avait fait remarquer Jack ironiquement, les bonnes nouvelles n'étaient jamais aussi fascinantes que les mauvaises. Encore deux semaines, selon lui, et le fait que les Mandeville formaient de nouveau un couple uni intéresserait à peu près autant le public que le traité de Maastricht.

Cass s'en moquait. Ce qui comptait était qu'ils soient de nouveau ensemble. Elle n'avait même pas eu à se sentir coupable envers Rory Cameron. Imogen n'avait peut-être pas bien pris sa rupture avec Jack, mais Rory avait fait davantage que compenser les choses. Plus que jamais fidèle à sa réputation de gentleman, il avait parfaitement compris et, après avoir embrassé tendrement

Cass, leur avait donné sa bénédiction. Il lui avait fallu moins d'une semaine pour se lancer dans une nouvelle aventure avec une volcanique chanteuse italienne de vingt-quatre ans. Comme l'avait fait remarquer Sophie, il avait repris ses jeunes habitudes.

Quant à Cléo, elle s'apitoyait de plus en plus sur son sort à la perspective de la soirée qui l'attendait. Et cela par la faute de Cass.

Sollicitée pour faire un don à une vente de charité, sa mère avait eu la brillante idée d'offrir sa propre fille.

– Ma chérie, c'est pour une bonne cause, avait-elle protesté devant sa réaction inquiète. Et je suis sûre que cela va être très amusant de passer la soirée avec la personne qui donnera le plus pour avoir le plaisir d'être quelques heures en ta compagnie. De plus, avait ajouté Cass pour la calmer, c'est pour une œuvre de bienfaisance.

– Pense à Imogen. La dernière fois que tu as fait un acte de bienfaisance, tu t'es retrouvée avec un mari en moins, avait grogné Cléo.

Mais cette remarque n'avait pas trouvé l'écho désiré. Cass, très désinvolte ces temps derniers, avait ironiquement répliqué :

– Dans le cas présent, tu n'auras aucun problème. Tu n'as personne à perdre.

La soirée, qui se tenait à l'hôtel *Parklane Lyndhurst*, battait son plein quand ils atteignirent la vaste salle de bal. Dino Carlisle les repéra immédiatement et se fraya un chemin vers leur table.

– Alors, tu vas vraiment le faire ?

Il était tombé dans le programme sur le nom de Cléo, dans la liste des propositions mises aux enchères.

– Tuer ma mère, tu veux dire ? Certainement.

Cléo le regarda d'un air sinistre.

– Elle n'aurait pas pu se contenter d'offrir un sac à

main, comme tout le monde. Ce qui va arriver, c'est que je vais être choisie par un type qui fait la traite des Blanches ou alors, personne ne voudra de moi. Je ne sais pas ce qui est le pire des deux.

Dino lui adressa un large sourire.

– Je ne laisserai personne t'humilier publiquement. J'irai jusqu'à six livres cinquante.

– Quelle générosité !

– En tout cas, c'est super pour tes parents, reprit-il en hochant la tête en direction de Cass et de Jack dont le bonheur d'être ensemble était d'une évidence criante. Le spectacle qu'ils offrent redonne confiance même à un vieux cynique comme moi.

– Je croyais que tu étais censé roucouler avec ta covedette.

Il venait de terminer le tournage d'un film au titre plutôt approprié : *Jusqu'au bout.*

Dino fit une grimace.

– Pub du studio. Je préférerais en avoir une avec Cruella de Wille. Et toi ? demanda-t-il. Ça n'a rien donné, avec ce type dont tu étais folle autrefois ?

Elle secoua la tête, se rappelant à quel point elle s'était ridiculisée la dernière fois où leurs chemins s'étaient croisés.

– Rien donné.

– Tu aurais dû m'attraper au vol, rétorqua modestement Dino, lorsque tu en avais l'occasion. Oh, oh !...

– Oh, oh, quoi ? demanda Cléo, en voyant qu'il fixait quelque chose par-dessus son épaule.

– Rien. J'ai cru apercevoir quelqu'un, dit-il d'une voix incertaine. En ce moment aux Etats-Unis, on voit souvent une pub pour un shampooing. Ça va te paraître idiot, mais j'éprouve un sentiment des plus étranges pour la fille qui l'a tournée... J'ai presque l'impression de la connaître. Alors que ce n'est absolument pas le cas.

Il lança à Cléo un regard d'autodérision qui ne lui était pas habituel.

– Mais une chose est sûre : j'aimerais que ce le soit.

– Et ?

– Et je n'en suis pas certain, mais il me semble que je viens de la voir. Elle est mince, avec de longs cheveux noirs. Des yeux inouïs, précisa Dino. Une robe noire.

– On dirait Cruella de Wille.

Une seconde plus tard, la main de Dino lui étreignit convulsivement le poignet. Rougissant comme un écolier, il marmonna :

– Mon Dieu, c'est bien elle...

– Bonsoir, lança une voix timide derrière eux.

Un grand sourire éclaira le visage de Cléo. Les choses se mettaient enfin en place.

– Je ne sais pas si tu t'en souviens, souffla-t-elle à Dino, mais un jour, j'ai promis de te faire rencontrer une fille vraiment malheureuse. Je te présente mon amie Linda.

– C'est fini, je ne suis plus malheureuse, lança une Linda rayonnante et qui paraissait ne pas pouvoir s'empêcher de boire Dino des yeux.

A plusieurs kilomètres de là, seule dans l'appartement d'Islington où elle était retournée vivre après sa rupture avec Jack, Imogen prenait un long bain. Elle écouta les deux faces du dernier enregistrement de Phil Colin en laissant les larmes ruisseler sur son visage. Non pas qu'une des chansons ait été « leur » chanson – le disque venait tout juste de sortir – mais ses airs, toujours très faciles à mémoriser, lui tourneboulaient le cœur.

Après son bain, elle se fit cuire des tagliatelles, se

versa un verre de vin blanc, s'installa devant la télévision, et se mit à zapper pour trouver une émission vaguement convenable. Puis, revenant à Phil Colin, elle passa dix bonnes minutes, lovée sur le canapé, à fixer le mur nu, en se disant que, d'une façon ou d'une autre, il lui fallait affronter la réalité. Elle ne pouvait plus reculer.

D'accomplir les gestes qu'elle avait répétés tant de fois lui faisait une impression bizarre. Mais elle éprouvait cette fois des sentiments mitigés quant au résultat final. Assise sur le bord de la baignoire, emmitouflée dans son peignoir éponge jaune comme pour se protéger, Imogen compta jusqu'à soixante. Puis recompta jusqu'à soixante. Et encore.

Et cette fois, quand elle ouvrit les yeux, elle était bien là, cette ligne rose qu'elle avait si souvent adjuré d'apparaître par le passé. Claire comme de l'eau de roche. Non pas rose pâle, mais rose soutenu. Visiblement, elle ne se contentait pas d'être enceinte. Elle était très enceinte.

Imogen regagna le salon dans un état second. Le visage de Jack apparut en gros plan sur l'écran. Elle s'était mise à enregistrer et à se repasser sans cesse ses émissions pour se sentir plus proche de lui. Mais là, ça ne fonctionnait pas.

Désespérée, elle ferma les yeux. Il n'y avait aucun moyen au monde que ce bébé fût le sien. Pendant les deux dernières semaines qu'ils avaient passées ensemble, l'intérêt qu'il lui portait s'amenuisant, leur vie sexuelle avait suivi le même chemin. C'était en partie la raison pour laquelle elle s'était jetée si désespérément à la tête de Sean, qui lui aussi l'avait rejetée.

Imogen se leva pour étudier son image dans le miroir. Sans doute devrait-elle être heureuse de constater qu'elle n'était pas stérile, après s'être si longtemps lamentée à l'idée de ne pouvoir avoir d'enfant.

Mais merde, elle aurait été tellement plus heureuse de ne pas en avoir obtenu la preuve avec Damien Maxwell-Horne !

62

De toute sa vie, Cléo n'avait jamais assisté à une scène pareille. Le courant qui passait entre Dino et Linda était si fort que cela en devenait presque palpable. Elle contemplait en direct un coup de foudre.

C'était vraiment extraordinaire : Linda s'était illuminée comme un sapin de Noël, elle n'arrivait plus à quitter Dino des yeux. Pour sa part, Dino, qui semblait avoir le plus grand mal à ne pas la toucher, arborait l'air de celui qui n'avait qu'une envie, l'entraîner hors de la salle de bal jusqu'à sa suite à l'hôtel et – sans autre forme de procès – directement au lit.

Cléo aurait bien aimé ne pas être si jalouse... Elle faisait de gros efforts pour essayer de se réjouir pour ses amis. Ce n'était pas comme si elle avait elle-même nourri un penchant pour Dino. Elle avait déjà essayé et rien ne s'était produit.

Elle se demanda s'ils ne couraient pas le risque d'imploser, et s'il lui arriverait de vivre un jour pareille expérience d'un désir si intense qu'il balayait tout sur son passage. Mais par-dessus tout, elle aurait bien aimé ne pas se sentir, à côté d'eux, si minablement sèche, célibataire et seule.

– Je dois retourner à ma table.

La moindre des choses, c'était de faire bravement face. Donnant une tape joyeuse sur l'épaule de Dino, elle ajouta :

– Et tu ferais bien de sortir ton porte-monnaie.

N'oublie pas que tu m'as promis de faire monter les enchères.

– Six livres et demie, répondit Dino avec un grand sourire. Tu vois, je n'ai pas oublié.

Linda colla une main sur sa bouche.

– Flûte, je viens juste de m'en souvenir, souffla-t-elle en se retournant vers Cléo. J'ai fait un défilé pour Anton Visa la semaine dernière à Paris. Il m'a posé toutes sortes de questions sur toi.

– Il m'en veut toujours d'avoir gâché son reportage l'an dernier à Venise, expliqua Cléo. Et c'est mutuel, ajouta-t-elle avec une grimace. Il me donne la chair de poule. Est-ce qu'il s'est fait rafistoler ses mentons ou est-ce qu'il ressemble toujours à un crapaud ?

– Eh bien, il est plutôt visqueux.

Linda hocha la tête en se mordant la lèvre.

– Et il a mentionné ta mise à prix de ce soir, et raconté que si cela lui était possible, il se ferait un plaisir de venir assister à cette vente aux enchères. Puis il a éclaté de rire. Je sais que c'est un génie, ajouta Linda en frissonnant, mais il a un sens de l'humour plutôt bizarre.

– Génial !

Cléo scruta la salle de bal d'un air inquiet.

– Il ne semble pas être là. Si tu repères un crapaud en smoking, dépêche-toi de hurler.

– D'accord, d'accord, fit Dino d'un ton badin. J'ai pigé l'allusion. Je monterai jusqu'à dix livres.

Quand Cléo regagna leur table, Cass et Jack étaient en train de se faire interviewer.

– Est-ce que vous allez vous remarier ?

La journaliste, ravie du scoop, griffonnait des notes sur un carnet.

– C'est formidable !

– J'ai enfin réussi à la convaincre.

Jack ne plaisantait pas. Cass, à sa grande inquiétude, avait eu très très envie de vivre dans le péché.

– La date n'est pas encore fixée, mais ce sera courant janvier, ajouta-t-il d'une voix émue.

Ayant regagné le cœur de Cass, après avoir failli la perdre pour de bon, il n'était pas prêt à courir le moindre risque.

– En ce qui me concerne, le plus tôt sera le mieux.

– Des demoiselles d'honneur ?

En constatant la tête que faisait Cléo, la journaliste se hâta d'ajouter :

– Sophie, peut-être... ?

Cass sourit jusqu'aux oreilles.

– Sophie, en demoiselle d'honneur avec une robe à fanfreluches ?

– Si vous avez le cran de lui poser la question, ne vous gênez pas, riposta Jack. Nous, on n'oserait pas.

La vente aux enchères commença immédiatement à la fin du repas, de manière à cueillir les convives alors qu'ils étaient repus et prêts à faire preuve de générosité. Cléo, en proie à une telle nervosité qu'elle avait été incapable d'avaler la moindre bouchée, observait le commissaire-priseur – un homme politique connu pour son charme – interpeller le public en l'incitant à faire preuve de largesse.

Le présentateur d'un talk-show d'ITV battit son concurrent de la BBC pour un voyage sur l'*Orient-Express*. Une des robes du soir de Shirley Bassey, dégoulinante de paillettes, fut remportée par un travesti tapageur qui ne pourrait jamais se glisser dedans. Le troisième article, une apparition dans un des soap opéras anglais les plus populaires, revint en définitive, après une rude bataille, à la femme de l'homme politique, une ravissante potiche.

– Maintenant, passons au lot numéro quatre.

En faisant son annonce, le présentateur tendit la main vers Cléo qui l'avait rejoint sur scène.

– Une soirée en compagnie de Cléo Mandeville. Quel prix ! Si ma femme ne venait pas de nous mettre sur la paille, j'essaierais de le décrocher. La voici, mesdames et messieurs... regardez bien la jeune femme dont vous pourrez profiter une soirée entière et fouillez bien au fond de vos poches, ajouta-t-il avec un clin d'œil, car je suis sûr qu'elle en vaut la peine. Bon, qui lance les enchères ? Ai-je entendu cinq cents livres... ?

Cléo avait la nausée. Des rires sympathiques fusèrent, mais personne ne se manifestait. Au fur et à mesure que s'écoulaient les secondes, chacune s'allongeant un peu plus que la précédente, Cléo sentait sa nuque se couvrir de gouttes de sueur. Ces foutues mères, songea-t-elle, en s'efforçant de garder le sourire. Ces foutus bals de charité avec leurs inventions idiotes, incroyablement embarrassantes. Ce foutu, foutu Dino Carlisle, manifestement trop fasciné par Linda pour se rappeler que c'était son job de lui épargner ce genre de honte.

Sauf qu'en l'occurrence, honte n'était pas le mot adéquat. La situation était véritablement mortifiante.

– Allons, messieurs, gronda l'homme politique en hochant la tête. C'est une occasion unique dans une vie ! Bon, si nous lancions la balle... ai-je bien entendu trois cents livres ?

– Six livres et demie, lança Dino d'une voix traînante.

Des rires fusèrent. Cléo, qui aurait aimé le boxer, s'obligea à sourire et à rester sur la scène.

– Soixante-cinq livres, renchérit une voix à un autre coin de la salle.

Cléo reconnut celle de Terry Brannigan. Bon, sans

doute devait-elle se montrer reconnaissante vis-à-vis des petites faveurs.

Dino serra la main de Linda en murmurant :

– Elle me tuera si je ne le fais pas. Six cents livres, relança-t-il à haute voix. Et cinquante pence.

L'envie qu'avait Cléo de lui cogner dessus s'arrêta net. Elle lui envoya un baiser. C'était réglé. Son supplice était terminé.

– Ah ! nous avons une personne qui relance par téléphone, constata le présentateur en regardant un serveur qui tournait autour de la scène, un portable scotché à son oreille.

Cléo se tourna pour fixer le jeune homme qui murmurait dans le combiné. Il hocha la tête et forma silencieusement « mille livres ».

– Nous avons une enchère à mille livres.

Exploitant à fond l'événement, il lança un clin d'œil d'encouragement à Cléo et reporta son attention en direction de Dino.

– Allons, vous, le monsieur du fond. Ai-je bien entendu deux mille livres ?

Dino opina d'un signe de tête.

Après avoir consulté brièvement son interlocuteur à l'autre bout de la ligne, le serveur fit de même.

– Trois mille livres. J'ai une enchère à trois mille livres.

– Qui est-ce ? souffla Cléo, dont les sourcils remontèrent sous sa frange hirsute. Si c'est Anton Visa, poursuivit-elle nerveusement, refusez. Parce que je n'irai pas. C'est hors de question.

Au fond de la salle, Dino leva quatre doigts.

– Quatre mille, se hâta de répéter le commissaire-priseur qui commençait à ressembler à un vendeur de bétail. Nous avons quatre mille livres au fond. Ai-je entendu cinq, cinq, cinq ?

Le jeune homme opina de la tête. Cléo sentit son cœur faire un bond.

– Six, lança Dino.

– Sept, annonça le serveur en confirmant le montant avec un geste de la main.

Cléo envisageait de se jeter sur lui pour lui arracher le téléphone des mains. Elle se demanda avec angoisse jusqu'où Dino était prêt à aller, au nom de l'amitié, pour la secourir. De plus, elle espérait qu'il ne s'attendait pas qu'elle participe pour moitié à cette folle surenchère.

Mais... horreur... l'assistance prêtait maintenant attention à Dino qui hochait la tête en signe de renoncement. Cléo commença à ressentir des picotements d'angoisse.

– J'ai déjà un très beau lot, déclara-t-il en souriant de toutes ses dents.

Il baisa la main de Linda et l'attira contre lui.

– J'ai trouvé la femme de ma vie. M. Crapaud ou quel que soit son nom peut se garder Cléo.

Au moins, personne dans la salle ne savait de qui il s'agissait. De plus, tout le monde s'en fichait, se dit Cléo, hébétée. Ils étaient tous bien trop occupés à siffler et à applaudir l'énigmatique individu qui l'avait remportée.

Tandis que l'homme politique aidait la jeune femme à descendre la scène en la poussant vers le serveur au téléphone toujours collé à son oreille, elle sentit un spasme de panique pure lui tordre le ventre.

– Si c'est ce baveux d'Anton Visa, répéta-t-elle, j'y vais pas.

En même temps, elle ne put s'empêcher de penser que s'il s'agissait vraiment de lui, elle devrait sortir les sept mille livres de sa propre poche.

– Allons, supplia-t-elle le jeune homme, c'est injuste.

Mais il était occupé à reporter la somme sur un chèque en blanc. Ce ne fut que lorsqu'il eut terminé que Cléo eut droit à son attention.

Son sourire était désarmant.

– Désolé. Paiement d'avance, vous savez comment c'est. Maintenant, si vous voulez avoir la gentillesse de me suivre, mon client vous attend à l'extérieur.

– A l'extérieur ?

Le mystérieux enchérisseur était-il quelqu'un qu'elle avait déjà rencontré ? Ou s'agissait-il d'un excentrique qui l'attendait, tapi dans le noir, et dont l'imagination se serait emballée suite à l'énorme couverture médiatique du kidnapping de Sophie ?

Pendant que le serveur lui faisait traverser le vestibule, en direction des portes coulissantes, Cléo protestait :

– Ecoutez, ça n'est pas drôle. Il est hors de question que j'aille où que ce soit maintenant. J'ignore qui est derrière tout ça. En plus, si vous vous imaginez que je vais sortir comme une fleur de cet hôtel et monter dans une voiture à...

Sans écouter ses récriminations le jeune homme ouvrit la portière avant de la limousine plongée dans l'obscurité.

– Pour l'amour du ciel, femme ! lança de l'intérieur une voix mâle exaspérée, je t'ai entendue geindre d'un bout à l'autre du vestibule. Vas-tu enfin la fermer, faire ce qu'on te dit, pour une fois dans ta vie et grimper dans cette bagnole ?

63

Sean avait quitté Londres sous une bruine glacée. Tandis qu'il roulait sur la M4, la pluie se transforma en grésil. Quand il parvint au péage de Bath, une mince pellicule de neige saupoudrait les collines environnantes. Lisant de travers la carte étalée sur le siège passager, il se perdit vite fait, bien fait.

Mais il n'était pas dans ses intentions d'abandonner. Cela faisait plusieurs semaines qu'il n'avait vu ni Pandora ni Rose. Il n'avait eu aucune nouvelle d'elles, aucun indice quant à la date de leur éventuel retour. Comme il avait une envie désespérée de les voir – autant l'une que l'autre – il avait fini par arriver à extirper leur adresse à Joël.

Et maintenant, il était enfin sur le point de toucher au but. Atteignant la banlieue de Bath, il prit un virage à droite très raide et aperçut le panneau qu'il cherchait, en poussant un soupir de soulagement. Un autre virage raide, à gauche, environ deux cents mètres plus loin, l'amena sur une route en terre étroite et cahoteuse au bout de laquelle se dressait une ferme.

Les fenêtres étaient éclairées, et des voitures étaient garées devant le perron, ce qui était bon signe. Au moins, il y avait quelqu'un à l'intérieur. Il sortit et frissonna en sentant une rafale de vent chargée de flocons de neige à moitié fondus lui fouetter le visage. Mais il n'en avait cure, car d'une minute à l'autre, il allait revoir Pandora et Rose, les serrer dans ses bras et commencer à rattraper tout ce temps perdu.

« Je t'aime, je veux t'épouser, je t'en supplie, rentre avec moi à la maison ce soir. » C'était ce qu'il allait lui dire, les premières paroles qu'il prononcerait. Il n'avait cessé de se les répéter pendant tout le trajet.

Sean savait qu'il devait faire comprendre à la jeune

femme, combien elle comptait pour lui, combien elle comptait *vraiment*. Qu'elle l'ait accusé d'avoir couché avec Imogen Trent, alors qu'il était innocent, l'avait blessé à vif. Mais cela lui avait aussi fait comprendre l'impuissance et la douleur que Pandora avait dû supporter à chaque fois qu'il l'avait trompée.

En atteignant l'arrière de la maison, il découvrit qu'à l'intérieur, une fête battait son plein. Sur toute la longueur de la façade, des portes-fenêtres, dénuées de rideaux, lui offraient une vue panoramique sur ce qui se passait dans la pièce où une quarantaine de personnes se pressaient. Bill, sosie d'Eric Cantona, servait les cocktails. Wendy, sa femme, en jupe jaune Laura Ashley, riait d'une réflexion que venait de faire un de ses amis, debout devant le feu de cheminée. Un panachage de gosses, allant des marmots aux adolescents, occupait une large place. L'ambiance était extrêmement décontractée.

Et là, au beau milieu de cette marmaille, il aperçut Rose, vautrée sur le bras d'un canapé de velours vert fané, qui avait l'air ravie de jouer avec un lapin en tricot tout effrangé. Sean sentit son cœur se serrer d'amour et du besoin de la prendre tout contre lui. Elle portait un pyjama kangourou écarlate qu'il ne lui avait jamais vu. Elle grandissait et devenait une vraie petite bonne femme. L'amour qu'il ressentit lui noua les tripes. D'une minute à l'autre, songea Sean, elle va m'apercevoir et appeler « Pa-pa »...

– Ne me dis pas que tu as passé toute la soirée ici, lança Pandora derrière lui.

Sean bondit. Il ne l'avait pas entendue arriver. La neige ayant étouffé le bruit de ses pas.

– Je... je regardais Rose.

Il se sentait stupide, comme un voyeur, et il en oublia que les premiers mots qu'il devait prononcer étaient : « Je t'aime, je veux t'épouser. »

Comme Pandora continuait à le regarder fixement avec une expression qui ne dévoilait aucun de ses sentiments, il dit à la place :

– Comment as-tu su que j'étais là ?

– Je suis sortie mettre un peu de nourriture pour les blaireaux. J'ai vu tes traces dans la neige.

– Tu prétends que tu les as reconnues ? la sonda Sean avec un bref sourire.

La robe angora blanche que portait la jeune femme moulait la moindre de ses formes déliées. Il avait oublié à quel point elle était belle, même en bottes de caoutchouc vertes boueuses. Comment avait-il pu désirer une autre femme ?

Mais son petit gag ne fonctionna pas. Pandora ne sourit pas.

– Que fais-tu ici ? demanda-t-elle d'une voix détachée.

Sean commençait à claquer des dents. Il ne portait qu'un pull bleu marine et un vieux jean. Il s'avança vers Pandora qui, elle, ne frissonnait pas du tout.

– Je suis venu pour vous ramener à la maison. Toi et Rose. Je t'aime...

– Arrête. Ce n'est pas vrai.

– Mais si.

– Tu crois que c'est ce que tu ressens, mais ça ne dure jamais, Sean. C'est ça le plus douloureux.

Il lut la résignation dans ses yeux noirs.

– Cette fois, ça durera, affirma-t-il, très sûr de lui. Toi et Rose, vous êtes tout ce que je désire. C'est pour cette raison que je suis ici. Et non, redit-il pour faire bonne mesure, je n'ai pas couché avec Imogen Trent.

– Je me fiche que tu l'aies fait ou pas, répondit Pandora d'une voix lasse. De toute façon, je ne rentre pas avec toi.

Ça ne marchait pas. Il n'arriverait pas à la faire changer d'avis. Elle n'accepta en définitive qu'une seule chose : faire venir Rose quelques instants pour lui permettre de l'embrasser.

Pour la première fois depuis bien davantage d'années qu'il ne pouvait s'en souvenir, Sean se sentit prêt à fondre en larmes. Quand Rose courut se jeter dans ses bras, une boule, de la taille d'une balle de tennis, monta dans sa gorge. Il n'arrivait pas à croire que Pandora se comportait ainsi, qu'elle le punissait. Rose roucoulait de ravissement, caressait son visage glacé et ne cessait de répéter « Pa-pa, Pa-pa ».

Un quart d'heure plus tard, il ne lui restait plus qu'une alternative : rebrousser chemin et rentrer à Londres. La suggestion qu'il fit de louer une chambre d'hôtel à Bath, tomba à plat.

– Je ne peux pas t'en empêcher, remarqua Pandora avec un haussement d'épaules, mais ça ne servira à rien.

Puis pour bien marquer sa détermination, elle ajouta d'une voix calme :

– Excuse-moi, mais je ne changerai pas d'avis.

En revenant vers sa voiture, Sean se jura de ne jamais pardonner à Imogen Trent. Le vent glacé qui s'engouffrait en rafales par la vitre ouverte lui piquait les yeux et il fut obligé de ralentir pour les essuyer avec le dos de sa manche.

Une minute plus tard, il atteignit l'extrémité du chemin de terre. Une voiture en face de lui fit un appel de phares et freina pour lui permettre de reprendre la route.

Ce ne fut qu'une fois la chose faite, quand le conducteur eut viré à gauche pour s'engager sur le chemin de terre, que Sean se remémora sa plaque d'immatriculation. Pivotant sur son siège, il la vit s'immobiliser en haut de l'allée.

Il regarda Donny Mulligan en sortir d'un bond. Il faisait noir, mais il y avait des profils sur lesquels on ne pouvait pas se tromper. Surtout quand ils arboraient des mèches rastas.

Comprenant qu'il ne pouvait absolument plus rien espérer, Sean démarra.

A l'arrière de la limousine, Cléo se sentait sur le point de s'évanouir.

– J'ai cru que c'était Anton Visa.

– Merci beaucoup.

– Pardon, je ne sais plus où j'en suis.

Elle secoua la tête pour essayer de s'éclaircir les idées.

– Tu viens de dépenser sept mille livres pour sortir avec moi. Je n'y comprends rien. Tu n'as même pas d'affection pour moi.

– Ne sois pas idiote, répondit Joël. Bien sûr que si, j'ai de l'affection pour toi. Pour ton information, on ne sort pas sept mille livres pour passer une soirée avec une femme qu'on n'aime pas.

Il inspira à fond.

– En fait, il faut être complètement fou d'elle... follement amoureux d'elle... totalement désespéré même...

Cléo éclata en sanglots. Elle n'arrivait pas à croire ce qu'elle entendait.

– Mais tu ne peux pas te permettre de dépenser autant d'argent. Et tu n'avais pas besoin d'*enchérir* pour moi, gémit-elle, je serais sortie avec toi pour rien du tout ! Il suffisait de me le demander, nom de Dieu, et c'est *moi* qui aurais payé pour !

Profondément soulagé – après tout, ce pari très éprouvant pour les nerfs aurait pu tourner mal – Joël lui tendit un mouchoir propre.

– Tu ne piges pas, hein ? dit-il affectueusement. Tu ne comprends pas. C'était *mon tour* de dépenser plus que les autres. Je devais le faire cette fois, pour te prouver que j'étais de taille à dépasser n'importe qui.

Cléo pleurait et riait en même temps.

– Mais... mais sept mille livres !

– Oui, bon...

Joël l'enlaça en souriant ironiquement. Le montant l'avait pas mal choqué lui aussi.

– Peut-être que je n'ai pas pensé que ton copain Dino Carlisle se laisserait emporter aussi loin.

– Dino est follement impulsif, lui confia-t-elle.

D'un air indulgent, elle ajouta :

– Il est amoureux.

– Amoureux ? Il ne peut pas l'être autant que moi.

Joël l'embrassa. Puis il recommença, parce que Cléo était peut-être autoritaire et impulsive, elle avait probablement l'habitude incurable de se mêler de la vie des autres, mais elle vous rendait aussi complètement et désespérément accro.

– Tu as intérêt !

Pour bien montrer à quel point elle ne plaisantait pas, Cléo lui donna un léger coup sur le bras.

– Assez pour m'épouser, en tout cas.

Joël haussa les sourcils d'un air désespéré.

– Il a fallu que ce soit toi qui le demandes ! N'était-ce pas censé être à *moi* de le faire ?

– Tu aurais pu oublier.

Cléo plaisantait. Plus que tout au monde, elle voulait épouser Joël Grant. Elle en avait son compte de tester les relations des autres. Il était grand temps qu'elle se concentre sur la sienne.

– Es-tu persuadée, lui demanda Joël précautionneusement, que tu veux faire ta vie avec un vendeur de voitures d'occasion ?

– Oh, mais honnête ! Et honorable... et magnifiquement beau, aussi... Oui, oui, bien sûr que j'en suis certaine.

Cléo qui s'emballait, réfléchissait déjà aux prénoms de leurs futurs enfants. Elle avait toujours adoré Declan. Puis elle se ravisa. En définitive, elle ne l'adorait peut-être pas autant que cela.

– Bon, dans ce cas, c'est réglé, lança Joël.

Il s'appuya contre le dossier de son siège pour savourer les retombées de son geste chevaleresque, et murmura :

– Rien ni personne ne pourra empêcher notre mariage.

Dehors, quelqu'un tapota à la vitre fumée. Joël en pressa le bouton et elle s'abaissa silencieusement.

– Ah, vous êtes là, dit Jack. Ça va ? J'ai pensé qu'il valait mieux vérifier si tout allait bien.

Le sourire à mille volts de Cléo rayonna dans l'obscurité.

– Oh ! merveilleusement bien. Je ne me suis jamais sentie mieux.

Son père lui adressa un long regard ironique.

– Je ne parlais pas de toi, nunuche, mais de Joël.

4758

Composition
PCA

Achevé d'imprimer en France (Malesherbes)
par Maury-Imprimeur le 10 mai 2009.

Dépôt légal mai 2009.
EAN 9782290013267

Éditions J'ai lu
87, quai Panhard-et-Levassor, 75013 Paris
Diffusion France et étranger : Flammarion